抗战时期爱国民主人士演讲集

周巧生 主编

重庆社会主义学院 编

群言出版社
QUNYAN PRESS

·北京·

图书在版编目（CIP）数据

抗战时期爱国民主人士演讲集／周巧生主编；重庆
社会主义学院编. -- 北京：群言出版社，2024.1（2025.8 重印）
　　ISBN 978-7-5193-0876-6

　　Ⅰ．①抗⋯　Ⅱ．①周⋯②重　Ⅲ．①演讲－中国－
现代－选集　Ⅳ．①I266

中国国家版本馆 CIP 数据核字（2023）第 222482 号

责任编辑：孙平平　宋盈锡
封面设计：逸品书装

出版发行：群言出版社
地　　址：北京市东城区东厂胡同北巷 1 号（100006）
网　　址：www.qypublish.com（官网书城）
电子信箱：qunyancbs@126.com
联系电话：010 - 65267783　65263836
法律顾问：北京法政安邦律师事务所
经　　销：全国新华书店

印　　刷：北京九天万卷文化科技有限公司
版　　次：2024 年 1 月第 1 版
印　　次：2025 年 8 月第 2 次印刷
开　　本：710mm×1000mm　　1/16
印　　张：21
字　　数：354 千字
书　　号：ISBN 978 - 7 - 5193 - 0876 - 6
定　　价：98.00 元

编委会成员

编委会主任

李　静

副主任

王　庆　夏晓华　赖顺材

林　勇　喻柏炎　何晓栋

李朝林

主　编

周巧生

副主编

温华军　骆　平

委　员

汪守军　邓　凌　赵　勇

孙德魁　唐圣电　范浩琪

重庆市委统战部"九个一"工程资助出版项目

出 版 说 明

这部《抗战时期爱国民主人士演讲集》收录了抗战时期爱国民主人士自"九一八"事变之后在全国各地发表的演讲稿，真实再现了民族危亡之际，爱国民主人士奔走呼号、发动全民抗战的大历史，充分地展现了抗战时期统一战线的重要法宝作用。

我们在编辑过程中，最大程度地保留作品原貌，对内文体例进行如下调整和规范：

1. 本书根据其内容，将其作品分为五章，即：抗战总动员、战时政治经济、战时文化教育、战时国防外交、战时社会建设。

2. 将作品中的繁体字一律按现行简化字规范转换为简体字，方便读者的阅读。

3. 在保持原文体例、风格不变的基础上，在编校过程中对标题的使用进行了规范。

4. 原始文献中有"×""○"等符号，应为当时不能识别的文字，在编校过程中亦保留。

5. 为尽可能保留作品原貌，文中通假字未做变动。例如"澈"通"彻"，"底"通"的"等。

由于时间仓促、工作繁重，在编校过程中难免出现疏漏之处，敬请读者批评指正。

群言出版社

二〇二三年十二月

绪　　论

　　编辑这本《抗战时期爱国民主人士演讲集》是我一直想要做的事情。究竟何为演讲？简要地说，在公共场合以有声话语作为依托，以肢体语言作为补充，针对某一具体问题，阐明道理，表达个人见解或抒发感情，进行鼓动宣传的活动就是演讲。演讲的方式可以有报告、动员、总结、讲授等，但它的基本形式都是以个体面对公众，演讲人在一方讲坛纵横驰骋、指点江山、挥斥方遒。抗战时期是我国演讲的蓬勃发展期，这一时期演讲的形式日益丰富，既有集会、课堂和街头演讲，也有乡村、工厂和战地演讲，甚至在"乡村角落都有时事演讲或是宣传队的足迹"[①]。演讲的主题也由政治、国防、外交拓展到了经济、文化、教育、宗教等各个方面，内容上小到行业发展，大到国家前途、人类命运都在演讲范围内，话题多元而深刻，催生出了真正意义上的现代演讲文化。

　　在国共两大阵营之外，爱国民主人士是演讲大军中的又一支劲旅。以冯玉祥、沈钧儒、梁漱溟、马寅初、胡厥文、章乃器、吴耀宗、陈嘉庚等为代表的爱国民主人士深入社会各个层面开展演讲，广泛动员民众、深度汇集民心，为抗日救亡竭尽全力，尽显"天下兴亡，匹夫有责"的爱国风范，挺起了中华民族坚硬的脊梁！

　　首先，爱国民主人士通过演讲宣传抗日救亡思想，呼吁全国团结抗战。"九一八"事变后，国民党政府"攘外必先安内"的做法，令很多爱国民主人士强烈不满，王造时通过撰文和演讲强烈批判政府的不抵抗主义，指出"内战不如外战，同室操戈不如一致御侮"[②]。不仅如此，他还公开同情共产党，同时致力于组建抗日救亡组织来激发民众的抗战爱国热情。1938年，以

---

① 孙起孟. 演讲初步 [M]. 上海：生活书店，1946：4.
② 王造时. 荒谬集 [M]. 上海：自由言论社，1936：21.

1

郭沫若为首的国民政府军事委员会政治部第三厅在武汉成立，旋即发动了抗战宣传周活动。演讲成为口头宣传周活动的一项重要内容，沈钧儒、史良、邹韬奋、章乃器、郭沫若、冯玉祥等分别在汉口民众教育馆、武昌商会、汉阳商会等地区发表演说，以鼓舞人心的语言鼓舞群众为夺取抗日战争的全面胜利而努力。

其次，爱国民主人士通过演讲传递中国必胜、呼吁建立国际反法西斯阵线，共同保卫世界和平。抗战时期，宋庆龄多次发表文章和演讲，向人们传递"中国是不可战胜"的坚定信念，她认为"中国最大的力量在于中国人民大众已经觉醒起来""日本的黩武主义者决不能奴役像中国这样伟大的民族"①。国民党爱国将领冯玉祥，也经常利用公开演讲的机会，揭露敌人速战速决占领中国的计划一定会破产，鼓励全国民众只要"肯努力、肯牺牲"，一定能够赢得最后的胜利。1938 年，陶行知在美国洛杉矶反法西斯侵略大会上发表演讲，向美国人民指出日本在中国所杀的 100 万人中，有 54 万是美国提供的战略物资杀死的②。这个演讲被一百多家报刊转载，引发了美国国务院的高度关注，促使美国自觉提出"不参加侵略行为"的口号③。

再次，爱国民主人士通过演讲推动战时各项建设。在政治领域，抗战期间国统区大后方兴起过两次民主宪政运动，爱国民主人士在此期间通过大量的演讲阐述实施民主政治的主张，对否定国民党一党训政制度，推进战时中国民主政治的发展发挥了积极作用；在经济领域，在以民族工商界代表人士为主发起的"星五聚餐会"上，章乃器、吴羹梅、胡厥文、胡子昂、孙越崎、胡西园、康心如、卢作孚等皆与会就战时经济金融、工业生产、产业政策、工商环境等问题发表演讲，产生了巨大的社会反响；在文化领域，郭沫若充分利用演讲对文化文艺工作进行指导，仅在重庆的一系列文化活动中进行的演讲、报告、讲话、谈话等，就多达 110 多次④，充分发挥了其作为文化旗手的重要作用。

演讲，说到底是人类在社会中发表自己意见的一种工具。既是工具，关键看这种工具为谁所用。马相伯先生曾说："演讲得最好的人不见得就是好

---

① 张慧英，蒋泓. 抗日战争中的民主人士 [M]. 北京：中央文献出版社，2005：2.
② 王金锘. 抗战时期的中国知识分子 [M]. 北京：中国社会出版社，1996：136 - 139.
③ 贾培基. 陶行知 [M]. 重庆：重庆出版社，1991：14.
④ 邵守艺，肖国良. 演讲全书 [M]. 长春：吉林人民出版社，1991：636.

人，而真正有非常之才与德的人，其演讲必有可观。"现代人一般把口才视为衡量个人才能的重要标志，但纵使口才再好的人，没有正确价值观作为导向，其演讲也必然是"误人子弟"甚至"戕人性命"。很多爱国民主人士正是马老口中的"才德兼备者"，其演讲亦甚为"可观"。

一是"可观"来自演讲者的可敬。在轰轰烈烈的抗日战争中，爱国民主人士始终是为抗战呼号奔走、竭尽全力的一部分人，他们中的大多数人是这个时代的社会精英，是大众心目中自觉承担国家民族使命的、可敬可爱的人。他们虽分属不同阶层甚至不同阵营，但都把"忠诚爱国"和"追求民主"作为毕生的价值指引，一生都在为维护和促进国家、民族和人民的利益奋斗，以国为家、以身报国是他们最浓烈的家国情怀。职教社总干事杨卫玉以"求学与救国"为题，向青年学生深刻剖析求学为救国的道理。冯玉祥夫人李德全女士，在演讲中敦促广大妇女支援前线抗日，与"男子共同负起救亡图存的责任"。猪鬃大王古耕虞，为了发展中国的民族工业，在"星五聚餐会"上提出中国不能仅把猪鬃作为原料提供给外国，而应"设厂炼制外国所需要之现代化毛刷"，则"世界上无人能与竞争"①，可谓思虑良远，拳拳爱国之心溢于言表。

二是"可观"来自演讲词的精妙。在演讲中，说者和听者实际在进行着一场心灵的碰撞，以此共同完成人性和人格的升华。从这一点来看，演讲具备的能量巨大，它能将一种精神和力量转化为持久的实际行动，激励着千万人去进行伟大的奋斗，推动历史的车轮滚滚向前。1944 年 5 月，黄炎培向复旦大学学生演讲时指出国民党挂着"民国"的招牌而一直没有实现真正民主的现实，告诉广大青年民主是"求"则得之，就如"男女配偶也要'求'的"一样，实现民主政治必须人民自己去求，"要想成功得快，一定要'求得热烈'""要想成功得彻底，一定要'求'得拼命"②。在诙谐幽默的言辞间将复杂而深刻的政治问题巧妙地转化为听者的行动力，为实现民主政治进行了广泛的动员。郭沫若在邹韬奋的追悼会上形象地比喻邹韬奋是"一支不折不扣的、名副其实的钢笔"，将邹韬奋投笔为枪的文化战士形象深刻地烙印在了每一位听众的心里。他高度肯定笔杆子在反法西斯战争中的重要性，指

---

① 古耕虞. 黑猪鬃产制运销现状及其当前值困难与将来值展望 [J]. 重庆: 西南实业通讯, 6 (6).
② 黄炎培. "求"民主的到来 [J]. 上饶: 大地, 1946, 1 (2).

出"枪杆只能消灭法西斯的武力",而笔杆能消灭"法西斯的生命力",他嘲笑德日等法西斯国家的笔只是替统治者刷糨糊、刷粉墙、刷断头台、刷马桶的刷把,更是令听众印象深刻,掌声雷动。

三是"可观"来自演讲中处处闪耀着的深邃思想。优秀的演讲往往集语言艺术、情感、思想于一体,这其中,思想是演讲的灵魂,起到直击听者灵魂、引发共情共鸣、催生化学反应的巨大作用。爱国民主人士在抗战演讲中所透露的深邃思想不仅发挥了坚持抗战、指导抗战的作用,更可以跨越时空,对实现中华民族伟大复兴起到指导作用。抗战初期,邵力子面对强权抬头、公理不彰的艰难情形理智地提出了"公理必战胜强权"的观点。马寅初指出,抗战建国当特别重视"物力之培养"与"民生之改进",中国推进工业化建设将不仅为中国培养"财力",亦将为国际市场释放巨大的消费潜力。陶行知认为民主有"新民主"与"旧民主"和"庸俗的民主"与"创造的民主"之分,而民主运用到教育方面则表现为教育属于老百姓自己的,教育由老百姓自己办,教育也应为老百姓的需要而办。这些真知灼见,即便放在今天,依然具有借鉴价值。

治史是和过去对话,也是对未来的启迪。习近平总书记深刻指出:"我们比历史上任何时期都更接近中华民族伟大复兴的目标,比历史上任何时期都更有信心、有能力实现这个目标。"然而站在过去和未来交汇点上的中国,既拥有前所未有的机遇,也面临国内空前繁重任务的挑战,遭遇着全球深度嬗变的、前所未有的大变局。中华民族这艘巍峨巨轮已经处在船到中流浪更急、人到半山路更陡的阶段。在危机中育新机、于变局中开新局,更需要我们以史为鉴,重温这些氤氲着浓厚爱国之情的演讲词,学习爱国民主人士赤忱报国的决心和意志,感受他们于危局中"惊涛骇浪岿然不动"的定力和毅力,领悟他们超越一己得失的情怀和风范,在历史中汲取智慧和经验。唯有如此才能不畏艰险奋勇向前,才能在风险挑战中敢于斗争、善于斗争,才能始终坚定不移地为建设中国特色社会主义伟大事业扫清障碍,开辟道路。

在整理和编纂这些演讲稿的过程中,我们始终秉持着马克思主义唯物主义历史观的基本立场,尊重爱国民主人士在当时社会环境下言论的立场和政治态度,尊重他们在抗战时期自身发展的客观规律,对原稿进行了细致的、审慎的编辑和校对,力求以客观、科学的态度将它们呈现出来,保留演讲稿原貌和思想性。在编纂中按照抗战总动员、战时政治经济、战时文化教育、战时国防外交、战时社会建设五大篇章进行编排，每篇章以时间先后进行排序，除少数演讲稿因"考据不足"未注明外，大部分皆标注了演讲的时间、地点等具体信息。由于人力和时间的有限、搜集演讲文稿的难度，还有大量的演讲稿未能收录进本集，一些爱国民主人士的演讲稿还等待着被发现、被展示。这既是遗憾，也是为后续的研究工作留下了空间。在编纂过程中受制于学识水平，难免有错漏之处，敬请广大读者谅解。

周巧生

2021 年 7 月 19 日

1

—— 战时文化教育 ——

—— 战时国防外交 ——

— 战时社会建设 —

抗 战 总 动 员

日人占领沈阳之后和我们目前应有的努力

阎宝航

1931 年 10 月在上海女基督教青年会演讲

阎宝航（1895—1968），字玉衡，辽宁海城人。1931 年"九一八"事变后，在北京发起组织东北民众抗日救国会，任常务委员兼政治部部长。1937年任东北救亡总会主席团成员，同年加入中国共产党。此后参与中共"国际"战略情报工作，做出重要贡献。1941 年参与组织中国民主革命同盟。1945 年加入中国民主建国会。1949 年出席中国人民政治协商会议第一届全体会议。新中国成立后，任外交部办公厅副主任、条约委员会主任委员。是第四届全国政协常委。

文献选自《女青年月刊》1931 年第 10 卷第 9 期，64—67 页

兄弟此次脱险逃出日人之手，实在是万幸的事。因为兄弟是东北外交委员会的一分子，而且在东北外交委员会中负了很重要的责任，所以日本人平常对我的行动就非常注意。这次事件发生以后，我很知道恐怕难逃出日人之手，但我毕竟冒着一切的艰险，幸而逃出来了，今日得与诸君相见，我的心里抱着无限的情怀，不知道说些什么话就好。

诸君！这次日本人的暴举，绝不是偶然的，实在是一种有计划的行动。在事变未发生以前，我国的商人和工人们与日人素有关系的，就早已听到了这种风声。在九月十八日午前十时和午后五时，日本领事馆曾数次以电话恫吓我地方长官说什么"对中村事件，若不能立刻解决，就恐怕会有重大的变故发生"。其实，当日我地方长官对于所谓中村事件，正在积极调查真相，谋适当的解决方法，谁知道当晚十时半，日本军队就开始行动，进攻沈阳。这种突然的袭击，我方毫无准备，故不出二十四小时，我东北各要隘就完全被日军占领。倘若日本事先果然没有布置，何以其行动会如此迅速。事后，日

人反宣称我方首先开火，说我方先派兵拆毁南满路轨，这完全是一种架陷的饰词，他想把这次事件发生的责任，完全归过于我方当局。诸君：这是很明显的事实，若果我方有此拆毁路轨的举动，那么事先必有相当准备，何至变故发生时，反仓皇逃遁，无所措手足呢？日人机关报于仓忙中，反大书特书曰："中国军队于十八日夜十一时半拆毁南满铁路。"这是何等荒谬的，骗人的话呢！按日军于十八夜十时半即行进攻，而说我军十一时半拆毁满铁路轨，这是什么话呢？谁会相信呢？

当日军占领沈阳时，适有几位美国派来出席太平洋国际学会第四届大会的代表行抵沈阳，日军即剥夺其行动自由，好几天不许他们外出一步，并常以华军毁路等类的虚构的消息告诉他们，由此，也可以具见日人的情虚了。

当日军进攻时，我方官兵非常愤激，均愿和日本人拼一死战，但因为奉长官严令，不许抵抗，所以只得舍悲忍痛任其所为。大部分军队，皆遵令仓皇退出，有不及退出的，则尽为日军所杀害。我方一切官署及公共建筑物，被日军完全破坏了。官库和东三省官银号存款，也都被日本搬去了，兵工厂弹药库的无数枪弹和飞机场的二百余架飞机，都被日军掳去了，日军竟将我方的飞机，绘上日本的标志，高飞天空，来炸毁我们的城市，残杀我们的同胞，这又是如何痛心的一回事呢？

日人这次不宣而战，很容易地占领了我们数千里的地域，使东三省所有的精华完全丧尽，我们真是欲哭无泪啊！日军在城内布哨设防，不许华人通过，其由城外绕行的我们的同胞，倘被日军看到了，也可以任意的射杀，日军对于穿西装，学生装的华人，分外仇视，一被日军见了，即遭惨杀，或有匆促改装，观之不甚合体者，一律被日军射杀，我辽宁省主席臧式毅，已被日军监禁，日人欲强迫其签字，承认华军拆毁路轨，但臧氏极力拒绝。在兄弟离开沈阳时，曾以电话勉臧氏，劝他坚持到底，不要为日人暴力所屈服。他当时以极肯定的语调答复我，说："我臧某的头可断，但我臧某的志气不可屈。"臧主席实在是一个有气节的人，这是值得我们钦佩的。

日本这次出兵，名为南陆相主持，假说不是他们内阁的意思，这无非是想欺骗世界，以掩护他们破坏东亚和平的罪恶。据兄弟个人的观察，日本这次悍然出兵，实欲永久占领我东三省，后见国际联盟和世界各国都有些不满意他们这个举动，所以他便改变面目，收买汉奸，利诱威胁，逼迫他们出来宣布独立，待经过相当的时间，再实行吞并，一如灭亡高丽的往事。由此，可见日本人的用心，真是险恶之至。最可痛恨的，如熙洽辈等少数官僚，竟卑躬屈膝，甘为日人走狗，秉承日人意旨，劝华军解除武装，并闻某营长曾因劝兵士投降，被其卫队击死。从此，可见我军中尚有若干深明大义的士兵。这点是值得我们注意的。现在熙洽辈竟俯首帖耳，联络败类，组织其所谓独立政府，这实在是我国家与民族莫大的耻辱。"笑骂由他笑骂，好官我自为之"，正是这种说法了！

日人这次给予我们民族的耻辱，真是极大极深，我国定要背城借以决一死战，这不仅是挽回主权，尤其是争回人格。况且如今日本国内的情形，十分不景气，高丽的爱国志士，也正在椎心泣血，待时而动，苏俄的野心勃勃，与日帝国主义发生直接利害冲突的地方很多，所以日本目前所处的环境也是十分险恶。现在是我国东三省的军队，尚有大部分保留，而且东三省的同胞，无不慷慨激昂，誓与暴日拼命。倘我全国四万万同胞能团结一致，和日本奋斗到底，坚持到底，经济绝交到底，那末，不出半年之内，日本国内必发生重大问题。到那时，我们的东三省不独可以夺回，日本在东三省所享受的各种违法权利，也必可由此一概取消。所以今日的事，是全靠我们自己努力来自救。

当我此次离家的时候，家人恐怕我遭受危害，都劝我不要冒险出来，我当时对家人说："今日的事情，有死无他，这是用不着哭泣的。我们或先死，或后死，同是一死，但在未死以前，不可不努力奋斗。因为我们要从死里才可以求得生，所以我必得冒险出去。"诸君！我是这样的离开了我的家人，今日的事情是十分危迫了，倘若我全国同胞还不抱定必死的决心，誓与日人奋斗到底，那我们的国家终必被日本灭亡，我们和我们子子孙孙，将永远地永远地做日本人的奴隶。诸君！现在是我们生死的关头了！我们应当共同努力去争人类生存的权利。日本是破坏人类和平的罪魁，我们应当为争取人类的和平去打倒日本帝国主义。

求学与救国

杨卫玉

1932 年 1 月在上海演讲

杨卫玉（1888—1956），上海嘉定人。中华职教社主要领导人之一，抗战时期投身爱国民主运动，1945 年参与发起中国民主建国会并担任常务理事。新中国成立后任轻工业部副部长，第二届全国政协委员等职。

文献选自《通问月刊》1932 年第 2 卷第 1 期，9—10 页

近来我有一个的矛盾的思想，就是我们救国好呢？求学好呢？有人以为救国就不能求学，求学就来不及救国，照我最近的决定，惟求学方可救国。今天就把求学与救国做一个题目，先谈救国，请问我们救国的动机在那里呢？不外两层。一是因为爱国，不能不救国。一是因欲卫己，不能不救国。我们许多人开会，奔走，种种想法救国，都是为这两层，即爱国与卫己。我们为什么要爱国呢？爱国与我们有什么关系？我们要晓得世界人类分两种，一是自然人，一是文化人。自然人就是由父母生下来后，天真烂漫，浑浑噩噩，糊里糊涂，后来经过组织，小的就成家庭，大的就成社会，有了家庭制度，社会制度。就有交际，有经济，有美术，有仪容，发生许多问题。到了此时自然人，就变成文化人了。我们要看自然人的形状，如到北方去可以见一般穴地而居，茹毛饮血的人，吃的是生，穿的不成样子。外国如非洲土人，台湾生番，这都是保留原始人的状态，原始人就是自然人。我们呢当然不客气，要称文化人。诸位到此地来，必定预先修饰，又有礼貌，晓得对人鞠躬，这是从自然人到文化人类的进步。为什么自然人的文化落后呢？这是因为国家没有组织，没有组织就没有制度，没有制度就没有文化。古来从盘古氏天皇地皇人皇的时代，都是自然人，后来的了黄帝神农等有思想人想出制度，所以我们国家才造成有文化有组织，所以要有了国家才可以保持文化，促进

文化。

第二点，国家为人类生存的工具。假如有国家制度的这一大群人在世界上，好像一大群狗、羊、猫，吃食要抢，拿一件东西也要抢，抢到后来就弱肉强食，犹如壮狗吃小狗，有力的马吃小马。这是因与没有制度、法律、组织，就没有保障人权。孙总理所倡三民主义，就是为保障平等自由幸福。现在国势危急，不能说国的不好，这是政府不好，是人的不好，不是国不好。我们有了国家方能保持生存，国是人类的屏障，不是一种渺茫的东西。这是第二点，我们应该明白的。

第三点，超社会的团结。什么叫超社会团结呢？原始人没有社会，没有文化，就是没有团结。现在我们，有文化，有社会，但是社会是个很复杂的东西。有宗教社会，经济社会，教育社会，每个社会中又分门别类，信宗教的如耶稣、天主、佛，经济又分什么银行公会、银业公会等种种，教育分社会、初等社会学、自然科等等的组织。若是社会上头没有国，那就要互相猜忌攻击。所以社会上头须要有个国超乎社会，使各种社会走上轨道，所以国就是超社会的团结。

国的作用好处，不外上述三点。就是爱国的卫己，生存的工具，没有工具，生存就没有保障。没有超社会的团结，各种社会就不能上轨道，就文化落后。因此我们不能不爱国，今国家有难不能不救。不可再像从前不关痛痒，为什么呢？从前君主专制。

清朝是爱新觉罗的国。明朝是姓朱的国。我们不闻不问，先前少数人专制多数人固是大错，现在我们国民不当是自己的国，也是大错。国是四万万人的国，个个有份，为什么只有汪蒋胡可救国，我们不能救国呢？如不打破这种观念，那就非亡不可。但是国要有站立的要素，要素立在那里，这有二点，一是物质建设，像交通、国防、商、农、工等，一是精神建设，文化，教育。有精神建设才有物质建设，像非洲黑奴、安南、台湾都因没有文化，做人走狗。说到文化，诸位想想，定要说国难原因很多，不能单怨文化落后。但是文化落后，实为最大之因，陈先生前演讲东北问题说，日本对东北出的书籍有二百七十种之多，我到中华商务馆去查本国出的关于东北书籍只有九大本，惭愧，九大本之中，尚有五大本是从日本转译来的。譬如一家自己的田地，自己不知多少亩数，反去问乡邻人，平心说，怎能不失败被人侵夺呢。新近有一个友人从美国回来，问问美国舆论。他说，年纪大的知道中日历史，都代中国抱不平。年纪轻的口调便不同，因为研究亚洲只有日本书做参考，便被淆乱，这是中国文化落后的吃亏。由九月十八日到十月十日日本对东北又出新书十八种。他们埋头脚踏实地研究，不像我们只会贴标语散传单为能事。你们想，国那能强，所以救国要不放弃文化，实力强权，都从学问方而得来。勾践十年生聚，十年教训，我们现在，人是不要十年生聚，但十年经济，十年教训，是少不了的。胡展堂君说，现在国与国间全在科学战争，甲午之战，中国海军吨数比日加倍，陆军比日加几倍。结果中国大败，海军全没，不败于武力而败于教育。因为没有社会教育，没有公民教育，这是失败于教育。日俄战争，俄国兵多械良骑兵勇健，结果俄国大败，而败于粮食缺乏。欧战德国科学，兵器，样样比人利害，结果德国大败，不败于武力而败于经济。所以战争须要有教育，交通，经济，粮食。种种关系，均在学问。俄国五年计划成功，我国又增一敌，现在俄国有六百个经济专家，专门研究水利、交通、农业，所以处处须有学问专家去建设不可，不罢课，不能救国，如丢掉学问空喊救国，不独亡国，且要亡种。意大利、比利时、波兰、土耳其、暹罗，都是亡过国的，现皆变为新近强国。民族有了学问文化，退到一万步，总有恢复日子。无学问，那就失掉民族精神，法国最后一课，是说明天学堂被德没收，今天仍要上课，欧战时，地上有炮火，在地下层上课，因为学问比枪炮要紧。炮弹亡国，是暂时的；学问亡国，是永久的。所以先前有人说，读书不忘救国，救国不忘读书。读书二字，范围嫌狭。我来转一句，作为我的结语，求学不忘救国，救国不忘求学。

四年以来的教训

王造时

1936 年 1 月在"一·二八"四周年上海各界纪念大会演讲

王造时（1902—1971），江西安福人，著名爱国民主人士，中国近代民主运动的先驱，五四运动的领导人之一。1936 年 6 月，全国各界救国联合会成立，当选执行委员、常务委员，同年 11 月被国民党逮捕，为著名的"七君子"之一。新中国成立后曾任复旦大学历史系教授，世界史教研室主任。

文献选自《华年》1936 年第 5 卷第 8 期，137—138 页；第 9 期，156—157 页；第 10 期，176 页

自"九一八"以来有四年多，自"一·二八"以来刚好四年，时间虽不怎样久，所遭遇的国耻已经打破古今中外历史的一切记录。有人估计，在这短短的期间，我国共丧失了八百余万方里的土地，比起近百年来满清政府历次丧失的国土还超过一百五十万方里。每年失地平均约有两百万方里。若拿丧失的土地与省份比较，等于七个四川，十二个广东，十三个湖南，十四个陕西，十五个湖北，十六个河南，十七个山西，十八个山东，十九个安徽，二十三个福建，二十七个江苏，二十八个浙江。若拿丧失的土地与外国比较，那更骇人听闻，竟等于日、英、法、德、意、奥、匈、比、荷、丹、瑞士十一个国本国面积之和。换言之，也可以说是等于四个法国，五个德国，六个日本，十个英国，六十个瑞士，七十个荷兰，八十个比利时。照四年以来这样的速度断送下去，再消不了十年，全中国便会送得干干净净。我们在这"一·二八"四周年纪念的今日，回想光荣灿烂的山河被一大块一大块的割去，整千万的同胞被一大批一大批的占去做亡国奴，我们的血好像在那里沸腾，我们的心好像在那里被刀割，我们的愤怒好像是要冲上云霄去！然而这四年以来的痛史也给了我们最严重的的教训，我们于悲愤之余，不能不吞声

饮泪去认个清楚，以定救亡图存的方针。

四年以来的事实第一证明了日本①帝国主义的侵略政策非吞并我全个中国不可。本来先吞满蒙，次及本部，然后称雄世界，是田中所定下来的锦囊妙计。所以他说："欲征服支那，必先征服满蒙；如欲征服世界，必先征服支那。"不料有些人，意见不及此，或见及此而故意像鸵鸟一样，把他们的头埋在沙里当作没有看见。在"九一八"沈阳失陷的时候，这些人就以为问题不至于扩大。后来北满及锦州失了，这些人，又以为得了东三省，就会满意，不至于再扩大。后来山海关又失了，这些人又以为得了山海关可以保障"满洲伪国"的安全，自然就会罢手，绝不至于再扩大。但是后来热河又失了，这些人总以为得了热河完成"满洲伪国"的自然地势之后，断不至于再扩大，更不至于扩大到长城以内。但是后来滦东又失了，这些人，又在那里做梦，以为万不至于踏进平津。但是现在呢？"冀东自治政府"与"冀察政务委员会"已经先后出现了，内蒙古最近又已宣布"独立"。而所谓华北自治运动且有扩大到山西、山东、绥远之势，这些人或许心里还以为可以退守陇海铁路，再不然可以退守到长江以南，再不然可以退守武汉以上，再不然可以退守川、滇、黔等省，再不然可以称臣投降或逃往海外过其亡国寓公的生活。但是我们最大多数不愿做亡国奴的同胞，便不能不认清此种铁一般的事实。此种铁一般的事实告诉我们，日本的侵略政策非灭亡我全国不可。只有认识这种事实，才知我们与敌人绝对没有妥协的余地。什么协定，什么条约，在敌人看来，都是暂时的策略，老实说最后他们非要我们全民族子子孙孙做他们的奴才不可。

四年以来的事实第二证明了日本的侵略手段，除了用武力威胁我国外，还利用各种各色的汉奸，直接间接作出卖民族利益的勾当。以最小的牺牲，换取最大的报酬，这是日本宰割我国的最高原则之一。以各种傀儡的方式，缓和其他列强的反对，以避免国际的冲突，这是日本宰割我国的最高原则之二。以最少数情愿做汉奸的中国人，压迫最大多数不愿做亡国奴的中国人，以避免我全民族的反抗，这是日本宰割我国的最高原则之三。因此，日本除了到万不得已的时候，用武力来威胁我国外，总是千方百计利用各种各色的汉奸，直接间接做它的工具或刽子手。第一号傀儡已在东北出现，第二号傀

---

① 原文用××代替"日本"二字，下文同。

儡已在冀东出现，第三号傀儡近又在内蒙古出现，第四号傀儡不久恐要在华北出现，第五第六等号的候补傀儡正在制造之中。至于间接为日本帝国做孝子顺孙的所在多有。这样一来，无怪土肥原前不多久在报纸上居然宣言，谓日本不伤一兵、不费一弹，又已增加了数十百万方里的土地。这是多么毒辣的手段！因此，我们若要反抗日本，同时非以严厉手段对付各种各色的汉奸不可，如果让他们弹冠相庆，高踞要津，那么他们做日本人的奴才，我们便要做奴才的奴才了！

四年以来的事实第三证明了倚赖政策的错误。自己不肯牺牲，而希望人家代我们牺牲，天下岂有此理？何况国际间的事情全以利害为前提，欧美帝国主义又何尝讲什么公理。我们的当局于"九一八"事变之后，因为误于不抵抗主义，不惜一再郑重宣言"忠实信赖"国际联盟，结果呢？国联多聚会一次，中国省份多失去一个；国联多通过一案，中国城市多被占去一个。什么停战，什么撤兵，什么调查，什么报告，都是欺骗世界及我中国民众的鬼话！然而当局为"对日避免冲突"起见，一次一次地劝我国民"严肃以待""特意忍耐""忍痛含愤""逆来顺受"；一番一番地要我国民"谨守秩序""服从纪律""信任政府"。不管敌兵如何犯境，同胞如何被难，当局总是说外交如何有希望，国联如何有办法。但是希望在那里呢？办法又在那里呢？一天又一天，一年又一年，日本不但不会撤退一个兵，中国不但不会收复一寸土，而东三省沦亡之后，热河亡了、冀东亡了、察哈尔亡了、内蒙古又亡了，整个华北将不保了，无数的同胞卖了，无数的财产弃了，到现在，当局好像觉悟国联之不可"忠实依赖"，于是转过脸来"忠实依赖"我们的敌人，与敌人讲"亲善"、讲"提携"、讲"共存共荣"、讲"经济合作"、讲"军事同盟"，这简直等于与虎谋皮，不成事体！谁不知道中国与日本的关系，犹羊之与狼？难道羊可信赖狼，与它亲善吗？羊被狼咬去琉球、台湾、高丽，因为时代稍远或许记不清楚，难道"九一八"以来羊被狼咬得体无完肤还不觉得痛吗？日本每实行一次侵略，必口讲一次"亲善"，"亲善"愈密，吞噬愈甚。回想当年东三省之不抵抗，何尝非"亲善"的表示？上海协定与塘沽协定的签订，香槟交欢，握手成礼，更何尝不是"亲善"的行动？然而羊子结果日趋灭亡尚不幡然觉悟，天下可痛哭之事，孰有甚于此者吗？

四年以来的事实第四证明了不抵抗主义的可耻。古今中外的历史，丧权的也有，失地的也有，甚至于亡国的也有，但绝找不出丧权失地如此之多，而还不抵抗的例子，有之只有"九一八"后中国这段最可耻最卑怯的污史！以比利时那样的渺小，在欧洲大战初起的时候，因为区区的借路问题，还要反抗当时世界最强的德国。以阿比西尼亚①的落后，还要反抗意大利全力的进攻，请问主张并实行不抵抗主义的人们，还有什么理论可以自行辩护？失去东三省，不抵抗；失去热河，不抵抗；失去滦东，不抵抗；失去冀东，不抵抗；失去察北，不抵抗；失去内蒙古不抵抗；将来失去华北五省恐怕还是不抵抗。不抵抗主义不但断送了八百多万方里土地，四五千万的同胞，并且贻我中华民族万世之羞！虽然这些人善于掩饰巧辩，不是说五十年后再图复兴，就是说中日物力相差太远不能一战，或是说抵抗非有充分的准备不可。但是我们要问：为什么"一·二八"的抗战，以物力相差太远的十九路军能与日本的海陆空军相持至一个月零四天之久？为什么落后的阿比西尼亚抵抗意大利的飞机、大炮、坦克等最新式的武器，到现在将近四个月还没有失败？所谓进步的物力的威力，也不过是如此而已。其实，"一·二八"的抗战告诉我们，唯有抵抗才可以救国；反之，不抵抗主义才会一夕失去东三省，四年失去八百余万方里，如此不抵抗下去，不到十年便会亡国，五十年后我们的子孙只配做奴隶牛马，那里有我们生聚教训的机会去图复兴。至于须有充分的准备然后可以抗战的理论，表面看来似乎言之成理，而其内心实与不抵抗主义者同鼻孔出气。稍有常识的人，便知这种理论必须有两个条件才能成立：第一是要我准备而人家不准备，或我准备的速度比人家快；第二是要有准备的机会。现在根本的问题是敌人不让我们准备。你办军事训练，他说是排日要取缔；你向外国买飞机，他说是预备抗日，要反对；你的一举一动，都在他严密监督之下。你想要修粤汉铁路以便接济，但是他已经把北宁、平绥、平汉、津浦等路置在自己掌握之中。这样，请问怎样去做准备的工作？何况你准备，难道他不会准备吗？敌人在本国内早就叫出"危机""国难""焦土"等口号来了。这几年来，他们的准备，只有比我们厉害，比我们紧张，决不像我们这样。并且他们有高出我们不知多少倍的好基础，准备工作比我们自然容易进行。所以事情多拖一天，只有他们占便宜，我们吃亏。因此，我们认定今日之事，实逼处此，只有要求速战。早一天宣战，于中国有利一天，迟一天于中国有害一天。

---

① 阿比西尼亚：即埃塞俄比亚。

四年以来的事实第五证明了民众力量的伟大，如果对日要抗战，非先解放民众不可，只有解放民众，民众才能有效地组织起来；只有组织起来，民众才能发挥其伟大的力量；只有这种伟大的力量，才能保证我们的最后胜利。我们与日本的战争，乃是被压迫民族反抗外来侵略的战争，并且是物质落后与物质进步国家战争。我们所恃的不是最新式的大炮、飞机、坦克、军舰，而是广大民众的血、肉的精神，及与此种精神打成一片的武力。"一·二八"战争便是一个铁证。据当时亲自领导作战的翁照垣将军说（见大众生活第十一期）："十九路军当时和敌人物力上的对比，当然相差甚远。他们有二百架以上的飞机，二百尊以上的重炮，四百尊以上的野炮，而我们则一无所有，甚至于军队数量上的对比，也不及敌人之多。但两个月的抗战，敌人始终不能踏进我们的战线一步。这是什么理由？汉奸们当然不愿也不会了解的。这是我们人力上优越的结果。上海各界民众的奋起参加战争，乃是支持这战线的主要力量，敌人的力量虽然可以打败十九路军，但不能打败上海全体民众，所以这种战争的效果，终于超越了物力对比的意义。如果现在我们全国军队都走上前线，全国民众一致起来抗战，那末，战胜的把握，当然在于我们手上。"

可惜在上海停战协定以后，民众被压迫了，民气消沉下去了，日本帝国主义乃得随心所欲。现在如果当局真决心抗日，那么请先开放民众运动，取消有一切束缚言论出版集会结社的自由的法令、制度及手段。不解放自己的同胞，不配向日本要求解放。在半殖民地的中国，如果有诚意要反抗外来的侵略，最基本的准备是让民众组织起来。提高抗敌的情绪，发动全民族的解放战争。若口头上说准备，而实际行动上极力压迫爱国分子及势力，请问这是什么准备？这简直是准备我们做亡国奴！

总之，四年以来的事实，给了我们下列教训：

（一）日本帝国主义的侵略政策，非吞并我全个中国不止。因此我们与它绝对没有妥协的可能，如果不愿做亡国奴，我们与它只有拼一个你死我活。

（二）日本帝国主义的侵略手段，除了用武力威胁外，还利用各种各色的汉奸，直接间接出卖民族利益。因此我们除了与敌人拼一个死活外，还得要肃清一切卖国贼。

（三）依赖国联落了一场空，现在转过脸来信赖敌人讲亲善，危险更加万倍，非反对不可。只有自己站得起来，才能希望得到国际上的援助。

（四）不抵抗主义是可耻，是卑怯，因此我们对于辩护不抵抗主义的各种汉奸理论，也非一概打倒不可。

（五）民众力量的伟大，尤其是在半殖民地的民族解放战争里面，非有广大的民众参加不能成功，所以在抗敌战争发动以前，必须先行开放民众运动，立即取消钳制言论出版集会结社的自由的法令制度及手段。

时候不早了！我政府当局，我全国民众，难道受了这四年以来的惨痛教训，还不觉悟吗？

"一·二八"的回忆

沈钧儒

1936 年 1 月 27 日在上海演讲

沈钧儒(1875—1963)，字秉甫，号衡山，浙江嘉兴人，清末进士，近代民主革命家、法学家，著名的救国会"七君子"领头人，中国民主同盟的创始人之一。新中国成立后历任最高人民法院院长、全国政协副主席、全国人大常委会副委员长和民盟中央主席等职，被誉为"民主人士左派的旗帜""爱国知识分子的光辉榜样"。

文献选自《上海青年（上海 1902）》1936 年第 36 卷第 15 期，11—12 页。

国事到了今日，谁也能够认识我们中华民族的生命，已经陷进了刻不容慢的最后紧急时期！换句话说，可以说是快要灭亡了。但是有的时候我们好像觉得还是可以安然吃饭，安然睡觉，度我们上海人的醉生梦死生活，这是什么缘故呢？就是因为没有把目前丧失国权的事实，看作整个的问题。原来一个国家，只是整个的，不是零零碎碎的，但是如果看错了以后，便可以把这些关外华北察绥内蒙古等等认为距离我们上海还是很远，那又有什么话说呢！我们中华民国领土，委实是太大了。敌人的飞机不在自己头上旋转，大炮和机关枪的声音没有乒乒乓乓闯到自己耳朵里边来，情绪是不会立刻紧张的。这一种的错误，这一种的惯性，真是亡国的根苗。我们每一个人，应当赶快自己起来划除，自己起来纠正，我们应当记得在距今四年以前，在所谓"一·二八"的那一天，我们的上海，在那时现象是怎样？我知道无论那一人，只要想一想定都会像触电一般似的叫喊起来的！还有一点，我们应当注意"一·二八"那时，敌人的势力根据还在长城以外，而已见飞殃及于上海。现在是怎样？是不是会有发生第二次"一·二八"事件之可能？并不是我敢危言耸听，一桩桩的事实，显然摆在面前，它已明白启示了我们。

我还记得，在"一·二八"那一天的晚上，有的人家还没有睡觉，有的人家正在吃饭，忽然间放下了饭碗不动了，甚至呀的一声叫起来，这时候我们的上海人，才感觉到意外的袭击和惨痛，才领略了这叫作某一国对于某一国变相的"亲善"。从那一天晚上以后，每天早晨，日中，晚间，我们的感觉毫无疑问的统一了！有的时候我们立在那里静静地发呆，因为听见了……有的时候，一家大大小小在高楼露台上，竖了鼻朵，仅多少时间会立过去。在那个期间，我们上海每一个人的血都从他的血轮里沸腾起来，大家都没有话说。在"一·二八"以前，对于"打"这个字怀疑的人，到那时他们的议论也都变成张献忠的七杀碑了。空理论的文字，没有人要看了；街头巷尾，大家仰起头，侧了耳朵，要想自己来直接找到一点什么消息；青年的徒然运动不见了，大家都埋头去干切实的工作；住在闸北的人家，逃到租界里边来，咬牙切齿，一点不颓丧，誓复国仇，一个汽车夫胡阿毛，万目誉之神圣。这许多许多的事实，真是惊心动魄，而值得我们回忆的，只要前敌传来些微消息，立时传遍了全上海，需要什么东西时，几小时以内一定输送到达，而且终是超过了所需数量以上。那个时候，我们的上海人，真是全体一致，有货物的愿意损输货物，有资财的愿意损输资财，就是没有货物和资财的，也尽力将他们的所有贡献出来，以应急切的需要。诸如此类的民心表现，拿来比较现在意国人民交献金戒之举，有过之无不及，真是不愧中华民国国民！切实发挥了我们民族的精神，民族的力量，而值得我们永久回忆的。

至于"一·二八"英武而惨痛的抗战，那更是我们中华民族解放战争史上最光荣的奇迹，我们民众所永远不能遗忘的纪念日。我记得那时有一个战地记者写的一段话，我因为读了感动，曾把它抄在日记里面，现在拿来替代我的赞扬，表示我的歌泣："国军抗日，苦战三十三天，在此打破百载耻辱的伟大时期里面，我们焦急地期待着，天天盼望着胜利的消息。结果，悲痛的事实在目前暗淡地展开，经过了三十三天壮烈的牺牲以后，我们的国军卒于施行了英勇而悲哀的退却，把三十里殷红的残土让给敌人。然而死者成仁，伤者成名，我们的国军以尽了军人最高的责任，发挥了最大的力量。""你们用手榴弹替代炮弹，机关枪防守要塞，甚至于用拳头和牙齿抵抗了敌人的前进，你们拼命的结果，使敌人对于一尺一寸的中国领土，都要用可怕的血价来买。""闸北八字桥，江湾，庙行，蕴草浜，吴淞，这一个个永远忘不了的血写在历史上的地名，你们那健壮的肉体，被强屑所撕裂；你们的鲜血一丝丝地滴在地上，渗进祖国的土里，在那死灭的无限的凄惶与恐怖之中，你们并肩地向前冲去，联袂地倒下，完成了你们伟大的死！""国民革命军第十九军七八师一五六旅第六团，第四团，六〇师一一九旅第一团，一二〇旅第五团，六一师一二一旅第二团，一二二旅第四五六三团，第五军第八八师及独立旅团，以上一共有十二个连队，大家牢牢记着这些联队的番号！这些联队番号，早已刻在江湾的土里，印在闸北的砖头里，写在吴淞岸头的海浪里。然而尤其可贵的，就是他永远地刻在我们的心里，一代一代的传下去，永远在中华民族的纪念里。"

我们在回忆以后，得了一个证明的事实：就是敌人对于我国只有实际的进攻，并不要你们签订什么条约与协定。有的时候，他们借这个来掩护，否则借此机会来暂时休息一下。其实呢，纵使有什么纸片，他们要冲破时便冲破了！试看"一·二八"那天下午一时四十五分，上海市长不是对于日本总领事所提出的四项条件业已表示完全接受，而当晚十一时二十五分日本海军陆战队，依然突向闸北开始自由军事行动吗？所以我们的外交，也应只有实际的行动，抵抗。什么交涉，什么会议，再不要做这一种迷梦！

其次，讲到抵抗，那一种似是而非的科学计算胜败方法，真是徒然使自己堕落的见解，非要根本排除不可。中外历史上的证据，不胜枚举。就是从前日俄之战，他们政府迭次举行最高会议，征询海陆意见，海军认为只有十分之五的希望，陆军亦说无把握，充其量只能抗战一年，而战的结果日胜俄败。最近荒木告日本国民书，第一章也说"要把世界的一切现象都用数学来统计，就是数学化，那是不行的啊！人类绝不是这样简单的东西"。现在我们"一·二八"的英勇抗战，尤其是一个最的确最光荣的例子。"他们有二百架以上的飞机，二百尊以上的重炮，四百尊以上的轻炮，而我们则一无所有"，在那时主持战役的翁将军不是这么说过吗？

其三，自有"一·二八"光荣战役的纪念，它是由全上海市民与军队合一奋斗所获得的结果。因此证明吾国一般潜伏的民气，到处不可轻侮，平时是看不出来的。我们上海人民，应当深自奋勉，起来联合全国民众，共同负担，此后中华民族解放的责任，是更艰苦更伟大的。

国难与妇女

李德全

1936 年南京中央广播电台演讲

李德全（1896—1972），北京通县人，中国妇女运动领导人，冯玉祥夫人。民革成立后当选民革中央执行委员。1949 年 9 月参加中国人民政治协商会议第一届全体会议，被选为全国政协委员会委员，10 月被任命为中央人民政府政务院文化教育委员会委员、中央人民政府卫生部部长。

文献选自《广播周报》1936 年第 85 期，19—21 页。本演讲刊发于 1936 年 5 月 9 日的《广播周报》上，据此推断演讲的时间应该在刊物出版的前一周。

全国姊妹，全国同胞：今天我有这个很好的机会，同大家谈话，心里觉得非常的愉快，非常的荣幸。我自己是一个妇女，在现在国难严重的时候，在现在民族危急的时候，想起我国家民族的前途，真是痛心。在春秋时代，漆室地方有个老女，她为着她的国家而叹息。她说："鲁国的君王老了，然而太子还小，恐怕国家会有患难，我怎能够不忧愁呢？"二三千年前，一个女子能为着国家未来的患难而叹息；而现在盛倡妇女解放的时候，国家民族又是这样的危急，我国妇女究竟应该怎么办呢？

我刚才说，国难严重，民族危急，到底严重到怎样的程度了呢？到底危急到怎样的地步了呢？关于这个，我想用一点数目字来和大家说明。这个数目字是，民国以前失去的地方不算，历来被人家强迫租占了去的地方不算，还有那无形的，没有法子具体计算的，因为不平等条约而丧失利益同主权，自然也都不算。单只拿从民国二十年九月十八日，沈阳失守后，这短短几年间所丧失的土地来说，就有四百余万方里的土地。若是拿来同国内的省份比较，就等于九个山东，十一个福建，十三个半江苏，十四个浙江。又假使拿这些土地同外国比较，那就等于三个日本，五个英国，四十个比利时。大家想一想，这是多么怕人的一个数目！在这些土地上，有我们三千五百万的骨肉同胞，现在做着亡国奴了。这三千五百万，相当于三个广西，四个福建，五个贵州的人口，又相当于三个土尔其（土耳其），四个比利时，五个阿比西尼亚的人口。这又是多么怕人的一个数目！大家再想一想，在全中国三千余万方里土地中，有多少个四百余万？在全中国四万万人口中，有多少个三千五百万？若照这样丧失下去，我们国家还能维持多久？

整个的国家，整个的民族，已经到了这样危急的地步，占国家半数人口的我们妇女，难道能袖手旁观吗？有人说：妇女的责任在主持家政，在爱护丈夫，在抚育儿女。是的，那一个女子不爱她丈夫？那一个女子不爱她儿女？那一个女子不希望她有一个美满和快乐的家庭？但是，在危弱的国家里，在被侵略的国家里，妇女们已经没有爱她丈夫的权利了，已经没有保护她儿女的自由了，已经无法组织她美满而快乐的家庭了。我如今举一个证据来说，如同意大利现在在侵略阿比西尼亚，阿比西尼亚的妇女，真不知道她丈夫还能活几天。意大利有飞机，有炸弹，有唐克车，有大炮，整天整夜的轰击，阿比西尼亚的人民随时有被消毁的可能，随时有被屠杀的可能。在这样情况下，叫阿比西尼西的妇女怎样去爱护她的丈夫？

所以我们应该知道"国家"两个字的意义。国，固然是由家庭组合而成的；但是，家，也必须靠着国来保护她。在战国时代，有个"靖郭君城薛"的故事，很可以拿来解释这句话。靖郭君是齐国宰相，齐王把薛这个地方给了靖郭君，做他的老家。靖郭君便想把薛这地方的城墙再加筑高些，再加筑坚固些。然而有很多人劝他不要这样做。靖郭君不但不听，反而下了一道命令，说："谁有胆子敢再来劝阻我的，我便杀了他再说。"偏生还有一个人要上去说话，那人先说道："靖郭君！你允许我只说三个字，好吗？"靖郭君说："只说三个字？那么，你说吧！"于是那人说了"海大鱼"三个字。海是江海的海，大是大小的大，鱼是鱼肉的鱼。海大鱼这三个字是什么意思呢？靖郭君也不懂得，于是饶恕那人的死罪，要他再说下去。那人便说："大鱼靠着水生活，正好像薛这个地方靠着齐国保护一样。大鱼若要离开了海水，他再有本领，也不行哪。假若齐国亡了，这薛小小地方，就是城墙再高些，再坚固些，那有什么用处呢？你做齐国宰相的，还是应该为着国家把政治弄好了呢？还是应该为着自己把薛这个地方的城墙起高些呢？你为自己忘了国家，究竟你的好处在那里呢?"靖郭君听了这话,便再也不想起高城墙了。

诸位姊妹,我们还是只爱着个人的家庭呢?还是应该兼爱着国家呢?如果只爱家,不爱国,那好处究竟在那里呢?我们应该晓得:家和国的关系,也正和鱼和水的关系一样。左传上有句话说得好:"皮之不存,毛将安附?"意思是说牛毛是生长在牛皮上的,羊毛是生长在羊皮上的,假若牛羊没有了皮,它的毛安放在什么地方呢?我如今也说一句:国将要亡了,那里还有家呢?姊妹们,每个妇女都有它诚挚爱家的心,到了今日,便该将那诚挚爱家的心,扩充起来,一变而为热烈爱国的心。在全中国四万万人口中,我们妇女同胞,占有二万万,若是这二万万同胞,都死气沉沉地不过问国事,只是吃国家的,穿国家的,用国家的,而不替国家出点力气,这是多么大的损失!反过来说,若是这二万万妇女都能团结起来,努力于救国工作,这又是多么大的力量!

欧洲大战时候的德国,多数男子都上战线了,那时候,国内很多的事业,譬如邮政哪,电报哪,火车上的管理哪,全都由妇女掌管,这才使德国,拿一个国家的力量,和许多强大的国家对抗,而能支持四年多,这已经是妇女努力救国的工作的榜样了。不但德国这样,现在的日本不是很急地准备战争吗?日本的妇女也有爱国会的组织,她们正在学习一切,她们到商店去,到各机关去,到电车上卖票去,她们学习各种的技能,准备到第二次大战时候,在国内代替男子工作,让男子全都可以上火线去。全国姊妹们!日本的妇女尚且这样,在我们被侵略国家的妇女应该怎样办呢?现在,已经有少数妇女们插足社会工作了,很多机关也有女职员,邮政局也曾招考女邮务员,商店里也有女店员,至于学校里的女教员更多,中央政府也有好几位中央委员,这是如何可喜可贵的事。但是,全中国服务社会国家的妇女,若是拿来和二万万的妇女人数比一比,若是拿来和服务社会国家的男子的人数比一比,究竟还是极少数,极少数。若是拿来与欧战时德国服务社会国家的妇女人数比一比,那也差得太远。所以我们应该发展我们的能力,拿出我们的力量来!

诸位姊妹们,国难的严重,民族的危急,已经是这样,我们只有立刻起来奋斗!我们要鞭策自己,锻炼自己,和男子共同负起救亡图存的责任。我们只有这样做,我们只有这样一条光明的路!

我说,我们要鞭策自己,我们要奋斗,这不是一句废话,这不是一句空洞的口号。那么,我们应当怎样的做才行呢?在这里,我愿意把我个人的意见贡献出来，请大家商量！

第一，我们先得矫正我们自己的错误观念。比方说，一般人都说，女子天生是比男子低能的，是天生不如男子的，我们自己也似乎有许多人这样相信着，其实这是荒谬的见解。从社会史上看，在原始社会的时候，妇女在社会上，在经济政治上，是和男子站在同等的地位。换句话说，就是妇女在那时是和男子有同等的，丝毫没有才能的差别。再看今日的各国，女子做大学教授，做发明家，做工程师的已经成千累万，就是我国许多农村里，天足的妇女，能下田，能挑担，能做一切苦重的工作，那有一点差似男子？可见我们现今的落伍与退后，都是社会造成的，都是我们不平等的地位造成的。

第二，我们应当赶紧训练自己，充实自己。换句话说，我们要赶紧求取知识，学习，研究技术和才能。学术知识的范围十分广大，我们的学习和研究必定要集中在目前迫切需要的一方面，必得以"救亡图存"四个字，做我们的准则。最近，我们创办了一个"首都女子学术研究会"，就是这个用意，希望热心姊妹们能够踊跃参加，并望全国各地的知识妇女能有同样的组织，互相通气，共同努力。

第三，前面说的两点，固然重要。还有更重要的一点，就是宣传和唤醒的工作，因为事实上大多数的劳苦姊妹们，还是一字不识，国家民族固然不知道是什么，就是对于自身的地位，也往往没有自觉。这要靠先进的有知识的姊妹们去宣传，去唤醒，使全国女同胞都能够明白过来，认识到自己的地位和责任，认识到救亡图存的意义和步骤。

全国姊妹们！我已经花费了大家不少的时光，今天我想应该谈到这里为止了。最后，我要郑重对大家说：我们不是久已唱着妇女解放的口号吗？妇女本应该解放，而在目前，妇女解放运动，必定要和民族解放运动联在一起。每个妇女，要解放她自己，先得为她的国家求解放；每个妇女要爱她的丈夫，先得爱她的国家；每个妇女要保护她的儿女，先得保护她的国家；每个妇女要求得美满和快乐的家庭，先得求得伟大和光荣的国家。全国姊妹们，我们整个的国家民族已经到了最后的生死关头！我们得立刻起来，和男子一同担负起我们神圣的伟大的责任，全国各地各界团结起来，共赴国难！

培养民力与解除国难

晏阳初

1936 年 3 月在四川大学演讲

晏阳初（1890—1990），字东升，四川巴中人，中国平民教育运动与乡村改造的倡导者和实行者。1926 年 10 月起，在河北定县进行一系列平民教育和乡村改造的试验，成立育才学校，设立广播电台等，在国内外产生了积极影响。

文献选自《国立四川大学周刊》1936 年第 4 卷第 26 期，1—4 页。

诸位先生，诸位同学：

兄弟因为才在军校演讲，未能准时前来，致劳诸位久等，非常抱歉！兄弟以往读书是在成都，以后也在成都教了两年书，这二十多年来，从没得着回家乡来的机会，这一次回来所看见的，并不令人奋兴，在这短时间，也不愿多说，现在和诸位谈谈国家的现状：

中国最近已到了危若累卵的地步，华北早已名存实亡。一般男女们，应该想中国为什么会沦到这亡国的份儿呢？有句旧话说得痛切，就是"亡本"。现在所谓一切新政也者，都莫从"本"字上着想。"本"为何？前人也说过两句话，虽然老旧，但其中道深旨远，直到二十世纪的现在，还是有很大的价值，就是"名为邦本，本固邦宁"。总理孙先生把中国人与外国人的心理不同之处，举过一个确切的比例，说中国人造房子，在上梁的时候，邻右必群起庆贺，外人则在奠基的时候，举行贺礼，此可见外人注重基本，国人则注重标末，舍本而求末，就是"亡本"，其败落也固宜！

从前外国朋友曾和我说：中国的富源，不是金银，不是土地，只有人，才是中国可宝贵的富源。的确，中国的人是多，然而到处都有外国人的踪迹，要来就来，要去就去，如入无人之境，真太可怜了。这并不是无人，只是人而无力罢了。欲救国在求"固本","本"何以固？在培养民力，如何培养民力？应先对于风俗制度方法技术等加以特别研究，以求改进。然而谁去培养民力？民在什么地方呢？中国的民不在名都大邑，而在广漠的农村。我们在民国十八年成立平民教育促进会，抱着民族在那里，我们到那里的决心。但中国是一千九百县组织成功的，倘若每一县都要去，这不是少数人的力量所能办得到的。况且我们到那一县，目的并不在要把那县办成模范县，这是政府方面的责任。我们目的在实验，而后再求推广，所以就选择了能代表大多数区域的风俗制度等等的河北定县，做基本实验的场所，数年来，据多方面的批评，总算有相当成绩。

我们要培养民力，得先分析什么是民的力？什么是民需要的力？在现代要求民族的生存，必须具有五种力：一是知识力；二是生产力；三是健强力；四是团结力；五是战斗力。

一、怎样培养知识力？我们有文艺教育。实施的方法：

（一）求其识字。文字本是求知识的工具，有知识就能自己救自己。原始人与近代人的分别：原始没有求知的工具，近代人有求知的工具。现代的战争，不是单靠枪炮舰艇，也不是像从前曹操八十三万人马下江南，右窥西蜀，左瞰东吴，就可操持胜券，最后的决胜，还得看知识力的强弱而定，知识力强的必胜，弱的必败而至于亡国灭种，这是一定不移的道理。所以培养民力的首图在知识力的植育与增强，我们把最普通最适用而与平民生活发生密切关系的文字汇集起来，成平民千字课，使他们容易认识，便于使用，只要九十六个钟点，四个月内可教一个普通不识字的人会写信看报。

（二）提倡平民文学。识字以后，又怎么办呢？倘若让他们去看封神榜等怪诞不羁，海盗海淫的东西，那倒是不识字的好。所以就有一班朋友在努力平民文学读物如：小说、诗歌、生物、自然、政治、社会等平民读物四千多种，要写得有兴趣，容易懂，他们才肯看，这非具有特别技术是不办的，尽管你有下笔千言，诗成七步的能耐，但是要写合乎平民口味的作品，确是不易。

（三）改良新旧戏剧。不但演给他们看，还要他们自己能排演，所以剧本既要简明，剧情得有兴致，既要迎合他们的心理与程度，还得含有教育趣味，也是一件难事。

（四）利用无线电播音教育。单有播音机，是没用处，还要有收音机，价值太贵，他们买不起，必得要教他们自己会制造，这才能发生效力。

二、怎样培养生产力？我们有生计教育，要提高他们生产技能，以求产品的改良，产量的增加。实施的办法：

（一）农村应用：中国的农人，只知道春耕夏种秋收冬藏，至于怎样耕？怎样种？怎样收？怎样藏？种子的辨别？怎样芟草施肥？他们有祖宗遗留下老方法，永不晓得改良，也莫想到有更好的方法，所以我们对于农村一切新的应用，在设法尽量灌输给他们新的知识，要收到事半功倍之效。

（二）农村工艺：在从前中国农村，本有些副产品，现在渐渐地被淘汰了，原因是太不能进步，既费时力，产品又不佳，以至无人过问，呈自生自灭之状。在国家未尝不是经济上损失，在农民也减少一宗进项，我们现在一方面提倡，一方面设法改进，使他们除农作物而外，多添些收入。

（三）畜牧：暂时只限于家畜而言，如牛马猪羊鸡鸭等，要他们知道饲养，与疾病的治疗的方法，现在已做到每一个猪可增四十磅肉，这就是增加了他们的收入，统计一下，共数亦颇可观。

（四）经营：但只求产品的改良，产量的增加，还不够，对于营经方面，如不知道，还是要受居中的剥削，所得就无几了。如定县棉花是出产的大宗，怎样经售？怎样运输，市情如何？怎样可得善价？必先使其明了，才不致吃苦。棉花如此，他物亦然，日久他们也善自经营了，此外我们办了各种合作社，尤其注意信用合作，给予他们以相当便利，也可借此训练他们自治的能力。

中国之有农业学堂，自张之洞起，直到现在，经历几十年的时间，农业自农业，农人自农人，老农老圃，还是三十年前的那一套，并没有丝毫的改良，原因是一班学农的在学校里研究的是书本上的理论，与老百姓根本就你为你，我为我，不相关联，农业又何从而改进？必得要技术学问融而为一，而后始可图农村经济的新发展，现在一般人在嚷经济统制，竟有在嚷经济总动员的，不知有何员可动？斯说也易如折枝。

三、怎样培养健强力？就是卫生教育，中国人一向就莫注意到卫生。外国人平均寿率是六十岁，国人平均寿率是三十二岁，一个人从小长到三十岁，真是不容易的事，经过父母的抚育，师长的教导，朋友的箴规，到了三十岁正当年富力强有为的时候，而不幸回也短命死矣，这是顶可惜而顶危险的事，中国人直到现在还不讲究这个，英国特设卫生部，较中国前几年卫生部的范围大得多。我所谓健康，不是要喝牛奶，坐抽水马桶等等布尔乔的洋盘，而是要适合平民生活程度，在能力范围以内的。我们的保健方法：每村有一个保健员，有一个保健箱，内储极普通而实用的药品十二件，共价约大洋三元，大概普通的病症都可以治疗。三十村至四十村设区，区有保健所，县有保健院，内设备一如医院，院长系对于医学极有研究的人担任。保健员所不能治，即送保健所，犹有不能，则送保健院，一般乡民亦渐有医学常识。

四、怎样培养团结力？没有团结力，中国人真是同病，为什么没有呢？就是太自私自利，自我观念太深，把自己看得太重，为什么会把自己看得太重呢？原因是心地狭，眼光小，假如我们把比自己更大的地方给他看，他自然会忘记自己。我们要唤醒国魂，国魂就是民族的灵魂，什么是民族的灵魂呢？就是历代牺牲小我舍生取义，杀身成仁，为国家民族争光荣的大英雄大豪杰。把这些事迹，用图画诗歌小说，描写出来使他们知道中国以往有这么大的人物，这样远的历史，他们自然会忘了小我的。我们知道丹墨（丹麦）在八十年前，一旁有奥国，一旁有普鲁士，事实上要不亡国就很难。后来有一位 Balaugader 起来唤醒国魂，现在丹墨安然存在于两大（国）之间，中国有这样多的人，这样光荣的历史，难道就不能春回病转挽此狂澜吗？哀莫大于心死，穷莫穷于无志，心不死，志不穷，总有办法。

五、怎样培养战斗力？现在的战争，不像从前，在前面已略说过一下，一个国家，必须全民均能作战，才有办法。以上四种力为培养成功，战斗力也差不多可以具备，所以我把战斗力放在最后也是这个原因。大家要晓得世界上任何国度的人都不够亡中国，够得上亡中国的只有中国人，中国要真能觉醒，不让中国亡，中国是不会亡的。

最后，得向诸位说的，兄弟从欧美回来，从没做过别的事，天天在嚷培养民力，至现在虽稍有成绩，但将来如何？还得看大家努力的程度而定。叔永先生①抛弃了许多更好的事不做，而毅然来长川大，他是有抱负的，没有很大的抱负与决心，他就不会回来，他回来也不单为四川而回四川，他是为整

---

① 此指任鸿隽（1886—1961），字叔永，重庆垫江人，祖籍浙江湖州。著名学者、科学家、教育家和思想家。辛亥革命元老，中国近代科学的奠基人之一。1935年至1937年担任四川大学校长，对校务进行多方面的改革，把四川大学发展地欣欣向荣。著有《最近百年化学的进展》《大宇宙和小宇宙》以及自传体《前尘琐记》等专著，中华人民共和国成立后，任全国政协委员、上海市科联主任委员、上海图书馆馆长等职。

个民族。诸位得着这样好的机会，好领导的人，应该特别努力，在读书的时候，要每一课都要像在上最后一课，才能有所警惕。这破烂不堪的四川，将来还待诸位来调整，并不是我恭维诸位，而是诸位的责任，不是权利。在这非常的时候，就不能照常，大难临头的时候，再不能得过且过，这种毛病，我们川人所赋独厚，所以我特别提出和诸位说，莫以为夔门峻险，天然锁钥，须知虽在中流，已不能再作砥柱了。在最近三十年内，我们只有吃苦分儿，没有享福的可能，但吃苦要有意义，有计划，也才有用，越王勾践尝粪，不是为尝粪而尝粪，是为的"十年生聚，十年教训"而尝粪，希望诸位不但能吃苦耐劳，还要有创造力，建设工作是最时代的工作，什么事情都是做得到的，只要诸位肯努力。

国共两党及一切抗日党派联合抗日为救国之第一步

陈铭枢

1936 年 9 月 20 日在全欧华侨抗日救国大会上演讲

陈铭枢(1889—1965)，字真如，广东合浦（今属广西）人，保定陆军军官学校毕业，同盟会会员。历任国民革命军师长、军长，曾任国民党政府广东省政府主席，国民政府行政院代院长、副院长兼交通部部长。1948 年 1 月在香港与李济深等建立中国国民党革命委员会。中华人民共和国成立后陈铭枢先后任中央人民政府委员，中南区军政委员会农林部部长、副主席，全国人大常委会委员等职。

文献选自《民族战线》1937 年 2 卷第 5 期，40—41 页。

同胞们，现当国内代表民众及代表青年诸君出席世界和平会及国际青大会之机会，旅欧侨胞发起这个抗日救国联合大会，是有远大意义，使人感奋的，兄弟以十九路军一个份子说话。十九路军是以抗日为职志的，十九路军的职志即是兄弟的职志，愿抗外敌而死，不愿不抵抗而生，这是十九路军全体将士之意志，亦是兄弟之意志。是故淞沪之英勇抗敌，反对塘沽协定之福建举义，都为着民族国家快要临到死亡危机，所以我们不忍坐视，不顾一切牺牲，一再发动，号召抗日，欲促成全国一致抗日，救国家于危亡，此志未达，败亡而不悔。故"联合抗日""一致抗日"，谋"抗日之统一"乃乃十九路军一向之主张，亦即兄弟之主张，前日之所表现为今后继续，表现之标准，不为任何环境所（变）易的。我们这种纯洁，勇往，而坚定的爱国心情，当为全国人所共见，我今再向同胞们面前申明一下。同时使十九路军念念不忘的是当上海抗日时海外各界侨胞踊跃捐资帮助与精神上的鼓励，兄弟应代表十九路军向各界侨胞万分的谢忱。

年来国内以学生运动为前锋，民众抗日情绪之高涨，敌忾之不可遏，据刚由国内来的陶、钱、陆①诸代表所述使我们兴奋！兄弟到外国有了半年，每留心各国对于观察我国的批评多据一偏之见或含着蔑视的意义，但他们着眼所在都本同一之点，足以使我们触目伤心。不久以前伦敦泰晤士报关于中国救亡运动，做以下评语为："这都是以学生和薪水不够用的教职员们为中心，做官者与有钱者便不会开口了。"这是何等的侮辱，前日自德国来的黄琪翔先生告诉我，巴黎出版的某德文报有转载某著名政论者之谈话云："他环游中国，观察政府因害怕日本之故，压服人民，不敢向日本人抬头。"他举个例子云："他在上海乘汽车，车夫看着日本载兵的大车在马路上走便立刻放缓车，战栗不敢超过日车之前头。"他的结论云："恐怕中国除红军外无人敢抗日了。"这是何等的偏见！因为抗日救亡是我全体同胞的意志，像以上所举的外人批评中国的很多很多，诸君见闻的当亦不少。但是不论他们有意的蔑视也好，无意的偏见也好，正面的批评也好，反面的批评也好，而其着眼之点，则全在人民方面，即民众的心理，民众的情绪，与民众的力量之所表现为如何，若除了民众表现这一方面，专就武力与设防上权衡中国之能与日本抵抗否之批评，兄弟尚未看见过。只听说我国学者有"中国须五十年后方能与日本抵抗"之谰言。同胞们，待到五十年方抵抗日本，其时尚有中国的国家吗？尚有中华的民族吗？同胞们！弱小民族为图生存而作对侵略国的自卫战是专以军事力量为本位呢？抑军事之外，更有其最基本的，最普遍的本位呢？我想人人当下一想，都得到"人民一致起来，众志成城不是不足以胜敌图存"的解答。所以目前民众抗日情绪的伸张与敌忾之不可遏止，不论外国观察家之蔑视与偏见如何，而我们之所恃以能抵抗与获得胜利的没有比这一点为更重要了，这不是我们当前最足兴奋，最足自恃与自信的问题吗？

我们试再看敌方对我国之批评，据去年日本军部自命为中国通的松井中将著了一本小册子散布他们全国，内容大致是我观察中国的结果，以为中国人民不可亡，现在则不然，中国人民亦可亡了。同胞们，我们人人自问，亦以为可亡吗？这是何等侮辱！何等可畏可惧！何等可悲可愤！

同胞们，日寇竟以为中国人都可亡了，他们更肆无忌惮，张开大口要来吞噬了，同胞们，这尚能一刻容忍吗？这尚不是全国发愤一致蹶起，争图你死我活的时候吗？我们回过头来检看我国已往及现在民众所拥护所督促的武

---

① 此处指陶行知、钱俊瑞、陆璀，1936 年代表中国出席世界青年大会。

力，淞沪、嫩江及哈尔滨的英勇抗日诸军，长城英勇抗日诸军，张北英勇抗日诸军，长期杀敌，可歌可泣之东北义勇军，千磨百练坚决主张放弃一切成见，解除一切仇恨，（略）联合抗日已为国人认识之庞大的红军，目前绥远之傅作义军，试问谁人不爱护他们？谁人不欲他们全体无遗的结合起来，促成全国一致的抗日战？兄弟更要特别说几句话的：广西李白①两将军之英明勇略与政绩，虽为国人所共知，而他们誓志抗日，要求出兵的真情，尚有为不正确宣传的烟幕所蒙蔽，兄弟不得不将素所深知，为他们作证明。我们但看十九路军将士，蔡将军②等于广东被解决后，入广西合作，足以使国人益信他们抗日是真心了。若抗日战一时实现，他们必定作前锋，且本着他们的军事经验与能力必为民族发挥特殊的光荣，可以断言的。兄弟曾接到李白两将军的电说"中央容纳他们抗日救国的主张了"，这足引起我们何等的希望啊！

上说过的学生运动，民众运动，及一切有抗日经验者结合起来，全民众一齐起来，督促政府，包围政府，我想人非木石，没有不感动的。非奴隶成性，再不能忍倭人凌辱，再不会忍心压迫爱国运动，非是疯瘫了的，决不致束手待毙。"兄弟阋于墙外御其侮"，今日非到了最后死亡关头么？假使国亡了，人人连国民的资格都没有，到其时，尚有国民党么？尚有其他一切的团体么？所不幸的，是今日剿共战争还没有停止，而且在国民党一党专政之下，酿成各种的内争。今天我们不忍再见中国人自相残杀的行为了，兄弟曾经致电中国当局，主张国共合作。兄弟以为这是中国统一救亡的第一步。必须各党各派一切团体本应相投的结合一致，方能使全民众结合起来，必须全民众结合起来，必须全民众结合一致，方能救出这个死亡关头，争得民族国家的独立平等。

看啊，狮子就要醒了，张口了，四万万五千万同胞齐作狮子吼，凭我们的气也要压倒敌人，同胞们，起来，起来，起来，我们高呼：

海外侨胞联合一体督促政府与民众合作实现抗日！

各党各派各团体联合起来！

全国民众一致起来人人准备杀敌！

抗日的统一战线成功万岁！

中华民国自由平等独立民主万岁！（鼓掌）

---

① 李宗仁、白崇禧。

② 蔡廷锴。

全民抗战的必然过程

李公朴

1937 年 9 月 14 日在太原青年会演讲

李公朴(1902—1946)，江苏常州人，中国现代伟大的爱国主义者，坚定的民主战士，社会教育家，中国民主同盟早期领导人。1946 年 7 月 11 日在昆明遭国民党特务暗杀，次日凌晨因伤牺牲。

文献选自《李公朴文集（上册）》，群言出版社，2012 年出版，244—261 页。

诸位先生：

今天能到此地与诸位见面，既觉得愉快，更觉得有很大的意义。因为当此南口及张家口相继被敌人占领之后的现在，或者会引起许多人的忧虑。所以今天打算与诸君讨论一下关于这次抗战过程中所将要遭遇的困难和牺牲及如何才能把握住最后胜利的条件。我们必须有遭受最大困难的准备与最大牺牲的决心，然后才能与敌人作持久战，才能有最后胜利的把握。

一、全民抗战序幕的序幕。

二、我们必要经历的困难。

三、日本帝国主义内在的矛盾。

四、我们抗战的坚强的堡垒。

五、战士这样告诉我们的。

六、怎样保证我们最后的胜利？

一、全民抗战序幕的序幕

因为日本帝国主义的军队，在卢沟桥挑战，揭开了我们中国全民族对日抗战的序幕。

过去两个月中——从七月七日到九月六日，虽然在战争发展的形式上是由卢沟桥抗战，而演变为七月二十九日二十九军撤出平津，八月二十六日刘汝明放弃张家口和南口汤恩伯军被迫撤退。由敌海陆空军侵袭淞沪，被我严重打击，而演变为敌机在京、沪、鄂、皖，赣、浙各重要城市的不法飞行和轰炸；敌海军第三舰队封锁我沿海各口岸。敌舰侵袭我汕头，并在港粤海面擅捕我海关巡舰人员，且加以屠杀。可是，在种种敌人的暴行中，仅足以证明侵略国军队施诸被侵略国的不法的罪恶，并不足以例证战争前途的任何因果，或说明我全民抗战的形势优劣。这就是说全民抗战与过去"一·二八"淞沪战争、长城线战争等有限度的区间作战完全不同，而是说明我们现在对日本帝国主义的侵略是要动员全国军队、武装全国民众、集合全国家、全民族的人力物力作持久战。敌人侵略到什么地方，我们就在什么地方给它一个严重的打击。一直打到最后一天，使敌人侵略的野心，因我们的摧毁而屈服为止。按照所表现的战况，从我们的军事进展来说，自然是首次动员的战局还没有完全展开。从战时国际公法上来讲，虽然中日两国的军队已经走近战时状态，而双方宣战的文书尚未正式发表，尤其是在我们的全民抗战的条件上来求证，很明显地可以说是距离我们所预期的战争前途，不但是谈不到完成任何一个阶段，就是从我们正在建立起来的全民抗战的阵容，也还需要相当的调整。所以我们如果假定这首次动员是全民抗战的序幕的话，那么，对于现阶段战争的时代划分，充其量，也不过说它是全民抗战序幕的序幕而已。

二、我们必须经历的困难

在全民抗战序幕的序幕这句话的措辞上，我们决不否认一切违背胜利条件的各种事实。同时更不忽略有利于全民抗战胜利的诸条件。因为我们首先知道像现代化的国际战争的例证，打开中国五千年来战争的历史是找不到一点事实的经验，可以帮助我们执行这个全民抗战的现实的历史任务的。从前我们的帝王世系谱式的史书上所记载的，只有酋长时代的原始部落战争，易姓朝代战争，或是对于异族侵略的防御战争。至于近百年来，所谓对外战争者，自鸦片战争、中日战争，一直到"一·二八"战争为止，几乎没有一次不是局部冲突。局部冲突的结果，造成许多不平等条约与地方协定的束缚。所以在我们第一次施行全国军事动员的今日，因为缺乏过去的历史经验，于完成全民族抗战任务的过程中，或将不免遭遇各种各样的困难。

（一）所有军事行政机构，在最短期间未尽适合对外作战的体制。

（二）交通工具，如铁道、航轮、公路，未建成国防建设的要求。

（三）军需工业的生产率，未尽适合对外作战分配上的某种限度。

（四）战时必需品购进时，运输上安全的措施难于保证。

（五）战时经济统治机构，或感受技术问题与人事问题的贫乏。

（六）因全国民训推行的不够，至某一战争阶段时，对补给兵役的征集与训练感到困难。

（七）战时后方建设，如教育生产等事业，感到人力物力的不足。

（八）其他军事以外各行政或政治机构，缺乏战时训练的修养。

（九）军事指挥不统一，在作战时受到种种牵制，不能根据既定的战略进展，而动员一切部队，以致被敌各个击破（这也是西战场上的实际经验）。

（十）政治训练不够，行政机构不健全，运用上缺乏灵活。有时地方行政长官，对抗战性质不能理解，无法应付一切非常的事件。因而有的在后方过分地夸大空袭的危险，致使人民纷纷逃散，致后方不安，生产停顿。这一切影响作战计划和群众心理很大，尤其是这样引起的经济上的障碍，对于持久战是有着极大的妨害的。

（十一）因为我们自己的民众没有组织，反而使汉奸们变成了敌人在我们后方的组织。这是多么危险的现象！

（十二）动员民众的工作很薄弱。有的时候需要有人来工作而没有人，有的人需要工作而没有工作。尤其在战区中，有许多军队需要配合民众担任战事上的补助工作，结果是找不到民众。这在战争上该有多么大的损失！？

以上列举是在全民抗战过程中必经的各种困难问题。我们认为在现阶段因缺乏经验而形成某种不易补救的缺陷是难以避免的现象。鉴于国家军事机密，向来不予公开发表一点，自不能不信任国家于事先已有充分准备。假如就算是国家对于前述诸种问题，是完全没有准备的话，我们也相信等到抗战过程，循序进展的时候，所有各种问题，一定会在迫于事实经验的教训中，自然地发现很迅速很成功的改善方法，随时随地使我们的一切困难获得合理的解决，完成我们这个伟大的全民抗战的历史任务。不过在讲求一切解除困难的方法当中，是不容许我们存在任何一种侥幸心理，希求任何一种意外的成功。这就是说我们必须一方面在估计敌人的军力、物资上力求正确。一方面在解除本身作战困难上力求准确迅速，才是我们争取最后胜利的唯一途径。至于发挥以上两点效果的不二法则，只有用不怕难、不迁就、不犹豫的精神，人人不断地努力，事事随时谋求解决，集合起全民族四万万大众的聪明智慧来奋斗！

三、日本帝国主义的内在矛盾

依现实的国力观察，我们自然不能否定日本的产业资本与商业资本的发达，相当于促成帝国主义国家的诸条件；而证明其利用反苏联战争为遂行再分割太平洋殖民地阴谋的愚蠢，是它们的国策发展与维系政权底必然法则。可是在它们肆无忌惮的进行侵略，无限制的增加军费的军部暴民政治下，所谓皇军神武的飞跃，这就是整个的大和民族，被军部暴民统治葬送在侵略阵线上的丧钟！

根据日本军力的调查：虽说是除去平时正规军全国十九个师团，另一个旅团，四个骑兵特务旅团，四个重炮兵旅团，三十四个重炮垒兵联队，两个铁道特务联队，两个通信特务联队。陆军所属飞机一千四百架，海军所属飞机一千架左右。海军三个舰队，附属四艘航空母舰。对我作战，首次动员，在第一个半年中，可以出兵二百万人，第二个半年以内，可以出兵二百三十五万人。第一年战时财政，可以支出一百三十六亿元的巨额军事费。

可是相对的在它们国家的内部，却也存在着经济不平衡的发展与濒于破产的财政政策。日本政府虽已定有确保战时供应的全国总动员的计划，然而由于其工业技术和机器制造业的落后，终究不能解除阻害动员的国民经济结构。

第一，日本农业的极端散漫性。

第二，生产集中落后于资本集中——因而中小企业在工业生产中占有重要地位。按照第一点的事实来说明：日本全国耕地百分之四六是属于地主的。分配到两公顷以上耕地的农家，只有百分之九点三〇；分配到一公顷至两公顷的农家，只有百分之二一点九〇；百分之六八点八的农家所自有或租种的耕地都不到一公顷。全国农民百分之七四点二耕地不到一公顷，一百五十万农民没有一寸土地。全国五百五十万农家，有四百五十万农家没有一匹马，有四百四十万家没有一头牛。因此，日本在全国农村经济不景气中，每年不得不自外输入粮食二百万吨，价值在一亿五千万元以上。如果加上其他食品输入，则价在三亿元左右。

第二点是说明日本工业的重要特征。在一九二六年的时候，日本有着产业工人五百二十七万八千人，而政府统计却只发表为一百九十七万九千人。其原因是有三百二十万人在被雇用于五个工人以下的小企业中的。因此，日本军事工业生产动员的产品，是被分配在三千多个大小工厂里集凑起来的。这不仅是在技术上发见拙笨的产物，即在统治或管理上亦当有难于处理的事实。同时军部驻厂监工及负责购料人员，遂有不断发生的舞弊诉讼，成为法院中经年不结的积案。

在战时供应的物质方面，除去钢、铁及其他金属品以外，汽油一项依日本全国产额二十五万吨而论，仅当其全国需用量百分之二九。因此，日本在作战第一个半年中，须购入汽油三十八万九千吨。第二个半年以内，须购入汽油二百八十万吨。

军需品的买进：

（一）日本战时一年间需要买进的粮食品三百万吨。

（二）酒精十万吨。

（三）石油五百四十万吨。

（四）汽油九十八万九千吨。

（五）汽车四千一百台。

（六）引擎九千四百架。

（七）飞机六千一百架。

（八）野炮、高射炮三千七百门。关于日本战时经济的财政贫乏，我们可以从它们的全国经济能力的三大构成部分来研究。

第一，日本国家花金每年增加额数，从一九二四至一九三〇年是由一千零二十亿元增至一千一百亿元。平均每年增加一十三亿元。

第二，日本国家年总收入是八十九亿元左右，其中三十三亿元是政府开支和公共开支的综合数。

第三，从前面算出民间开支数字，仅为四十三亿元而已。其中有六亿元是全国农民生活上必需的费用。剩余三十七亿元。百分之十四是一般轻劳役的工资。百分之四十六是中小企业的工资付出。其他殆将为都市生活消费者所浪费。

最后我们把日本国内全年收入中提取资战费额，殖民地提供款额，与在我东北四省榨取款额一并开列如次：

国内提取款额：三十一亿元。

殖民地提供款额：四亿元。

东北榨取款额：一十亿元。

以上三项共计四十五亿元，连同其平时既有储备值六十九亿元，固定资金生产部门经常供给款额一十二亿元，总合为一百二十六亿元。以此抵付一百三十六亿元战费。计不敷一十亿元。非持武装掠夺或成立国外的借款，将成不可弥补的缺欠。

用横的观察方法，在下列几项数字中，可以诊断日本财政政策贫乏的一切病状：

国家所负外债金额为一十七点八四亿元，外国对日投资金额为二十一点五三亿元。每年对上列二款需要付出利息金额为三点六三亿元。

发行纸币总颐为五十二亿元。发行公债金额为九十五亿元（最近所发战时公债，尚不在内）。

现金准备总额为七亿元。

说明日本财政的枯竭，最好是引用日人横山大佐在《非常时期的我国》一文中的话：

假定在一年的战争中，必须以内国公债动员一百亿元。按照以往的经验来看，公债若发行十五亿元，已经很难推销，过度的通货膨胀就不可避免了。物价必须飞腾的暴涨，使国民大众的生活，必然一天比一天地恶化起来！

四、我们抗战的坚强堡垒

全民抗战的阵容，在敌人具有深刻的内在矛盾的期间展开。它们唯一的军事上的企图，就是准备采取速战的方针，集中兵力击破我们一切军事上的重点，使之一蹶不振，而后施以殖民地统治政策的压迫，占有我们的一切资源，奴隶我们的全体民众。我们对于敌人的野心，自不能使其纵横，而必予以严厉的惩创。同时在我方的作战方针，须采取坚壁清野的持久战争，使敌因对峙日久的无限消耗而达到最后总崩溃的时候，再来和它们做一个外交上的清算。

那么，怎样才能建筑起我们全民抗战的坚强堡垒，来和敌人十足现代的部队做持久战争？我们马上可以回答说：要靠着运用地理上、人口上、精神上、物质上的优点和争取与国的同情，来奠定我们最后胜利的基石。

（一）在地理的条件上敌人远征我国，占地愈多，兵力愈益分散。对于地理、气候、语言、习惯诸种自然的、人事的环境，均将感受不利的反应。在我则正可以运用相对的有利条件，予以出奇制胜。集中的兵力，各个击破敌人分散的兵力，迂回歼灭，而进行连续不断地攻击。甚至一丘一壑，一草一木，均得为我依据作战之屏障。

（二）在人员繁殖的比例上，敌人与我众寡悬殊。敌我相持，假定超过三年，敌军动员，以每年一百万人计算，其前后方动员总数每年至少在二百五十万人以上。三年以后，则敌前后方至少非动员七百五十万人不可。因军事影响而涉及农村生产崩溃停滞，造成社会之不安，均足以为敌军不战自败之因素。在我则人口密度分配适当，补给兵役易于征调。且关于运输交通事项，凡为物力所不逮者，均可以人力补充之。

（三）精神上，敌我所具根本不同。敌士兵从征异国，完全被支配于天皇旨意与军部野心家的强行命令，远离本国乡土，有被驱于死亡线的心理威胁。所以每临战场，不仅徘徊于出生入死的悲哀境遇，更时时浮起反抗军部淫威统治的情绪。在我则抗战还可图存，不战即为奴隶。国家兴亡，同每国民性命攸关，非杀敌不足以保障一切。只要政府积极领导，不断宣传抗战为国家民族存亡的最后关头。一般民众皆知以国家民族为第一义，故能形成哀军必胜的士气与不共戴天的民气，而逐步演进为全民抗战，全民皆兵的中心思想与战争状态。

（四）从物质条件上分析，就目前敌我的财富和武器来比较，自然是敌人胜我一筹，也许其胜我者还比一筹更多？不过，在敌方因有种种经济不景气的事态在持续地发展中，则其侵略战争为时愈久，其物质上所感受的困苦亦重。甚至可以因经济问题而造成的政变，也是一种意料中的事。在我则经济制度并无产业集中或资本集中现象。至于其他工业制造的需求，因自然分配较厚也较分散，只需各尽其能，即可各供其所求，而各应其所需。统一领导，分区作战，边作战边建设，愈打愈强，以战"养战"。

（五）在争取与国的同情方面，除少数战争集团，主张殖民地再分割以外，我国自始即处于被侵略国地位，久已博得国际间道义上的同情。所谓国联盟约，虽已成为历史上的文献，而关系国在某种场合因与日本发生直接利害冲突时，则帝国主义与帝国主义的伙并，或竟不减于帝国主义争夺殖民地时所表现的矛盾，亦是意料中的事。所以我们相信只要日本帝国主义不是悬崖勒马，国际间正义的声援，必是同情我们的。也许还有日益开展的和平集团会在一定无法挽回的险局前面给侵略国一个有效的打击。

除把握最后胜利的几个自然的、人为的重要条件以外，最足以联系一切有利条件，而筑成我们抗战的坚强堡垒的基本力量，就是我们抗战的统一领导，是基于全中国广大群众的要求和支持而建立的。所有一切国内的纵横交错的问题，在抗战过程中同仇敌忾，概不计较，全民一致，共同抗日。过去持有不同政治见解的人们，在这时候也都一齐起来，为保卫祖国而战。同时，我们抗战的坚强堡垒，是建筑在开放全国民众运动的基础上面的。只有开放全国民众运动，才能形成全民抗战，只有全民抗战，才能越打越强，越打越能够巩固，越能够持久，战士们越打越英勇。全国人民都具有共同的决心，侵略者打到那里，我们就把它消灭在那里，一直打到我们最后胜利的那一天为止。相反的是敌人越打士气越不振。越打越暴露出它们在经济上、军事上的种种弱点，结果是不能持久，终将被反抗者所克服。这就可以证明，持久战的本身，就是打击日本帝国主义的伟大的武器。

五、战士这样告诉我们的

决定敌我作战胜负的基本条件，我们已经在估计敌我的经济、军事力量的消长上获得较明确的认识。但我们还得把现阶段的战争来做一检查和讨论：淞沪战区的形势，我们对于这一部分的检讨可以暂予保留。对于西战场上战况的发展，使我们不能否认的曾经在事实上表现出下列各种不利于我们作战的问题。

（一）在南口、张家口一带，出现在冀察政委会与冀东伪组织所养成庇护下的汉奸，乘机活动于军事地带。

（二）由于平津被敌掌握而使平汉、津浦两路北端切断，以致向南口以北的军事输送，在比较上不能超过敌人由榆关以东运往南口一带的迅速。

（三）战区附近县政民运。不能与军事行动协同一致，不能在有效期间完成一切补给征发的诸任务。

（四）现在伤兵超过各种军医院的收容量，形成供养医药上的不足。尤以伤兵运输设备缺乏，以致转院手续不能合理进行，增加伤兵痛苦。

（五）少数战区人民对于空袭恐惧异常，遂发生不必要的迁徙流转。一部分战区人民，因平时缺乏战争的训练，以致规避差役，临事出走。以上两种情形，在军民配合的抗战前途上，均有不良影响。

（六）由于战区地带，缺乏民众运动，以致使当地人民没有军事政治上的组织联系，而造成战略关系上的种种阻碍。

事情虽然是这样的，但是从积极方面的努力上去着想，从我们国家的人力物力上来估计这些问题，都是在最短期间内，可以纠正，可以补救的。

同时，我们曾经在某处的一个伤兵医院中，会见大批自南口前线负伤归来的民族战士。据十三军第八十九师五百二十九团二营九连连长国志英，一营一连连长曹光纯，与二营五连连长谭嘉范诸同志所谈参加南口作战经验：

八月二十一日南口阵容变化的主要原因，其客观条件当为敌军集中炮火攻击。自我军到达阵地日起，敌军即有两团以上的炮火不间断的攻击。其间尤以十八日以后，敌军复增加炮兵实力，至集中重炮八十门以上。同时放列，织成强有力的十字火网，每日昼夜不停地向我阵地轰来，至为猛烈。不仅毁坏我军阵地，即阵地附近山地，亦大有易邱为壑，水草俱枯的现象。在主观条件上的缺憾，约有四点。

第一，我军出发南口，系受命令匆促中，此及到达前方，又未及整理阵地，即与敌军接触，以致缺乏精力上的修养与坚阵地的构筑。

第二，因敌军迂回进袭的缘故，致我军五二九团兵力为确保阵地安全起见，被动的向左右翼无限度的引长防御线，遂益感受兵力薄弱的痛苦。

第三，增援运输困难，而前方兵力因死守原阵地，遭受敌军炮火，杀伤过甚。同时鉴于敌军自多次进击张家口的后方，乃不得不作变更战略的活动。

第四，因为作战地带没有民众运动，所以军事行动，不能得到民众的有力协助。甚至由于人民逃避的结果，竟致引起军事补给上种种恐慌，丧失了民族抗战前途军民一致作战的意义。

概括统计，此次十三军经过南口作战的损失人数，约当全部队二分之一弱。阵亡员兵姓名，除三二九团罗团长，业已证实阵亡外，军部正在统计调查中。

对于敌军作战能力与士兵训练的分析：就兵种上研究，敌炮兵作战能力与士兵的训练较好，由其持久作战的精力集中，射击上的测算精确，可以证明。空军无论掷弹与扫射，只能予我以精神上的烦闷，而甚少杀伤或轰炸的损害。骑兵训练为最幼稚，某次在南口阵地前马鞍山地带，敌骑向我阵地窥察，竟高踞马上呼问："山上有人没有？"致我军中传为一时笑柄。步兵训练亦颇缺乏素养，每次在其炮兵掩护下前进，抵达我军阵地时，一经我军跃进呼杀，立即匍匐逃走，滚赴山下。观于此点，可见其作战决心之不足。至于部队成分，则班长以上均为日人，班长以下为朝鲜人与我东北人所编成。武器方面：除其炮火杀伤威力较大外，空袭之飞机，陆上之坦克车，与装甲车等，在效果上均不如想象中的猛烈可怖。其步骑兵活动，则多利用黄昏拂晓，与一般作战通则并无异点。

敌我作战所得的教训：在过去南口战况的处置，我方失于兵力过单不能出击。敌方失于步骑炮兵不能协同作战，致对南口进攻迭蒙不利，损失过当。当敌军增援配备，尚未完成时，我军如能出奇兵绕越长城线，进抵昌平而扑其背，则敌炮骑步兵，将趋一律歼灭。

今后对敌抗战在战术上应采取的方针，尽量避免阵地战，而不断地予以极活跃的游击式的攻击。则敌军必因是而遭受剧烈的创伤。

我们把前一段不利作战的阻碍与实战经验的叙述两相比较起来，在其损失与收获间，不仅可以互相抵销，甚至可以说是收获大于损失。因为我们所有的损失，都是本身可以迅速补偿的。战士所告诉我们的，就是我们克服敌人最精锐的武装。

六、怎样保证我们最后胜利

任何一个人都必须严格的忠实的执行我们的全民抗战的历史任务。动员全国的军队，武装全国的民众，集中全国家全民族的人力、物力和敌人作持久战，敌人侵略到什么地方，我们就在什么地方给它一个严重的打击。一直打到最后一天，使敌人屈服为止，才能通过这个伟大的时代，到达我们国家民族获得真正自由平等的阶段。然而，要怎样地做起才能够正确不倚的执行这个抗战的历史任务？这就是我们所要讨论的怎样保证我们最后胜利的问题。

第一，我们必须先建立把握抗战最后胜利的根本法则，就是说我们不论是批判或是处置当前的任何一个现实问题，都要把主观力量和客观事实统一起来，而给它一个动的观察。才能很明确的认识一切现时现地诸问题。譬如：

目前对于抗战前途的观察，就有两种认识极不明确的论调在发展中，给一般社会以极不吻合的不良影响。

悲观论者受唯武器论与对敌估量过多的支配，而造成流行恐日病。

盲目乐观论者昧于期待国际政治形势的演变与日本帝国主义无条件的内在崩溃，而造成胜利的幻想。

我们所观察的抗战前途是：日本帝国主义侵略 + [（我们的全民抗战 + 我们的后方建设）+ 日本国内经济矛盾严重化] = 我们的最后胜利。

第二，我们对于全面抗战前途，既已具有明确的认识。那么，我们就必须以一种大无畏的精神来克服一切意想不到的艰难困苦。譬如：一个厄运的降临，其实际困难情形或将超过一切悲观论据所含有的内容。同时，我们因迫于现实环境所设定的问题，而促成我们在任何事物上一个伟大的发见，也许要超过所有希求的限度以外!? 所以我们说只要我们是突破一切现时现地困难，而达到不断打击敌人的持久作战，就是争取最后胜利的唯一保证。

第三，我们认为在过去由于某种政治便利而施行的新闻统制，往往使公开发表的各种新闻资料，内容过于粉饰。现在正是全国民众，对日抗战情绪激昂的时候，人们得到战争的捷报，固属足以引为欣慰；而每天的敌军占领我们什么地方，杀害我们多少人口，损坏我们多少财物的真实消息，使人们听到也未尝不足以增加广大群众英勇赴敌的情绪。所以我们在推动全民抗战的过程中，对于开放敌情的新闻政策的建立也是很迫切的需要。

第四，关于集中抗战力量，扩大民众运动的意见，不仅我们所见的如此：就是深获抗战经验的负伤军官和民族战士的所见，也和我们不约而同的。此外担负着全国军事交通任务的俞飞鹏先生，在太原时也曾向我说，发动全国民众运动是抗战期间最紧要的一宗事情。并且说，不但是在战场里扶持伤兵，供应徭差的方面需要有组织有训练的民众；就是运输交通方面的工作，也是任何时期、任何地点都时时刻刻离不开民众力量的协助。

这是我到上海、南京、徐州、郑州、太原与大同等地以后，从实际观察而得到的一般事态的感想。主要意思，就是纠正一般似是而非的悲观派与认识不正确的盲目乐观派的人们对于全民抗战历史意义上的观察错误。同时叙述我们所提供的开放全国民众运动，发动全民抗战的理论与实际，都是具有科学根据的。也就是说，只有在开放全国民众运动的基础上发动我们的全民抗战，才能够发挥我们民族性上的英勇精神，随时随地在困难中克服一切困难，而坚定我们必获最后胜利的信念。这就是我们所提供给全国救亡同志的，对于全民抗战的必然过程的一点实际感想。至于检讨民众运动问题的工作，有柳湜同志的专文讨论，我这里不予论列。

我们在这儿纪念参加南口抗战负伤的民族战士们的荣誉，并向救亡阵线上诸同志征求救亡的言论。

民族团结与全民抗战

陶行知

1938 年 11 月在桂林成达师范学校演讲

陶行知(1891—1946) 安徽歙县人，我国现代伟大的人民教育家、思想家、大众诗人、革命战士。中国人民救国会和中国民主同盟的主要领导人之一。

文献选自《月华》1938 年第 10 卷第 25、26、27 合刊，7—8 页

主席，诸位同学，今天借这个机会和大家见面，很是高兴。我从欧美回来，经过埃及，住了三天，见到我们留埃的同学，在开罗共有三十位中国回族同学，他们都努力抗战的宣传，最使我感动的，就是在金字塔前，尼罗河畔，伟大的沙漠中听到中国抗战的歌曲，我非常的惊讶，我国的前途，一定是光明的。他们给我讲了些学校的状况，普通美国的留学生，一月要八十个金元，他们只用十个金元，还要剩下一元作抗战宣传，他们非常的俭省，自己洗衣服，自己做饭。我也到爱兹哈尔大学去参观。这个学校是世界回教最高学府，内有三院，分为哲学院，文学院，法学院。这个学校也是世界最古的学校，现在是九百九十八岁，到后年就是一千岁。校长就是国王的老师，这个学校发的言论是全世界回教信仰的标准。日本修筑一个礼拜寺，向世界上回教国家说：日本注重回教，我们的同学用广播向世界各国揭破日本的阴谋，告诉各回教国家，日本只有两座清真寺，中国有四万八千座礼拜寺。这个数目虽不甚精确，但七省的礼拜寺就有一万多座，西北数省尚不在内。照这个数目推算起来只有多不能少，并告诉日本的回民只有二十多个，中国就有四千五百万，广西人口是一千二百余万，回族同胞约合广西人口的二倍半，看看那国是注重回教的，并且告诉世界各国，日本造了两座清真寺，然而在中国不知焚毁了多少清真寺，杀死多少回族同胞。各位同学并告诉我，至圣

说："上帝不喜欢侵略的人。""抵抗侵略的人，直至把侵略的人打出境外为止"。日本是侵略中国的，为上帝所不喜悦，我们应该起来打倒日本帝国主义，至圣又说："回民要求学，纵然中国远也要去。"中国是回民求学的地方，现在日本把中国焚毁，就是捣毁了回教人求学的地方，大家应起来打倒日本帝国主义。宣传的结果，埃及国王不派代表参加日本清真寺开幕典礼，他们并送了我很多的书，我在船里看了一路，对回教教义比以前也明白了许多，我走的时候，他们三十位同学送我到车站，在车将开时他们一齐唱义勇军进行曲，引了许多人围着，于是他们向观者解释说："这是中国抗战歌曲。"并向他们宣传中国的抗战。我并游过金字塔，法老的名棺尚在里头，他的尸体已被考古家拿出，我在那里作了一首诗，原文：

"巍巍金字塔，浩浩尼罗河，法老若犹在，惊醒问谁歌"。我在欧美二年半，最快乐最可纪念的就是这三天。

由埃及的国民外交胜利，联想到其他的华侨工作。我们在埃及打胜仗，在美国也打胜仗。美国的国民外交组织，一种是专门的，有七百六十多人，何处请他们就派人去演讲，我在那里打游击，他们是正规军，那里边有美国人，中国人，英国人，菲律宾人，日本人，他们都替中国人打胜仗。我在外国只见日人替中国说话，见不到中国人替日本说话。这个组织有一个日本女子，她说："我是日本人，我爱日本国，我也爱日本的邻家——中国，日本的军阀侵略中国，就等于毁坏日本。"这语非常的感动听者，日本的国民外交很少成功，据我看来无不失败。中国的外交就像乡下女子，穿的是粗布，也不擦粉，但是她的道德很好，人家都很喜欢她，日本的外交就好像不道德的女子，穿红戴绿，擦膏抹粉而不受人的欢迎。因为中国只讲真话，日本惯讲假话。有一次日本派一工贼铃木到美国工人体队中作宣传工作，消息被我们知道，立即将他的历史告诉美国人，美国人回答我们有办法应付。当此日人到旧金山后，即拜访码头工人总书记，他说："请你们美国人给我们日本工人一碗饭吃，因为你们抵制日货的关系，弄得我们失了饭碗，以后请你们不要再抵制日货。"美人一条桥说："我们不但不制止抵制日货，同时还要更进一步的宣传抵制。"他更问铃木代表工人抑代表政府，铃氏说代表工人同时政府赞助，他更问你是否反对政府的侵略政策，铃木说不能反对，于是一条桥说："你不反对侵略，我们是反对的，既然道不同不相为谋，请你把我的意思传达给日本人，不是美国不给你们饭吃，而是你们日本军阀打破了你们的饭碗。"

以后铃木到好莱坞，他对欢迎他的许多日本人说："我只有两路可走，一是不要脸回家，一是破肚皮。"由此看来，日本宣传战的失败是显而易见的。

我们的外交战在埃及固得了很大的胜利，在美国也是如此。我们在美国的侨民，平均每人要有五个外国朋友，计算起来能有几十万的外国朋友，我们交朋友不离三个条件，诚实，互助，客气。我们以这三个条件去交个人朋友，怎样能使个人朋友变成民族朋友？我们还要对于抗战有正确认识感化个人的朋友。我们对他们讲我们此次抗战的正当和怎样取得最后胜利，这是我们将个人朋友变成民族朋友之办法，以上所说是外交战。

其次是经济战。日本政府是站在日货上，日货卖不出去，就无钱买子弹，必得支用银行准备金，这样日本的经济必遭很大的打击，军火就难买到，必打败仗。美国抵制日货下了很大的决心，姑娘将丝袜子，少爷将领带解下来都一齐烧了，结果日货销售减少百分之三十五，美国是日本很好的市场，现已破坏了许多。第二是印度市场，我们已想法给他破坏，留埃学生部长沙国珍先生现正在作这种工作。印度有八千万回教人，沙先生正在感动这些人，叫他们不要买日货，现在日本已感困难。最近有一种金子动员，姑娘的金首饰，要交给国家去换大炮子弹，假使我们在印度的工作成功，他们收集的金子，不多的几天即可用完，所以抵制日货很有效力，是日本致命伤。中国也应当教育沦陷区中之人，招集起来，不买日货，并要举行轻工业合作社和工学团，增加生产，以助成最后之胜利。

最后是讲军事战。从前在上海打仗的时候，中国兵死五个，日本兵死一个。长江两岸的战事，中国兵死五个，日本要死四个，这是因为战术的进步，与地形的便利。将来的战事也许我们死一个，日本也死一个，或者死个半。中国战事已由点线展成到全面，分为许多区，每一区有一个长官，一区中只能退一点一线，不能退出他的区域。若退出的时候，就要枪毙他的长官，像韩复榘的被枪毙，固然有很多的原因，例如贪污，卖鸦片，但最大原因，是因为退出了他的区域。在山西黄河岸，有敌人三四倍兵力压迫我一营人，我们请示要退过黄河，长官给他们命令，黄河是你们区域的边境，不能再退，连请数次，皆不允许，结果这营人将敌人击退，现仍在黄河北岸。这种战术是很好的，全面抗战就是将战事发展到敌人后方，以前我军说退全退，现在则留几分之几在敌人后方打游击。我在汉口时，曾两次见白先生谈话，讲全面抗战时他有两句话很好，第一"集小胜为大胜"，我们一时不希望打大的胜仗，只希望多打小的胜仗。如有一千个地方，一处消灭二三人，就是消灭二三千人的死伤，飞机投弹的消耗，都是集小胜为大胜的实例。第二"用空间来换时间"，我们将战事发展到敌人后方以大地掉取时间，使日本不能打大胜仗。我们要保持住主力，以我的估计，四年可能胜日本，以四川作腹，西北西南作两手，又在敌人后方天天消耗他们的力量，于是日本一天不如一天。这样四年之久，定能一战而逐出日本，若是国际有变化，或日本国内有变化，不到四年我们就可得到胜利。

最后胜利的保证，就是国内各民族的团结，大家一齐来抗战杀敌。日本有见于此，所以他用离间的毒辣手段，来分化我们民族，以减少我能抗战的力量，大家千万注意这一点，但民族团结必须有方法，就是孙先生说："民族平等。"新疆最近开了民族大会，他们以为王族平等尚且不够，要全民族平等才可。"信教自由"，也增加团结的力量，各信各的宗教，互不干涉。各民族考察各族的长处，互相参考，汉族也有人说回族言语，则能了解回教文化，回族也有人说汉族言语，能了解汉族文化，不分彼此。组织考察团到各民族间考察各民族的生活状况，风俗人情，同时为父母者教养子女也要给子女灌输互尊思想，使他们知道各民族的平等能帮助团结的力量，这才是我国民族的幸福，前途的光明。我以"春"字为例，"春"字由"三人日"组成，三人是众字，日字在三人之下，是表示众人团结一体则日本即可压下，所谓三人也可说是老年人、中年人、少年人，也可说是上层中层下层。论理不该分上中下，但社会实在就是这样，也不可不这样来说，又有左派右派中间派也联起来，这便是讲民族团结就能打倒日本帝国主义，而共同创造一个自由平等的中华民国。

抗日战争我们一定能够得到最后的胜利

冯玉祥

1939 年 1 月 17 日在成都广播电台报演讲

冯玉祥(1882—1948)，原籍安徽省巢县（今安徽省巢湖市），民国时期军事家、爱国将领，爱国民主人士。抗战时期任国民政府军事委员会副委员长，第三、第六战区司令长官，1948 年 1 月民革成立后当选为常务委员和政治委员会主席。同年 7 月回国参加新政协会议筹备工作，9 月 1 日因轮船失火遇难。

文献选自《冯副委员长抗战言论集》生活书店 1940 年发行，54—60 页

亲爱的同胞们，今天能有这个机会对诸位讲几句话，实在觉得荣幸。现在还是在二十八年的头一个月里，虽然我没有能够在元旦日给诸位贺年，可是我愿意在这过了元旦不久的时候，给诸位说几句比贺年更重要，更有意义的话。

诸位，首先我们要请你们想一想，二十八年的开始，是不是与往年的一样呢？诸位当然知道，而且会毫不迟疑的回答：不一样。因为，二十八年的开始，是大中华民族已对暴日抗战了十八个月，诸位还记得吧，当初一交战的时候，敌人说三个星期就能灭亡中国。三个星期过去了，敌人又改了嘴，说三个月必能使中国屈膝投降。哼，现在是中华民国二十八年了，是打到十八个月了，敌人的梦想已被事实所粉碎，连敌人自己也不能不公开的承认，速战速决的计划已经失败。骄悍强暴的敌人岂是肯轻易自认失败的呢，可是现在为事实所迫。没法不承认自己的判断错误了。显然的，敌人的初步失败，就是我们的初步胜利，敌人的"速战速决"的失败，是我们以一年半的苦战，以几十万中华男儿的血肉，使之失败的。我们能战，我们敢战，我们会持久而战，所以"速战速决"，三月而灭中国的狂论，才被粉碎。

　　诸位同胞，在这二十八年的开始，我们是应当怎样的兴奋呢！我们已得到初步的胜利，我们只有更努力，更加强最后胜利的信念，以求最后胜利的早日来到。二十八年的开始是整个民族走向光明与光荣的开始。只要我们肯努力，肯牺牲，最后胜利必属于我们，一点无可怀疑。在南京失陷的时候，有些人曾怀疑，我们还能继续抗战吗？在武汉放弃，广州失守的时候，又有些人怀疑，我们还能得到最后胜利吗？这种心理上的动摇，是来自对"持久抗战"没有深刻的了解与坚强的信心。要知道，只有"持久抗战"才足以打碎"速战速决"，所以，蒋委员长告国民书中说："长期抗战是我们政府始终一贯的政策。"我们的政策与军略全都立在这"持久抗战"上，而且因为一年半的艰苦奋斗，使敌人的政略战略全告失败。我们不许再有丝毫的疑惑，二十八年这一年将是更艰苦的一年，也是更光明的一年，确信胜利，为求胜利而奋斗，这是二十八年每一个国民所应有的态度。胜利是奋斗的结果，奋斗是信心的表现。

　　看看事实吧，亲爱的同胞们，过去的十八个月，我们是一贯的顺着长期抗战的国策前进的，是本着"持久战争，全面抗战，争取主动"的方针前进的。我们的军队有时退却，可是我军主力始终完整。敌人时时刻刻想歼灭我军，使我们一蹶不起，可是我们始终不上他的当。我们要抗战，要长期的抗战，所以必须很智慧的运用军队。我们是要打到底，所以不能意气用事，不能为争一地的得失，一时的胜败，而作无谓的牺牲。不错，我们曾放弃了一些城市，可都是达到了消耗敌人的目的，我们在敌人的后方还保留着广泛的地带，从那里不断地给敌人以袭击，明白了这个，方能明白为什么敌人承认了"速战速决"的失败。这就是说，我们老消耗敌人，而设法使我军主力完整，加强我们抗战的精神是一贯的，可是抗战的策略要聪明机警。我们必须明白这个道理，因为这是以弱抗强，败中取胜的最好的方法。

　　这一年半的苦战，敌人不但不能遂愿的速战速决，而且困难一天一天的增加，我们呢，不但已经打定了长期抗战的基础，而且优点一天一天的显露出来。敌人的困难有许多，择要的说：①人少。日本一共有六千万人，算算看，把妇女和一切不能当兵的都除去，他还能出多少人？没有多少。他们的属地呢，像朝鲜台湾等处，虽然有人，可是贼人胆虚，不敢把奴隶们武装起来，兵既不能多出，而来到中国又不能不分散开。以很少的兵，而欲占领全中国，还不是梦想？况且，在这一年半中，日本兵已死亡百万。兵无从补充，而天天在战地有消耗，这就是敌人的致命伤。现在，由广东到华北，由华东到华中，战线有一万多里。啊，日本得有多少万兵才能到处攻得猛，守得严呢？他的兵力不够，绝对不够。他的兵力不敷支配，我们便能处处时时反攻。我们是节节前进，日本是手忙脚乱，我们以随时随地的小胜利，积成最后的总胜利。日本是以到处碰壁，走到总崩溃。②敌人是国小，物产不丰富，财力太缺乏。在平日，他已是个贫国。一到战时，他的生产力因战事而减少，而武器又天天有大量的消耗。在过去的十八个月中，专以军舰而言，便被我们炸沉了六十一条！物力不足，钱财便没法外溢，他非用现金到国外购买一切的必需品不可，他没有原料，也没有充裕的国库。战争，就是速战速决的战争，也足以使他力尽筋疲，财尽囊空。他怎能打得起长期的仗呢？③日本是侵略者，师出无名，得不到国内民众的同情，这不愿作战的心理，因战事的延长，便酿成了浓厚的反战空气，在他国内，因反战而下狱的日见增多。在中国，日本兵因厌战而自杀的到处皆是，方才已经说过，敌人的人力不足，现在又加上军民的反战厌战，他的战斗力量无疑的是日见低降，到了军民忍无可忍的时候，这反战的心理便能更具体的表现出来，发为革命。④在国际上，因为日本是侵略国，也就不能得到各国的同情，这种不同情，由于各国在东亚权利的被日本侵害，因日本在中国的禽兽般的暴行，渐渐的由静而动，由观望而干涉，使日本陷于孤立，而援助中国。

上面的一段话，是说明日本本是个先天不足的身子，现在因为他自己的轻举妄动，和我们的英勇抗战，到如今已弄得满身是病了。日本既是多病之身，我们就应继续抗战，教日本的病天天加重，直到他爬出中国为止。记住了，同胞们，有了我们过去的一年半的抗战，日本的病态才显露出来，将来日本能否病入膏肓，也还看我们是否继续抗战，抗战到底。

现在再说我们的优点和我们的优点怎样的在加强。①我们人多，兵多。我们不但有很多的正规军队，还有无数量的游击队。虽然在过去一年半中我们损失了一些人，可是千千万万的人，又组织起来，组织得比以前更好。我们的军队本来是勇敢的，现在更有了进步，把北伐传统的革命精神，已扩而大之，成为解放民族，扫荡倭寇的决心。由一年半的抗战经验，我军的战术战略也有了很大的进步，由死板的固执在一个阵地上的应战，变为机动的灵活的攻击。军队而外，我们的人民，也因亲历艰苦而关心抗战，在后方的知道出力出钱，在陷落区域广大的组织起游击队来，而且因游击的经验丰富，时时给敌人以有力的打击。这样，我们人多，不但不怕打长仗，反倒因为长期抗战而更有力，更团结。蛇是吞不了象的，何况又是一只愿意拼命自卫的象呢。②我们的地大物博。几个大都市和交通线虽暂时沦陷，可是我们还有许多军事根据地，我们的东南东北富饶地区，虽变为游击战区，可是还有西南西北各省的物力资源，可以供给抗战的需要。有许多地方已把旧有的生产方法加以改善，有许多富源已开始开发。这样，我们虽在一些地方受了敌人的迫害，可是我们还有能力，有原料，在抗战中建设起新的实业来。我们也正努力交通的建设，铁路公路都日见增多，作为后方的动脉，使财物流通。③我们的人力无穷，物业无穷，而且在抗战中能更团结更发达，所以世界各国既同情于我们的惨遭侵略，又晓得我们具有抗战到底的决心，而愿意援助我们，在武汉放弃之后，英美还愿借款给我们，是极值得玩味的。（略）

我们的优点，我们的进步，是目所共见的，也就足以证明"最后胜利必属于我们"绝对不是自己宽心，而是有真凭实据的，我们怎样努力，便有怎样的进步。我进步而敌退化，就是我胜而敌败。

是的，我们必须努力，千百倍的努力。我们虽取得优势，可是敌人决不肯轻易放弃侵略。敌人还要继续进攻，是毫无可疑的，我们还没有把他打到不能进攻的地步，所以我们必须努力，把他打得一动也不能再动。（略）

公理终必战胜强权

邵力子

1939 年在重庆各界纪念"一·二八"暨响应国际反侵略运动大会演讲

邵力子(1882—1967),浙江绍兴人,中国近代著名政治家、教育家,社会活动家,民主人士。曾任国民党中宣部部长,1949 年国民党政府拒绝签订和平协定后,脱离国民党政府。新中国成立后曾任全国人大常委会委员、全国政协常委,民革中央常委,中央社会主义学院副院长。

文献选自《反侵略》1939 年 1 卷第 10 期,146—149 页。

今天兄弟参加纪念"一·二八"暨响应国际反侵略运动大会,觉得很荣幸和愉快。兄弟虽然是代表中央党部来说话,但对于各位同志热烈参加这次大会,却很愿意代表国际反侵略运动中国分会,向各位同志表示深切的谢意。国际反侵略运动中国分会,很愿意在"普遍"和"切实"这两个原则下推进会务,今后需要各位同志协助指导的地方很大,各位同志今天对于国际反侵略运动,能够很热烈的来开会响应,相信各位同志今后定能本着这种精神,继续努力,参加反侵略工作,这是兄弟觉得最欣慰和庆幸的。

关于今天大会开会的意义,刚才主席已讲得很清楚,对于国际反侵略的意义及其发展,兄弟昨天晚上也曾作过一次广播,今天报上也有很详细的记载,所以对于这两点都无须再说。兄弟现在只想把个人对于抗战最后胜利和国际反侵略运动的关系上,所有一点感想,说出来请大家指教。

要抗战得到最后胜利,要国际反侵略运动得到最大的成功,必须把握住两个条件,一个是培养实力,一个是拥护真理。实力是做一件事的基本条件,抗战和反侵略尤其需要实力,如果没有实力,就不能抗战,不能得到最后胜利,也不能制裁侵略者。我们想到"一·二八"的抗战,作战的兵士多么勇敢,民众助战又多么热烈,可说这是我们历史上最光荣伟大的一页,但结果我们仍不免于失败。这是什么原因？就是我们的力量不够。一方面是当时我们准备的力量不够，一方面是不能把全国各方面的力量都集中起来，同时因为国际上对于我们的抗战认识不清，不能够步骤一致地积极地援助我们，抑制暴日，这是"一·二八"抗战给予我们的宝贵教训。我们这次抗战，是要持久的，其任务异常艰巨，所以一面我们非把国内各方面的力量都集中起来，凝结成最坚固巨大的力量，同时再培养新生的力量，决不能够最后制胜我们的敌人，完成抗战的使命。另一方面，我们要使得世界上主持公理正义的国家，爱好和平的民众，都认识世界上侵略国家的气焰是日加厉害，残酷的世界大战随时都有爆发的可能。如果他们要挽救世界的危机，防止即将来临的悲惨的厄运，就要赶快把和平的力量结合起来，制止世界上侵略者的疯狂行为，而且只有把所有的力量永久集合起来，才能对付一切国际强盗。

但诸位要晓得，实力必须以真理做基础，违背了真理的力量是站不住的。不合乎真理的力量，一定是用不合理的手段来造成，也一定要使用于不合理的事体上，而结果必自促灭亡。例如日寇的疯狂地进攻我国，就是在牺牲她的一般民众的利益之下进行的。它的结果势必陷于很深的泥淖中，非弄到本身崩溃不可。我们的抗战是为民族生存而战，是为维持世界和平而战，因此我们的出发点是合于真理的，我们抗战期间的一切设施，也应该根据真理来进行，才能够完成我们抗战建国的神圣使命。可是，过去有一部分政论家，太看重了实力，而忽视了真理，他们看到近年来国际上法西斯蒂国家向外侵略的来势日凶，民主国家步步退让，以为国际上只有利害，并无是非，因此他们认为和平的力量不可靠，我们不能信赖它。实际上这种过分迷信实力轻视真理的意识是很危险的。其结果必致陷于悲观失望，对于抗战抱着失败主义，投降主义，甚至于甘做汉奸。我们要知道，目前国际上侵略国家的气焰高涨，民主国家的吞声忍气，只是一时的现象。侵略国家好比是国际上的强盗，强盗是常常合伙打劫的，他们的团结也好像特别坚牢，民主国家好比是善良人家，只求能保全身家性命。宁愿稍为忍让，尤其是强盗在抢劫远邻的时候，不肯轻易挺身出来和强盗对敌。但是善良人家的忍让是有限度的，如果看透了强盗的行为要危害到自己和大家的身家性命，便一定要联合起来，对付强盗，那强盗终究不能横行到底的。国际上不少眼光远大的政治家，他们都主张公理正义；各国民众也都是爱好和平的，他们更能主持公理正义。试看参加反侵略运动的人全世界有四万万以上，也就可以证明：真正的利害，常和是非一致，头脑清醒的人决不会不明白，国际上决不容强盗的国家长久跋扈下去，侵略的元凶终将被自己的民众清算，我们绝不能以国际上一时的反常状态——强权抬头，公理潜伏，便有所畏怯，甚至主张投入侵略者的怀抱。国际上那种似乎是强横压倒公理的现象，只能用来警惕自己，努力自力更生，决不能因此就不顾是非，放弃公理，和侵略国家沆瀣一气。要知道在抗战的现阶段中，即使有人要做中国的佛朗哥也不可能，不管目前佛朗哥是否已获得了胜利，根本上我国和西班牙情形全不相同。我国内部因抗战而愈统一团结，决不会产生佛朗哥。即使有人贸然以中国佛朗哥自命，那么不管他是怎样的一个人，必然为全体民众所不容，被日寇收买的所谓皇协军首领李福和，妄称为东方的佛朗哥，结果被部下所杀，如果再有人想做东方的佛朗哥，也必然会变成李福和第二。

最后，我们还要深切地认识：我们的固有道德，三民主义的精神，都是能辨是非，明利害的，总裁的历次训示，都昭示着是非和利害是一致的。我们的抗战能够得到全世界爱好和平主张正义的政府和人民的同情和援助，就是因为我们是站在公理正义的一面，我们所以有抗战必胜的信念，也因为我们是合于公理正义，而公理终能够战胜强权。我们纪念"一·二八"和响应国际反侵略运动，也就是要发扬这种精神和意识，兄弟愿追随各位同志，努力于反侵略运动，并希望各位同志指教。

战时政治经济

中国的出路在那里

郑振铎

1936 年 2 月在江苏省立上海中学演讲

郑振铎(1898—1958),字西谛,祖籍福建长乐,生于浙江温州。中国现代著名作家、文学史专家、收藏家,中国民主促进会的发起人和创始人之一。文献选自《江苏省立上海中学校半月刊》1936 年第 101 期,1—4 页。

今天本来想讲些文学问题,但细想没有什么特别的意义,至少在现在这样的时代,不十分切于实用。像现在这样的时代,最好讲些对于"大众"有用一点的问题,因此我把从前在北平及暨南大学讲过的题目姑且仍旧移用在这里。

我的题目是:

"中国的出路在那里?"

对于政治问题,没有兴趣的朋友,也许关于这个题目觉得讨厌。然而人是政治的动物,一切活动均受"政治"支配,对于政治应有深切的认识跟稍稍的涉猎。我们国家的人民,且个个人应强迫去想:"中国的出路在那里?"

提到我们的国家究有出路没有这问题,我们不得不这样说:前面是一团黑暗,可怕的黑暗;空中是充满了烦闷,沉着的烦闷。我们在报上时常看到因受国事日非的刺激而牺牲的新闻;我们更在左右时常听见一片"没有出路"的呼声。一部分烦闷的结果是在绝路中索性不去找寻出路,像鸵鸟一样,攒进了头,什么都不管,以现在享乐为满足。

要找寻中国的出路,我们须从鸦片战争看起,须从历史的演变和现代的发展推演出来。我们根据史迹,发现我们民族自己要求自己出路的经过,可以分为三个时期。

(一)戊戌政变期:在鸦片战争以前,中国人是很轻视外人的,但自鸦片战争后，恍然觉得要使国家强盛，非新式军械不行。于是造兵舰，设制造局，铺铁路。但甲午一战，这观念又被打得粉碎，于是知识阶级乃继而谋政治之改革，康梁二人，领导全国秀才，举人，发起戊戌政变，然而结果又遭失败，希望变成绝望，全国又陷入烦闷状态，感到无出路的苦痛。

（二）首次革命期：因为看到国家没有出路，中山先生乃在南洋，香港，日本等处鼓吹革命，进行非常顺利。光绪年间，个个人都感觉到中国唯一的出路是革命，青年男女，投效牺牲者，纷至沓来，一般人民，毁家纾难者，更数见不鲜。中小学生在看报时，个个热血沸腾，举国上下，入于疯狂状态。因此革命很快的成功，然而想不到的是结果还是个绝望。

（三）二次革命：首次革命绝望，于是又来了二次革命，国民革命军在广州发难，实行北伐。那时全国民气，又顿时复盛，在上海有很多人抛弃了他们的工作，加入黄埔军官学校去受训练，并且，最可感动的是有很多很有地位的文学作家，参加战争，结果大都牺牲。但他们的牺牲是值得的，他们深信他们的牺牲是会得到很大的代价的。那时中国确是有救的样子，真的抓住了出路了。然而，想不到，他的结果却不能如人们意料中的满意，直到现在，东三省的失陷，华北的危急，匪徒的扰乱不堪，使国家处于更危险的地位，使我们自动求求出路的热心，渐渐冷淡下去，使我们找求出路的机会，渐形减少。到最近，我们还再有第四个机会去找求自己的出路吗？辛亥时，中国地位还相当的稳固，我们还可暂时躲避或顽固，然而现在可以吗？在现在，我们没有机会再悠闲自适的了，我们个个人应强迫的去想研究，中国究有出路不？

中国现在全国是充满着黑暗，苟安，矛盾的现象，民族的自信力，完全没有，日人常说中国是世界上最有资格做奴隶的民族。真是一针见血。考我们民族，自从五代外人入主中原起，一直到金元清三代止，差不多时常受到和亡国奴一样的压迫，但是结果终究能继续生存下去，可知中国人的奴隶资格，真是老得惊人，现在姑且分析来观察。

中国智识阶级是没有领导民众的力量的，完全是帮闲阶级，用最取巧的方法专心替一家皇帝做走狗，帮同统治阶级，压迫榨取民众。这种士大夫阶级，完全是阿Q式的，自己一点没有自信心，大多数人都是"知其不可而为之"。这七字可说是中国智识阶级的特性的代表。"九一八"以后，很有人神气自若的说："好吧，咱们和日本五十年后再算账吧！"这完全是阿Q式的，胡先生也已表示忏悔，承认错误。也有人说和满清一样，三百年后再算账，他们以为满清当时压迫，也不在现代日本之下，他们像马罗人压迫小亚细亚一般的压迫中国民众，把中国有民族意识的书，全都烧掉。将全国有民族观念的青年，全都麻醉了。然而我们的民族仍旧不能灭亡，仍旧能继续生存下去，甚而至于反过来把满清推翻了。因此现在很有许多人想把这情状应用到今日的敌人上去。这种阿Q式的精神，确是要不得！有一般人更是来得聪明，他们索性去图谋富贵，做开国的元勋去，这一般人也不绝对的占少数，很多日本留学生和英美的留学生投到北平去出计划，很秘密的会把"平分会"及"平政会"先后卖掉。这种丧心病狂的智识阶级完全是不可靠的，他们把有用的智识用错了。他们从错误的书本求得错误的智识，做出这种错误的行为。其最大的原因就是他们多读了做奴隶的历史。奴隶的历史多读了，会无形中倾向于阿Q式的精神的！

我们知道历史不是兜圈子的，是进化的。拿过去的历史以推断将来，是绝对不可能的！不可靠的！过去的坟墓里的古董在现在是只有交换价值而没有使用价值的，现在有现在的环境，一个时代有一个时代的核心。醉心于古代"木乃伊"Mummy 的朋友，只是牺牲了自己的精神，消灭了自己的肉体，埋葬了自己的前途，放弃了自己的希望！

中国的智识阶级是没有希望的了！然而我们的民众究竟有出路吗？中国的民众只是一大块未开垦的黑土，韩愈的《原道》上说"民者，出粟米麻丝，作器皿，通货财，以事其上者也"。正是我们国家政治的特别现象。我们国家的人民和社会，在畸形的压迫方式下，变成了非常变态的人民和社会。我们的人民没有了做人的资格；我们的社会也失去了社会的实际。我们的历史是"教育并训练奴隶良民"的历史。因此我们人民的奴隶资格，实在无愧于人。西洋希腊的人民也分成两个阶级：（1）人民，（2）奴隶。然而他们的奴隶是异族，非同族，他们命令奴隶替他们建筑，做工。结果，他们的奴隶替他们创造了文化，完成了建筑。然而我们的国家没有这种情形，在我们的史迹上，不能找到"奴隶异族"和希腊同样的事实。因为如此，所以就不得不把自己的人民当作奴隶。在中国境内无"公民"而只有"奴隶"。治者阶级只知闭了门谋一己的幸福。我们从上古看起，没有一个时代的政府曾尽力的替国家的百姓谋过幸福的。中国最好的政府，只是"安定的政府"。

然而我们须认清现在社会还是这样一条线下去的。中国的人民还是只有义务而无权利，完粮纳税是他们对于国家唯一的事情。他们仅仅受到"奴隶的教育"而没有资格受"公民的教育"。我们的治者阶级仍旧是抄了老祖宗的"传家法宝"，只谋自己的利益。我有一个朋友，他是某省的模范县县长，他到任后第一步的工作就是修盖新衙门。人民的享乐是口头上的护身器。结果，我们的人民都没有一天好好的做过人，度过"人的生活"。

我们的民族非但这样奴隶化，并且非常幼稚。幼稚的民族，见人跌跤，便拍掌大哭；看见人家出殡，觉得非常有趣味而绝无半点同情之心。我们知道法国民族是最没情感的民族，但是如果他们在马路中心看见老母幼子，就立刻停车，让他们母子俩安然过去；如果看见人家出殡，就立刻脱帽致哀。这种"人的精神"究竟和我们幼稚民族的自私自利的精神比较怎样?!

因此，在今日，我们民族每个人都得要受正当的教育，要受人的教育；我们更要取消奴隶的教育，更正奴隶的历史，踢开奴隶的习惯。并且，本身，尤须加以极端的注意，我们须做一个有血气而享有自由平等的人。这样然后国家能达自由平等的地位。

救国的要件在民众的爱国，而要使民众爱国，非使民众受相当的"人的教育"不可。使民众对于国家，一方面固然有义务可尽，然而一方面也有权利可享，并且，更要紧的是使他们知道有"国之可爱"的所在，然后教他们"爱国"，方有宏效。

在那时候，我们民众更须对于政府有相当的认识，我们要拥护完全为民族谋福利的政党，我们应该无条件的信奉："大众的力量是无限大的。"华北义军，此起彼伏，不知有数千百次，然而我们知道他们究竟有多少军火？由于这一点，我们得以深信中国民族的力量是被压在大众的底下而未发掘出来。所以现在我们中国的急务即在"唤起民众""共同奋斗"。

"救国"是大众的工作，不是单独治者阶级所能包办的。所以教育应首先加以注意，统治阶级应绝对的觉悟三四千年来的奴隶教育是再也不能行之于今日的，今日应急于发展的教育只是"公民的教育"而非"奴隶的教育"。今日中国当前的唯一出路即在"唤起民众"。

抗战以来中国的经济动态与经济政策

孙晓村

1939 年 3 月 26 日在《浙江潮》杂志社第二次战时学术讲座

孙晓村(1906—1991)，浙江余杭人，著名的马克思主义经济学家。1935年后投身抗日民主运动，1936 年参与发起成立全国各界救国联合会，任常务理事。1945 年参加中国民主同盟，1949 年参加民主建国会。

文献选自《浙江潮》1939 年第 56 期，106—110 页。

兄弟今天只可以把平时参加经济工作，和留心经济变动所得来的材料，向各位做一个比较详细的报告。

大家都知道，在这个战争中间，决定我们最后胜利的自然是军事，可是在军事后面，分析到最后的时候，就是经济，可以说我们制胜敌人的是经济。我们常说："以抗战保卫建国，以建国保卫抗战。"自从抗战以来，前线将士以血肉之躯，与敌人的炮火搏斗，就是更会保卫我们后方加强经济建设，拿这一分力量，来支持我们抗战的胜利，这就是以建国支持抗战。我觉得这个问题提出来，是应当深切注意的。兄弟今分四个段落来讲。

一、中国的经济何以能够这样持久；

二、我们要指出在抗战当中，中国的经济已经开始有一种质的转变；

三、我们要分析今天所把握的新长成的经济力量；

四、分析到今天为止的许多缺点，也就是今后应该加紧努力的地方。

一

说到中国的经济，何以能够这样持久？这使我想起了去年夏天看到法国人道报上的一幅漫画，把日本的许多大臣都画了进去，连近卫也在内。其中军部拿了马鞭在打他们，黑板上写着几个字，问他们："中国经济为什么还不崩溃?"这许多大臣脸上都露出一副苦相,不敢答复,可是有一个人却反问军部:"为什么中国军事还没有崩溃?"这幅漫画真是有趣极了,他告诉我们,日本攻上海打南京,就是要想把我们的经济区域打溃,可是现在南京上海撤退之后的武汉广州也沦陷了,我们的经济还没有动摇。所以今天要对各位讲这个经济为什么能够这样持久的道理,在理论上不预备多说,简单说来,可以说有四个原因。在日本的估计,的确以为占领了上海南京,特别占领了我们江浙的财富区域,以为中国的经济,一定不能支持,为什么我们的经济还能支持呢?

第一,在日本是经济已高度发展的国家,经济集中在少数人手里,所以日本在战时比较我们有办法,他说要经济动员,就是连厨房里面的太太也可以做到,这就是资本主义发展比较高度的缘故,可是要支持长久,就不可能。他的经济不能再往上控制,所以日本能够百分之百的执行经济总动员,可是在今天,他好像打气泡一样,已经吹到不可再大了,再吹大来就要破裂了!反过来说,我们中国经济发展还没有上轨道,是还没有充分发展的国家,这就是说内部含蓄内部潜在的力量很大。这种经济力量,不但不往下缩,而且往上生长,因为中国过去没有地尽其利,物尽其用,货畅其流,因此在抗战期中,需要一点有一点,需要二分有二分。

第二,日本高度发展的经济,是已经集中在都市,而我们中国还是一个农业国家,我们的人口,我们的经济中心,还在广大的乡村,因此在这个对比下面,日本不能持久,而我们可以支持下去。所以日本估计上海南京占领以后,我们一定不能支持,这是错了。他没有晓得中国无论那个都市占领之后,其余的乡村仍旧可以活动!以浙江来说吧,杭州沦陷以后,浙东的经济发展更加加强了,这是我们农业国一个特别优良的地方。说一个笑话,我们的经济组织正像生活很简单的动物一样,受到损伤之后,他的活动力仍旧可以生长,我们能够支持抗战,这是因为我们广大的农村支持力,比较强大。

第三,日本是资本主义发展相当高度的国家,在"九一八"的时候,他国内的危机已经开始爆发了,使他不得不以我们东北的一切东西来缓和他国内的经济危机。可是日本占领东北以后,并没有缓和他的经济危机,欧美有几个专家说:"日本占领东北之后,是吃亏了,四十多万的公债是增加了,为了对付苏联、中国和义勇军的费用,一共是五十万万。"所以他内部的矛盾,仍然存在。反过来说,我们怎样呢?我们国内虽然有许多问题,可是可以解决得了。所以这两个经济方面的对比，与我们在抗战中间，经济危机可以逐渐解决，这个对比当然我们能够支持，我们可以不成问题，而且我们要在抗战中间解决这些问题表示出能持久。相反的，日本因为经济矛盾存在，不能同我们对比。

第四，我们要从战争的本质方面来了解，日本是侵略者，我们是自卫的。发动日本侵略的是少数少壮军阀，他们在侵占东北时，就发了一笔大财，对于日本全国人民大众，不要说人民大众，就是正当的工商业者，都不愿意，所以与全国的经济利益相违反，因此这个战争，可说主要的是军部主持一部分财阀跟着的战争。在我们就不同了，这回战争是与全体人民的利益相同的。我们的国家和政府虽然都穷，可是全体人民都来支持，这一点也是本质上应该了解的。

现在总结起来，我国的经济之所以能够作持久战，与日本比较之下，有下面的四大原因。

（一）日本是经济高度发展的国家，我国是经济发展落后的国家；

（二）日本的经济是集中在少数大都市，我国经济力量是潜藏在广大的农村；

（三）日本的内部矛盾，无法解决，我国是内部没有多大的矛盾，而在抗战建国中可以解决；

（四）日本是少数军阀财阀的侵略战争，我国为全体人民的自卫战争。

二

在我们几个朋友互相研究的结果，发现中国在抗战中间，经济方面的损失，当然很大。譬如说：海关沦陷，江浙财富区的被敌人占领，粮食的被敌人抢去，百分之五十的关税，百分之二十五的盐税，百分之十三的统税，都随着沿海海关的沦陷而损失了。关于这些，今天不谈，今天所要指出的，是在抗战中间有许多的进步，这些事实是什么呢？我们可一点一点的举出来。

第一，市场国内化。自从抗战之后，中国市场开始有了一个统一的国内市场。抗战之前，军事政治不统一，我们的市场四分五裂，那个敢到云南去？那个敢到湘西去？可是抗战之后，随着敌人对我的封锁，随着我们自己的努力，国内已经开始有一个统一的市场。无论在那一方面，两年来这方面的进步，真是不可以统计，随着损失，就随着进步。这个市场虽然不是完全在我们手头，可是去年一年的入超，是十年来最低的一年。十年以来，入超数最高额到达八万万，去年可只有一万万多点。这一点是差堪自慰的。虽然，有一部分人说这是购买力减少的缘故，其实这不是整个的理由，我们能够做得好的话，今年更可以减低。

第二，资金内流。我们要指出，自从抗战之后，中国的资金开始在西北西南参加生产事业。这一点在东南的人虽然不感觉到，可是西南人多少年来没有看见过中央的钞票，本来在广西只能用桂币，现在可以用法币了，云南的滇币，现在也整理了，这在西南的人看起来，真是了不起的大事。在西南的银行，从来也没有做过生产事业，只晓得吸收存款，拿到上海来，做投机事业。可是抗战以来，西南西北的银行，总数在三百二十家以上，除了中中交农四行①以外，其他的银行也很多。这些银行，已经参加生产事业。这告诉我们是一个极大的进步！这是一。其次，还有一个事实，就是很多的人往西去，这些人往西去，无疑的又带着许多钱去。在去年马当失守的时候，我在南昌，一位银行界的朋友告诉我，在七月八日九日这几天内，每天汇到桂林重庆去的款子，总有三万左右，由此看来，东南的资金往西流的情形，也可想见了。最后，现在中央有个政策，就是收进不放出，汇到上海去的款子，一万元要六十三元的汇费，而且现在浙江四行每月汇款不得超过一百万。反过来，如果上海有款子汇进来，不但不收费，而且可以拿进几块钱。现在除了浙江以外，全国的资金都在往西流。不过，据目前的情势看来，浙江的资金，今后也有西流的可能，这是一个很大的进步的事实。

第四，工业内迁。这里可以报告的，就是工厂迁移委员会的确不错，上海迁出的工厂完全是中央迁移委员会办理的，而且在上海搬运的时候，分配相当平均，分门别类，虽然数量不多，可是分配的确平均。后来武汉撤退的时候，是中央赈济委员会和中央迁移委员会合办的，迁到内地的有一百四十家。除了上面所说的以外，南京的硫酸铔厂，天津、徐州工厂的内迁，都是非常进步的事实。

说到这些，当时无锡的工厂，没有迁出，我们认为非常痛心。当时经济部曾叫他们搬，可是工厂老板说现在我们的工作非常重要，我一搬，前方的接济就成问题了，怎样可以搬呢?! 说得头头是道。可是现在这些工

---

① 四行指抗战时期的中央银行、中国银行、交通银行和中国农民银行。

厂，完全没有了！回想起来，实在痛心！那些搬出的机器，现在已经分散在广西云南贵州一带。据去年十二月消息，已经有五十八家在四川开工，在各处的工厂，一共有三百家左右，已在广西贵州湘西分别开工，这是工厂西迁的进步。

第五，公营事业的发展。就是抗战以后，由于运输工具的困难，资金的缺乏，很多事情商人不能做，商人只能做有利的事，因此政府为了情势的需要，不得不出来担负这个运销贸易的责任。我国的公营事业，开始已经好久了，但是一个招商局还抵不过卢作孚先生的一个民生公司。抗战以后，中国开始有大规模的公营事业，简单的说，现在譬如特产贸易，就是由政府来办的。从今年起，特产输出有十三种非政府不能经营，而且中央还拨了一万万资金，这是就贸易方面说。至于运输方面，以浙江六千辆汽车来说，已经是一个很显著的进步，现在省政府还预备开关公路，增加汽车。就江西方面来说，已成立了一个正式的贸易部，办理运输，在西南的交通处，成立的时候，先控制了五千辆的汽车，以一辆装重二吨计算，一动就有一万吨货运进来。这种力量，都是了不起的事情。最近中央成立了一个水陆运输委员会，在政府管理下面，河道的疏浚，铁路公路的修筑建造，都在积极进行，现在西南各省的铁道公路，二年之内，都要完成。此外如湘江桂江的疏浚，可使西南的船舶，直航广西。总而言之，由各省以至于中央，完全由政府会办理。

其次是农产运销。譬如粮食和棉花，从收割以至于运销，统是由政府办理。湖南江西二省，现在由农本局和政府合办。这次兄弟也是来同浙江省政府接洽省际贸易的。所以粮食方面，以江西湖南二个产米省份来讲，都在政府管理下面，拿棉花来讲，恐怕要被敌人拿去，以后也不能再让他自由贸易了，而由农本局和省政府，绝对负责。

在过去，如果政府要想统制，商人马上打电报向国民政府去控告了。可是现在不会了，现在商人已知道自己不能办，愿意交给政府办理了。此外从工业方面来说，在四川的炼钢厂，炼铜厂，硫酸钲厂，都是政府来经营的。从贸易运输，农产运销，重工业的建立，都是在政府经营下面办理。

第六，手工业的抬头。这一点关系农村经济很大。抗战以后，因为外国的东西进来不容易，因此发生了一个事实，在人民特殊的需要下面，土货生产品出现了。详细的数字无法告诉各位，就江西的合作社来说，为了做土布生意，不知赚了多少钱。为什么呢？因为大家都要穿土布了。在浙江手工业的抬头，许多土布都是自己做的。有一次我到江西内部靠近浙江福建这些地方去，有人对我讲，以前榨油厂已经关门了，现在可又开始了。由于各种手工业的抬头，农村经济比较好一点，去年我在上饶，一个朋友告诉我，说去年一年，上饶人算是这七八年来最舒适的一年，这是农村经济开始好转的一个事实。

第七，难民垦殖。办得不大好的，虽然是难民垦殖。但是整个说来，像江西、湖南、广西、贵州、陕西有好多难民在开垦，有一个人估计，把江西广西贵州湘西这些地方合起来，去年一年，可以开垦五十万亩以上的土地。这个数字，虽然不很可靠，不过至少在五十万亩以上，据江西垦务处的人说，就有五万亩以上。如果这个事实是真的，那末这个事实现在还在扩大发展之中，因此可以说荒地利用的增加，是一个进步的事实。而且不仅数量上，还在质量上的，不过难民垦殖，应该要：（1）加紧教育，（2）加强组织，（3）使他了解这个土地是国家给他的，而且从生产开始，一直到销售运输，统统由一个单位办理。

总结上面市场国内化，资金内流，工厂内迁，公营事业的发展，手工业的抬头，难民垦殖这六点，统是抗战以来进步的事实，这是第二段要向各位报告的。现在把这六点进步的事实综合起来，中国的经济是在转变之中。

（一）从殖民地的附庸性，转变为民族的独立性；

（二）从无政府的自由贸易，进展到有计划的统制；

（三）私人资本逐渐萎缩，国家资本日见强大；

（四）财政与经济开始合流，以财政力量发展经济事业，以经济事业来增强财力收入；

（五）全国普遍的节约，消费的消费减少，生产的消费增加。

三

现在有一个问题，就是现在还有多少力量？我想这是需要研究一下的。

金融

许多人因为外汇暗盘的高涨，我法币一百元折合美金只能汇十六元左右，英镑便只有八便士多点，港币只有五十六七元，都怀疑外汇能不能够稳定？这个事实需要详细地讲一讲。政府现在到底有多少存银，这是一个秘密，不过现在已经可以公开了，反正我们手里，日本人又抢不去的。我们先从造币厂说，造币厂到现在有二十一万三千三百万，这里面除融毁的数目有五万万二千四百万外，还有十五万万在政府手里。这个数字可就各方面来证明：（1）据上海专门研究经济的甘奈林氏的估计，我国政府存银有十六万万元；（2）同时据日本国会的报告说，中国政府在抗战以后，所有白银值英金九千三百万镑，和甘奈林数字只差二百万镑；（3）同时据我个人根据别的材料算下来，总有十四万万左右，根据这许多数字计算起来都是差不多的。可是这些存银已经运到伦敦和纽约去了。

那末法币发行额已经有多少了呢？在七七事件以前，是十四万万，到了去年七月份为止，发行额已到十七万万，在这一年多的战争当中，只增加了三万万，去年以后就没有报告了。假定说已经到了十八万万，那末也不过增加到四万万而已。如果以现金六成准备计算，可以发行到二十五万万以上。再根据财政部长孔祥熙氏的报告，日本每天要用战费二千五百万，中国每天要用五百万，那末一月要一万五千万。有人从这个数字里估计，每天需要一百万的军火，必须付现款，那末二十个月来需要六万万现款的付出。可是这个里面又有问题，去年全国的特产出口，是有七万万多，这个外汇大部是政府得到的，除了抵掉进口货以外，还有一部分可以用的，去年一年，有人估计总在四五万万之间。同时有一部分军火，是向苏联赊来的，大概二十个月以来，我们拿银子去买的军火，无论如何不会超过五万万，如果这个估计是准确的，那末十六万万除掉五万万还有十一万万，还可以发行十九万万的法币。

除了上面这二种看法以外，还有更乐观的一种看法，就是自从抗战以后，政府收进的白银又不少。大家总还记得，有一次上海一家外国银行，运白银出口，被日本人扣留了，后来经过几次交涉，仍旧运到美国银行里去了。由这个事实，证明抗战以后还有许多白银运出，对于法币价格的稳定是可以维持的。

此外，还有一种人说，法币在中国这样一个战争下面，在举国一致的拥护下面，每个人都有几块钱的事实下面，大家都不愿意怀疑法币的价值，所以中国妙的就在这个地方，对外用银子，对内可以用法币。举个例来说，当通用法币的命令颁布之后，全国毫无动静，所以中国的法币基础是非常稳定的，即使说来不够百分之六十的准备，也可以降到百分之四十。

那末民间现金还有多少呢？我国存金大概总有三十三万万，除掉上面所说的二十一万万以外，还有十二万万，这十二万万，由于民二十五六年的银风潮，去了七万万，所以民间存金，悲观一点讲，还有五万万。不过有人说有十万万，何以？因为刚在报告的融毁的五万万加上去就是十万万。不过又有人说偷漏的也很多，但至少总在五万万以上，如果政府以动员民众的方式来动员银子，也可以变为政府用的。

关于金融方面，除了法币存银之外，再从这二点说到一个问题——就是管理外汇。有许多人说外汇政府应该大量收买，索性照暗盘的价格来售结，其实这个暗盘是好的，可以使爱消费外国货的人少消费一点。外汇暗盘的高涨，是政府管理外汇的结果，是必有的现象。在这儿我们对英国借我们的汇兑平衡基金一千万镑，这个帮忙，的确友谊可感，由于这一次的借款，将来的外汇暗盘要平一点。因为照现在的暗盘，英国货和美国货的价格，的确是太高了。

农业

以上是说金融方面的情形，其次要从农业方面来说，农业方面在中国现在自己的区域以内，粮食大概不成问题。只要江西湖南保持得住，广西本来是自给的省份，贵州吃一点湖南米，四川可以自给的。棉花比较困难，不过陕西豫西浙东的出产还可以，由于一年来的努力，棉田的增加，差不多四川有五十四万亩，云南有八万亩，贵州有四万亩，广西有一万二千亩，数字虽然有限，力量但相当可观。因此，这两个问题在目前可以不成问题。但是光是不成问题还不够，问题在于如何增加后方的生产，这个问题说来是不容易的。在四川目前来说，要再增加生产，已不可能。贵州云南呢？是地下有矿，地上无皮，要想解决这个问题，只有从灌溉农田方面着手。现在在西南各省，大兴水利，在四川的水利放款，达三百二十万，广西二百五十万，贵州一百二十万，四川是由导淮委员会负责的。广西是华北华洋义赈会负责的，贵州也是由导淮委员会做的。这种水利灌溉以后，再由各省农业机关发放种子，这件事情，大该在今年的下半年可以等好消息。此外在农业金融方面，中中交农四行决定在陕西甘肃放款放到二万万。再如各方经济机关的合作，普遍设立工业仓库都在进行，所以从生产运销，到资金，都有一个相当的布置，在农业生产这一点，相信有把握。

工业

再次说到工业，在这方面数字最少了，因为政府不愿意公开发表，今天只能随便讲一讲。

四川的炼钢厂和南京的硫酸钸厂，大概都由政府经营，此外报上所说中美合办的飞机厂，大概也是事实，华侨胡文虎氏的在湖南投资，也是极有助于重工业的建设。去年一年矿物的出口，占第一位。此外在贵州，资源委员会同矿务局组织垦务局，马上就要开始。西康的采金团，的确已具体化。在三次参政会上，孔部长曾经对大家开过玩笑，他叫大家如果要发财的话，最好组织一个采金团到西康去采金。此外贵州组织一个汽油局，这些都是各种工业方面的事。最后还说到工业合作这个东西，这是孔祥熙和宋子文二位先生领导的，他们的负责组织人是爱来先生①，这个人真好，同史沫特莱②史诺③一样的是我们最好的国际朋友。他预备聘请章乃器先生去做总干事，大概快要去吧。他们的办法，预备在后方设立工厂，在战区地方，设立小规模的工厂，这种工厂所在地，一变为战区的时候，马上变为军火工厂。这种做法，我们相信爱来先生一定可以做好的。最近浙江也派了一个人来，他愿意来帮一点忙。

交通

金融、农业、工业都讲过了，最后讲交通，这一点是值得我们大书特书的。有一个朋友曾经这样说过，抗战以后青年和儿童的进步，是值得我们快慰欣幸的。就经济说，交通的进步，的确伟大，譬如湘桂路，要是在平时，不知要多少年数才能通车咧。再如川滇铁路，计划在二年之内完成，此外各省公路线的修理建筑，尤其值得称道。至于国际路线，战事一开始，中央马上就派大员到甘肃新疆去接洽，把通苏联的公路加以修理，现在多数飞机，多数军器，都由那儿来的。此外还有一条从云南到安南滇越铁道，和到缅甸的滇缅铁道与滇缅公路。除滇缅公路已经通车外，都在积极建造。川滇铁路大概到明年，可以有三分之一好通车了，三分之二民国三十年可以完成。如

① 指路易·艾黎，新西兰人，1927年来到中国，倡导工合运动，为中国抗日战争的胜利、中国人民的解放和建设事业做出了贡献。
② 指艾格尼丝·史沫特莱（1892—1950），美国著名记者、作家和社会活动家，1928年年底来华，广泛结交朋友，宣传中国红色革命和中国共产党。
③ 埃德加·斯诺（1905—1972），美国著名记者，1928年年底来华，代表作是《红星照耀中国》。

果加工的话，也许明年可以通车了。连接湘桂路的从桂林到安南边境的镇南关一段，也是国际路线，大概不久也要通车，这个工程的伟大，在历史上还寻不出。交通人员的努力，更使人钦佩，当时修滇缅公路的时候，工人因水土关系，死亡是相当大的，这种英勇壮烈的牺牲，并不亚于前线的将士。这种国际路线的建立，实在关系太大了。所以我们说完了农业金融工业之后，应该把交通特别强调的提出来向各位一说。

总之，在抗战当中，我们的经济力量长成了，不仅是国内的，就是在国外的借款，英国的五百万镑，美国的二千五百万镑，这不仅是借款而已，而是表示援助，不仅是政治的，而且是经济的。

四

最后，一切都是进步的，进步而且很快，但是我们还要提出一个今后的政策。

第一，就机构方面说，要加强组织，中央与地方，地方与地方，军队与政府，这中间的联系还不够。举一个例子来讲，譬如浮梁这个地方，有些铁路材料，可是就没有方法，现在就始终搬不出来。再，省与省之间的联系也不够加强。

第二，机构方面应当充分配备各区域间的资金配置。今天浙江就是如此，皖南、闽北、赣东这个区域里面，都少吃用的东西，这个是非常有关持久抗战的，而这个区域不能自给，也就不能支持长期的抗战。

再在金融方面，我们要求金融界注意到前方，靠近前方的地方不投资是不对的，我们要求注意平均的发展。或许有人会问法币到前方来给敌人拿去了怎样办呢？其实这是不要怕的。在北方，到现在还是以法币为标准的，日本人所抢去的，不过五千万上下。这个区域的法币数量，相当可观，可见要搜刮我们的法币并不容易。这是第一个答复。再说法币这个东西，我们不要以为要被敌人拿去而不放款，这是讳疾忌医，我们应把货物看得比法币更重要。

第三，要贡献给各位研究的，就是国家资本固然一天一天长大起来，但是应当吸收民间资本给国家用。这样也许有人会说只要把中中交农四行的存款拿去用就是了，这固然是个办法。但为更广大的吸收起见，我们可以利用存款的办法。这就是说利息特别高，这个存款存了之后，你不能完全拿去，必须一年之后，才能拿五分之一，再过半年，可拿五分之一，或者二年之后完全拿去，等于定期存款。同时还可以不大讲究面子的话，提出一种办法，就是这种存款，可以由麦加利汇丰等银行来保证，然后把这个款拿到后方投到国防工业上去。这个数量我估计大概有五万万至十万万之间，这要比发公债还有效，一定可以吸收大量的资本。

第四，贸易方面，现在政府对于贸易是管钱不管货，你要买外汇我不卖给你。不过总希望管钱又管货，真正要统制进出口货，非要管货又管钱不可。其次，如何去吸收沦陷区域的货物？现在日本要以战争养战争，去年的棉花就被搜刮去一万万多。与其棉花被敌人拿去，不如拿法币去和他换，因为法币拿去了，外汇总还在我们手里，所以宁可牺牲法币，不可牺牲特产。

第五，农业方面也有二点意见：第一改善农村关系，因为自抗战以来，捐税加重了，兵役也加多了，生活程度又提高了，所以对于农民生活，予以在可能范围内最大限度的改善，是十分必要的；第二要使农民生活改善，除了减租减税以外，还要使生产运销有一个系统。在浙江就有所谓一条鞭的联系，这点稍为努力，就可以办到的。

第六，工业方面，我觉得重工业轻工业都非常重要，现在农业手工业应该有一种具体的合作。其次，改善各处工业生产的条件，第三，运销最好不要经过商人的剥削。如果不从这方面设法，这个问题将来会引起很大的麻烦的。

关于今后的政策，没有什么特别贡献，这就是今天要讲的第四段的内容。

我们大家可以了解的，中国这个国家是经济不发达的国家，因此人民很穷，政府也没有力量。可是居然在战争当中，建立起一个经济基础来，而且这条道路绝对是民生主义的大路，在这条道路上，国家资本特别强大，因此特别要完成一个国民经济的条件，当然，这些条件是二十个月的抗战换来的，是血肉换来的，我们应当尊重这些条件，发扬光大，使这些条件，在抗战完成以后完成建国！

有人怀疑抗战完成以后，是不是还有经济问题呢？不会有的！许多问题在经济建设过程中间，是逐渐逐渐的改进和改善，抗战完成，也就是我们的经济建设大致完成。如果经济建设不完成，那末抗战不能停止，假如经济建设不成功，抗战也不会成功，因此在建国的时候，他剩下的问题是如何使生产高度化组织化和电气化了。

　　如果有人怀疑抗战之后有经济问题，他就不了解二十个月来全国同胞的努力，所以我们应该有一个信念，就是经济建设已经走上新的道路，而今后一切问题在过去认为不能解决的，在抗战过程中间要得到百分之七八十的解决。所以今后主要的问题是组织化的问题。这就是兄弟报告当中的最后一点。

国际经济大势与中国之危机

马寅初

1936 年在浙江省立金华中学三十五周年纪念会演讲

马寅初（1882—1982），浙江嵊县（今嵊州市）人，中国著名经济学家、教育学家、人口学家。新中国成立后历任中央财经委员会副主任、华东军政委员会副主任、重庆大学商学院院长兼教授、南京大学教授、北京交通大学教授、北京大学校长、浙江大学校长等职。

文献选自《陆大月刊》1937 年第 3 卷第 1 期，1—6 页。

世界经济状况，变动得最厉害，影响最大的，是在欧战以后，所以今天要讨论的，是欧战以后的世界经济大势。大战时期，各国所用的军费浩大，美国每天花费美金四千万元，英国每天花费三千五百万美金，法国一天也要用三四千万元美金，既然有这样大的耗费，国内的积存当然不够应用，必须借债，当时美国最富，都向他举债，战事结束，战胜国向战败国要求巨额赔款，指定用金子偿付，同时债权国向债务国要求偿还战债，因为这两件事，影响世界经济，起了很大的波澜。

赔偿的影响。德国是个工业的国家，物产不能偿付赔款，国内的金子又没有这多，便想出一个很能付战债，而不必拿出现金的巧妙方法，就是在国内提倡产业合理化，以极低的成本，大量出产。运输到外国去贱价出售，即以卖得的金子偿付赔款，各国自己出产的物品，大受影响，不能出卖，也只好跟着压低物价。但是德国的物品，物本十分低，一跌再跌，价格总比别国低廉。竞争的结果，各国物品，售价低于成本，工厂不能维持，宣告停工，社会购买力因以薄弱，商店闭门，发生极严重的经济恐慌和失业问题，波动全世界遭此大难。

战债的影响。战时，英法等国向美国借有巨额战债，战后，美国追索战债，债务国坚持待德国的赔款拿到手即可偿还，于是英法等国紧催德国付赔款，德国拼命卖便宜货，吸收金子偿付，拿到赔款的国家，又转偿战债，世界上的金子，便集中于美国和法国。市面上的金子缺乏，金价高涨，物价便跌落，生产者受影响，这也是造成世界经济恐慌的原因。

还有一个引起世界经济的大原因：战前，欧洲各国的战用品与日用品，出产得不很丰富，需用繁多时，不足分配，只好向美洲国家借贷或者购买，事后，又须偿还，大量金子流出，于国家本身大不利，因为感到这种痛苦，战后欧洲国家改变方针，实行国家主义，自给自足政策。自己所没有的加工制造，免在战时仰人鼻息。战后各国皆提倡国货，不需要外货进口，各国都这样做，生产品在国外无法销售，货不能畅其流，存货囤积，物价大跌。

根据上述三种经济恐慌原因，产生了三个目的：一是因为留存自己的金子，不准他人货物进口；二是因为自给自足，不需要别人的出品；三是因为提高自己的物价，繁荣本国市面，阻止贱货输入，各国为要达到三个目的采用了六种方法，兹分述如下。

（一）取消金本位制。为奖励出口货品，抑低币价，减轻货值，可以在外国市场竞争多销，抑低货币方法，即是要求金本位的国家，放弃金本位，改为纸本位。例如：英国未放弃金本位以前，一金镑折合一百二十四法郎，假定价值一镑的英国表一只，在法国可卖得一百二十四法郎。英国放弃金本位以后，币值减低，假定一磅只能折合法币六十二法郎，英法汇兑适等于未放弃金本位时之一半，原来卖一镑一个的表，在英国虽然还是售原价一镑，可是在法国只需出昔日的一半价钱（六十二法郎）即可购到，岂不是减低物价吗？因为以六十二法郎汇回英国，仍等于一镑，于英国出口商无损，法人当然很愿意买，英国的出口货，即可畅销，而英国的进口货，洽与出口货成反比例，因别的国家没有放弃金本位，没有贬低币价。从前法国一百二十四法郎的表，运至英国卖一英镑的，现在要卖到两英镑，才能维持原来价格，因英法汇兑已减半，以两英镑汇回法国，方等于一百二十四法郎，方可不亏本。但法国货自一镑涨至两镑，英国人必不愿意多花钱买法国货，外国货须有销路，当然不再进口了。由次观之，放弃金本位一面可以奖励出口贸易，一面可以阻碍进口贸易，非一举两得乎？

（二）统制汇兑。所有的国外汇兑，买卖集中于中央银行，当购买国外汇兑时，银行里要询问作什么用的，买好后，款由中央银行代付，若购买不必要的外国货，银行拒绝出卖汇兑，外国货自然无从进口，同时又可防止本国金子出口。

（三）定额分配。每年的进口有一定限额，在此限额之内，某种占百分之几？某种占百分之几？超出定额海关不准进口，这种方法，很适用于生产不足的国家，因为它完全靠自己的出产不够用，必须有进口货补充。但不限制进口，入超年年增加，国家经济前途危险，只好用定额分配方法，相当的限制，法国即是采用此法。

（四）截留货款。甲国的货物，到乙国出卖，乙国便将货款截留，只在账上承认欠一笔债，甲国只能以未收回之款购买乙国货物以销账。这样乙国可以防止现金出国，乙国出品，亦得以推销，此法德国采用。

（五）提高关税。外货进口，征收高额关税，使物价腾贵，不易销售，进口自然减少。

（六）汇兑清算。两国贸易不付货款，每至年底，或指定日期，清算一次，遇有差额，再以别种方法清偿，这样使得现金少流出些。

这六种方法虽然好，个别的做去，力量很薄弱，收效甚微，遂产生集团经济的组织，在集团内的各单位之间贸易比较自由，并可联合防止集团外的势力的侵入。现在世界上有三大集团：一是大英帝国集团，包括英国本土、加拿大、澳大利亚、南非、印度、英属南洋群岛及其他各殖民地；二是美洲集团，包括南北美洲；三是法国集团。这三个集团，都没有日本在内，但是日本的工艺品，大部分推销于这几个集团的国家里，现在他们各个有联合，排斥日货，是必然的，把日本的生命线整个切断。日本西向无发展的机会，目光便移到东方来了，也要组织一个经济集团，和他们对抗。发展自己的势力，于是高唱东亚集团。这个集团包括中日与伪满，它并不是以平等互惠的原则，和中国组织经济集团，乃是要抓住中国，做他出品的市场，并且利用中国出产的原料，供给他工业制造之用，又可以中国为投资之地。他的最后目的，使中国永远成为一个日货市场，日本的原料供给地，及日本资本的投放所。换句话来说：中国永远做奴隶式的农业国，其他一切都不必发达，无形中是日本的殖民地。他有了目标，第一次取得东北四省，因为东北四省的富藏太厚了，如今可以不花一文钱，随意取用，有了轻重工业的主要原料。第二步从东北四省再渐进取得中国全部作市场，如冀东也、察北也，都是他实行推进的表现。近来更厉害的，大规模武装保护走私，为的是使货物不付关税，价格更低，格外容易推销。

日本的办法可谓用心极矣，无奈中国人民的购买力太薄弱，虽然日本极力用走私贬价等方法，还是不能畅销。中国社会购买力薄弱，有几个外来的大原因，而这几个大原因，非内在的，多由世界经济恐慌而产生的。

（一）华侨汇款骤减，国内资金流出额大增。中国本是个入超国家，每年全赖海外华侨经商盈余汇回国内，抵补入超汇兑差额，不然，早已发生很严重的经济问题。如今世界不景气，南洋群岛的中国商人受世界恐慌之影响，亏累不堪，即无钱汇回国内。另一面，国内的入超并不减少，出入超差额无抵补，必须用现金偿付，资金流出额大增，市面筹码减少，购买力便薄弱。

（二）地产跌价，资金呆滞，信用缩小，工商歇业，失业人增多。中国的资金，都集中在上海各银行里。上海市面受世界不景气汹潮的袭击，商业大不景气，商店损失甚大，无力付房租，且多停业，有屋无人租用，地价暴跌。各银行的资金投于地产者不少，以致资本呆滞，银行资力薄弱，无力发展工业，则工厂周转不灵，纷纷停工或减工，工人失业，商业更不振，失业问题愈加重，购买力愈薄弱。

（三）白银问题。美国因受世界经济恐慌，物价大跌，欲提高物价，必采用金银复本位，盖金子太少，不敷世界各国之用，必须金银并用，方可使通货周转灵便，于是决定购买白银，世界市场银价高涨，中国银价低。日本吸收中国白银，卖给美国，从中渔利，中国白银大宗流出，存银减少，银价大涨，物价大跌，经济基础动摇，购买力愈益衰弱。

日本抓住中国，还有一个原因。他看到中国购买力的薄弱，不是永久的，将来很有发展的希望，独霸东亚的迷梦，有实现的可能，既然要独霸东亚，不得不排除在东亚的其他势力。在东亚最可为日本顾虑的，是美国与俄国。美国可以从太平洋来攻打日本，俄国可从中国的满蒙边境进攻日本，日本为要消除这两大敌人，亦不能抓住中国作他的战时给养需求处，日本不拿到中国，无论如何不能和美俄开战。

总括起来说，世界经济在欧战后，受了赔款与战债的影响，演出不景气现象。因不景气产生了三个目的，从这三个目的，发生六个方法。只是六个方法尚不足，更有集团经济之组织，日本被摒弃在世界各大经济集团之外，他为生存起见，于是组织东亚经济集团，独霸远东。要实现独霸远东的迷梦，必须排除在东亚并足以妨害他发展的美俄两大敌人，无论与美俄发生冲突与否，一定要抓住中国做他的市场与原料供给地。归结到本身的问题，中国愿意不愿意被日本抓住统治呢？"不愿意"是一致的答案。那么抵抗的方法，就是孙①总理所说的："唤起民众，团结一致，努力奋斗。"唤起民众，已经渐渐的表现出来了，看蒋委员长五十寿辰举国热烈输款购飞机，巩固国防的事实，便可以证明全国民众的国家观念已经有了。只希望民众直接发生关系的，去加力培植，能有更显著的提高。团结一致，已经实现了，惟望大家作最后的工夫，共同努力，求一切文化、经济、社会、法律、政治之发展。国家自己强盛起来，别国对我们的观念，自然改变，希望全国同胞为国家民族的生存，努力奋斗发展！

---

① 原文为"×"。

关于宪政的几件事

沈钧儒

1939 年 11 月在广西桂林建设研究会演讲

沈钧儒(1875—1963),字秉甫,号衡山,浙江嘉兴人,清末进士,近代民主革命家、法学家,著名的救国会"七君子"领头人,中国民主同盟的创始人之一。新中国成立后历任最高人民法院院长、全国政协副主席、全国人大常委会副委员长和民盟中央主席等职,被誉为"民主人士左派的旗帜""爱国知识分子的光辉榜样"。

文献选自《建设研究》1939 年第 2 卷第 3 期,11—14 页。

自从国民参政会①第四次大会通过了"请政府明令定期召集国民大会,制定宪法,实施宪政"一案,并由蒋议长指定十九位参政员组织"国民参政会宪政期成会"以后,国人很注意这宪政问题。兄弟这次到桂林观光一向有名的广西建设成绩,广西建设研究会的朋友们以兄弟是国民参政会的一员,就约兄弟来谈谈目前国人所最关心的宪政问题,这使兄弟惶恐极了,因为座中有好几位是法学专家,不免是"班门弄斧"。然而,朋友们的盛情又不能辜负,只好把关于宪政的若干问题提出来,请教于朋友们。这只是随便谈谈而已,绝对不是什么有心得的研究。

广西,在抗战没有起来以前,是主张抗战最早最努力的省份,抗战以后,在李白黄②三先生领导之下,各方面的进步却很快,非常使人钦佩。宪政是在训政时期结束以后,当然要开始的,实施宪政,先要完成地方自治,而目前

---

① 国民参政会,是抗日战争时期国民党政府成立的由国民党和其他各党派、团体组成的政治咨询机关,1938 年 7 月在武汉召开一届一次会议后迁至重庆,抗战胜利后迁往南京,1948 年宣告撤销。该问所提的第四次大会是指 1939 年 9 月在重庆召开的国民参政会一届四次会议。

② 李宗仁、白崇禧、黄绍竑。

地方自治工作，做得最完满的，首先要数广西。李重毅①先生告诉我：广西的朋友在民国二十六年的夏季，已发动组织宪政研究会，后因抗战就把这事暂时搁起。可见，宪政运动，广西也提创得最早。因此，今天在广西再来讲推动宪政，实在是一件好笑的事。

但是，兄弟此次从重庆来，觉得国内的一般人士，尤其是我们参政会的许多朋友，都认为宪政是目前国内政治上最重要的问题，我们要努力推进宪政运动，帮助抗战，辅助政府。因此这问题还须得共同来讨论，来推进。

现在，我想把我的报告及意见分为六点提出来，请各位指教。

（一）最近一段宪政的史实；

（二）重庆方面对于宪政问题讨论的情形及若干观感错误之点；

（三）实施宪政与抗战建国之关系；

（四）我对于研究法律的兴趣与方法；

（五）我们要把宪政运动，由各方面去推动，使成为一种普遍的运动；

（六）宪政在广西是已有基础，推进工作也只是旧事重提。

先说第一点，我们知道，任何一个国家宪法的产生，一定要经过两方面一致的努力，一方面，是一般人民和社会中各党各派有共同一致的迫切要求；另一方面，则是由于政府能积极来领导。必须政府与民众意见一致，才能推动宪政，产生宪法。过去世界各国的宪政史都是如此，在中国亦是一样。何况由训政到宪政，本是孙②总理遗教中所规定的呢？所以，政府与民众意见的一致，当然更没有问题的。

自从抗战以后，时代进展得太快了，因此，大家都觉得有提早实施宪政的必要，结束一党专政的政治，实施全民的民主政治，使各党各派都有参加政治的机会，以推动国内的政治，这已成为社会各方面共同迫切的要求了。在政府方面，也许因为抗战起来未易兼顾，但社会一般人士，都觉得实施宪政，是急不容缓的事了。

最近第四届国民参政会开会时，各党各派均有提早实施宪政的要求，即

---

① 李任仁（1886—1968）字重毅，广西临桂人，1910年加入同盟会，从事革命活动，1939年5月，任广西省政府委员。1949年7月，赴北平参加政治协商会议，当选为第一届全国政协委员。中华人民共和国成立后，任中央人民政府政法委员会委员，中华人民共和国华侨事务委员会副主任，中南军政委员会委员，广西省副省长。

② 原文为"〇"。

国民党的参政员，亦有同样的感觉。不过提案有先后而已。青年党、国家社会党、第三党，是由李璜、张君劢、章伯钧三位先生提出的。江恒源先生是代表中华职教社同人提出的。至于王造时先生等具名提出与张申府先生等具名提出的提案，亦可以看作是我们朋友的提案。国民党方面，是由孔庚先生提出的，共产党方面，则由陈绍禹、秦邦宪先生等提出。江恒源、王造时、张申府先生等的提案，也可以说是站在无党无派的立场。而且，签名的人，都非常之多。这些提案，是代表国民参政会共同的意思的。但我们如果把它分开来看，则国民党是处于领导地位的，其余依参政会职权规定，系建议性质，应是站在要求方面的。

关于提案的内容，各党派亦略有不同之处。大致说来，国民党以外的党派，主张结束党治，承认各党派在法律上的合法地位，以及因实施宪政而产生的中央政府机构改革问题。处于领导地位的国民党参政员怎样呢？他们有一点是和其他各党各派的意见一致的，即结束训政，实施宪政。

在第四届国民参政会第三组里，对于实施宪政问题，曾有热烈的讨论，花去时间不少，但无要领。于是，把它扩大讨论，所有各提案的参政员都参加讨论，亦无要领。最后，再把它扩大，只要热心宪政愿意参加该问题讨论的参政员都欢迎加入，从下午八时一直讨论到次日晨二时半，空气依然紧张热烈。在朝的党与在野的党，彼此间披沥肝胆，坦白挚诚，把要说的话，都赤裸裸地说出来了。尤其值得赞扬的，国民党朋友的话，都很切实中肯。辩论结果，觉得实施宪政，乃当前的急务，而结束党治，目前似乎不必特别强调，因为结束党治，乃实施宪政必然的程序。宪政实施以后，根本没有党不党的问题了，在宪政未实施以前，亦不应该有党不党的问题。

现在，我们已定下了治本与治标的两个办法。

（1）治本：定期召集国民大会通过宪法实施宪政；

（2）治标：全国人民除汉奸外大家在法律上其政治地位一律平等。

至于改革中央政府机构问题，政府表示不成问题，政府采用集中人才原则，应当从全国各方面注意。只要有利于抗战建国，政府必定努力做去的。

这个治标治本的办法，已经由国民参政会大会通过，通过后，应当由政府采择施行了。但为了希望宪政早日实施起见，在参政会中，特组织了"宪政期成会"，由议长指定十九人为委员，后来又因地域分配的关系，再增加了数人。这就是宪政问题在参政会中讨论的结果，可以向各位报告的。

本来，宪法这东西，有人说是不祥之物，要产生这东西，终不免要流血，世界各国，宪政历史都是如此。因为政权拿在手上的人，往往不肯爽爽快快很轻易的把政权让诸国民，必须从斗争得来。而另一方面主张革命的人，他所要的是革命，而不是宪法，又根本的不会以施行宪政为满足。所以宪法的实施，必然是各党各派与政府协调的表现。我们的实施宪政，能在政府与各党各派间一致进行，是最可庆幸的事。

现在，实施宪政的原则，已经通过了。但我们是不是以为从此就可以圆满进行了呢？我觉得尚不够的，还要我们大家起来，使一般人民对于宪法有根本的深切的了解，不断的推动，才是办法。知识分子，对于这一层，是应该负责任的。目前，重庆方面，我们参政会的一批朋友，如国民党的许孝炎、李中黄先生，共产党的秦邦宪、董必武先生，青年党的李璜、左舜生先生，国社党的张君劢、胡石青先生，第三党的章伯钧先生等以及其他没有党派的朋友们，已成立了一个"宪政问题座谈会"。一方面是帮助政府，另一方面是唤醒民众对于宪政问题的注意，已经开过两次会。我们并开始进行从各方面去发动这一类座谈会，在重庆，新闻、教育、妇女、学生界均已开始组织了，兄弟离渝之前，新闻和妇女的座谈会已开过会。参政会的宪政期成会亦已开过会了。我们希望在一年以内，召集国民大会，公布宪法，实施宪政。当然，其中尚有许多问题，须由政府和人民共同努力的。

说到第二点，重庆方面，对于宪政问题，有一部分人，是抱了错误的观感的。他们以为目下实施宪政是有问题的，因为目前正是军事倥偬的时期，军事第一，谈不上宪政，也不需要宪法，就是有了宪法，抗战期间，也要停止一部分效力的，我们目前谈宪法，岂不是无谓的举动吗？

对于这些见解，我以为他们根本忽视了我们的抗战是长时期的，我们的抗战与建国是分头并进，相辅而行的。我们为要实现一面抗战，一面建国的目的，实施宪政，是十分需要的。至于说，宪法在抗战期内，要停止一部分效力，那是看什么地方，什么时候决定的，这是一点。戒严法中有很详细的规定，并不是随便停止的。

又有人说，宪法这东西和普通的法律一样，是枯燥无味的；有的竟认为宪法是空洞的，与民生问题无关；有的则说，中国过去的约法，都未实行，宪法就算成立起来，也未必会实行吧。我们觉得这些都是错误的。宪法是一个国家的根本法律，与全国民众的生活有密切关系。宪法在某一时期，可以反映人民的生活状态。如人民的经济、教育、地方制度，岂不是都由宪法规定的吗？至于过去约法的从未实行，不是约法本身问题，而是政治不良，人民与政府不能合作，政府怀疑人民，而人民也怀疑政府。现在的情形，都与从前不同了，现在是上下一致，共同努力。我国研究法律的专门人材太少，一般人都把法律这东西忽视了，实在是遗憾的事。

第三点，我要进一步再说一说实施宪政与抗战建国的关系。我们知道，实施宪政，与抗战建国是有重大关系。如立法院制定的宪法草案，对于中央政治机构，地方权限，都有很详细的规定。对于人民的权利义务一章，即根据五权宪法而起草的。又在过去，一般宪法中规定："人民有依法律……权利"或"人民有……自由非依法律不得限制之"等等。这种规定，是很危险的，政府随便可以制定一种法律，以限制人民的自由，宪法即失了作用。但宪法草案中则规定凡限制人民自由或权利之法律须以如何如何的条件为限。不能由政府任意制定，这一规定已比从前进步得多了。

在国民经济教育二章，与抗战建国，亦有密切的关系，当然，其中有许多应该修正的地方，需要宪法专家慎重考虑，提出意见的。中央与地方权力之划分一节，亦有待于宪法的实行。何者为中央应做之事，何者为地方应做之事，条理分明，建国程序，才不致紊乱。而人民对于抗战，亦可更有深切的了解。我相信，倘若人民对于宪法问题，能有深切的了解，则兵役法中的壮丁问题，比较容易解决。又如宪法草案中规定：中华民国的国都在南京，中华民国的领域是列举规定的，辽宁、吉林、黑龙江、热河都明白规定在草案条文之中，则更将我们抗战到底的界限确定了。谁能说实施宪政与抗战建国没有关系呢？

第四点，我要简单谈一点我对于研究法律的兴趣与方法。照我个人的浅薄经验，觉得研究法律，如果单看条文，实在是枯燥乏味的，空洞的。所以第一，我们必须用纵的眼光研究一种法律的历史性，及其发展的程序。这样，就可以发生兴趣。第二，我们可以用横的眼光，研究其世界性，我们拿世界各国立法的相同之点，及其相异之点，互相比较研究，这也就有兴味了。但我们研究各国的一般法律或宪法，不能单从表面上机械地去比较，而是要注意各国一般法律或宪法的特性。而且要知道这种特性是依据每个国家的自然环境，民情风俗，政治经济等不同的情形而决定的。第三，我们更须把握其时代性，一般法律和宪法不是一成不变的，它是依着时代的需要而定的，而且，也可以依着时代的变迁而修改的。所以从宪法的制定和修改中可以看出时代的特点和时代的变迁。假使我们能把握住这三点，那末，研究法律的兴味，一定很好。

尤其在宪法里面，我们更可以看出世界的进化。举一个例来说，如苏俄的新宪法没有产生以前，我们只能由宪法中看出每一个国家的"政治性"，而"经济性"是不明显的，但自从社会主义的苏联产生以后，宪法的经济性增加了，宪法本身也进化了。我们三民主义的宪法草案，内容是包含政治性，亦包含经济性的。宪法是一个国家的根本法，内容丰富，研究起来，当然是非常有兴趣的。

第五点，我们应该怎样使宪法运动成为很普遍的运动呢？这一点，是极其需要的，因为我国社会科学极不发达，尤其是法律一门，大家多认为只是专门学者才能了解，才能来研究。其实不然，宪法和国内每一事件，每一个人都有关系，我们如何能够不关心和自身有密切关系的宪法？

在重庆的宪法座谈会里，对于中国将来的体制，是"三民主义的共和国"一点，连中共在内，都一致承认的。只要基本的认识一致，我想其余尽有可以共同研究的地方，应该号召知识分子来共同研究。还有其他最近的重要文件如约法、抗战建国纲领、国民大会选举法、也都应该让大家澈底研究。如知识分子都有了澈底的了解，这就一定能产生力量，推进宪政运动。

有人曾对我说：宪法很难懂，与日常生活无关。我就用一个比喻来和他说明，譬如一个人到饭店里去吃饭，他必须先拿菜单来看看，他要知道这是什么菜，四川菜或是其他地方的菜。宪法也是一样的，宪法有英美的宪法，德日的宪法，社会主义系的宪法，犹之菜单之有四川菜，什么菜，只要一看就能明白。我们看菜单，不但要明了菜的种类，而且要知道那一种是它的特别菜——"拿手菜"。研究一国的宪法也是如此，宪法要反映全民的生活、意志、社会上的一切制度，并要切合时代。所以我们研究一国的宪法就可以看出那一国内的这些特点。

我们推行宪政运动，自己先要有自信，我们要坚信，实行宪政可以建设我们的国家，可以使我们的抗战早日获得最后胜利。我们并要在信任政府的信念上，决定自己的一切行动。我曾经讲过一个笑话：今后我们跑一步路应该不忘宪政，说一句话也应该不忘宪政，在家庭里也要不忘记宪政，如此则宪政运动，一定能成为很普遍的运动，国家意识一定可以提高，对于目前的抗战，一定可以有莫大的帮助。

至于具体进行的办法，第一步由各界发动座谈会。其次，文化方面，应印成许多鼓吹宪政的小册，或将各国的宪政史，全世界宪法系统，以极浅显明白的内容，用小册子印出来，使家喻户晓。在图书馆里，也应搜集宪政问题的材料，专供一般民众阅读。并希望文化界的朋友，多写文章鼓吹，及分别举行公开演讲等，这样做法，我想一定是有效的。

最后，谈一谈和宪政极有关系的国民大会。有人以为国民大会的权力，远不如以前的国会，因为以前的国会有通过预算、决算、宣战、媾和等权，而国民大会都没有；以前的国会有弹劾权，而国民大会也没有。这种说法理由似乎不大充分。我们知道，国民大会有复决权，遇着政府所公布的法律有不妥当的场合，是可以给以否定的；国民大会有罢免权，遇着政府人员有不称职的场合，也可以将他免职的。孙①总理再三说过，要实现三民主义，必须实行五权宪法。这是什么道理呢？因为属于国民大会的政权和属于政府的治权，要划分清楚，同时国民要有极大的政权，政府要有极大的治权，然后可以使一切建设迅速发展。这是我们应该理解的。

---

① 原文为"○"。

宪政运动感言

褚辅成

1939 年 12 月在重庆宪政座谈会演讲

褚辅成（1873—1948），浙江嘉兴人，九三学社发起人之一，中国著名的
社会活动家、爱国民主人士。

文献选自《战时青年》1939 年第 2 卷第 4 期，6—7 页。

关于宪政运动，现在总算已有了初步的成就。前两天，国民党六中全会
正式通过了实施宪政的决议，定明年十一月间召开国民大会，所以，可以认
为，实施宪政，根本上已无问题。

但是，怎样才能使这一次宪政不落失败的覆辙，怎样才能使这一次的宪
政真正对抗战建国有利，是应该严加注意的。我觉得第一个大问题，就是国
民大会的代表，怎样产生的问题，大家对这一点都有热烈议论，实在是很重
要的。

譬如在宪政座谈会中，就有些朋友主张推翻抗战前的选举，重选国民大
会的代表。我以为这个办法虽比较澈底，然而，做起来却很有困难。现在只
有若干地方，有资格谈得上民选，头一个是山西。那里的民众工作做得很切
实，下属民众都有组织，乡民大会经常举行，如果办理选举，三四个月内，
准保能够完成。其次，广西的民众动员工作，也很有成绩，办理选举，亦不
成问题。此外，就只有浙江的民众工作还比较实在些了。那里，有的地方可
以做到举行保民大会，但是，仍不是普通的情形。所以，整个看来，依靠现
在民众组织的基础，离真正的民选尚远。这可见得宪政的基础在于民众，民
众不起来，怎样谈得上宪政呢？前几年选举国民大会代表的时候，土豪劣绅
们操纵选举至于一个人拿着整叠的选举票填写。从前北京政府时代选举议员，
有个这样的笑话，操纵选举的人把成沓的选票先填写好，齐齐整整放进票筐，

挡住了投票的入口，老百姓拿着票也投不进去。这都因为民众没有起来，任人舞弊作假，全没有办法。倘若再不赶快组织民众，同样的现象也可重见于今日。因此，准备实施宪政的当务之急，在加紧唤起民众，使民众享有言论与集会结社的自由。至于明年就要举行的国民大会，如果重选代表，事实上既很有困难，完全依照战前的设施又不符当前的需求，自宜因时制宜，加以必要的变通。

这种变通是绝对必要的，自然应该十分重视。具体说来，我觉得：

第一，战前已经选出的代表，要严厉审查资格。过去选出的代表很多，经过两三年的战争，人事方面的变通甚大，远非办理选举的当时了。有的代表现在做了官，失去民意代表者的资格，必须取消。沦陷区内的代表，有投到伪组织去的汉奸分子，更必须另行补充。

第二，应该增添各党派的代表。抗战以来，国内团结有了长足的进步，增添各党派的代表，在团结抗战的意义上，自属必要。我知道政府对此已予注意，这是值得庆幸的。在代表没有选出的区域，办理选举时亟应注意到这一方面，已经选有结果的区域，仍可在政府圈定的二百四十名中，设法补救。

第三，应该给青年学生及妇女参加大会的机会。中山先生昔日召集国民会议时的主张，就很看重学生代表。根据现在的规定，代表须在二十五岁以上，多数青年学生虽不及此项标准，但是，够格的当然也有，因而仍可有一部分青年学生的代表参加。最好有党籍者，即作为该党派的代表，无党无派的青年学生团体，还望大家多多介绍，提请政府注意。妇女方面也要多产生些代表才好。

第四，某些军队的代表应该重新产生。战时的军队组织变动最大，过去有番号的，今日容或已不存在，同时，也有新编或新建的部队为战前所无的，都有重行推定代表的必要。

以上数点，只是权以战前选举为有效的应急之变，谈到根本，则非修改国民大会组织法及选举法不可。这两项法规将来总须修改，使合民主化的要求。好在国民大会是最高立法机关，有加以修改的权利，将来是可以办得到的。

宪政运动中另一个大问题，当然是宪法草案。政府在二十六年公布的这个宪法草案，比以前的约法等等，都有进步，但是，抗战中的中国进步更大，现在看来，总有些不合要求的地方（最重要的是国民大会和国民经济两部分）。而决定宪法的主要力量是民意，民意可说是宪法的灵魂。我主张由宪政期委会来公开征求民意，让各阶层民众发表自己的意见。此外，各界人士组织宪政运动的团体，如重庆将要成立的宪政促进会，也是很重要的。

民意力量能否充分发挥，是宪政成败的关键，青年当前对宪政运动的责任，就在向民众宣传宪政，使宪政运动得到下层民众热烈参加。

华侨对祖国经济和感想

陈嘉庚

1940 年 9 月 19 日在本路员司讲训会演讲

陈嘉庚（1874—1961），福建集美社（今福建集美区）人，爱国华侨领袖、企业家、教育家、慈善家、社会活动家。1949 年 5 月，应毛泽东主席的邀请回国参加中国人民政治协商会议筹备会议，后担任中国人民政治协商会议全国委员会副主席、全国人民代表大会常务委员会委员、中华全国归国华侨联合会主席等职，被毛泽东誉为"华侨旗帜、民族光辉"。

文献选自《浙赣月刊》1940 年第 1 卷第 10 期，1—4 页。

主席、诸位长官、诸位同胞，兄弟这一次来江西，昨晚才到上饶，前几天在光泽，就接到贵路的欢迎电报，昨天又承遣派代表到鹰欢迎，今天又承各位这样的热烈招待，兄弟非常惭愧，非常感谢。

刚才听到主席的报告更觉不敢当，兄弟这次回国，惭愧不是专家，不能够把考察所得，作有系统的讲述，只能就观感与一些管见，向各位讲一讲。

一、海外情形和回国后的经过

现在先把海外侨胞和祖国的经济关系来说。在民国以前，侨胞汇回祖国的金钱，统计起来，每年约有四万万多元。这二十多年来，祖国得到的外汇，约共一百多万万元，有这样一笔巨数，方足抵补祖国入超。我们知道，我国是一个入超的国家，所有外汇的不足，大都靠侨胞方面汇款回来，借以弥补的。华侨和祖国经济关系的重大，在这数字上，便可见一斑了。自从七七抗战以还，侨胞汇回祖国帮助救济和汇回家里的款子，数目比从前激增，每年约在八万万元，平均每个月有七千多万元。因为侨胞与祖国的经济关系，有这样密切，所以本人今年发动组织慰劳团，慰劳团的目的和任务是回到祖国来，第一，向各战区的努力抗战的长官和同胞致敬；第二，便是考察抗战以来的军事、政治、教育、经济、建设等种种进步状况，以及胜利把握，带回海外去，向各地侨胞报告，增强他们对祖国抗战最后胜利的信念。

慰劳团的行程，是这样分配的，计第一团到西北，第二团到华中，第三团到西南和东南各处，本人是以南洋筹赈总会会长名义，偕同李秘书铁民和侯西反庄明理诸君前往重庆，晋谒中枢当局。到重庆时，重庆报纸，发表兄弟是慰劳团团长，这是错误的。于五月五日由陪都出发，先后经过各地，计有滇、黔、川、甘、青、陕、晋、豫、鄂、桂、粤各省。至于南洋筹赈总会是怎样一个机关，我在此地，不妨先来讲一讲：筹赈会本来是南洋各地华侨所组织的，他的任务是专门救济祖国抗战的一个团体，当时因为侨胞散漫，力量不集中，又没有一个统一指挥和领导的组织，兄弟奉行政院孔院长[①]电令，才组织这一个总会。奉令以后，经由兄弟邀请南洋各属代表到星加坡[②]开会，各属前来参加的代表，计到有一百多个单位，共有两百多人。这个总会是隶属于中央行政院，一方面可以指挥统一，一方面可以责成各属侨胞筹赈，正主席是兄弟担任，尚有两位副主席，以及委员十八位，都分散在南洋各地，总会设在星加坡，所有会中工作，以及一切往来文件等等，均是由兄弟负责主持的，这是筹赈会一点简单情形。至于筹赈会的工作，第一当然是募款，所募到的款子，各位不要误会以为在报纸上登一则新闻或启事，侨胞便会输将献纳，实际上都是想出种种的方法，才能使侨胞踊跃输将，而且源源不断的接济祖国，同时各位委员都是义务职，所以非把握住时机，在遇到某一种机缘之下，向侨胞劝募，断不能有如今日这样的成就。

吾们大家知道，南洋侨胞，一共有一千一百多万人，其中当然不乏资本家，但是资本家的捐献金钱，反不如普通一般侨胞的慷慨踊跃。因为资本家所捐的款子，是一次捐出若干的，源源不断的接济，还是依赖大众的侨胞，在一千一百多万侨胞中间，他的职业，当然商工两界占居多数，可以每天比照他的收入所得，认定捐额，如每月认定一元、五角、三角等等，人多凑合起来，他的数目，就大于资本家的捐数了。所以南洋侨胞捐款，都是靠着大众而来的。讲到侨胞所出的钱，这样数目，实在是不够，觉得太少，可以说

① 指时任国民政府行政院院长孔祥熙。

② 新加坡。

还有一半以上，不曾出钱。这是什么原因呢？讲出××来有点痛心，因为在暹罗（泰国）的侨胞，共有五百万人以上，当地政府，对侨胞排挤得很厉害，侨胞一切事业，当地政府非但不给予扶植，如果有一些爱护祖国观念，出钱助赈的举动，政府就把他们压迫下去，在暹罗的侨胞，大多数不能做到有钱出钱，就是这个原因。至其他地方，也有因被当地政府种种禁止的情形，不许我们尽量劝募，我所以说侨胞里面，还有一半没有出钱就是这个缘故。还有一种不能使令侨胞愉快输将的原因：就是①敌人在南洋做种种无耻的宣传，离间侨胞和祖国的感情，破坏我们筹赈工作；②汉奸汪精卫遣派爪牙，在南洋各处，设立宣传机关，专事挑拨离间，以阻碍筹赈工作；③还有一种人，受敌人的雇用，专替敌人破坏筹赈会工作的进行。上述三种破坏我们筹赈会工作的人，我们是不是有办法可以制裁他？各位要明了，这不能和祖国一样，把违法败纪的人，用法律去裁制他们，因为南洋的政权，是操在别人的手里，所以明知道他是汉奸或是汪派的爪牙，阻碍我们工作，只可以任他猖獗，无法制止。

至于南洋商业的情形，把我们侨胞和土著相较，知识文化，当然比他们高，所以各种生意店铺，都是侨胞经营的。过去因为祖国没有什么生产品可以推销，所以经营贩卖，除欧美物品以外，日货居多，自从"七七"抗战以后，海外各地侨胞，便自动抵制推销日货，其中虽然有一部分商人，不顾祖国的民族利益，仍旧贩卖。但有一般热烈爱国的青年，来制裁他，他们制裁的办法，第一步是警告，如果警告不听，第二步便将柏油涂去他的招牌，这样一来，大家都知道是贩卖仇货的奸商了，倘如涂了柏油以后，还不能觉悟，第三步便是设法打倒他。此是海外侨胞抵制日货的情形。

兄弟这次回国，所经过的西北西南各都市，马路上两旁商店内，往往公开地陈列着敌货出售，这种情形假如在南洋的话，简直是了不得了。固然，在南洋或者免不了有一部分奸商，仍旧贩买仇货，但是一定要秘密售卖，万不能如祖国这样的。在海外其他情形，兄弟本想向各位多报告一些，因为时间所限，恕不多述。

二、考察所得以及感想

本人这次回国考察所得，要带回南洋向各侨胞报告的材料很多很多，每到一处，所有见到听到的，都是很好的材料，但惭愧本人没有专门研究，究竟好到如何程度，不能够作有系统的报告，只可以把亲自经历的，回去转达给各地侨胞。

　　祖国考察所得，最满意愉快的事情，第一要推军事了。因为在海外时，早已听到祖国的军事如何进步，如何愈打愈强等等好消息，不料回来以后，真觉得"百闻不如一见"，比所听到的更好，每到一个战区，承蒙各长官详详细细的告诉我，与本人亲自目击的事实，实在非常满意，最后胜利把握。可以说确已"操诸左券"，将来回去报告各侨胞，一定欣欣鼓舞，信念更坚强。至于政治方面，所看到的，亦觉得非常满意，各地方行政长官，对于中央法令，都能切实奉行，尤其是禁烟工作，成绩宏著，兄弟更为愉快。关于祖国禁烟事情，兄弟觉得最为紧要，因为南洋各地侨胞，也有吸食鸦片烟的，国际公约规定一律禁绝，而南洋各地政府，因为可以藉此抽税，不肯禁绝，妄向国际方面报告，推诿责任到中国身上，说是中国没有将鸦片禁绝以前，在南洋无法禁绝云云，这是多么痛心的一件事。鸦片烟在南洋，贻害我们侨胞甚巨，每年所耗的金钱，约在数千万元，如果祖国能把鸦片烟澈底禁绝，那么南洋各地政府，也无所藉口了。我们侨胞，每年就可节省数千万元金钱，汇回祖国来，使祖国平添出数千万的外汇。所以兄弟希望祖国禁政，雷厉风行，从祖国推及南洋，使我们侨胞没有一个吃鸦片，这是兄弟所馨香祷祝的。至于其他问题，亦觉得有相当进步，虽然尚不免有官吏贪污情事，但不久也自会澄清的。所有危害国家民族利益的奸商，兄弟很希望各界尽量检举，予以制裁，使他在社会上无所插足。一个国家政治进步，是与建国有密切的关系，海外侨胞，对祖国的希望，正在"翘足而待"，抗战胜利以后，当能纷纷回到祖国，多多投资实业，如开发矿产等等，以助成祖国政治经济等的进展。

　　现在因为时间关系，兄弟预备立刻仍回到上饶去，深愧言词芜略，不能够详尽报告，承蒙各位热烈欢迎招待，敬向各位谢谢。

我国抗战胜利后的经济建设

钱昌照

1941 年 1 月在中正大学演讲

钱昌照(1899—1988)，字乙藜。江苏常熟（今张家港鹿苑）人，著名爱国民主人士。抗战后任国民政府国防设计委员会代理秘书长，资源委员会副主任委员、主任委员、委员长，1948 年在香港加入中国国民党革命委员。新中国成立后任政务院财政经济委员会委员兼计划局副局长，是第一、二、三、四届全国人大代表，第五、六届全国政协副主席，第五、六届民革中央副主席。

文献选自《国立中正大学校刊》1941 年第 1 卷第 13 期，5—7 页。

我们抗战已经三年多了，现在许多人的脑海中都盘旋着这一个问题，就是"抗战几时可以结束？我们几时可以得到最后胜利？"对于这一个问题，谁都不能作一个肯定的答复，现在且把我个人的意见来和诸位谈谈。

一

中外一般人士对于中日战事如何结束，有三种推测。第一种推测，谓中日战争将来必由中日直接谈判以谋结束。这种推测依我个人的观察，是绝对不可能的，因敌人这次对我们作战，不知牺牲了多少生命，耗费了多少金钱，他遭受了这样重大的损失，假如进行谈判，必定要提出于他有利于我有损的条件，这种条件我们绝不会接受的。至于我们要提出的条件，当然是要求国家领土和主权的完整，这种条件他一定也难以同意。所以直接谈判以谋战事之结束是不可能的。第二种推测，谓中日战争将来须由第三国出来调解才能结束。这种推测的人很多，但我觉得也是不可能的。我们先看欧洲的几个国家，英德两国现在正以全力进行着本身的战争，无暇顾及远东的事情。意大利因为有地中海的问题和希腊的英勇抗战已经使他应付困难，也不能来管远东的事情。法国战败不久，元气已丧，这时他自己连复兴的力量都没有，更无力过问中日的事情。苏联和日本是势不两立的，苏联对我国的抗战非常同情，而且给了我们很多的援助，他希望我们长期抗战，争取最后胜利，决不愿出来调停的。再看美国，他现在正注意欧洲和远东战事的发展，而且一方面以军火和经济力量援助民主国家，给侵略者以打击，另一方面自己在积极的充实国防，准备必要时出来参战，也不会来调解中日战事的。除了上面几个国家之外，还有什么国家有力量可以调解中日战事？所以我说这种推测也是不可能的。第三种推测，谓我们坚持抗战，等到日本与英美在太平洋发生战事，我们就乘机来一个总反攻，将所有失地收回，以求得一个胜利的结束。这种推测我认为不仅是可能，而且是很正确的，因为以现在的情势而论，日本必不放弃其南进政策，所以将来一定会和英美发生战争。战事开始的时候，英美因为准备还不充足，也许会暂时失利，但等到准备好了，就可以转败为胜。那时日本愈战愈困，兵力渐感不足，势必抽调驻在中国的军队去补充，我们就可乘机反攻。到那时候，日本因为被英美打得精疲力竭，那里还有力量和我们作战，结果只有撤兵之一途，那末战事自然可以结束了。这种推测是很可能的，很正确的，不过我们这种的胜利不是在很短期内可以得到，还要经过一两年的艰苦奋斗才可以得到。

我们抗战胜利之后，一定要将所有的失地都收回来，东北四省是我们的生命线，将来当然也要收回来。当日军退出了中国，我们的失地完全收回后，我们最迫切的工作就是经济建设。我记得有位英国人说过这样的一段话——"中国抗战胜利之后，有二三十年的时间可以安心从事建设；因为日本经过这次战争，非要二三十年不能恢复他的国力，这时中国没有外患，正是建设新中国的一个好机会"。的确抗战胜利后的二三十年，是我们的黄金时代，我们要把握住这个时代，齐心协力为建国之伟大工作而努力。建设新中国的责任是在我们身上。我们若坐失了这个千载一时的机会，我们的国家必遭灭亡。

二

前面说过，我们抗战胜利后最重要的工作，是经济建设，现在我来和各位讨论这个问题：我们从事经济建设应该采取何种政策？关于这个问题，各人的意见不同，我认为应该采取工业政策，换句话说，就是我认为我国经济建设要以工业化为中心。工业建设是现代国家经济建设的重要部门，我们在抗战后的经济建设，更需要工业化。我国有广大的农村，可是农村的生产方法没有进步，技术很不好，因之产量有限，出品不佳，经济枯涩，购买力薄弱，要解决这许多问题，有赖于工业之发展。十九世纪末叶，欧洲的农村组织异常散漫，不过当时虽然彼此没有联络，本身还可以工作，但现在工业化的农村，就不能那样各行其是，不相往来了。尤有进者，我国经济建设，固应以工业为中心，而我觉得尤应以重工业为中心，这有两个理由。（1）经济的理由——工业分重工业轻工业手工业三种，如果不发展重工业则轻工业等难以发展。现在我国西北兰州一带铁价异常昂贵，而且购买极感困难，在这种情形之下，轻工业和手工业就无法发展，所以从经济的观点看来，我国经济建设应以重工业为中心。（2）政治的理由——三十年前我国革命军推翻了满清政府，民国十五年国民革命军打倒军阀，他们革命都有一定的目标。现在我们全国人民之共同目标是什么呢？岂不是抗战建国吗？我们抵抗敌人已经三年多了，最后胜利快要到来，但抗战结束后，我们的工作不算结束，因为还要努力于国防建设，这是我们抗战结束后最重要的一种工作。任何人不能忽略"国防"这两个字，谁若破坏了我们国防建设，谁就是我们民族的罪人。苏联三次的五年计划，德国的四年计划，和美国的七年计划，都是和他们的国防很有关系的。但谈到国防，我们应知道与发展重工业有极大的关系，所以抗战胜利后，我国的经济建设，从政治方面讲，也必须以重工业为中心。至于讲到发展重工业，我认为应以国营为主，这就是说：民营重工业，只可在整个国家工业建设计划之下去发展，而不能任其自由去发展。因为军工业建设要有整个的计划，而不能任其各自为谋的。国家的力量比私人的力量大，唯有由国家来经营，力量才能集中。我国有兴趣办重工业的人很少，所以更需要由国家来经营。民营重工业只可占全国重工业之一部分，政府对它当然也应予以帮助和奖励，但若与国家的利益冲突时，就要加以节制，这就是：重工业应以国营为主的意思。

三

我们要实现上面所说的工业政策之时候，有三件事应该注意。第一件事就是要促进交通。苏联三次五年计划实施之后，认为交通若办得好，他们的成就当更大。我国西康青海等省的资源很多，要想能利用他，必须先促进交通。第二件事就是要提倡卫生。我国患肺痨、花柳、疟疾、沙眼四种疾病的人很多，这对于我们民族的繁殖颇有影响，我们不要忽视这件事。这四种疾病已经蔓延到全中国，我们从事国防建设，实施工业政策，切勿忽略了卫生问题。第三件事就是要普及教育。我国因为教育不普及，许多人民不识字，不能阅报写信，所以提高人民知识水准，是目前刻不容缓的工作。同时我们还应该知道我们举办这三种事业——促进交通、提倡卫生，和普及教育——一定要用许多人才。抗战后我国失业的人一定很多，这样可以吸收许多失业的人来从事这种工作，所以这也是解决失业问题的一种好办法。

四

其次，我觉得我们从事经济建设有三种困难。①人才缺乏，现在中央资源委员会的职员和工人的人数，不能说少，但如果积极兴办重工业，还差很多。目下一个工厂出品的好坏还不是一个顶严重的问题，而最严重的问题是培养人才问题。现在我国造钢铁的工人，还是以前汉冶钢铁厂训练出来的，所以培养人才是目前很迫切的一件事。我们现在对于此点如果不注意，将来国家来办建设工作的时候，恐怕要弄得有钱无人了。现在我们就已经感觉到人才恐慌了，二三十年后一定更甚。②经济困难，现在经营工业，需要五万万元的资本，抗战后五十万万五百万万还不够，那时我们的经济当然更加困难，但国家应努力去克服这种困难，不要故步自封，不要怕外国资本，应该欢迎外人来华投资。过去外人在我国投资发生喧宾夺主的现象，那不是投资本身的不好，而是我们不善于利用。谈到这点，我便感觉得，我们经济困难可以利用外资，比较人才缺乏似乎还容易设法补救。③技术落后，我们自觉技术落后，就应利用外国技术人才，切不要夜郎自大。倘自己有办法，当然自来办，倘若没有办法就要利用外国技术人才。但是有许多人过于崇拜外人，以为自己能力总不如人，这种观念也不对，因为这只有减少自己奋斗的勇气。我们要知道技术不难学到，但也不是一蹴可及的，必须大家赶快求进步，不要以为我们什么都行，也不要以为我们什么都不行。我们能解决了上面三种困难，就可以建设一个新中国。

五

最后，说到推行政策我觉得应具有三种精神。①应具有大公的精神，以我所见，现在能够大公无私的人实在很少，不公的人实在太多了。我们评定一个人的行为之好坏，要看他的出发点怎样，如果他的出发点是为公，就是有错误可以原谅他，而他自问良心也可得着安慰。②应具有至诚的精神，我们对人对事都要至诚，以诚待人，纵有对人不起的地方，人家可以原谅。假如对人不诚，人家受了汝一次欺骗，不会再上当了，即使人家永久被你欺骗，你自己也受良心的责备。③应具有苦干的精神，过去几千年我国士大夫有种不好的态度，就是他们开始对于国事都很热心，可是碰到了困难或阻碍就只有长吁短叹。我们现在不能再有这样消极的态度，我们要苦干，不要怕困难，不要怕障碍，要以苦干的精神，去克服一切困难与阻碍。这种精神是我们从事经济建设工作的人不可少的。我们要抱定主张，认清目标，不怕一切困难，为我们的事业向前干去。纵然我们失败了，我们死了，但还有后人继续上去，最后还是会成功的。我们能够秉着这三种精神去做事，二三十年后，一定可以建立一个现代化的新中国。（略）

后方机器业当前之困难

胡厥文

1942 年 11 月 6 日在第 47 次星五聚餐会演讲

胡厥文（1895—1989），上海嘉定人。著名爱国民主人士、政治活动家、杰出实业家。

曾任上海市政协副主席、上海市副市长；第一届全国人大代表，第二、三届全国人大常委会委员，第四、五、六届全国人大常委会副委员长；第一、二、三、四届全国政协委员，第五届全国政协常务委员；中国民主建国会常务理事、副主任委员、主任委员、主席、名誉主席；中华全国工商业联合会第一、二、三、四届常务委员。

文献选自《西南实业通讯》1943 年第 6 卷 6 期，30—31 页。

吾人之从事于工业者，其目的在藉抗战之机会，摧毁外人侵略中国之便利，进而与外人相竞争。今日此项目的，可谓已经达到。国人积习甚深，求其觉悟，自非受相当之刺激不可。年复一年，感想万端。抗战以来，佳景日益展开，但以物价日日昂涨，一般奉公守法，切实做事者，其收入不敷支出，感受压迫，甚为严重。吾人为提倡生产，为求国族占取优势，自当努力于吾人之工作。但吾人求极度生产，而生产则日见低落，苦心以求产量之扩展，而结果适得其反，每念及此，不胜伤感！究其症结所在：一为存性敷衍，吾人虽有时应讲求礼貌，但做实际之工作，则应前进之朝气，实事求是，惜今日言行相远者，比比皆是；一为缺乏引导，提倡生产，必须有引导至生产大道的团结与方式。本会有鉴于此，乃研究运动，拟组织一生产会议，俾对于具有专门性生产之事业做切实之研究，而为其将来发展做先驱，深望稚老①予

---

① 指国民党元老级人物吴稚晖。

以提倡。

生产会议，非为收集钜文空谈，开会后归之档卷而已。凡参加讨论者，必须对于其所讨论之事有彻底之明了，切实之办法，详记其过程而核算其效果，在政府领导之下走入生产之大道。

吾人所期待者，为抗战胜利后吾国能成为整个工业国家，农业生产亦须求其增加，但吾国之农业生产与外国有不同之处，而该项农业之增产必须与工业取得联系。吾国欲争雄于世界，必须发展工业，而发展工业，必须有行之一字。再则办工业必须有相当之集团，过去工厂经理大概为商人出身，自己能彻底明白工作情形而下手者甚少，故团体组织方面仅有商民协会，虽有若干工会，亦仅为工厂中工人之组织。至于专门研究工业问题之合法团体尚未产生。故本会乃联合有关方面拟组织工业协会，亦希望稚老加以提倡。

至言今日机械业之状况，生产已日渐减低，在民国二十余年时，本市机械业所需原料——生铁，衡阳一地即有四炉炼制，日可出六百吨。前数年抵制日货时，曾以英国及印度铁代用。在上海吾人冶铁，月可出二万吨，目前重庆消铁月仅一二千吨，而出铁量亦减少甚多。考其原因，有下列数点。

（一）技术人员日渐减少：因经商获利甚厚，致机械从业人员改业者甚多，影响所及，现有工作人员也无过去之努力，良以外面之诱惑及机会既多，自不容专心于其工作，且一般工人训练三四个月即可，而机械人才求能作整部机器者，非训练二年以上不能成功，优秀钳工更须经四五年之训练。后方工厂亦会曾从事训练，但未及半程即被人挖去。各厂对于训练人才不无兴趣，惟殊不愿自己训练之人为他人所用，故政府对此点应有相当限制。如能人尽其才，则生产增加数倍不成问题。

（二）原料缺乏：汉口沦陷前，各种材料均易获致，但今日则异常缺乏，以致出品式样陈旧，不见新颖样式问世，且以式样一律，优劣不分，而劣者更以价廉易于出售。在此种情形下竞争，品质自日益低落。

（三）资金周转困难：工厂出品，动需数月之久，过去五六万流动资金已甚活动，在物价高涨之今日，五万资金须增为五百万，过去购买材料可以记账，今日处处非现金不可，此为机械业最大之困难。吾人拟请政府明了工商情形之不同，而救济亦应有特殊之方法与便利。

日本工厂并无特殊之点，其优点惟在善能分工合作。国内工厂，表面似属万能，实则无一精美。故政府应订定工业标准，凡合于标准而成本最低廉者则由其专营，其不合标准者则取缔之。至于社会民众购买物品无精确之辨别力，亦为鼓励粗制滥造之一种原因，是鉴别物品方法的指导，亦须吾人作专门之研究。再如钢铁之利用，政府亦应加以鼓励，盖目前之需要似太缺少也。

中国工业化的前途

章乃器

1943 年 4 月 6 日在贵州企业同仁总会学术讲座演讲

章乃器(1897—1977)，浙江青田人，中国近代政治活动家、经济学家和收藏家，爱国民主运动先驱，救国会"七君子"之一，中国民主建国会创始人之一。

文献选自《贵州企业季刊》1943 年第 1 卷第 3 期，2—5 页。

一、中国工业化的理论基础及事实教训

什么是中国工业化的理论基础呢？这首先就使我们想到国父的"实业计划"。在这本著作中，他用了很多的篇幅来说明中国经济建设的规模与步骤，这可以说是指引中国走上工业化道路的第一本有价值的巨著。（略）近来报章刊物上所载关于工业建设的文章，更是不可胜数，这种磅礴的舆论，鲜明的表示了"中国工业化"是全体人民底一致要求。这不是空谈，也不是我们从事于生产事业的人自拉自唱，这是一种政府与人民共同汇聚的历史洪流，指出了老大中国底新生趋势，其发展的前途，将沛然莫之能御。

至于事实的教训，我们在这一方面的惨痛经验实在太多了。抗战六年，证明我们民族的奋斗精神是比诸世界任何民族而无愧色。我们没有能够在短时间内克敌制胜的主要原因，就是我们进行现代化战争的条件还不够，我们军备太差，就因为我们重工业还没有基础。在全国范围，物价的高涨，威胁到每一个角落，也由于我们工业生产不能适应社会消费。假定在抗战开始的时候，能够以十万万元的资金投在生产事业上，那么也许今天可以少发二百万万元的纸币。再看现在欧洲被德国所奴役的国家之所以溃败，工业基础的薄弱，也是一个原因，连法国也不例外。因为法国在列强工业化的过程中，

是比较落后的缘故。我们还需要认清楚，这次大战中各国所动员的飞机坦克，动以数千数万计，如果还有第三次大战的话，那么恐怕要达到数十万计。我们中国如果要竞存于今日世界，如果我们要想应付或消灭全人类的第三次大屠杀，那么中国工业化是我们应走而且要赶快走的一条道路。

所以，无论从理上推论，或是以事实来证明，中国都非走工业化的道路不可。

二、中国工业化必须消灭两个危机

在中国工业化的进程中，存在两个严重的危机。如果这两个危机不能及时予以克服，听任其发展下去，结果很可能给予工业化底前途以严重的打击，这第一个危机是什么呢？就是国内的经济问题，而以物价之飞涨为其核心。我们知道，在第一次欧洲大战时，俄国在一九一七年大革命爆发之初，其国内物价只涨到七倍余。一九一八年欧战停止，英国国内物价较战前只涨到二倍余，法国是三倍余，德国也只是两倍多，而最大的波动还在战后，卢布、马克暴跌，佛郎也遭逢到严重的危机。中国截至现在止，物价较战前已经涨到八十倍以上，到战事结束之时为止，中国物价究竟要涨到多少倍，我们现在还无从测知。然而，我们今天所引为隐忧的，倒不是害怕我国重踏欧陆的覆辙，战后物价依然继涨的问题，恰恰相反，我们所顾虑的却是战后国内物价的暴跌。为什么我们说战后物价会暴跌呢？因为我们的战争环境与上次欧战各国有很大的不同，这主要的差异是：①欧战各国，其自给自足的力量大，可以依靠本国的力量满足大部分战争的负担及社会的需求，而中国则反是，中国在战前工业产品泰半依赖于国外，一旦战事发生，来源减少或断绝，物价自然高涨，战争结束，来源不成问题，物价定将趋跌；②欧战各国，海口都没有全被封锁，必须自海外输入的物品仍可进口，物价自易稳定，而中国则反是；③欧战各国，战线比较是平整的，没有像我们一样，敌人以突出的姿势占据内地交通枢纽，以致国内物资，供求不能流畅。战后据点收复，货畅其流，物价亦将大跌。例如一旦宜昌武汉克复，川盐湘米相济，则米盐在川湘均将下降；④欧战各国，是货币对外购置力跌落在先，而对国内购置力跌落在后，欧战之后，每一元美金在德国可以得到很高的享受，而中国亦反是。目前中国法币的对外购买力高于对内购买力甚大，抗战以来，汇价只涨六倍，而物价却涨至八十余倍，成一与十四之比。这说明我国币值之跌，是由于内部困难，一旦战事结束，此种汇价与物价相差太远之事实，将鼓励外货大量进口，因为外货运到中国，加运费关税，最多不过一倍，与国内物价仍与一成七之比，外货倾销，物价自然暴跌，此乃必然趋势；而且不仅工业品要跌，农产品又何尝不然，因为印棉暹米美麦运华后，都将比国内产品低廉。这种物价暴跌的危机，将直接予中国产业界以惨不堪言的致命打击。站在生产事业的立场，我们所希望的是物价稳定，所以我们主张逐渐贬低法币的对外购买力，而提高美金的售价，若能由政府公布逐月提高美金价格，一直到汇价与物价平衡为止，那么战后法币对内对外的购买力大致相同、物价可能稳定。这种办法，不仅在于解救战后中国工业界的危机，而且可以平抑战时物价。因为美金售价逐月提高，购买美金的利润将比囤积居奇或许小一些，然而且不担任何风险，大批囤货将自然抛入市场，而政府藉此吸收市场游资，对于金融调剂及物价平抑都会有莫大的收获，我们希望产业界的同人共同主张，提高我们的呼声，以便政府能考虑采纳我们的意见。

中国工业界的第二个危机，便是由于战争环境而形成的某一地区的畸形繁荣。此次笔者到贵州来，曾经抽便参观了贵阳附近一部分主要厂矿。据我所知，现在贵州的各厂矿，其产品多数为本省所必需，故其在战后的地位，仍将稳固，且将日趋发展。可是四川的情形就完全两样了，目前全国较为重要的工厂，多数集中在四川，形成四川工业特殊的战时繁荣。一旦战事结束，按照国民经济平衡发展的规律，四川在短期内将不能容纳如许工厂，无论从材料供应，产品运销以及技术人才和劳动力的供给方面，四川工厂在战后都将遭遇严重危机，可能有百分之七十被淘汰。这种危机，使得现在四川的许多厂家人人自危，在目前的影响是各厂不敢扩充，生产不能增加，在将来（即战后）的影响是大批工厂倒闭，国内生产凋敝，一时不易恢复，外货将挟先声夺人之势跻进中国的国内市场。中国民族工业再想抬头，又要经过一番艰苦的挣扎！如何挽救这一危机，产业界的主张很多，有的主张帮助四川各厂将来在沪汉择地另办一厂以两厂的盈亏相济，求收支的平衡，以谋维持。或者主张由政府发给救济金，补助金之类，我则主张由政府向各厂家订货，收买其两年以内的产品。这样，一方面政府可以掌握大量物资，一般厂家亦可于两年内力谋发展，实在是两全的办法。

以上两点，可说是中国工业化的两点治标办法。

三、中国工业化的几点治本意见

工业化的先决问题，是资本底来源，中国工业化的第一个步骤，就是要动员大部分在土地市场和商业市场活动的资金，改投到工业生产方面来，欲求达到这个目的，我们就需要许多有利于工业发展的条件，这些条件是：

（一）今日流行着一种不正确的"节制资本"的论调，必须予以适当的修正。这种论调以为发展民营的大工业大生产，就是发展资本主义，这是非常危险的说法。产业革命以来，大规模经营，变成现代产业的必备条件。工业要在战时发挥应有的力量，在战后能生存于国际竞争的巨流之中，必须是大规模的经营。小股东组成的大规模生产或者合作社制度，自然是最合理想，但这在初期似乎不大可能，当前的主要问题是要有资本，即使是大一些也无妨。我们知道，在土地市场上活动的资金，往往是封建势力的根据，而每次土地权的转移，都必然加重农民的负担，土地集中的结果，只有使中国更走向贫困化。商业市场上的活动资金，更为政府法令所不易管制，它们可以囤积居奇，操纵市场。抗战初起，它们逃到国外去，等到欧战爆发又逃到国内来，在国内市场上兴风作浪。所以，无论从任何观点来看，吸收土地资本和商业资本到工业生产方面来，都是完全必要而且应该的，而要达到这个目的，我们便不能以厌恶的态度，对工业强调"节制资本"。

（二）政府的税捐政策必须予工业以相当的鼓励，尤其是直接税。现行的直接税，徒然为土地资本及商业资本推波助澜，使工业生产力，随物价高涨而逐渐消耗。关于这一点，工业界已经有了不少的呼声，我们希望政府能够切实注意到。为了保护民族工业的成长，我们主张：①课税应以自然人为对象，而不以法人为对象。换句话说，也就是应以个人所得为对象，而不以公司盈余为对象，这样似乎比较合理；②采取低率多征主义。我们假定二十九年物价未涨时候，自由中国的商品总价值为一百万万元。至于今日，如假定数量未变，而物价涨了八十倍，则总值应为八千万万元，其中含有利润七千九百万万元，所得税和过分利得税，原以吸收利润为目的。倘使能征取到十分之一，便有七百九十万万元，就足够抗战三年之用。而几年来，政府实际征得的还不及千分之五，可见利润逃税之多。如能降低税额，减轻负担，利用现行货物进出登记资料及同业组织，估定各业及各家之利润，税收也许反可增加。

（三）国家资本与私人资本发展应有适当的配合。关于这一个问题，目前已经有很多专家，草拟了许多方案，我们的希望是无论如何，国家资本应该采取积极的领导态度，跑在前面，领导着私人资本共同发展共同前进。如果国家资本能够把金融，交通，以及重要的矿山控制在手中，则私人资本无论怎样大量发展也绝无法超过。反之如果国家资本不采积极态度，而徒予私人资本以消极的限制和干阻，那么国家资本和私人资本之间的关系不是互相帮助，互相调剂，共同推进、共同发展，而变成互相牵制，互相掣肘。中国工业化的前途便非常黯淡，商业资本更加要徘徊观望，而不肯踊跃地跳进生产建设圈，其结果国内资本的动员便成为空谈。

中国如果要迅速工业化，势非经过利用外资开发的阶段不可。经过这次抗战，中国的国际地位已经大大的提高，英美列强相率废除不平等条约，中国已经在国际上取得自由平等的地位。因此，在利用外资的问题上我们应该放开手做去，而一扫过去畏惧外国资本或厌恶外国资本的心理。在全盘的计划和合理的管理下，我们应该热烈地欢迎外国资本涌进中国，来共同开发我们无尽的宝藏。只要我们能统筹全局，控制产销，外资开采实有利而无害，物资被开发出来，使出资开发的人（包括中外人士）均沾其利，就是对于全人类尤其中国人民生活的改进上，都会有很大的帮助。比货弃于地，资源不能利用的现象，总要强过百倍。目前一般人都集中注意于管理权的问题，我以为只要是在我政府的全盘经济计划下面去从事生产，就是我们不参加生产组织的管理也没有关系。只有这样，外国资本才乐于大量投进我国生产事业中，这对于中国迅速工业化将有无比的贡献。自然，我们希望经过相当时期，中国民族资本的积蓄生长，到了实力充沛的时候，再设法逐渐从外人手中收回来。

关于发展区域经济的问题，中国近几年来在这方面已经多少有了一些成绩。尤其在抗战时期，交通阻隔，这种以地区的自给自足经济制度，对供应后方物资，颇有相当的成效。曾有些人以为区域经济的发展，足以再造军事政治上的割据，这完全是杞人忧天的想法。但也以区域的自给自足，是最好的经济制度，也是不合理的空想。我们希望战后的省区划分，能够顾全到经济状况而因地制宜。从而动员大批地方资金，来开发当地的特产，这种以区域为单位的生产组织，也应加以合理的运用与调整，便更加业务化。那么，在中国工业化的过程中，同样会尽到很大的功能的。

　　我想进一步谈谈战后中国工业的保护问题。我们相信在这次大战结束之后，全世界在政治上都要接受广大范围的自由原则，那么在经济上的过分限制与壁垒也将不可能！大西洋宪章的主要精神，也是以经济自由为原则。果如此，中国施行工业保护政策的可能性就不大，在中国工业化的立场，我们也希望战后国际的关税，贸易，汇兑的壁垒能够取消，因为这样适足以鼓励大批外资到中国来，虽然我们主张接受自由的原则，可是我们还应该坚持以下两点：①通常进出口贸易必须保持平衡，必需的物资，由外国以借款方式给予我们者除外；②通常贸易，通商国双方都不得以互不需要的货物倾销，并适当规定进出口货物的数字。以上两点，我们希望政府于战后同英美列强签订广泛的通商条约时，能够提出方案，争取实现，这对于中国工业化的前途，将有决定的作用。

　　中国工业化的前途，说起来是头绪万千。本人在这里不过指出几个要点。瞻念来兹，实有不胜兴奋戒惧之感！中国产业界肩头的责任太重，其前途的困难也正多，可是我们要提高信心加倍努力。我们将不可避免的要与外人竞争。外人资力雄厚，技术较高，组织管理都较合理，其成本自然较低。可是我们熟悉中国的风土人情，而且有政治上的民族警觉性做我们的后盾，我们应该以业务上努力来补助制造上的不足。这样我们是有把握和外资竞争的！过去在上海华商纱厂和日商纱厂竞争，日纱较华纱每包成本低十数元，而竞争结果，华纱仍能立足。这是一个很鲜明的例子。其次，战前在上海的华商银行和外国银行的竞争，其结果也非常令人满意。这些例子还发生在中英中美新约签订之先。今天中英中美新约订立，在国家保护下来和外商平等竞争，我们不会立于必败之地。只要我们有信心，有毅力，我们将对欧美先进国家迎头赶上，中国工业化的前途是乐观的！

"求" 民主的到来

黄炎培

1944 年 5 月 29 日在复旦大学①演讲

黄炎培(1878—1965)，江苏川沙县（今属上海市）人，著名民主人士，教育家、职业教育的积极倡导者。抗战爆发后，积极投入抗日救亡运动。1941 年，发起组织中国民主政团同盟，任常委会主席。1945 年与胡厥文等人发起成立中国民主建国会，任常务理事。中华人民共和国成立后，历任中央人民政府委员、政务院副总理兼轻工业部部长、全国人大常委会副委员长、全国政协副主席，中国民主建国会中央委员会主任委员等职。

文献选自《大地》1946 年第 1 卷第 2 期，29—33 页。

民主运动在中国，从大处说至少已有四十年历史。在民国成立前许多年，就有许多人主张建立民主制度，实行宪政，国父孙中山先生发起同盟会，宣誓中有一句，就是"建立民国"。那是民元前八年的事，兄弟就是当时参加宣誓的一个人，从那时以后，三四十年中反反复复的历史不必详叙了。到今天，"民国"的招牌已挂了三十余年，宪法仍是将颁布而未颁布，宪政也是将实施而未实施。直到最近，宪政运动与民主潮流，才又有了新的高涨，兄弟是宪政实施协进会的一员，半年来和青年朋友们在一起后，大家都不约而同有几个疑问：政府要实施宪政是不是诚意呢？怕是为了国内某种某种问题，所以要实施宪政的吧？怕是为了国际间某种某种关系不得不实行宪政的吧？我劝你们不要这样说，不要猜测到政府诚意问题，先要看我们自己是不是要宪政，是不是要民主，我们自己不动，想别人把礼物送上门，没有那回事！"求则得之"，不求，怎能得到呢？男女配偶也要"求"的呀！（松快的笑声充满了礼

---

① 1937 年年底复旦大学西迁重庆北碚办学。

堂）要想事情成功到来，一定要我们去"求"，要想成功得快，一定要"求得热烈"；要想成功得彻底，一定要"求"得拼命，不"求"哪会成功呢？政治问题，自然和配偶问题有所不同，政治问题不是少数人可以解决的。少数人来"求"不成，必须造成一个大运动，才能成功，在"求"的时候，成千成万的眼睛都望着一个方面，看看，没有来，看看，仍没有来，怎能不来呢？怎能不来呢？料不到大家所注目的地方不来，却从别的地方突然出现。求者的想望在这里，而所求者往往会从别的方向跑进来，这在历史上是数见不鲜的，我可以拿亲身经历的三大运动来作证据：

第一次，是国父孙中山先生所领导的民族革命运动，起初，失败，失败，又失败……到辛亥三月黄花岗七十二烈士殉难，几乎是全军覆没，经了许多年这许多人的努力，一次都没有成功，七十二烈士地下有知，那能料到六七个月以后武汉起义会那么就成功的呢？原来武昌起义也是没有立刻成功，当时沟通全国消息的工具是报纸，是电报，全国各地消息的来源是上海。上海报馆都集中租界望平街。那时每张报纸出版时先贴一张在报馆门口，并且把重要电报在一块木板上挂出去。当时民情沸腾，到望平街看消息的拥挤得不得了，一有民军不利的消息发出，民众就痛愤不止。有两家报馆曾经被打坏了许多很漂亮的门窗，所以各报只敢宣布民军胜利的消息，于是大家都知道昨天某地独立了，今天某地某地也独立了，某地民军胜利了，某地某地民军也胜利了，报纸和报馆里专电传到各地，各地都以许多地方都独立了，便也纷纷独立起来，消息原是要打折扣的，实际上不过是报馆害怕门口两块大玻璃打碎，而却使中国军际纷纷起事，纷纷报告胜利，使得执政的皇太后吓死了，清帝逊位了，但原先诸烈士的性命并不是白拼命的，若没有诸烈士流了这许多血来"求"革命的成功，那能得到民众的这般热烈的响应和要求呢？

民国成立后，袁世凯多方捣乱，在帝国主义者卵翼之下，进行反革命的勾当。革命党人发动了二次革命，组织对袁氏起兵北伐，失败了。以后袁世凯又解散了国会，以后竟打算做皇帝了，于是首先云南唐继尧通电反对，令蔡锷率护国军起义北伐，南方各省又都纷纷独立，成为护法运动，大家都想护国军一定可以打到北京，抓住袁世凯砍他的头，那料袁世凯忽然自己死了，兵未到武汉，他就呜呼哀哉了（全场笑声掌声齐起），袁世凯病死，是天意的了，但若没有全国各地人民热烈的来"求"，袁世凯是不会死的，他身体好得很，每天早起要吃一大盆馒头，十六个鸡蛋。这样强壮的人，会死得那么快吗？是吓死的！是气死的！是忧死的！"千夫所指，无疾而死"的！

还有一个大运动，就是这回对日抗战，大家都热心努力，可说是人同此心，心同此理。上海，南京，武汉失陷后，就失败了吗？不，我们大家都集中意志，在蒋委员长领导之下望着一个方向求胜利，然而胜利之门实在不容易打开，大家都期望着有一天从武汉南京反攻过去，取得胜利，却万想不到一九四一年十二月七日，日本会轰炸美国的珍珠港，会占领新加坡，香港，菲律宾，自己会闯出祸来，激起英美全国国民的公愤。从此以后，英美方真正的和中国站到一起，帮助中国抗战，到如今最后胜利是从另外一个门进来的，也先是我们尽最大努力所"求"来的。（略）

我们希望成功之门在这里，新的成功究竟将在那里出现，不知道。不过，不要急，一个惊天动地的成功会到来的，只要我们自己尽最大的力！天下事没侥幸的，费多少气力，得多少效果。流了几年的血汗固然就是卖了些气力但假若在最后的成功上只靠别人，就太危险了。（略）在抗战期间，一些七零八落的工厂在艰苦中还能生产出七零八落的成品，不管精粗美恶，胡乱销售，一到战事结束后，外国货来了，我们工厂竞争不过人家，那时只有关门大吉。有效的办法，采用关税保护政策，可是我们现在有多方面要求人家帮助，自己本身空虚到这般地步。虽然不平等条约取消了，能保证未来不再有新的不平等条约的发生么？除非吾们好好努力，的的确确有点作为，有点表现，今后我们的难关是会比以前还厉害哩！

立国的政策，有对内对外两方面，中国现在对内方面暂且不说。对外方面就我所看到的，日本在二十年内休想再爬起来打人。英美今后当然继续和中国做朋友。至于苏联，有些人说起苏联，不免"谈虎色变"，这是认识不清的结果。其实苏联有什么可怕的呢？苏联的领土决不需要扩张的。至于政治问题，在主义方面，苏联已宣称战后不需要共产主义，他们政治现在所要求的只是安定与繁荣……德国更不用说了，至少今后二十年中，吾想不出中国会发生什么外患。这二十年内，就是给予吾们休养生息，转弱为强，努力更生的好机会。可以说，要交二十年好运了。但是机运好，就坐着等待吗？不能，万万不能，有很多的很大的困苦要在二十年里克服。要教育民众都成为现代化国民，在体力和智力方面，都达到国际水准，要改进生产，老是粗制滥造怎么得了！对友邦的经济技术各方面的帮助，要放开度量容纳。国营大企业要办得好，不能像现在这样，要采用计划经济办法，在二十年中把工矿商业，不论国营民营，要在有系统有计划之下，一切都建立起来，使人力地力物力都有效用，尤其重要的还有一点。

要明白我们是为了什么抗战？同盟各国是为了什么来抗战？凡抗战所要求的到现在胜利以后，当然一点一滴都要取得的，打日本，打轴心国家，不是为了要打倒法西斯，消灭独裁么？我们是为了争取民主而战，现在战胜后，当然要取得民主！何况吾们中国，早已挂着民主招牌，先知先觉的孙中山先生就奠定下民主的基础。到现在，全世界都在要求民主了，还有什么问题！可是不成问题之中，却存留着一个问题。

民主有两种，有真民主，有假民主，什么叫做假民主？仅仅挂着民主招牌，并不实行民主，民众且不知道民主，只有少数人在喊民主，那就太不成话了，在吾中华民国成立以来，我曾亲眼看到各地民众的一些生活情形。

有一次在泸州江边碰到一个老人，背上驮着一个三四岁的娃儿，问他们才知道是祖孙两个，老人坐在那里哭，我就去问他为什么哭，他说："我的儿子走啦……儿媳妇早死了，只剩下我和孙儿两个人……"问他孩子怎么走的，他说，有一天保长到他家对他说，他的孩子"考上了第一名"，向他"恭喜"，就把孩子拉走了，不见了。问他有几个儿子，只有那一个。我给他说："独子可以免役的呀！"他说："我那里知道呢！"我问："给当兵的人家属不是有钱有谷子吗？"他还没说出，跟我一道的保甲长就喝吆他说，"那一天，那一天不是给过你多少杀于多少钱吗？不要瞎说罢！"那老人吓得只有说是——是……实情不是很明白的吗？

还有一次在某县举办招待抗属的会，会上有一个人含着泪说："县长老爷，各位绅缙老爷，多谢你们……你们自己为什么不来喝酒呢，你们自己底儿子都不去当兵……却要我们穷人来喝这杯苦酒……"

在成都一带，抗属家门口都挂着"杀敌光荣"的牌子，这些牌子都挂在穷苦人家的破门上，大户人家的金碧辉煌的大门上为什么一块都没有？

有一次到外县考察，问一个乡公所有没有"看守所"，乡长说有，我就要他领我去看，打开门一看，里面已挤得没有一寸空地，问他要名册，拿来一看，才知道死在那里的已不在少数，问乡长为什么不把这些犯人，按正常手续送交法院？既不送法院，为什么不放？乡长说："黄参政员呀！不是我要关他们的呀，都是地方绅缙×大爷×大爷送来叫我们关起的，他们不要放谁敢放呢？"

这不过是偶然看到的几个例子，其他可悲可叹的事，还说得尽么？一般民众实在可怜，他们那里懂得世界上有什么民主，什么宪政，什么宪法，宪法上规定什么人民之权利义务，有种种保障与限制，只让一般不肖官吏呀，土豪劣绅呀，有钱有势的无法无天，像这样下去即使有一天宣布开始实施宪政，在官报上煌煌公布了宪法全文，而这些张大爷李大爷还是这么一套，这不是假民主是什么？（全场大鼓掌）

政府告诉我们，要在战争结束后一年内实行宪政，有人认为未免太迟了，有人认为不能太早了，我以为真要立刻实行民主政法的话，摆在面前的，正在施行有效期间的民国二十年六月一日所颁布的"训政时期约法"，同样规定的人民的言论，出版自由，身体自由，集会结社自由，信仰自由等种种权利，及应尽的种种义务，为什么不使他发生效力呢？为什么不提出要求呢？

民主是不成问题的，一定要民主！怕的只是假民主。假民主，不行，绝对不行！我们一天天望着这民主的大门。这个门也许会开在我们的正面，也许不在我们的正面，无论如何，假民主是不成话的，我们不要！

要做的事多得很，还要赶快做，立刻做！大家都希望着民主，想着民主明天就实行，宪法立刻就颁布，中国很快就成为真民主国家。但，不管民主的门从那里打开，我们不先努力做是不行的！

希望我们大家以后做人要改变作风，我自己以前做事也不免怕困难，怕阻碍。今后，我将要说的就说、要干的就干，良心以为应做的便做，硬是要做！认为不应做的就不做，绝对不做！人人发挥良心的主张，自己守法，还要大家守法，自己不做坏事，还不许人家做坏事，只问是非曲直，不问于我如何关系，不瞻徇情面，不祖护恶人，但决不伤害纲纪和秩序，这才是真民主国家人民的基本条件。假若我今天讲这话后能有一部分人——即使是少数人愿为真民主努力，为真民主拼命，我敢说中华民族的希望就在这一点！（四面响起热情激动的鼓掌，每个听讲的人都分外严肃，会场的空气分外紧张热烈）中山先生是一个伟大的革命家，但他也只是一个人，一个平凡谦恭的对朋友极细致忠诚的人。他的伟大就在于有正确的主张而且敢放大声疾呼，号召实行，今后还需要无数这样的人，还需要无数个"孙中山先生"，大家起来，且问一问自己有没有这样的勇气！

不要以为讲政治是不高洁的，今后讲政治比从前不同，不能因某党某派而钩心斗角，尔虞我诈。美国海长诺克斯快要就职时别人问他："你是共和党人，为什么帮助民主党做事呢？"他回答说："第一，我是美国的国民；第二，我是海军的老斗士；第三，才能说到我是共和党党员。"要有这样的胸襟和情操，方配谈政治，方配做真正民主国民，不要明争暗斗，你打我一拳，我踢你一脚，以及从前在政治斗争上所采用的恐怖手段。以后一定要完全改变，我不管别国怎样，别国改变，我也要改变，别国不改变，我首先改变，这才是大中华真民主国的精神。（鼓掌）

诸君，我们一定要走上光明正大，浩浩荡荡的民主大道，除了生产、教育以外，我们有一门顶大的功课，就是造成真民主！

我是个自由主义者！（黄氏挺起胸脯说出这句话）无党无派！（全场听众报以热烈掌声）我一向的主张就是如此！我说的许多话中间有什么不对的地方，你们尽管抛弃掉，若是大家认为对，应该一定做，立刻做，兄弟也跟着大家来做！

妇女与民主

史 良

1945年3月8日在重庆妇女举行"三八"节纪念晚会演讲

史良(1900—1985),江苏常州人,政治活动家和法律学家,救国会"七君子"之一,中国妇女运动的著名领袖,中国民主同盟卓越的领导人。中华人民共和国成立后曾担任中华人民共和国司法部首任部长、全国政协副主席、全国人大常委会副委员长、中国民主同盟两届中央主席。

文献选自《现代妇女》1945年第5卷第4期,7—8页。

今天是世界妇女争取自由平等的纪念日,我很高兴在目前这种环境中,竟能在这样一种场合来和大家说话。

说起民主两字似乎很简单,好像就是叫老百姓做主人,其实并不就这样简单。民主是做人的道理,是人类共同生活的方法,也可说是人生哲学。

民主的意义不单包含政治民主,经济民主,他的基本意义,就是"我是人大家是人,我尊重自己意见,也尊重别人意见"。同时我们在任何场合中,可以看见对不民主的反抗,比如主人打当差,当差反抗时就说,"你不当我人!""我也是人末!"

人有本身的价值,本身的人格,这也就是人所以是万物之灵的原因,不能说:"我有人格,而人家没有人格。"而应是"我有人格,人家也有人格"。不能勉强别人像我一样,这样才算是民主,民主一方面是民主政治内容,也唯有民主才是真正政治的精神。因为政治上派别各有不同。有在朝的、在野的。专制独裁的只顾在朝不顾在野;民主的不但顾在朝的,也顾到在野的。政治是应该有道德的,但只有民主才有政治道德,民主不分你不分我,只有正义、公理、态度是大方公正坦白的,我们就拿美国为例,每次选举总统,在选举之前,各党各派大家竞选,一旦选出后就不再攻击,而且还向他胜利的政敌道贺，从此也就绝对的服从当选者的领导，这就是少数服从多数，有真正的政治道德，没有私心。这只有民主才能表现，不民主绝不能有这种道德。也就是民主的意义。

我们为什么要民主？我们要民主，绝不是因为世界潮流走向民主，或是因为人家压迫我们要民主，我们才要民主；而是我们本身的环境必须要民主，不民主很危险，非民主不可，是出于自己的需要。

同时民主也绝不是可以照人家的抄抄的，一定要大家依自己需要，大家来决定，依事实一步步地做，才是真民主。

我们光空空说民主是不够的，不但制度和机构要改成民主，主要的还在于我们能不能运用，光有民主的制度机构不能运用是没有用的，这就好比有一个人老是不守时，他的朋友送他一只表，希望他利用这表而能守时刻，但这人老脾气不改并不用来看时刻，却只当装饰品，非但如此，还用来囤积，好等待高价卖出去。表是被动的东西，只有自己守时，表才有作用。同样民主就如带表，如不能运用，就成为空名，有名无实仍然不是真正的民主。民主政府内有议会，人民有立法权、监察权、创制权，复决权，不能运用，也就成为歌功颂德的假民主。所以一定要照实去做，怎样做呢？我们知识妇女先要训练自己，我们要学习运用，使本身实行民主。我们中华民国的政治体系是民主的，但三十多年来，真正实行了民主吗？这责任不只是政府的，也要怪自己为什么不争取？对贪官污吏为什么不提出反抗？然是今天，有些地方不准妇女开三八节纪念会，为什么不起来争取？

一个人的意识习惯，不是说一句话就能改的，一定要在日常生活中去改，要不断的检查自己，要尊重别人，同时也要在法律范围内去积极争取。

我们对于每一件事都要抱积极的争取态度：对某一件事如果政府做得不够，我们应该出来协助；发生了一件重要的事情，看别人做得够不够，做得对不对，再想自己能不能后，自己做时应怎样做法，或去做些什么？这都是一种练习。我们对每一件事都可根据事实，理由去解决，不分公私，不看人，只有此事实，证据，正义做一切标准，这才是真正的民主精神。

我们都知道英美是民主的国家，有问题时，尽量让大家发表意见，尤其是反对的意见，这样让老百姓胸中的怒气，怨气发散出来，也就不会有过激的行为。所以英美是以民主为最好的工具。这是政府驾驭人民，也是人民驾驭政府的最好方法。

现在要讲到妇女与民主。我们刚才说过，民主是"我是人，大家是人"。我们妇女说"我们女人也是人"，妇女要民主可说是对不民主的反抗。我们中国妇女是不是真正站在人的立场呢？我们都是没有过真正人的立场的过来人，身受的痛苦自己知道。我做律师，在我最近三年来处理的三百三十二件案子中，和妇女有关的有一百七十一件，竟占百分之五十以上。这里有关财产的不到十件，大都是婚姻问题，其中除二件是男子来请我之外一百六十九件都是女子来请我的。这些案子中都是因为男子原有妻，而另又在外接了一个。最近还发生一件事，有一个名人的太太，在学校读书，有人说他另有朋友，于是，就给她的丈夫打死了。这都是说明，女人还是男子的私有财产，可以任他们的喜怒随意处置。在座的各位固然都是妇女中的佼佼者，可是你到机关中去，是不是会把你们和男子一样看待？任何场合男子可以袒胸赤臂，如果女子也这样，就合被称为妨害风化！

我们现在不能再做驯羊，我们是人，有人的人格。我们要民主固然不用着急，可是对于民主各人态度不同，有些人同情民主，赞成民主，这固然比反对好，但是不够的，我们要一定积极争取，要加倍努力，我们妇女要踏上世界人的立场，中国社会人的立场。

我们现在要求于姊妹们的是什么呢？第一要真正争取到每人天赋的自由。人的应有的权利，这要在任何环境中，不断地争取，看见不对的要求改正，我们要尊重自己也尊重别人。第二我们对于根本不站在争取男平等立场，而高扯妇女运动旗帜做点缀，把妇运当吃饭工具，样样要拉来自己做，可是包而不办！这种不给我们妇女站在人的立场的所谓妇女代表，我们要一概打倒！

我们要争取真正的民主，不要做国家的奴隶；我们要把国家造成乐园，不要把国家成为自己的牢监。

僵局如何打开——论中国政治的前途

钱端升

1945 年 8 月 3 日在西南联大演讲

钱端升（1900—1990），字寿朋，上海人，中国著名法学家、政治学家、社会活动家。1954 年参与第一部《中华人民共和国宪法》的起草工作。

文献选自《民主周刊》1945 年第 2 卷第 7 期，11—15 页。

一、新中国的轮廓

我以为新的中国，一定要为全体人民谋利益。这几年我最喜欢听的一句话，就是华莱士在一九四二年所讲的：二十世纪应该是平民的世纪。这话真正代表了时代的精神，许多国家无不向这条路走，把他们的国家变成平民的国家。以美国为例，我去美国多次，对美国相当明了。但这次去的两个月里，受过了一种从未受过的感动。罗斯福实施新政，我并非不晓得，但我还是感动。在几年战争中，老百姓的地位是提高了。这是作战几年的极大成功，比一九三三年实施新政时有出人意料的地方。我们中国人应该怎样学习别人，但适得其反。我想，你假如站在人民的立场，去观察美国，你的感动一定比我还深。罗斯福死了，政策并无改变，继续向新的大道前进。美国如此，英国怎样？英国大选时，我大胆地预测，保守党非失败不可。这不出自主观，而出自客观分析。战争几年，一般穷苦人的幸福比战前还大，以前的壮丁身体多不及格，战争几年，反而及格了。他们就怕丘吉尔把英国拖到老状态中去，丘吉尔就有可能，因此我推测，工党必然胜利。英国也在往前进，也符合华莱士所谈的：平民的世纪。从东欧到西欧，无一不向为平民谋福利的路上走去。今天法国选举必然再次证明华莱士所说的：平民的世纪。因此我们应该把全部注意力集中到大多数平民身上去，应该把眼光向他们集中，因为世界潮流如此。中国不能走别的途径，没有政治意识的中国人则已，不然，必有此看法，除非他有既得利益。我们想我们有多少言论自由呢？有多少集会自由呢？没有。但是在这样的环境之下，我们还是要说话，要表达。为什么？因为我们发表的意见，都是趋向于全民利益，这一要求，你无法阻止的。你假如离开这大题目，而与政府站在反对立场，早就被禁止了。因此，我说我们的新中国应该是一平民利益为最高利益的国家，在老百姓没有饭吃的时候，我们凭什么资格讲国防，讲军队？因此，我认为几年来熙熙攘攘的国防是不可靠的。我们没有野心要把中国变成一个大强国，大帝国。我讲这话，并非无的放矢，因为几年来很多有政治地位的领袖们有过这样的想法。我们也不可能用过去建设南京那样的来建设我们的新中国，因为这样除给少数人以享乐外，充其量不过以充国际观瞻。假如这样，我们宁愿要工业化。这话怎样讲呢？有很多人希望中国成为美国那样富强的国家，因此中国应该加速的工业化。但我认为这是梦想，要做，反而妨害大多数老百姓的利益。我们地大，并不物博，而人口则多得不可思议。有很多国家的土地比我们大，但人口比我们少。我们的可耕地比人家少得多。地里面又无太多丰富的蕴藏，加上众多的人口，要想赶上英美是不可能的。这一点，我想我们应当承认的。除非将来科学上有一种奇特的发现就差不多。我们目前只能把人民的生活弄得舒服一点，但这时人口又增加了。在这种情况下，像美苏的工业化是不可能的。我自然不敢说这是永久的情形，我只是说，二十世纪中国的政策假如不着眼于农民身上，那就没有良心。要在农民身上下功夫，就应该减轻农民的痛苦，提高他们的生活标准。即使这种生活标准只能提高一点点，但还是不容易做到的事情。要保障中国农民的最低生活水准，就得减轻甚至免除贫苦农民的租和税，让他们担负到富有者身上。还有，就得解决荒年问题，要改良水利，要尽量扩充交通，因为中国过去有荒年者，因为物资不流通的缘故，水利改良了，运输改良了，加上中国旧有的仓库制度，荒年不是不可避免的。上面两点做到了，中国农民就能获得最低生活标准。工业并非不要，但也应该奖励家庭工业、手工业。这里一定有一部分产物出口，对农民生活不是没有帮助的。假如对货物出口有计划、有奖励，对农民生活一定大有帮助。渔猎、森林都能大量提倡，农民生活更能提高。离开这些，单讲工业化，我真不晓得是否有效果？对农民有利益？我并非赞成以农立国，过去持此种立场的人都是反动，我只说，我不强调工业化，我们应该注意农民。有些工业是要的，比如交通工业，机械（跟农民有关的机械）工业，肥料工业。美国有位水利工程专家塞维奇认为在宜昌可以建立一大水电厂，可以灌溉大量的田，可以产出大量的肥料，这我当然赞成。还有纺织工业，没有它，农民没有衣穿。造纸工业，药品及土生材料工业，罐头工业，因为交通便利了，有些地方肉多了，便制成罐头运出。离开这些工业，谈别的工业，一定对农民无利。因此我赞成工业化，但是从农民出发的工业化，这是一条合理的道路，我深信不疑。

二、新的政治领导

要使我们的政策配合到大多数的农民身上去，怎样做呢？现政府的政策要得不要得呢？自然要不得。但没有行政机构也不行，因为没有它，就不能进行巨大的调查工作，现政府能不能供给我们这一机构呢？也不可能。这里，需要一个和平时期，需要一个开明的民族政策。不然，是不能得到其他少数民族的好感的。目前大家晓得，新疆处于一混乱状态中，独立不像独立，反叛不像反叛。为什么？因为中国对哥萨克①的政策和俄国对他们的政策大有不同。假如有新的政策新的机构，人家也才能看得起你。所以我们假定要建立一个新的中国，政治应有一个配合才行。因此，我们需要一个新的，真正代表全国的政治领导。我这里不讲领袖，同为一个新的进步的国家，绝对不依靠一个 leader，我讲的是 leadership。我相信罗斯福是一个了不起的 leader，但十余年来美国的进步主要的是一个 leadership。假如罗斯福没有许多年轻，有理想的人帮他的忙，罗斯福一个人是不可能有成就的。对于丘吉尔，我应该在这里表示同情，同样的，他这几年所做的事，还是集群力而成的。正因为他有个时候，专制独裁，所以失败了。就是斯大林吧，从斯大林格勒战役起，我就不相信斯大林是个独裁的人，没有人帮助，不会有如此胜利的。因此我们中国，也需要一个 leadership。何谓新的领导？所谓新的当然应该有进步性，即向前看的，就是有华莱士那样看今天的看法。它应该为群众服务，而不是为自己。同时，新的一部分有年青的意思。我并不反对年老人，只是说年青人进步一点。我向不喜欢当面恭维人家。这次在参政会上我却恭维邵

---

① 哥萨克是一群生活在乌克兰、俄罗斯南部的游牧社群，是俄罗斯和乌克兰民族内部具有独特历史和
　文化的一个地方性集团。

力子先生一次。我说："我们党里，六十岁以上的人都不行了，但你老先生除外。"中国过去的当政者都受过一种要不得的熏陶。因而年青人是比较有作为些的，只有这样新的领导，才能订出新的政策。国民党当政这么多年了，也时常"老百姓""老百姓"，但真能了解老百姓及年青人的情感的人见有几个？旧的人根本就感不到这种需要。因此只有新的领导才能产生新的政策，才能产生许多新人来执行这新的政策。同样的，只有新的领导，新的政策才有执行的可能。新的政策必须有新的执行，不是等因奉此所能做到的。所谓代表全国又是什么意思呢？这里不是主观的决定，而是客观的决定。不能说"我是代表全国！"就是代表全国了。自然革命时情形可能有例外。只要没有人闹了，人家稳稳贴贴的听你的话了，这才是代表全国的领导。要做到这点，有两种方式，没有第三种，一是反对派参加政权，二是联合政府式的政权。反对党有参加政权的自由，你不能专制独裁。否则各种政治力量联合起来组织联合政府联合地参加领导，也能代表全国。在中国现情形下，要在二者中挑选一种，自然以第二种为合理。对于第一种，中国人根本还不甚了解。因此我们要求新的领导，旧的领导不但思想旧，而且太久了。而且更痛心的，这是一个旧的领导，是愈来愈旧，基础越来越小的趋势，换来换去，还是几个旧人，是不会有什么效果的。

怎样可以做到这样的一种 leadership 呢？我也虚心地想过。结果是认为除了各党各派及其他有政治意见的人来共同协议外，没有其他办法。单在旧的领导中参加几个人，依照过去的经验，是不会有成功的，因为旧的领导根本不想革新的缘故。目前不仅国民党不能独断，因为事实如此，同样，共产党也不能独断。因为除开共产党外，还有新人，就是国民党里也还有新人。而共产党并未要求独断，这是一种合理的行为。但要大家来献议，必须先要国共谈判得很清楚。大家协议，新的领导成立了，这才是国家的大幸。共产党几年的农村政策和农村组织，我认为无论在政策和实际上都是相当进步的。我没有亲自看过，但是读书的人，他自己可分析，这种优点，在新的领导下是应该予以发扬的。同样的，国民党的专门人才，比其他的组织多，在新的领导下，他们应该发挥更大的力量和效果。没有他们，进步一定会慢得多的。除开两党外，还有许多自由职业者和从事教育的人，他们只有在新的领导下，才愿意服务，发挥他们的力量。只有这样的新的领导，才把中国引向新的大道。这里我没有讲到统一，讲到民主，因为有新的领导，这都是小的问题了。

有人会问：假如政治统一，军事不统一，怎么办呢？其实政治统一了，军事问题就迎刃而解。这里不多讲，诸君可回去私自分析。

但虽然这样走，困难还是多，原因是彼此缺乏诚意。有的根本不赞成联合政府，有的就想跳过联合政府的阶段。但困难是必须克服的，因为只有这样，才能适合国情。国民党必须这样做，共产党也必须这样做，国内人士都应该对这都坚定的信心，不可妄自菲薄。

三、政治解决委员会与联合政府

国民参政会成立了八年，向来是四不像的动物，但假如他能好好集合各种人才成立一种献议，也可以对得起人民。至于我，有时想天气热，何必跑去，但又想假如能对这一献议工作有所帮助，又何必自视清高。然而这次我很失望，这次大会中的大问题是国民大会，国共两党对此争执得很厉害，解决不好，国家前途不堪设想，解决好的，就有大帮助。国民党坚持十一月十二日召集国民大会。因为：第一，你们早就要求过了；第二，总裁三月一号说过的；第三，代表大会通过的（六全大会），至于代表，一定要坚持旧代表理由是依法选举，但是应该老百姓定的。老百姓不要你们了！还有什么话讲！

还有争执问题：国民党坚持制宪与行宪，这点有好些人不明了，其实问题甚大。三方面共产党当然反对，至于其他党派是否有自己的立场？我不知道，似乎有，似乎没有，讲得简单一点，我有点莫测高深。二百九十名参政员里，国民党占了多数，到会二百多名左右，共产党及各党派占二十五名左右，无党无派有五十名左右，但到底无党无派到甚么程度，很有问题，在这种情形下共产党自然不出席，这是国民党一个大错误，表示他们没有诚意。假如你希望参政会发生点效力，为甚么要这么多国民党员？共产党不出席，于是开会前，有五人①赴延安，企求挽回局面。五人里面有国民党老前辈褚辅成，以此人甚有独见者，有无党无派傅斯年先生，有青年党左舜生先生。职教社黄炎培先生，冷遹先生，第三党章伯钧先生，他们去的时候是否和政府商量，不知道，谈些甚么也不知道，因为他们讳莫如深。政府在开会时并未坚持十一月十二日开国民大会，但，提议该日开的有二十四件之多，反对的有三件提议，交特种审查委员会审查，但政府坚持对决议特种审查会及大会

① 原文为"五人"，疑为口误，时有六位国民参政会参政员访问延安。

必须有一致意见，这点政府成功了。可是我跟周炳琳先生却不敢一致，我们的要求实际很低，我们认为只要全国对这问题有一致妥协，那天开会是很小问题。但要求虽很低，与政府的要求还很远，自然我们没有怨言，但这次决议等于不决议，却是事实。经过这次经验，再开始认为要利用它集中其意见（指参政会）成立协议以成立新的领导是不可能的。

参政会里有人提出政府预算问题，政府说：这应该提交国民大会通过，至于参政会则连审议一下亦无需。

参政会里有很多质问案，也问得有声有色，一般有特务嫌疑的人被参政会参了一下很不好意思。

这次参政会有一不良现象，就是地方性太重，研究政治制度的人是清楚地晓得假如一个全面性的会，地方性太浓是不会有成果的。

我们到底用什么办法产生一个新的领导呢？

我觉得只有召集一个由各党各派及其他具有政治意见的人共同参加的会议来产生，共产党提议是党派会议，我觉得以政治解决委员会的名称较好，参加代表的人数，国民党一个，共产党一个，民主同盟一个，实际国民党已提出了政治会议的名称为什么还争执不决呢？越拖下去，后果越不堪设想。

有了协议，国民大会就可以开，没有协议，国民大会是不可开的。

要协议成功我希望当政党诚诚恳恳同意这一协议，同时也希望共产党及其他党派百分之百诚恳同意这协议。自然这是一种主观的希望；希望不成功就只有悲观了，但我一点也不悲观，我相信国内大多数人同意我这一看法，而且也只有这样作才能配合国际潮流，有这样的客观条件，就有了成功的希望。

战时文化教育

从教育上谋国难的出路

陶行知

1932 年在上海沪江大学演讲

陶行知（1891—1946）安徽歙县人，我国现代伟大的人民教育家、思想家、大众诗人、革命战士。中国人民救国会和中国民主同盟的主要领导人之一。

文献选自《沪大周刊》1932 年第 20 卷第 3 期，3—5 页。1932 年在上海沪江大学举办夏令会上，陶行知作题为"从教育上谋国难的出路"的演讲，经记者伯敏略记录整理后刊发。

教育是什么？教育是解决问题的，若是教育不能解决问题，那就不能算为教育。换句话说：教育是力的表现（Education is the transformation of Energy），变化世界的一切，是力创造的。在传统的教育制度下，教育不能解决问题，它是死的，所以它就根本没有力量。我们要谋国难的出路，就先要培栽这种力量，而且是大多数的，有组织的，行动的，自动的和手脑并用的力量，不是在传统制度下所培养的少数的，散漫的，空谈的，被动的和只用头脑的力量。

一、少数的力量不及大多数的力量：在传统制度下，专在培养少数人，使他们成为一种特殊的阶级。反言之：只有这一种特殊阶级，有受教育的机会，这样因循下去，结果就没有大多数的力量产生出来，自难谋国难的出路。

二、散漫的力量不及有组织的力量：封建教育制度所给我们的是散漫的力量，它引我们走入乡绅之路，造成一种特殊阶级。我们要有组织的力量，非但不要走入乡绅之路，而且更进一步，要认识真工人真农人——自食其力的同胞们。陶侃每天忙看搬运砖瓦，可是他不是真工人，他是靠做官吃饭，不是靠运砖过活的。儒林外史的王冕倒是真农人，因为他虽读书，但不是靠读书吃饭的。

三、空谈的力量不及行动的力量：从书本得来的知识，没有什么力量，惟有从行动上得来的真知识和经验，才是真力量。教育应当培养行动，不当培养知识。爱迪生的发明电灯，小孩儿的明白火能烫手，都是从经验得来的。王阳明说："知是行之始，行之知之成"，应当翻一个一百八十度的斛倒，就是"行是知之始，知是行之成"。

四、被动的力量不及自动的力量：中国现有的教育制度是被动的，结果有的不能动，有的不敢动了，好似一个小宝宝，专靠老祖母的帮助，总是不能自立的。我们要明白真工人真农人，要到乡间去，要改革他们的生活，不要使他们处在被动的地位，要的是和他们同工，在旁边指导他们，这样他们才能独立，才有力量，改革乡村如此，教育何独不然?!

五、用头脑的力量不及手脑并用的力量：中国从孔老夫子以来，可说是成了一个书獃①国家。传统教育的矛盾，也可以请孔老做总代表，他说君子谋道不谋食，而他自己不做，要别人去供养他，而且他割不正则不食，真是一个好吃懒做的无赖。读书人想出许多解决国难的方法，可是没有力量。所以我们要想谋国难的出路，先要把一般智识分子变成工人，用双手来干，有歌曰：

（一）

我是小工人，

我有双手万能，

我要造富的社会，

不造富的个人。

（二）

人生两个宝，双手与大脑；

用脑不用手，快要被打倒；

用手不用脑，饭都吃不饱；

手脑都会用，才算是开辟天地的大好老！

更要紧的，我们不要怕苦，而要去吃苦，用我们的双手和头脑来干，来开辟天地，来打出一条出路。

---

① 獃同"呆"。

我是小盘古，

我不怕吃苦，

我要开辟天地，

看我手中双斧。

总之，四万万人能手脑并用，要有组织的，自动的，行动的力量，这个力量是有把握的，用这种力量，来谋国难的出路，那是不难了。

国难中民族复兴问题

江问渔

1932 年 10 月在上海大夏大学演讲

江问渔(1885—1961),名恒源,字问渔,江苏灌云人,我国著名职业教育家。1939 年与黄炎培等组织发起统一建国同志会。1941 年 10 月,当选中国民主政团同盟中央执行委员。

文献选自《大夏周报》1932 年第 9 卷第 6 期,102—108 页。

诸位同学!今天我所讲的题目是"国难中民族复兴问题"。定这题目时,我觉得有无穷的意思,本想预备半天,作成一篇较有系统的讲稿来和诸位一谈,可是总没有工夫,一直到今天下午一点半后方在家里胡乱地预备一点。讲得不好,要请诸位原谅!

现在我把这题目分做四段来讲,就是:解释题目的含义;对于一般中国民族观察的评论;中国民族之缺陷及其急需的补充;复兴问题——即如何才能达到民族复兴的道路。这四段中,当然以第四段最重要。但是没有前三段的叙述,也就没有后一段的结论。

一、解释题目的含义

现在人都知道,"国难"到了,究竟"国难"发生于何时?是不是去年"九一八"日本用武力占据东三省后,才算有"国难"呢?依我的个人的见解,以为"国难"的发生,决不能限定在"九一八"以后。比如一个人得病,起初是内症,后来发为背痛。我们研究这人的病源,知道当他有内症时,体内细胞组织,已经有一部分坏了,所以才有此结果。同一样道理,我们便知道东三省被日人侵占,实在"九一八"事件没有发生以前,早已种了许多因。所以就空间上讲:外面的敌国外患,固为"国难",而内部的天灾人祸,又何尝不是"国难"呢？就时间上讲，"九一八"事件是明显的"国难"，而"九一八"以前的种种，乃是潜在的"国难"。内部原因为外部之本，潜在实为明显之因。可知"国难"不仅是目前的问题，其范围是很大的，其来源是很远的。待到国家有外表"国难"发生，才来讲民族复兴问题，实在是已嫌迟缓了。

所谓"民族"，大家都说是分做汉满蒙回藏。其实这种分法，不甚妥当，满蒙和汉族早经通婚，只有地域的区别，毫无种族的歧义。回族在中国除新疆一小部分外，不过徒存宗教的虚名，自唐宋以来，回人早已遍居内地。所谓藏族为数更少。所以我说的民族，是包括居住中华民国境域以内与夫侨居海外的一切人民，并没有什么分类。

至于讲到"复兴"二字，可以分开来辩说："复"是复其旧有，"兴"是兴其未来。所谓民族复兴，也就是"文化复兴"，因为文化一部分是旧有的，应该竭力去恢复他，去光大他。一部分是新生的，应该竭力去吸取他，去融合他。旧者待复，新者待兴，为数甚多，为势甚急，应该人人皆感觉到。惟怎样去复兴？用什么方法去复兴？复兴的道路是在那里？这却是目前所急要解决的一个问题。就中国历史上看，如宋后之元，明后之清，皆是以北方民族，侵入中国，宰制中国至百年或二百年之久，当时这些民族，只有武力，没有文化，所以侵入之后，反而被我们汉族同化了。一旦其势力衰落，汉族仍然复兴起来。但是现在的敌人，是有武力又有文化，和以前的情势，大不相同。一旦入侵以后，能不能如元清一样，倒是一个问题。如不能为我同化，则我们民族势必受其蹂躏乃至灭亡，朝鲜前车可以为鉴。所以现在我们要讨论的不是国家存亡的问题，竟是"民族存亡"的问题。世界上有许多国家已经灭亡，而其民族却仍然没有灭亡的，如印度犹太是。这是因为他们还有特殊文化存在的缘故。我们中国文化，如不想方法复兴起来，那真是国家灭亡，民族也一同要灭亡了！

有许多人还是认定中国民族具有他的特殊性，纵遭国难，也不过是一时的现象，将来日子久了，自然可以复兴。如在元朝之末，有朱元璋出来恢复，清朝之末，有孙中山先生等出来恢复；现在不必忧怯，到那时候自然有能人出来。这一种顺其自然的乐观论，今日能不能靠得住呢？却是一个疑问。另有一种极端悲观的人，却确切地认定中国民族，丝毫没有希望。他以为中国民族亡国条件，业已备具，还有什么话可说。其实天下没有这样绝对的乐观，也没有这样绝对的悲观，事在人为，何必靠天？责有己负，何必怨人？依我看来，中国民族是可以复兴的，不过复兴的责任，要我们民族自己担负起来。我们今日要讨论的就是民族如何自救问题，也就是国难中民族如何自救问题。再清楚的说：就是中国民族的"文化""如何创造"和"如何复兴"？文化如能复兴，民族也定能自救的。

二、对于一般人中国民族观察的评论

现在我要把近来一般人对于中国民族观察，所下的论断，一一列举出来了。列举完了之后，我们要再加一些批评。

民族衰老说——主这说的，以为中国民族太衰老了，不中用了，消极、悲观、厌世，主张退让，主张复古，只存侥幸心，不肯向前迈进，这皆是衰老的特征，业已日落西山，还有什么希望呢？

民族幼稚说——主这说的，以为中国的民族，与其说衰老，不如说是幼稚，你看要破坏就破坏，事前没有计划，一受外界的刺激，就起而妄动，动了以后，且少反省的能力，这不是简直和幼稚孩子们一样吗？孩子年轻，要他长大，还要相当时间；而现在外患之来，急于燃眉，那里能容得我们慢慢成长呢？

以上两种，是从民族年龄上讲的，再从民族道德上讲罢。

私利说——他们以为自私自利的人到处皆是，只顾其家，不顾其国。只知有己，不知有人。所以急公好义互相援助舍己为群等等精神，几乎消灭殆尽。民族道德如此，还有存在的可能么？

无组织说——他们以为中国人毫无组织能力可言，如团体中甲、乙、丙、互相排挤的现象，很多很多，正所谓一个和尚挑水吃，两个和尚便扛水吃，三个和尚，却反没有水吃了。

再从民族生产力看罢，那就要不能说，不忍说了，大家吃的穿的和一切日常用的，舶来品有多少啊！痛心极了！像这样民族，衰老、幼稚、自私、自利、毫无组织能力，穷得一塌糊涂，还能配在大地上生存么？我们不要只看见少数人住洋房的适意，要看许多人住茅屋的悲哀；不要只看见少数人读书有福，要看大多数人失学可怜，和失业流离的苦痛；不要只看见最少数人奔走国事，自相团结，要看大多数人的互相倾轧、钻营、私利，残忍的种种怪状。讲到这里，简直极端悲观的论调，倒也不能说他没有相当的理由。可是和这说法相反的，也还有好几种哩。

非衰老说——认为中国民族，并没有整个的衰老，倘果真的完全衰老了，为什么在民族运动中，也还有太平天国，国民党……的表现呢？

非幼稚说——认为介乎幼稚不衰老之间的一般青年，既无士大夫的衰老习气，更没有农民无意识的幼稚冲动，他们——青年——正是大可有为着。所缺乏的，就是没有好好领导者啊！

否认无组织说——认为中国民族并不是根本没有组织力的。比如元朝末年，有烧香会的组织，郭子兴便是该会首领，其势力遍于全国。还有故老相传，八月十五杀鞑子故事。最近也还有十九路军起来抗日，就是东北义军也还在那里拼命和敌人厮杀，怎能说没有组织力呢？怎能说不能团结抗敌呢？

能刻苦耐劳说——认为中国人民，生来就能耐劳吃苦，古时圣人传下来的治国要道，也只要是"节用爱人"四个大字，执政的人果能把这四个字做得好，也就很好了。

这一派纯粹是乐观的论啊！也不能说他没有道理。

这两种悲观和乐观的论调恰巧相反。现在让我个人来批评一下：①两方面所说都有一部分对的，一部分不对的；②士大夫确是衰老了，这是由于宋代以后读书的人，专注重个人自保的道德因而不知不觉间竟养成了"乡愿主义"，这种结果遂使好人不让他露面，坏人倒反可以保存；③一般青年却不是尽衰老，未读书的农人更不衰老；④组织力爱国心，不是不可训练，不可激发的；⑤刻苦耐劳，那是中国人的特别优点，大可利用，大可发挥；⑥专就农民来说罢，中国是以农民立国的国家，道德的维持，生产的发展，全靠在这三万万农民的力量。在农村社会里，我们很可以找得出一些披发缨冠而往救的互助精神，打不平的等等英雄气概，这是为士大夫社会里所不能看见的。如此此东北义勇军队伍里，还不是大多数的农民参加着么？

照这样看来，我们民族中虽然有衰老，幼稚的不景气现象，却不是不可有为。但是我们要注意的：现在农村破产的现象，到处皆是，倘不设法挽救，真是到了破产，中华民族可就没有希望了。所以我们今后自救的目标，不是悲观乐观的从违，乃是要提起精神去努力的唤醒三万万的农民，拯救三万万农民，这便是我们唯一的自救目标——民族自救的大道。

三、中国民族之缺陷及其急需的补充

现在的民族，是在优胜劣败弱肉强食的囚笼中求生存的时候，我们中国民族，文化如此落伍，当然免不了失败。但是由古代人民遗留下来的那些零星片块的文化，难道都是垃圾吗？我以为只可惜还没有人把她——文化——搬出来做一番补苴罅漏①的工夫，于是旧文化气息奄奄，新文化又是无所采取，便变成了"无文化的国家"。

在这时虽然有一般爱国的志士，救国的学者，费了许多精力和时间，创造出许多方案，写制许多政策，可是说的写的虽好，能实行么？实行起来，又如何呢？军队蛮横如故，官吏贪污如故，农村经济衰落如故，教育破产如故，这是什么缘故？是不是民族缺少了几样根本东西呢？到底全民族缺少的是什么？依我看来，似有下面的四种：

（一）缺少强健的身体——包括"身"和"心"两方面。

（二）缺少科学的智能——包括研究科学的智能、兴趣。

（三）缺少领袖的人才——包括组织能力。解除困难的手腕，领导群众的学识和正当的态度——须知领袖如机头，属员如机器，机头的错误，便是牵引全部机器的损失啊！

（四）缺少道德的热情——包括爱护国家、宽宏大量，自救救人的互助精神，牺牲小己为群努力的精神——人而无热情，便是阴阳怪气，我们与其说是怯弱，毋宁说是冷血，须知道一个国家的存在，起码要有在水平线上的能力，如果在水平线以下，便是劣等民族。如印度国家虽亡，他的民族却不便处之泰然，也不徒为怨天尤人的嗟叹，这便是证明印度文化，还有在水平线上的能力。再如德国是被缴械的国家，而他们的中学生，竟有一种坚决的誓语："我们要养成铜项铁骨去打倒法国。"这种气概，也便是德国能力在水平线上的表征。

去年春间我和黄任之先生②到朝鲜去，黄先生曾向一位日本史学博士问起朝鲜民族，有没有复兴的希望吗？那位博士把头摇几摇答道："很难很难，希望很少，只要看他们——朝鲜——一般人民习俗那样腐败，就知道了。"诸位

---

① 语出唐代韩愈《进学解》，本指弥补文章理论等的缺漏，后泛指弥补事物的缺陷。

② 指黄炎培。

想想，朝鲜如此，中国究若何？中国民族既然衰老，幼稚，私利，无组织，又是身体不好，科学不好，统御人才没有，道德热情没有，这都是发现着病的表征。我们看到朝鲜的前车之鉴，真欲不寒而栗啊！我们要铲除这种病根，复兴我们的文化。应该从上面四个目标做去才行！继此便要讲到复兴问题了。

四、复兴问题——如何才达到民族复兴的目的

讲到民族复兴问题，国内便有两派的主张：

意志说——这就是黄任之先生在去年春游日本回国后写成的黄海环游记里所说的。他说中国人还不要紧，只要大家一齐起来干就是了，那末换句话讲，就是要达到民族复兴的唯一出路，只要大家都有坚决的意志，一齐去干。

品质说——在新月月刊某期里潘光旦先生有一篇文章评论黄先生的话，说是靠一二个人意志也许是可以的，无如多数人的能力不够，那就成问题了。能力不够，便是民族品质的问题。品质何以不良，是因为选择与淘汰，违反了优生原则啊！我们知道潘先生是站在优生学立场来讲的，可是他的结论，并不是悲观，他还是认定中国民族，是有希望的。

调和说——这便是我的主张，我是个调和论者，我以为无论什么主张。都有他相当的长处和短处，应该取其所长，舍其所短，才能收效最大。所以我以为潘黄二先生的主张，都有一部分是对的，而且可以并行不悖。现在就我个人的意见，举出七条来再讲一讲：我认定这七条皆是民族复兴的大道，是民族自救的唯一方法。

（一）自励自勉——我相信一个人能够自励自勉，而没有依赖性，努力做去，总会有相当的成效

在这一方面，我是极端相信黄先生的意志说是有价值的，有可做的机会，便鼓起勇气去做。只要有能力以"已达达人"立定意志，创造一切，彼此相勉相励。这便是我们第一个复兴民族的责任。

（二）先从知识阶级做起——我以为有四个目标

1. 信念——就是要坚决的相信自己的民族是有希望的，自救是有方法的。如当前的国庆不准庆祝，这就是自己没有信念的表现，难道国家倒了霉，连庆祝都没有了吗？家里老太爷要死了，不能庆祝，是对的，难道我的国家，我们民族，也和要死的老太爷一样吗？我们应当相信，我们民族虽然暂时倒

霉，是永不会灭亡的，是确确实实可以恢复的。这位"大我"的老太爷比不得"小我"的老太爷，虽然病重，是绝对不会死的。这种意识，便是我们所应当抱定的信念。有了这种信念，才是有复兴的可能！

2. 决心——用一种坚忍不拔的决心，努力奋斗，死也不怕的做去。

3. 勇气——当做了时，绝对不要计及困难，要有大刀阔斧铲除荆棘的精神，如十九路军在上海困斗的勇气，难道我们就不能够有吗？

4. 恒心——要继续不断地努力干去。

（三）今后我们所采取的方针

在旧的方面——应该把中国固有文化，早早恢复，中国固有文化中也不是没有好的。例子多得很。以制度来说，如古代小学有"礼、乐、射、御、书、数"的课程，何以要习"射"？因为古时战争，是用弓箭的，何以要习"御"？因为古时是车战，现在用枪炮。何以现在大家都不习枪炮？竟弄成这样懦弱样子。我们应当把古代保卫民族的文化，复兴起来，这不过是一个例子，其他类此尚多。试取各国以为证：

1. 丹麦——丹国内的民众教育专家，都极力主张用丹麦语教授，并把丹麦的历史诗歌，灌输于一般国民，以养成儿童青年及成人的热烈爱国情绪。

2. 数年前有一位印度学者到中国来参观，问中国学生："你们先教本国哲学还是先教西洋哲学呢？"答称："先教西洋哲学后教中国哲学。"他便哈哈的笑起来说，"差了差了"。诸位想想：印度是亡国的民族，他们学者尚且如此主张。我们闻之，应作如何感想呢？

3. 日本——日本从过去到现在，都是竭力模仿欧美的文化的，但在大学方面的讲义，所有外国人名，虽写外国原文，而在其他通俗的书报，写到外国人名，则一例用他本国的字母。这是什么缘故呢？他的意思，以为大学研究的，是世界学问，而通俗书报，则是为给一般国民阅读的，为保存民族性起见，自应如此，这便是他们国民教育最重要的表示。我们如何呢？请看一看罢！

在新的方面——我们也应当竭力采取外国的长处，以补我之不足。

1. 关于科学的——我们应该提倡自然科学，不要再像过去那样妄自夸大，以为各种科学我们古代已经有了，不必再学别人，因而举出指南针印书造纸等等，须知道这是已过去的陈迹，有什么用处呢？

2. 关于道德习惯的——如洁身自好，不重公道等等，我们应该竭力革除，竭力提倡培养公德心，训练团体生活的习惯。

我们应取人之长，医己之短，抱定信念，决心，鼓励勇气，恒心，使中华民族作成一种"新民"。民族品质真能好，真能够格，有了好主义，好政策，好方案，还怕不能实行么？

（四）三派人的安排——现在我以为有三种人，是要赶紧设法去安排，安排这三种人也可算是复兴工作中一件重要工作

1. 青年的安排——政府应当有一教养用的整个计划，然后才能使他们各尽所能，各趋所好。

2. 农民的安排——三万万的农民，太没有安排了。于是弱者别图生路，强者铤而走险，土劣因之横行，盗匪因之蠭①起，天灾因之流行，农村日趋衰败，中国将陷于永久无希望的境地，所以安排农民，为当前要着。

军队的安排——二百万军队，如何安排，也是很紧要的一件事，不过我们是书生不知军旅，此层可不必去谈他。

对于上面（青年、农民）两种安排似应有下列两个方法：

1. 有知识的赶快下乡去与青年与农民携手——青年要竭力唤醒农民，培植农民的道德能力。详细办法可参考梁漱溟先生著的中国民族自救运动之最后觉悟一书，

2. 教育界同人要赶快去和农民合作——以后教育的目的当注重发展农村，改进农村。

（五）青年中年老年人的调和——一个社会秩序的安宁，首须避免这三种人的冲突

如青年人对于中年人以为少猛取精神因而不满；对于老年人以为头脑冬烘因而不满；而中年人复以青年人举动轻浮因而不满；老年人更以青年人学识浅陋行为幼稚；中年人之傲慢自大因而不满，这是绝大的错误。所以我们要恢复社会秩序，须使老者可以作青年中年人的字典，因为他经验丰富时时可以供中年人青年的顾问，中年人是介于青年老年的中间地位，能够一方引导青年，一方继承老年更该尊老爱幼。青年人应该敬老年，重中年，领受中年人的指导，必须这样，社会秩序，才能安宁，进行步调，才能整齐，文化发展，才能迅速，民族才真有复兴的可能。

（六）遵守中庸之道——中国民族向来是推重儒家哲学中庸之道，所以

---

① 同"蜂"。

"和平中正"四字到现在还是保存着。

可是近年来因为受外来学说文艺的激荡麻醉,竟使此数千年的中心道德思想,有动摇之势了。这真是一种可怕的病态变态。目前要复兴民族,务必恢复和平忠厚之气,使多数人趋向于中庸之道才好哩!

(七)我们今后应该本着下列几种标准做去

1. 手脑合———用以锻炼个人的科学能力,生产能力,治事能力。

2. 士农合———用以发展农村文化。

3. 文武合———用以增进自卫卫国的能力。

4. 富、教、政合———用以救济一般农村社会贫愚弱私散五种不健全的大病。

这是民族复兴的最要道路,这也是文化创造的唯一法门。

时间有限,不克多谈,问题复杂,不易明晰,预备不充足,说话无条理,不能供给诸君以较好的参考,尤为抱歉!希望诸君特别原谅,多多指教!

世界现势与教育

周谷城

1934 年在大夏大学演讲

周谷城(1898—1996)，湖南益阳人。抗战时期任教于任复旦大学，是著名的民主教授。1949 年出席中国人民政治协商会议第一届全体会议。中华人民共和国成立后，担任过中国农工民主党中央领导人。

文献选自《大夏》1934 年第 1 卷第 3 期，1—5 页。

诸位同学：贵校要鄙人来演讲已经是第三次了。我是一个学识浅薄的人，诸位同学在许多教育专家领导之下，对于教育都有深切的研究。我在诸位面前实在不敢班门弄斧，现在只得以外行的资格，说几句外行的话吧！我今天所要讲的是"世界现势与教育"。

教育本可从两方面来看。第一，就教育本身来看，如教育心理问题，天才及低能的研究，教材编配上的心理的编配与逻辑的编配，此外如教学法之启发式或灌入式等都是教育的本身问题。第二，就教育与他方面的关系来看，如教育之经济的基础，社会背景，及其与世界关系等。在第一方面，必须教育专家讨论，第二方面，外行也可以讲的。我今天讲的是第二方面——教育与现势的关系！现在我先将世界现势略略说明。

世界现势之基本的构造是经济，所以我要从经济方面说明世界现势。我们都知道，现在世界经济是在闹着恐慌，但经济为什么会发生恐慌？我且先说说恐慌的道理。

经济恐慌的表象，简单地说，是供过于求。物品太多，需要的人很少。如英国之丝织物运到上海来，上海并不需要。有物品而没有人需要，这就是经济恐慌的表面现象。但为什么会有这种现象呢？社会主义者解释说：这乃是资本家追逐利润的结果。自机器被使用以后，生产的成本加多，利润率减低，譬如没有机器的时候，成本一百元，出产品的价值为一百二十元，利润率便是百分之二十。若置机器以后，成本增加至二百元，原料不增加时，出产品价值仍为二百二十元，如是，利润率便被低降为百分之十了。但为什么要增加成本，购进机器呢？这是因为自由竞争的缘故。不买机器，则不能与人竞争。买机器则利润率又降低，为要增加利润，只有扩大生产。故演成供过求的现象。但是资本家的利润率表面上虽然降低，剩余价值率反因之增高。因为资本家购进机器后可以机器代替人工，于是减少工人，少付工资，故剩余价值率增高。如不用机器时，工资四十元，以之除二十元利润，即剩余价值之率为百分之五十。用机器以后，假定工资只减少一倍，为二十元，以之除二十元利润，即剩余价值之率为百分之百。因剩余价值之加高，剥削之加深，最后形成劳资的对立。财富概集中于少数人手里，多数人之购置力锐减，酿成生产过剩。正统派经济学之成立，建于私有制度之上。现在生产虽已社会化，而分配却仍依私有的原理。有的人拥有过量的物品，有的无力取得其必需的物品，终于构成了经济恐慌。

恐慌与景气（Crisis - Boom）当相因而至。打个滑稽譬喻：恐慌一字为Crisis，其声有如打破一玻璃杯，完全炸碎；景气一字为Boom，其声有如踢足球使升高，完全爆发的向上。在经济恐慌的时候，必然的现象是：①物价低落；②贸易缩小；③工厂关闭；④工人失业；⑤社会不安。反之，景气的现象是：①物价涨高；②贸易扩大；③产业发达；④工人得业者多；⑤社会安宁。以前一般经济学家认定恐慌与景气是循环的？恐慌以后必有景气，这叫作Crisis Cycle。这种说法颇有麻醉作用，可以使一般人努力维持现状，期待景气时代的降临。但究竟经济恐慌是否循环的？以往的情形可说是如此，可是一九二九年以后，情形稍有改变。其不同之点：①恐慌时期延长——自一九二九年后至一九三三年共有4年之久；②恐慌之范围扩大——世界各国都闹经济恐慌，恐慌范围的扩大，为从前所未有；③各种产业都闹恐慌——农工业同时恐慌。由此三点可证明循环之理论并不确实。但一般政治家与经济学者都迷信循环之说，努力于复兴工作。一九三三年，完全是努力复兴的一年。我们现在看一九三三年各国的努力，有否减少这恐慌的程度，然后才可以定恐慌与景气是否循环的。

我们试看一九三三年复兴的结果。一九三三年的复兴，可从生产和物价各方面来观察：

（一）就生产方面看：（一九二八为一〇〇）全世界的生产百分数，其增减，有如左表所示。

1913	1928	1929	1930	1931	1932	1933
73	100	107	90.5	77.9	66.1	74.9

一九三三年拼命努力的结果，生产确已增加。物价亦涨高了。

（二）就物价来看：（一九一三年为一〇〇）自一九一三年至一九三三年其涨落状况亦列表比较之——以英美日三国为主。

	1913	1929	1930	1931	1932	1933
英	100	136.5	119.5	104.2	101.6	102.6
美	100	136.5	123.8	104.6	92.8	99.9
日	100	166.1	136.8	115.6	121.7	137.1

由上看来，一九三三年这三国的物价，确较一九三二年高涨了些。尤以日本在一九三三年涨高得最厉害，远在英美两国之上。至德法方面，物价非但没有高涨，反而低落了。如德国在一九三二年物价为96.5，一九三三年为94.3，法国在一九三二年为86.8，一九三三年为80.9。

虽然在一九三三年生产是增加了，物价亦涨高了，但我们不可以乐观。因为：

1. 生产的增加，不是日用的物品，而是扩张军备，准备第二次世界大战。这可从世界钢铁产业的发达看出，一九三二年和一九三三年，全世界铁与钢生产情形如左：

铁之产量　　　　　　　　　　　（单位：千吨）

1932	1933
2.749	4.732

钢之产量　　　　　　　　　　　（单位：千吨）

1932	1933
3.532	6.838

钢和铁不是一般人所需要的，这都是用作战争的军器。再拿飞机业之发达

来看：一九三三年德国向美国购买飞机价共三四九、〇〇〇元，而今年4个月中已有一、一六九、〇〇〇元。由此可以推知一九三三年生产品的增加，多半是军用工业的发达，而非真正的复兴。

2. 物价之抬高，不是真的，政治家为谋社会的安定，用人为方法，膨胀通货，可以提高物价，英美日便如此。

3. 工人人数之增加较生产之增加小，如美国一九三二年七月到一九三三年七月产业增加70%，工人增加却只21%，工资增加却只25%。显见得工人及工资的增加，不能与生产事业之增加，同其比率。

4. 就一般的生产来看，一九三三年的复兴，只是对一九三二年而言，可算复兴了。而对一九二九年的景气状态，平均尚差百分之三〇，倘恢复到一九二九年的景气，则资本主义尚可存在，若只能恢复到一九三二年，则难免要衰落了。

至是我们有两种恐慌：即一般的恐慌（General Crisis）与特种的恐慌（Special Crisis）。譬如一个人生，从青年到壮年，系在教育滋长中，乃人生之最盛的时期。到了四十岁，达到了最高点。其生活之历程中，所发生之疾病，乃系特殊的恐慌，因为他可恢复到病前的状况。但四十岁或五十岁以后所生的疾病，虽仍为特殊恐慌，亦可恢复至病前状况，然整个身体之健康，却不能恢复至四十岁以前乃至二十或三十岁那么强壮。能恢复的是特殊的恐慌，不能恢复的，是一般的恐慌或危机。经济情形亦如是。若这次经济恐慌能恢复到一九二九年时之状况，则为资本主义之特殊恐慌；若不能，则为一般之恐慌，其衰落是难幸免的。

在这种经济恐慌的情形之下，列强的对策是：

1. 保持国内市场，提高关税，使外货少进口。

2. 扩张国外市场，占领别人的土地。

3. 扩充军备，军缩成了军扩。

4. 生产合理化，增加工作时间，减低工资，剥削工人的老法子。

凡此等等，都是构成世界现势的。世界的现势是这样，那么教育在这现势中应当怎样负起他的使命呢？

第一，教育须负起确定或寻找世界观的责任。

中国的教育一向采取闭关政策，其理由有二：①以为教育不可骛外；②怕麻烦，即恐怕多生事端。其实这是一种错误。据我观察，学校发生事端如风潮之类，未必有新世界观；有新世界观的未必就会发生风潮。所以教育采闭关的办法是不妥当的。现在的教育，既不能离开现势，便须负一个新的使命，研究经济情形，估量世界之前途，与世界发生关系，确定世界观。

第二，现势下之教育应发挥其工具性。

杜威先生说："教育即生活"，他本身有意义，有目的。这固不错，教育固然是生活，但现在的生活是可以决定将来的生活的，我们要利用教育作一种工具。用来作一种改造现势的手段。教育本身固然重要，但不可失其工具性。不可将改造现势的责任完全委诸别人，而教育独自在。

第三，要使教育有工具性，现势下中国教育便应解决机会均等问题。

教育之机会均等问题是教育上的基本问题。欲解决这问题，最宜先看看中国受教育的对象。中国受教育的对象。可分为三系：

一系——军事领袖，官吏，地主，洋商，买办，民族资本家等之子弟。

二系——教育家，学者，文人，企业中之雇员，医生，律师，官厅中之职员等之子弟。

三系——自耕农，佃农，雇农，无业者，手艺工人，产业工人，店员，学徒等之子弟及其本身。

由以上的三系来看，我们可以知道：

1. 受高等教育的是第一系，而第三系没有机会受高等教育，乃至受低级教育亦不可能。

2. 受高等教育的人不生产，只用政治的与经济的力量支配生产。反之，生产者皆缺乏受教育之机会。

3. 现在所谓生产教育应有两种重要的意义：第一是受高等教育而不生产的人叫他们生产；第二是叫生产而未受教育的人受教育。如失去这两重意义，那便不是真正的生产教育。

但这在现势下不能办到。如欲实行，必须对整个社会加以改造，要改造社会，这又牵涉到世界问题。所以我今天便拈了世界现势与教育一题，与诸君等商榷。现为时间所限，且止于此。其中错误，尚望原谅。

受职业教育的青年应有的认识

杨卫玉

1934 年 10 月 8 日在国立同济大学附设高级职业学校演讲

杨卫玉(1888—1956)，上海嘉定人。中华职教社主要领导人之一，抗战时期投身爱国民主运动，1945 年参与发起中国民主建国会并担任常务理事。新中国成立后任轻工业部副部长，第二届全国政协委员等职。

文献选自《江苏学生》1934 年第 5 卷第 5 期，22—26 页。

诸位：今天承唐主任邀约到贵校来演讲，不胜荣幸，本想和诸位随便谈谈的，不料唐主任要你们机械科二年级同学纪录，那就不得不想个题目来讲，使纪录较有系统，今天所讲的题目，就是"受职业教育的青年应有的认识"。我们来受职业教育，应有两点认识。（一）为什么要受职业教育？（二）受了职业教育后应当怎样？现在先把第一点来讲。

回忆我在中等学校毕业的时候，亦可以说一般中学生当毕业的时候，同学间必互相询问，毕业后还是升学呢，还是就业呢？问到了一个升学的，他必得意扬扬的说道："中学毕业，那里可以不升学，我是预备入某大学的。"问到了一个无力升学的，他就皱眉蹙额垂头丧气的说道："我真倒霉，家境贫寒，无力升学，只得就业去了。"二十年前的我，也就是中学毕业后无力升学而被迫就业之人，当时自己也认为太不幸太无福了，然而到了现在回想当时的观念，是完全错误的，我们要知道求学的最后目的，是为社会国家服务，中学毕业后为社会国家服务，升学甚至留学毕业后也是为社会国家服务，大学毕业或博士硕士头衔，绝不是供人瞻仰的，不过服务迟早工作大小之分别而已，讲到这里，我们须把"职业"两字的真义来申说一下。

有人说职业是人们解决生活问题的工具，凡能解决人们生活问题的工作都可为之职业，还有一般人以为职业就是"混饭吃"，因此社会上很多人把职业教育，当着求生活的教育，所以在十多年前我们提倡职业教育的时候，就有很多人反对，以为这种教育，是饭桶教育，而并不是一种文化教育，那真是太冤枉了。"职业"两字的意义，那里像他们所想象的呢，我以为职业两字的意义，可以分四点来讲：

（一）职业是有两利性的——不但利己，而且利人，就是不但利己而且利群。好比黄包车夫，他每天得到工资来解决自己的生活问题，这便是利己，同时身体不健全的人们，不能走远路，坐了黄包车，便可到达目的地，这便是他们利人之处。再说我们当教员的人，教育青年，培植人才，这是我们利人之处，可是到了月底，就老实不客气的要向会计处支钱，拿来养家活口，这就是利己之处。所以无论何种职业，都具两利性的。美国杜威博士说："职业是继续不断的工作，他所产生的效果，是有益于社会的。"换句话说，就是无益于社会的事，或是利己而不利人群的事，都不能叫作职业，好比开赌或是卖红丸，害人利己，就不能认为是职业。

（二）职业有平等性的——职业有大小之分，无贵贱之别。我们都以为一个大学教授是高贵极了，一个马路上的倒粪夫是卑贱极了。可是当教授的联络了罢起课来，教育局长教育部长以及学生们果然很担愁，但是一般社会上的群众，却不闻不问，似乎这是无关紧要的事。假使倒粪夫一旦罢了工，那就不得了，一天二天，社会上就要发生骚动现象，三天四天下去，一切卫生问题安居问题以及一切社会问题都要发生了，所以事实告诉我们，职业是无贵贱之分的。

（三）职业有受酬性的——美国哲学家詹姆孙说："科学无论发达到什么程度，有二件事是绝对做不到的。"其一，不能替一个小孩子预先选定职业，譬如我生下来的时候，父母便替我取名叫杨卫玉，但是不能预先确定我一定是教书的。其二，不能使有职业的人不受酬报，至于有财力的人，愿为社会服务，不要酬报，这是例外。东方哲学中"义务"二字，原是有限度的，要是不受酬报做事，便不负责任，不负责任的做事，就不能称职业。

（四）职业是有进化性的——职业不但能解决个人的生活问题，同时能解决社会问题。社会是应顺潮流而推进的，职业当亦随之而进化，例如二十年前的上海，所有房屋那有现在的壮丽，所有道路，那有现在的平滑，现在的一切现象，都是职业进化所造成的。要是从事于职业者，泥守旧法，不求改进，那末一方面不能适应社会的需求，另一方面也就不能解决个人的生活，凡是合乎上述四原则者，才可称之为职业，否则便不能算是职业。

现在来讲第二点，就是受了职业教育后应当怎样？简单可分为三方面来讲：

（一）应当不断的研究——要谋个人学识的进步，来适应社会的需求。不论中等学校或大学毕业的，或是留学归国的，要达到最后的目的——为社会国家服务——都应当继续不断的研究，诸位都知道王云五先生，他是四角检字法的发明者，是商务印书馆的总经理及编辑部主任，在文化上有莫大的贡献，但是问起他是什么大学毕业的，他便应声的说："我是中华民国社会大学毕业的。"这就是说，虽未经大学毕业，只要自己能不断的研究，也可以得到高深的学识，从事伟大的职业。胡适之先生在光华大学行毕业典礼时，他向毕业生演讲说道："倘使你们今天戴了方帽子，穿了学士衣，拿到了文凭就算满足了，那就无异自掘坟墓。"他的意思，也就是叫一般大学毕业生，也应当继续的研究，所以不断的研究，是受了职业教育后的青年所应当做的一件紧要的事情。

（二）应当不忘了大众——要做一个现代的摩登人物，不能闭户自守了。无论为生活，为事业，为学问，都离不了大众。今天中国所以到这样地步，就是因为大家都忘了大众，只知一己的生活和利益。要知道个人生活的解决，学识的进步，事业的成功，都与大众有连带关系，所以受了职业教育的人们，不能一时一刻忘记大众的。

（三）应当为民族求生存——要求民族生存，须要团结一致。我们中国人最大的毛病，就是不团结。（略）我们整个中华民族，好比型框里的沙，不团结的时候，就一点没有力量，提起来就散掉了，假使团结起来，就能生出很大的力量，虽有熔铁灌入，也不会散开。换句话说，要是我们能团结，就能产生极大的力量，来抵御列强的侵略，否则，民族一旦覆灭，无论个人生活问题与一切社会问题，都从解决无了，这是受职业教育后人们所应注意的又一点。

末了，我希望诸位不必妄自夸大，也不要妄自菲薄，自己轻视自己的地位和责任。

中国文化的特征在那里？

梁漱溟

1935 年 3 月 11 日在广州中山大学演讲

梁漱溟（1893—1988），祖籍广西桂林，出生于北京。中国著名的思想家、哲学家、教育家、社会活动家、国学大师、爱国民主人士，中国民主同盟主要创始人之一。主要研究人生问题和社会问题，现代新儒家的早期代表人物之一，有"中国最后一位大儒家"之称。

文献选自《教育研究》1935 年第 59 期，1—6 页。

校长，各位先生，各位同学：兄弟在一月以前承海滨先生之约，曾与我们同学大家讲过一次话。后来我就到广西去，预备回来再同诸位多谈几次话。不意我在桂林因多雨之故，滑跌一次，竟将肋骨碰撞，不能多同诸位谈话，很觉抱歉！兄弟明天到香港转赴上海，现在来同大家谈谈，不过气力不够，时间恐怕不能很长，请诸位原谅！

今天预备讲的题目是"中国文化的特征在那里？""中国文化"这一句话，如系空空洞洞，毫无内容，我们说它，就很无谓。我们必须找到中国文化的特征与内容，则我们讲中国文化才有意义才有价值。这是我今天讲这个题目的意思所在。不过这个题目很大，短时间很难说的透澈，我只尽我的力量来同大家谈谈而已。

中国文化的特征在那里？中国文化的特征在人类理性开发的早。我尝指出中国文化的特点有二：一是中国很早就无宗教，后来亦不发达，宗教在中国文化里边实占一不甚重要的地位，这是一个很可注意的特点；二是中国在后一二千年社会构造没有什么变化。这种历久不变的社会构造（社会构造包括政治经济乃至社会其他各面）是第二个很可注意的特点，大家如果用心去考究这两个特点，可以帮助我们发现中国文化的特征，可以明白我们所说中

141

国文化的特征在人类理性开发的早这句话。

我们如就人类文化比较而言，印度过去的文明对人类文化曾有很高很大的成就，西洋近代的文明对人类文化亦有很高很大的成就。同样的，中国过去的文明对人类文化亦有很高很大的成就。不过这三个不同的文明，各有其特殊的色彩，很不一样。我们如去观察的时候，三者都有特别引人注意的特殊色彩。印度文明的特点是在他宗教畸形的发达，宗教发达超过一切，很可以说：印度过去就是一个宗教的民族，这是印度过去文明引人注意的特点。至于西洋近代文明的特点就在他具有优越的征服自然力与他很伟大的征服自然的成功。如无线电与我从广西来广州所乘的飞机以及其他，都是西洋人利用自然征服自然的结果。这是西洋近代文明引人注意的特点。而中国过去文明的特点，很是奇怪特别，与西洋优越地征服自然及印度畸形发达的宗教，同样的惹人注意，就是中国社会秩序很像是靠社会本身力量维持而不靠他方（宗教或法律）维持。这是中国社会过去一个很大的成就。事实的确如此，中国社会秩序的维持在过去多靠社会自力而不靠上面力量或外面力量。这在中国人自己不觉得有什么特别，而在西洋人就觉得很奇怪了！这个意思我们如更加明白地说：所谓中国社会秩序的维持靠自力不靠他力就是中国社会秩序的维持靠社会礼俗而不靠宗教教会或国家法律。宗教教会与国家法律在中国社会里边都无多大势力，而最有力量的实在是社会礼俗。中国社会秩序自己维持与西洋征服自然的成功及印度宗教畸形的发达，在人类文化里边，实是同样惊人的事情与伟大的成功。

现在我要加以解释说明了：我们从中国社会秩序自己维持这一点，就可见出中国人理性开发的早。理性是什么？人类生命所有对于道理认识的能力就是理性。本来人类同动物生活很不同，人类特别具有抽象的认识力，动物则只有具体的认识发生行动，人类固然亦有具体认识，而其特别处实在他赋有一种抽象认识力能于行动发生之前徘徊考虑，这是人类与动物不同的所在。人类这种抽象认识力能够认识道理，而道理则概括地可以分为二种：如数学自然科学社会科学所讲的道理可以名为事物之理，简言之为物理；物理之外，还有一种理就是情理，这亦是为人类所能认识的一种理。我们粗略分之如此。大家如翻书本则可以发现西洋书籍所讲者物理最多。中国过去常说一句话"读书明理"，此处之理是情理，不是数学自然科学或社会科学的能力，人当理知强盛的时候，感情要被排抑，此即普通所说的"头脑冷静"；反之，如果感情特别强盛的时候则理知亦被排抑，我们发怒或悲哀，感情激动，必不能再算数学，就是理知被排抑了。可是理性则包含感情在内，感情是理性主要的成分，所以理性可以认识情理而理知则只能发现物理。人类本来理知优越，高过动物，可是我们不要单注意人类的理知，更要注意人类的理性。人类最可宝贵的地方是理性，为动物所没有，我们从理性可以见出人类生命的特殊。虽然可说人类的理性是从理知开发出来，可是理知不能包括理性，而理性可以包括理知。

西洋人在他中古宗教时代，理性很不发达，只是充满了许多迷信与固执。西洋近代文明可说创造到很高的地步，可是他所发达的是理知而非理性，或说是理知多而理性少，近二三百年来的西洋人是如此的情形。而今天的西洋人，他的文明亦许到了很成问题的时代，世界是充满了惨祸的世界！而惨祸是从那里来的呢？正因西洋人理知特别发达，理性没有随理知的发达而有相辅的发达，所以他的文明里面充满矛盾与冲突，阶级与阶级间利害不一，国家与国家间壁垒严森，造成严重的阶级斗争与民族斗争，酿成很大的人类惨祸。今后西洋人一定要发达理性，然后才能得到救济。

我们说：中国是人类理性发达的早，这从中国很早就没有宗教一事，可以见出。中国所以能够如此，孔子当然最有力量，孔子以前的人，或孔子以后的人，大家的努力均让中国社会没有宗教，因为孔子这一派所走的道路恰好使宗教在中国社会发达不起来。宗教总是教人有所信，常常要建立一个大家共同信仰的目标，如神、上帝乃至其他种种；而孔子这一派总是让人"反省""回头想""问你自己"，这是一个顶大的不同。这样可以让人自返于理性，自己把自己的理性拿出来，更明白的说，孔子一派实是让人自信而非另外信一个东西，这就与宗教大不相同了。我们知道在每一时代或每一社会，对于社会大家行为活动，都有他必不可少的是非好歹价值判断的标准，任何社会都无例外。可是在其他社会，这个标准常常是从宗教来，以宗教教条来判断人的行为，标准总是放在外边，中国的孔子则不如此，他很早的就让中国人对于是非好歹有其自己的价值判断。我们如果翻开古代典籍，大概没有比中国古代典籍所说的话那么样的开明通达，很少迷信与神话，尤其是在中国社会普遍流行的四书里边的话，非常的开明通达，其他社会的古代典籍都不能比。我们翻开四书可以发现所有的话统统是发达人的理性，无论什么事情差不多都是说："你想想看如何呢？"如论语孔子弟子宰我问三年丧：

"子曰：食夫稻，衣夫锦，于汝安乎？曰安。汝安则为之！夫君子之居丧，食旨不甘，闻乐不乐，居处不安，故不为也；今汝安则为之。"

三年丧在中国古代社会是一件大事，问题很不小，而孔子仍然放在每一个人自己的理性判断，并不寄于迷信。继孔子而能发挥孔子道理的是孟子，孟子说：

"是非之心人皆有之。""理义之悦我心犹刍豢之悦我口。"①

这统统是发挥人类理性的话。儒家的道路就是发挥人类理性的道路。孟子最能发挥孔子的道理，而其后最能发挥孟子道理的是陆象山②与王阳明，很显著地，他们特别要人返诸理性。西洋古代因为宗教特别占势力，即从宗教而有团体生活，中国社会如有缺乏就在中国社会的散漫，而孔子很早地启发中国人的理性就伏下一个散漫的根，是非好歹全让每一个人自己判断，理性特别发达，宗教因以不盛，这样就让中国社会散了。中国社会没有团体生活，即从中国没有宗教来。我刚才说任何社会都有其价值判断，如果拿西洋中国过去社会比较而言，西洋社会的价值判断是从宗教来，中国社会的价值判断是从道德来。道德是自律的，宗教是他律的，中国因为孔子很早地启发人的理性，所以特别富于道德。罗素曾说：

"在中国，宗教上的怀疑"并不引起其相当的"道德上之怀疑，有如欧洲所习见者"。（罗素著中国之问题第二一一页）

从这句话我们可以知道西洋人对于宗教的怀疑就可引起道德的怀疑，道德与宗教不分，中国人对于宗教的怀疑并不引起道德的怀疑，宋儒多半是无神论者而宋儒以最讲道德者闻于世。中国人宗教与道德，罪福与是非，分得最为清楚，是非观念特别发达，而西洋人则以罪福观念决定行为。这里如果有人说中国亦有宗教，如早先的回佛道及后来的耶稣教乃至其他种种迷信行为都是。于此，我要告诉他，低等的迷信行为任何社会都有，而在中国社会最有势力的不是宗教，中国人最喜说"宗教虽多，道理则一"的话，这诚然

---

① 语出《孟子·告子上》，意为"所以说理义为我们的内心所喜好，就像肉类对我们的口味一样"。

② 陆九渊（1139—1193），号象山，字子静，书斋名"存"，世人称存斋先生，因其曾在贵溪龙虎山建茅舍聚徒讲学，因其山形如象，自号象山翁，世称象山先生、陆象山。在"金溪三陆"中最负盛名，是著名的理学家和教育家，与当时著名的理学家朱熹齐名，史称"朱陆"。是宋明两代主观唯心主义——"心学"的开山祖。明代王阳明发展其学说，成为中国哲学史上著名的"陆王学派"，对近代中国理学产生深远影响。被后人称为"陆子"。

模糊笼统的好笑，不过从这句话可以见出中国人是直接的信理，间接的信教，从中国人看，一切宗教都自一个理来。有一个曾在欧洲多年的日本学者，伍来欣造，对于儒家有相当的认识。他说我们在儒家看到理性的胜利，儒家不崇拜神，天，上帝，不看重君主或多数，而看理性最高。当儒家看上帝，君主，多数（民意）为最高的时候，那一定是理性的代表。人绝对应当服从理性，是非好歹，对与不对，要靠自己判断。所以从他看儒家是理性最高主义者。这个意思我觉得是很对的。

现在我慢慢结束我的话，刚才我说"在中国文化里最有力量的是礼俗，宗教信仰宗教教条及国家法律都不占重要的地位"。我又说"中国社会秩序的维持是靠社会自力"，所谓靠社会自力亦就是靠礼俗；我又说"中国社会组织构造历久不变"，所以如此的原因固很难讲，而最重大的原因，还是由于中国社会组织构造从礼俗形成而不是从法律或宗教来。在中国历史上我们只看见一治一乱的循环而无根本变革的革命出现，这亦是由于中国社会秩序建筑于礼俗之上。礼俗从社会来而非从法律制度来，所以入人者深。人类历史到现在，所有国家都是阶级统治，革命就是阶级斗争。中国历史上所以缺乏革命就是因为中国社会秩序寄于礼俗而非法律，礼俗比较多从社会自身习惯演下来，而法律则从外面力量加上去；并且中国社会礼俗含有不少的理性，所以中国社会组织构造可以历久而不变。可是中国历史上虽无革命，而今天的中国社会则正在革命中，中国历久不变的社会组织构造现在崩溃解体已经差不多了，今后必须重新创造他的新社会构造，所以我说中国今日是正在革命中。不过中国革命很难完成，因为中国社会秩序过去寄于礼俗而不寄于法律，礼俗入人深，法律入人浅，法律一转移之间可以大改旧观，而礼俗的创造改革则非一蹴可就。今后中国新社会构造不是从礼俗转到法律，而要依旧建筑于礼俗之上，不过是一新的礼俗而已。这是历史规定下来的，实是没有办法的事。如果有人误会中国新社会将转进于法律而非仍基于礼俗，实是最大的错误！关于中国文化特征的说明即止于此。

我们刚才仿佛只说了中国文化优长的所在，虽然我原无此意，只很客观的加以说明，并无好恶爱憎于其间，可是让人容易有此误会。我们现在或者可以说一下中国文化的短处。天下事长短每每相为依伏，中国文化的短处，即从其长处而来，我常说中国文化是人类文化的早熟，只这句话就尽了中国文化的长处。人类诚然是理性动物，可是理性之一在人类，实是渐次开发的，无论从个体生命说，或社会生命说，均为如此。个体生命必须生理发育到一定阶段，理性才能开发。同时，社会生命必须生产技术有相当进展，理性亦才能开发出来。中国文化是人类理性的开发早了一点，理性开发而无相符的物质基础，可惜在此。这样自然中国社会不得不落归于散漫，而散漫亦就是中国文化唯一的短处。可是中国社会的散漫，与前边所说中国社会构造的历久不变，中国文化到后一二千年几乎陷于一种盘旋不进的状态，实都由中国理性开发的早一点而来。现在普通都说中国文化比西洋落后，其实中国文化不是比西洋落后而是盘旋不进。中国文化是不进的问题而非落后，即使落后亦从不进而来，这与中国理性开发的早有甚大干系。再则中国民族能有这样长久的寿命，亦从他理性开发的早而来。可是中国文化历久的不变，传之愈久，就愈往机械硬固僵化衰老里去。所以中国虽然含有很多的理性，无奈他已僵化衰老很不容易让人发现他，里边所含富于生命意义的理性而加以欣赏，这是让今日一般青年对于中国古有文化易起反感的缘故。

中国文化今日已是失败，中国民族生命已很危险，这是我所承认的。中国今日所以失败的原因，即在我们社会的散漫与文化的衰老，对于包围他的新环境缺乏适应的能力，所以中国社会日趋崩溃，向下沉沦。现在中国文化必须改造，等到中国文化机械僵硬的东西崩溃解体澈底粉碎之后，中国文化颠扑不破不可抹杀的精神——理性，自然被人发现。我们只有重新发挥我们固有文化的精神——理性，来改造我们的社会，绝不是离开了理性而别有所创造。今日人类世界到处充满惨祸，这是由于西洋理性没有随理知有相辅发达的缘故。这里，我们如从不好一方面看，人类将因自造惨祸而趋于灭绝，人类终归会要得救，而人类的得救还在人类的理性。我们中国人理性开发的最早，今后仍须发挥理性来建造我们的新社会，当中国人努力于这个伟大工作的进程中，可以理性领导人类，而使人类得救。如我所测，人类的得救必须靠中国人理性的领导而得救，因为中国人实是人类理性的先驱者啊！

戏剧与民族解放运动

洪　深

1936 年 10 月在国立中山大学社会系演讲

洪深(1894—1955)，字浅哉，号伯骏。江苏武进（今属常州市）人。剧作家、导演艺术家和文艺理论家，中国电影、话剧的开拓者，抗战文艺先锋战士。

文献选自《文学生活》1936 年第 3 卷第 1 期，15—19 页。

今天承社会系三年级同学邀兄弟演讲，兄弟觉得很荣幸，同时很高兴，而且是真真的高兴。为什么呢？因兄弟和社会上各方面的人接触得很多，各方面都有朋友。但在一天醒着的十几个钟头间，在各处所遇到的朋友，都是愁眉苦脸的。自然，这廿世纪的年头，不是些好年头。中国人尤其是难做，无论是在什么个社会里做事，都是忧愁的时候多，快乐的时候少。所以到处所遇到的，都是些忧愁的脸庞。惟有学校里的青年朋友则不同。他们常常挂着一副笑脸，总是很乐观，很有希望似的。我看到学校里的青年朋友时候，就是我有勇气和高兴的时候。所以我今晚的高兴是真真的高兴。

今天我要讲的题目，是他们出给我的，我非常赞成。因为我有时请人写文章，也常常出定题目给人家。这个题目是：戏剧与民族解放运动。我把这个题目大概分做三点讲：第一点，戏剧除了给人娱乐以外，是不是还有别的社会作用；第二点，我们一向是怎样利用戏剧，来领导社会，影响人类的行为的；第三点，在一九三六年的中国，我们从事戏剧的人，应该取一种什么态度，应该拿戏剧去做一些什么工作！

从来一般人对于戏剧总是看不起的。因为许多人把戏剧看作是一种娱乐品（Entertainment）。不错，戏剧的确是一种娱乐品。戏剧要成其为戏剧，它永远要是一种娱乐品。到戏剧不成为一种娱乐品的时候，它已不是一种戏剧，它没有完成它的艺术的使命。但是戏剧却不只是一种娱乐品，它还有别的任务，它的任务就是领导社会和组织社会。

可是这种任务并非所有的戏剧都尽得来的。有些戏剧确是尽了这种任务，有些戏剧都没有尽这种任务。那些戏剧是没有这种任务呢？换句话说，在那种情形之下的戏剧，是不尽这种任务的呢？

首先，在社会生活非常安定，人民生活相当舒适的时候，那时的戏剧往往变成只是给人们消遣的一种工具。例子很多，美国在一九二九年前，还没有闹不景气，股票的价值一天天在膨胀，人民的财富天天在增加，工厂关门，工人失业都还没有梦见的时候。它的电影戏剧就往往是如此。这种戏剧看了使人觉得很可笑，觉得很好玩，它除了作为一种娱乐品以外，没有别的什么意义（例如导演璇宫艳史的 Ernst Lubitsch[①]，是个有名的导演，他导演了一出戏，叫作：*So This Is Pairs*，大意是说巴黎一条马路上的两家人家，一家的丈夫看中了他一家的妻子，在跳舞厅里游玩着，恰巧剩下的一对也跑到一起。这一位出去跳舞的丈夫，因为在马路上驾驶汽车太快，被警察干涉，交出了名片，到晚上警察来拘人的时候，这位丈夫还在和别一位的太太在外面跳舞着没有回来，而另一位丈夫刚巧在那里，不敢说明他不是那名片的主人，白给警察拉去做了几天牢。这戏剧除了令人觉得巴黎人的胡闹、愚蠢，除了给人饮酒后作为笑谈以外，再没有什么道理可以看得出来）。这类戏剧不但没有益处，而且于观众是有毒害的。有一时期美国的电影是如此，甚至舞台剧也多半是如此。这类戏剧，应该是给人看不起的。中国从前，往往以娼优并称，"优"和"娼"确没有相差多少，如果"优"也像"娼"一样的竭尽智能，仅在博取人们的娱乐，而一些不认识他们自己所负的文化工作者的责任的话！

其次，在文化衰亡所谓 decadent 的时候，例如在十九世纪末年，也会有王尔德这类人，主张为艺术而艺术，为戏剧而戏剧。他们以为人生原是为了快乐，艺术戏剧只要能够使人觉到快乐就够了，何必要对于人生有什么别的贡献？甚至荒谬地说："人生应像艺术，不是艺术应像人生。"这其实是对于人生的逃避。因为他觉得很悲哀，对于人生对于自己，没有多大希望才会发生一种开玩笑的心理。这种心理和亡国的人的心理正相像。如我国所谓"今朝有酒今朝醉"，欧洲所谓"醇酒，妇人，跳舞，因为明天我们都要死了"，

---

① 恩斯特·刘别谦（Ernst Lubitsch），德国演员、导演、编剧。

存着这种心理的人，对于所写出的戏剧，不用说除了娱乐，决不会再有别的。

再次，在社会秩序极不安定的时候，也能产生这一类的戏剧。这时的戏剧家，是更明显的逃避现实，简直就是一个懦夫，例如法国大革命的前后，有两位很著名的戏剧家，一位叫 Scribe，一位叫 Sardou。他们在戏剧上的成就，在技术方面，是很有可观的。一般所说的"善构剧 The Well – Made Play"，就是他们创始的。我们知道大仲马，也很受他们的影响，大仲马的小说，情节非常动人。他编写的时候，也可说是用的集团的方式。集合了几十个人，你加一点什么进去，能使观众发急，我加一点什么进去。使得观众捧腹，这样子便可编成一个很动人的故事。结果，的确是很动人，而其实于社会什么益处也没有。

这时候他们为什么要写这类戏剧呢？当法国大革命时代，政局很不安定。忽而专制，忽而共和。他们什么都不敢做，什么都不敢说。可是他们不能不写戏。写的时候，不敢正视政治问题，或社会问题，于是只得专注重形式，把形式弄得非常之好，使观众看了或听了觉得很愉快，成功一种形式主义的戏剧。

上述三种戏剧，虽则作者的动机各有不同，但都是专供娱乐的。如果娱乐之外，不再发生恶劣的作用，也还罢了。然而事实上这是不可能的。一种戏剧，不管编剧者是存心使它如此，或只是无意识的，潜意识的写作，它对于社会必然发生一种影响。就是说，戏剧除娱乐之外，它一定在那儿暗中领着观众向一种人生哲学，一条做人的道路走的，不向好的方面，便一定向坏的方面。

中国的旧戏，谁都不能否认它曾对中国民众心理，中华民族的生活发生过很大的影响。许多乡下人没有受过学校教育，不懂得历史。但是他们知道骂曹操为汉贼。这岂不是戏剧的力量？我们可以在中国的旧戏内，看出它怎样把某一社会（封建社会）所需要的道德优美化，理想化。把某种思想与情感，传染与建立在观众的心里，无形中使他们觉得为人应该怎样做，不应该那样做。

就说"三娘教子"这一出戏吧。这恐怕是大家所知道的。略位年纪轻一点的既都没有看过这出戏，让我把这个故事，简诸地叙说一遍。一位做丈夫的出外，许久没有消息，家里人以为他是死了，他的大姨太和姨太都改嫁去，只有第三姨太留在家里，抚养着一个孤儿，但是这个孤儿并不是她的亲生，时常不受她的教训。她每次责备这个孤儿，孤儿就以不是她所生为理由而反抗，但是她还是百般忍受，苦心的把这个孤儿教养成人。后来是这个失踪许久的丈夫做了官回来，于是父子夫妻大团圆——这出戏在从前是非常之流行的，现在已很少见演这出戏，而且恐怕除了多妻者以外谁也不愿意看了。妇女看了恐怕也认为是一种侮辱。但是在我还是小孩子的时候，老辈们都觉得这是一出好戏。在政府没有用法律制禁重婚或纳妾之前，凡是有三妻四妾的老爷们那一定高兴地带了他的妻妾们去看这出戏，无非要想她们能把三娘作他们的榜样希望他的三太太做三娘，有三娘的美德，学三娘的行为。戏剧的社会作用，是无法否认的！

这出戏的内容怎样，我们姑且不根据现代社会的需要去屏斥它，但是其中教子一段，在当时的确是很能动人的。这正是借着戏剧的力量，无形中维持当时所感到便利的社会制度和道德标准。

更有些戏剧，老实是被用来镇压同胞，恭维敌人。例如黄天霸的戏剧就是。这种戏剧所说的，无非是黄天霸怎样卖了他的朋友，尽忠于他的君主。他是个最没有道理的人，但是这种戏把他形容得这般高尚，要使到看戏的人，都学黄天霸那样，才算忠君，否则都是该死。这完全是恭维满清，尽力帮助满清维持统治的。还有一出叫作"铁公鸡"，那也完全是恭维满清的戏。这竟可说是绝无人格的，不必去谈它。

戏剧是艺术，它有它的条件，它有它的要求。那些以为戏剧除娱乐以外无他能的人，固然放任戏剧成为一种逃避现实而引人颓废与堕落的麻醉物！但一些不能认清戏剧的特长，不知道戏剧的教育须通过娱乐的人，也是不善使用戏剧的。

戏剧不是理智地去说服人，而是挚诚地去感动人。我们不能在戏剧里光是喊喊口号，因为那样子决不能动人的。也不能把戏剧概念化，因为观众不是教育程度很高的人，戏剧必须具体的给人一种榜样，才能打动人的感情。如果戏剧做不到这样，便是不好的戏剧，便不成其为戏剧。戏剧必须是百分之百的娱乐，才能收得百分之百的教育效果。戏剧和娱乐是极不能分开的。

我们既承认戏剧不单是一种娱乐品，还能够对社会尽一种任务。我们现在从事戏剧的人应该看清楚时代的需要，把戏剧很适当的运用起来。那么在这一九三六的中国，我们从事戏剧运动的人，应该持一种什么态度，使戏剧尽些什么任务呢？

我记得在郑正秋先生还没有死之前，一天我们在一处吃饭，偶然谈起那时联华公司所提倡的"四国主义"。郑正秋先生也提出一个口号来对抗，说明星公司的影片是"三反主义"，所谓三反主义，就是反封建，反资本主义，反帝国主义，郑先生虽没有完全做到这几层，但他所提出的这句口号却是正确的。

"反封建"是谁都不会怀疑的，可不是？在好几年前，我认为这已不成问题，而到现在我知道我当时的观察是错误了。这几年不是很显然的好些封建的东西都恢复起来吗？那些提倡封建制度的人，本不是恶意的，不是存心要把中华民族向后拉。不过他们不知现代的生活方式已不是封建时代的一样，封建时代的东西，决不能适应于现代。这是他们看不清社会环境，是他们的糊涂。但是我们从事戏剧运动的，不能再看轻这种趋势，我们要从戏剧上去努力做反封建运动。

"反资本主义"也是当然的，到现在谁也不会不承认的呢！比方就我们的学校说，政府平均每年要花一千块的教育费，在每一个同学身上，无非想大家同学将来为了中华民族，为了太多数人去谋幸福，决不希望大家去替少数人谋发财。为了少数人的利益使到大多数人受痛苦的事，不用说我们大家都不愿干，我们所需要的是社会主义，孙中山先生的民生主义就是社会主义。到现在如果还有不赞成社会主义的，人那也是绝大的糊涂。

"反帝国主义"更其不应该有怀疑的了。中国受帝国主义的苦，可谓很够的了。现在，我国尤其是需要反抗日本帝国主义。前天我在纽约的一种权威报纸上看到一篇八月九日刊载的文章。作者是一位曾经在日本办报十五年的美国人，他今年曾到过中国一次。他在这篇文章结论里提出两点意见：第一点，他以为中日战争不能避免；第二点，在这个战争中，军事上日本或能得到胜利，但在整个战争看来，日本是失败的。我看了这篇文章很兴奋。这种情形我们是老早已经看出来的。到现在还有不主张日本抗战的，那个人恐怕是汉奸了。

和日本帝国主义者拼一拼，是整个中华民族的需要，我们每个人都需要准备着。在战争上从事戏剧的人虽比不上拿枪的人有用。到当真战争时，从事戏剧的人也许得丢了笔杆，拿起枪杆。因为一个民族对于它的构成分子，本来有两种需要。在平时，需要每个分子发挥他的特长，为民族增加力量。做木匠的，好好的尽他的木匠的能事，耕田的好好的种植他的土地，推而至各界都应该如此。但到了最紧急的时候，民族需要大家拿起武器来尽保卫国家民族的义务。为了我们自己不做亡国奴，为了我们的子孙不给人凌辱，到那个时候，我们都应该拿起枪来，跑到前线去。

在没有跑到前线之前，我们从事戏剧的人，应当利用戏剧，提高加强，并保持着中国民众的抗敌情绪，使他们有坚强的抗敌的意志，无论敌人在军事上给我们多大的打击，占据了我们多少土地，毁坏了我们多少财产，杀害了我们多少同胞，我们永远不为武力所威胁，永远保持着我们反抗的情绪，战斗的志愿，不屈服，不投降，不妥协！现在我们的戏剧，应当做到这点。

最后，我再讲一个故事，当作这次讲演的结束。这个故事是法国 A, France 写的。他说中古时候有一个耍戏法的人，有一次在路上遇见几个修道院里的教士，他为这几个教士所感动，决定也去过一下修道的生活。他在修道院里，看见所有教士都各有工作，有些在雕塑圣母的圣像，有的在抄书圣经，有些在翻译拉丁文，有些在做木刻，每人都忙着把各人的工作献给圣母。他当时心里很难过，因为这种事他一样都不会。有一天，众人发觉不见了他。原来他一个人跑到教堂里在圣母像前倒竖蜻蜓，不住地耍着他的弹子戏。为什么？因为这是一个变戏法的人对于圣母所能做的唯一贡献。

从鲁迅之死说到中国民族性

黄炎培

1936 年 10 月 24 日在中华职业教育社大礼堂演讲

黄炎培(1878—1965)，江苏川沙县（今属上海市）人，著名民主人士、教育家、职业教育的积极倡导者。抗战爆发后，积极投入抗日救亡运动。1941 年，发起组织中国民主政团同盟，任常委会主席。1945 年与胡厥文等人发起成立中国民主建国会，任常务理事。中华人民共和国成立后，历任中央人民政府委员、政务院副总理兼轻工业部部长、全国人大常委会副委员长、全国政协副主席，中国民主建国会中央委员会主任委员等职。

文献选自《国讯》1936 年第 145 期，783—784 页；第 146 期，803—804 页。

距今五天前，十九日的早晨，有位被人称为新文学家的鲁迅先生死了！我与鲁迅先生无一面之缘，也没有通过信。不过鲁迅先生的作品我虽没有全读，也略有读过的。现在鲁迅先生死了，所谓"盖棺论定"是很值得我们注意的。今天我就把鲁迅先生的一生来研究一下，以供诸位的参考。

鲁迅是位文学家，他在文学上的地位究竟怎样，且让文学家去研究。鲁迅的文学在中国怎么样，在日本怎么样，在东亚怎么样，这且让文学史家去研究，我今天所要讲的，是鲁迅对于我们国家民族的贡献及其影响。

鲁迅今年五十六岁，浙江绍兴人，姓周名树人。小的时候，他的母亲姓鲁，从他的作品《兔和猫》里，发见他的母亲叫他迅儿，这是他笔名的来历。他生于公元一八八一年（光绪七年），十八岁入南京水师学堂，后来转入矿务学堂。毕业后留学日本，进仙台医学专门学校，但对于文学极有兴趣。他的思想，旧的方面，有很好的旧文学基础，新的方面，又受了科学洗礼。宣统元年他从日本回国来，先在杭州两级师范担任教员，后来在绍兴担任师范学校校长。民国元年在教育部担部员，同时兼教各大学校国文。他从民国七年起才开始写小说，至今不过十八九年，居然成了大名。当中他曾到厦门大学，广州中山大学担任讲师。十七年到上海，开始从事文学革命运动。《语丝》就是他主编的，和当时的创造社旗鼓相当。后来又提出"民族革命战争的大众文学"的口号和"国防文学"对抗起来。从十七年起，至死为止，都在继续不断的努力。他的作品，已经发表的有三十八种。他还有八十岁的老母及原配夫人住在北平，在上海同居的有许广平女士。这是鲁迅先生一生的大略。

明白了鲁迅一生的事略，将从何研究起呢？我们要晓得，同是一个作家，何以鲁迅的文章，受人家这样的重视？这点且慢说。上海三百多万人口，每天死的不知多少，何以别的人死了无声无臭，而鲁迅死了，到万国殡仪馆瞻仰遗容和送殡的人数那么多？这还不够吾们注意么？

诸位要明白，人类社会从几千万年来，一天一天在那里演变，在这演变过程中间，会突然发生矛盾现象的。所谓矛盾现象，就是大家以为应该这样的，而人们偏偏不这样；我的理智告诉我应这样做，但大众偏偏那样做。譬如"正理""公道"人人都懂得的。在黑板上画一斜线，可是世界上多数人不是这样走的，另划同一出发点而不同方向的斜线。如果天不把理智给人们，正理和公道，一切都不懂，也不会有问题的。偏偏大家都懂得该那么干，而大家偏偏不那么干。吾来把矛盾现象分析一下：

第一，人与人间——上面已经说过，假使人人都本着"正理""公道"做人，那末人与人间一定是相亲相爱，互助合作的。偏偏到处是你攻我，我攻你，相争相杀。相争相杀的主要原因，不外乎"名""权""财""位"以及男女问题。稠人广坐中间，忽然来一个要人，某部长，某主席，大众站起来特别快，特别齐整。如果这要人演说，一开口，大家鼓掌便特别鼓得响。南洋某富豪回来了，各界特别忙碌地准备着欢迎，报纸也特别地大吹大擂，为的是什么？为的是他有钱，希望用某种名义分一些给我。至于他的钱的来源是不问的了。到钱没有时，便无须这样了。我今天穿了这件绸长袍，到任何机关里去，门房大人见了我总得很恭敬的，假使我穿的是一件粗蓝布袍，第一个难关，门房大人就很难通得过。这不过是吾们眼前很容易看到的事情，类此者不知凡几。大家都认为人类间可羞可鄙可厌可笑。可是大家都不敢说，也不敢写；你也不肯说，我也不肯说；你也不敢写，我也不敢写。于是，所谓"正理""公道"，就没法尽量发挥出来了。在这时候，忽然有一个人，毫无顾忌的，要说便说，要写便写，当然大家都拍着掌说："说得好呀！说得痛快呀！"鲁迅先生就在这拍掌声中得大名的。

第二，级与级间——人类社会，很显明的分成两个阶层，有权有位，有钱有名的站在上层，没有的站在下层，分层的结果，便影响到他们的生活。站在上层的，可以不劳而食，而且足食，而且美食。站在下层的，劳而不得食，即得，亦不能满足他的要求。上海就是一个阶层比赛场，表现得特别清楚。人类是有头脑的，不但过下层生活的，遏止不住他们的不平的愤怒，就是过上层生活的，也不免天良发现，感觉得到不安，可是大家不肯说不肯写，在这时候，忽而有位文学家，不管一切地，激昂感慨的说。痛快淋漓的写，于是，大家都说："说得好呀！写得痛快呀！"鲁迅先生就在这第二种拍掌声中成名的。

第三，群与群间——本来人类只有生活的要求。因要求生活而集合团体，谋生活的便利，亦无不可。同时有几个团体，大家联合起来，自然是更好的事。然而问题又来了。譬如今天满堂听众大家口渴思饮，集了团体，向老虎灶买水，假如同时买水者有两团体以上，因此有一个团体没有得到水，这团体内的分子就没有水喝，没有水喝还了得吗？于是你抢我夺，你争我杀，有的因预防明日没有水喝，无的想有，有的还求多，有的以团体的力量取来的水，内部因你有我无，你多我少，对内对外，弄得世界变成争夺残杀的世界了。人人知道相争相杀是不应该的，然而时时相争相杀，处处相争相杀，这种现象，大家要说不敢说。在这时候，却有一个人把这现象坦直地揭穿，大声疾呼道：这样生活，还能算合理吗？还能算人的生活行吗？于是大家都异口同声的说："说得好呀！说得对呀！"鲁迅先生就在这拍掌声中成名的。这是第三种。

鲁迅的文章，是社会把资料供给他的。他把社会顶坏的现象，做他顶好的资料，他的成功，都是社会造成功的，并非他有什么特殊的发现。

那么鲁迅与中华民族究竟有什么关系呢？诸位要知道。一个民族的生存，一半靠天，一半靠人。鲁迅是中华民族中的一分子，他不怕恶势力，把一切怪现象，毫不客气的揭穿，这种精神，就是古人所说"特立独行"的精神。什么是"特立独行"？简单的解释，就是言人所不敢言，行人所不敢行，一个民族中，"特立独行"的人愈多，这个民族愈站得住，因为社会演进到是非给利害蒙住时，就靠这种人来揭穿。反之，个个人都自以为聪明，自以为乖巧，那就根本不兴！像鲁迅那种包含着"特立独行"的精神的作品，平情而论，实在等于暮鼓晨钟。把压迫人们者的良心都唤起来了，被压迫的人们都喊醒了。把不合理的现象揭破在大众的面前，从此人类有所谓"正理"所谓"公道"还不至于消灭。吾中华的民族，产生这种人却不少，最早被人记载的，要算伯夷叔齐，太史公把他恭维得了不得，去今三千多年，大家还很仰慕他。历史上像这样的例子很多，吾中华民族到今还能抵抗强权，能抵抗帝国主义，都是这"特立独行"的精神的表现，鲁迅先生是其中的一个。因此，我绝对相信，中华民族的生命，就寄托在这一班"特立独行"的人，从伯夷叔齐到鲁迅身上。

鲁迅浙东人，浙东在历史上尤其不少"特立独行"的人。浙东是"卧薪尝胆"的越王勾践的发祥地，同时也是中华民族革命的发祥地。明末像黄梨洲[1]，像跟从鲁王的一班人，近代像秋瑾徐锡麟和现今还生存着的蔡元培先生等等，都是浙东人。如果在中国地图上要找个产生"特立独行"的人最多的地方，浙东总可以算一处，这都是中华民族最优秀分子。这种优秀分子愈多，中华民族前途愈光大，愈有望。

接下去就要讲我们读了鲁迅的文章，究竟应走的路在那里。

我们对于鲁迅先生"特立独行"的精神，主张"正理""公道"和写作毫不隐讳，我们是应该全盘接受过来的。像他的代表作《阿Q正传》各国都有翻译，出版至二十八版之多。该书是民国七年作的，骂革命党人骂得极深刻而且痛快。大意是说，只许我革命，不许你革命。用老话来说，就是不忠不恕。这不过提出其中的一点，吾以为此书可作文学读，也可作伦理学读。

可是有一二部分应该保留。

首先，我看中华民族前途是乐观的，而且是光明的。但鲁迅却悲观的，认为很少希望的，也许鲁迅内心认为乐观，而故意写出悲观的论调来激发人们，也说不定，其实那里是没有希望呢？至少也还有一个鲁迅在啊！而且鲁迅死了，还有几千人送他啊！几万人想他啊！诸位千万不要为悲观思想的文学家所蒙蔽，文学家写出来的东西，大多是故意哄人的。如果文学家笑，你也跟他笑，文学家哭，你也跟他哭，那你就大大的上当了。中年老年人还不

---

[1] 黄宗羲（1610—1695），字太冲，号梨洲，浙江宁波余姚明伟乡黄竹浦（今黄埠镇）人。明末清初经学家、史学家、思想家、地理学家、天文历算学家、教育家。

要紧，不会上这种当，青年人要特别注意《水浒传》把梁山泊写得天花乱坠，武侠小说写峨眉炼丹求仙，许多小学生以为真有其事，带了皮包，结伴前去求仙，累得家人宣告失踪。这不是滑稽得很吗？鲁迅的作品，虽然不是属于这类，而其悲观消极的思想，我们绝对不可接受的。

其次，鲁迅的遗嘱，叫他的儿子不要做空头文学家。这大概是他自己做了一生文学家，受了许多烦闷忧愁，所以叫他的儿子不要再做。或者是他自己做了一生文学家，死后两袖清风，一无所有，所以叫他的儿子不要再做。也许他以为要对国家社会须有切实的贡献，应该实际上做工作，空头文学家是没有益处的，至少也要做个不空头的文学家。我这种解释，姑无论对不对，但我的主张就不是这样，我们做事，应该行吾心之所安，假如我死时立遗嘱的话，我一定叫我儿子跟着我一样的做人。这是我和鲁迅不同的地方。

还有一点，我们做事，说着就做，主张这样，就实行这样。我说要救大众，就要帮大众的忙，从行为上表现出来，绝对不可说欺骗人的话，这是做人的铁则，同时也是我一生不改的志愿。可是文学家往往不是如此，说话尽管说得好，行为上并不完全对，甚至相反也不一定。比如男女不平等，当然也是不合理的一件事，但是鲁迅就有两位太太。

总之，我们对于鲁迅先生，尽可以把他千分之九百九十九的精神接受过来，但是还有一小部分，却有保留的必要。今天不是为鲁迅而研究鲁迅，是为中华民族而研究鲁迅，是为人类的"正理""公道"而研究鲁迅。

古代大学教育宗旨与现代大学生之地位及责任

马叙伦

1936 年在四川大学演讲

马叙伦（1885—1970），字彝初，浙江余杭人。现代学者、书法家，中国民主促进会的主要缔造人和首位中央主席，中国共产党的亲密战友。新中国成立后任政务院文化教育委员会副主任，中央人民政府教育部部长、高等教育部部长等职。

文献选自《国立四川大学周刊》1936 年第 5 卷第 8 期，1—2 页。

诸位先生，诸位同学：

今天承贵校邀我来讲几句话，得有与诸位见面之机会，个人引为非常荣幸。

现在我想向诸位说的是：从古代大学教育宗旨说到现代大学生之地位与责任。

我们知道中国古代大学教育的宗旨，见诸典籍的不多，记载得比较详明足资考证的，有礼记里面的《大学》一篇，就是流传得很普遍的四书里面的大学。谈到这本书的作者姓氏，有人说是孔子的手笔，有人说是孔子门人的记述，费了很不少人的心力。研讨的结果，直到现在还是没有明确的证实，不过我们可断定它是秦汉以前的作品，并且是出于儒家者流之手，所以我们可以从大学看到古代大学教育的宗旨。我们看大学的开篇就说："大学之道，在明明德，在亲民，在止于至善。"跟着又比较详明的引申着说："古之欲平治天下者，必先治其国，欲治其国者，必先齐其家，欲齐其家者，必先修其身，欲修其身者，必先正其心，欲正其心者，必先诚其意，欲诚其意者，必先致其知，致知在格物。"朱晦庵①根据这些就倡大学有三纲领八条目的说

---

① 指南宋哲学家、思想家、教育家朱熹。

法。所谓三纲领：①明明德；②亲民；③止于至善。所谓八条目就是平天下，治国，齐家，修身，正心，诚意，致知，格物。个人对于晦庵所谓三纲领，是很同意的，但是这八条目，个人觉得格物似乎不应该也算一条目，我们只要细玩原书的文气和考验一下原书的句法，就知道格物是不能同平天下这七个条目并列的，如果我们从致知在格物的"在"字上着眼，就可知道晦庵的分法未免失当了，所以个人主张只有七个条目，倘若我们再看下文"自天子以至于庶人，一是皆以修身为本"一句，更可知道这七个条目，又以修身为中心，原书修身以下是：正心，诚意，致知三者，是一人的事，是身内事。修身以上是：平天下，治国，齐家三者，是一人以上的事，是身外的事。要内外的事都做到，非得"格物"不为功，所以个人主张大学除了三纲领外只有七个条目，格物是达到三纲七目的基本工具。

说到"格物"的"格"字的解释，古今的说法都不大同，从汉朝到清朝，差不多有七十多家单独的解释，真所谓"聚讼纷纭，莫衷一是"。不过二程把格物解成穷理，较为稳妥，其实"格"就是分析，物就是对象，格物就是分析对象，能把对象分析清楚，那就可发现真理。把格字解成分析，虽然是我一个人的见解，但是也有文字上的根据。

我们明瞭了古代大学的宗旨，再看看现代大学的宗旨脗合①的地方很多。四川是民族根据地，贵校是西南最高学府，照大学平天下，你们诸位就是世界的主人翁。从明德做到至善，要从修身做到内面正心诚意致知。外面做到齐家治国平天下，但是基本的工作非要分析和明瞭对象，尤其是处在国难严重的今日之中国大学生，更应分析对象与明瞭所处之地位及所负之责任，而为应有之努力。这是个人今天对诸位的一点贡献。

---

① 脗合：相符合。

论女子教育

竺可桢

1936 年 11 月 14 日在苏州振华女学三十周年成立纪念上演讲

竺可桢(1890—1974)，浙江绍兴人，杰出的气象学家、地理学家、教育家，中国近代地理学和气象学的奠基者。

文献选自《国风月刊》1936 年第 8 卷第 12 期，1—6 页。

我们今天到这儿来纪念振华女学成立的三十周岁。三十周是一代，在人生寿命上虽是一个很长的时期，在国家或民族历史上，不过一短促的阶段。但是最近的三十年，无论在政治上、经济上、教育上，他的更变的剧烈，进步的迅速，远非从前任何三十年所能比拟的。在这三十年中，如欧洲的大战，日本一跃而为世界强国，中国之推翻满清，共产党在俄国，和法西斯蒂在德意诸国的专政，这在数千年历史上统是划时代的大事件。科学的发明，实业交通的进步，尤远非三十年前世人预料所及。汽车，飞机，无线电统是在这三十年中新创的事。教育方面，我国的学校差不多统是近三十年内设立的，而女子教育在中国进步尤为迅速。三十年以前一般士大夫尚是相信女子无才便是德的理论。但到如今男女教育在我国几可称为平等。这在欧洲是经过二百年的奋斗而迄今尚未能达到的。德国在福来特立大帝①时代，即有人主张男女教育机会均等，但是福来特立大帝，不赞成用公款以设女子学校。法国卢骚②是竭力反对当时古典式的女子教育的人。从福来特立大帝和卢骚，到如今已经二百年，男女教育在德法亦尚未平等。大多数德法两国的公立中学校并

---

① 福来特立大帝，即腓特烈二世（德语：Friedrich II）（1712—1786 年），普鲁士王国国王，著名军事家、政治家、作家和作曲家。
② 卢骚，即让－雅克·卢梭（Jean－Jacques Rousseau，1712—1778 年），法国十八世纪启蒙思想家、哲学家、教育家、文学家，民主政论家和浪漫主义文学流派的开创者，启蒙运动代表人物之一。

非男女同校，而女校之程度，远不及男子之高。在一九〇一年德国的哥丁根①巴登②诸大学开放了女禁以后，入大学的多数乃是外国女子，因为德国本国的女子中等学校，程度太低的缘故。德法两国的大学女禁虽开，但人数是有限止的。英国的剑桥大学于一八八〇年虽开了女禁，但是女子不能得学位。美国总算提倡女子教育最力的国家，可是最著名的大学，如同哈佛、耶鲁、魄灵斯顿③只准男生入学。John Hopkins 大学④的工学院亦不准女生入学。惟有中国的大学无论国立私立，全是男女平等看待，毫无歧视。所以中国近三十年女子教育开发之速，乃为欧美一百五十年到两百年经几许从事教育的人所奋斗而未能达到目的。中国能以三十年工夫一蹴而就，这不能不归功于三十年前的几位先知先觉，而贵校的创办人王谢长达女士，就是先知先觉中最有成绩的一个。

前几天接到了贵校所出的三十周纪念刊，读了以后，使我非常感动。纪念刊里边并没有什么宣传，里面完全是事实。但这种事实，就可以使读者对于贵校创办者和现在继续维持的诸先生，只有赞叹钦佩。贵校三十年以前，发轫之初，是筚路蓝缕起头的，那时候不过千数百元的经费，数十个学生，但到如今三十年以后的今日，经费和学生的数目，统数十倍于当初。三十年当中，没有闹过一次风潮。而最可使人钦佩的，莫如历来支持校务的人，统是尽义务的，从创办人王太夫人到现在王季玉先生，从来不支薪水办公费。这种服务的精神，是最可宝贵，而亦是我们中国最所需要的。贵校到如今一切用途还是非常节省。一年当中用于学生的，每个人平均不过七十元。比较起来我们浙江大学，平均每个学生要费到一千五百元之多，可谓俭省之至。但国立大学中浙大费用尚不能算多。即使以中学校而论，像贵校这样俭省也很少，贵校费用虽俭，而对于设备方面，并不落后。每年所费统在全校经费百分之二十左右。这种经济的方法，可为各校之模范，贵校中学部毕业生合共数目已达四百多。而其中百分七十二统能升入大学，其余百分之二十八亦

---

① 哥丁根，即哥廷根（Gottingen、Göttingen），德国下萨克森州（Niedersachsen）的城市。该市以哥廷根大学闻名。

② 巴登（Baden），历史地名，为今天巴登－符腾堡州的一部分。巴登－符腾堡州拥有斯图加特工业大学和卡尔斯鲁厄理工学院以及德国排名最高的大学——海德堡大学。

③ 即普林斯顿大学。

④ 指约翰斯·霍普金斯大学（Johns Hopkins University）。

多在社会服务，如学校教师，银行邮局职员。有人怀疑，以为高等教育，究竟有什么用处，这问题在中国办理教育年代尚浅，不能有多少统计可以指示吾人。在美国曾经有人算过，《美国名人录》（Who's Who）三万人中，受过大学教育的要占百分之八十六，受过中等教育的占百分之八〇。美国人口有一万二千万，以全体而论，四千人中只有一个能入名人录，可是以哈佛大学的毕业生而论，每十三人即有一人入名人录。一人之成功与否，入名人录可以作一标准。从此也可知大学教育和中等教育的力量了。

过去贵校毕业生升学，大多是到东吴和金陵女大。到浙大来的不过二人，兄弟可以代表浙大欢迎贵校毕业生能多考浙大。因为浙大和贵校有相同一点，就是学风之淳朴。当然国立大学考试比较的难。去年考浙大的有二千三百人，只录取了二百六十人，各校来考的人，却以苏州中学最为踊跃，共有九十一人，贵校方面只有六人。有人以为女学校和男学校同等参与一种考试，是吃亏的，这未免是一种错误的观念。据浙大去年考试的结果。最好的成绩还是一个女校，二十三人取了十一人，成绩比任何男子中学还好。上海有名的一个男子中学，四十七人来试，结果只取了一人。全部最佳的成绩是一个女生。就是以浙大在校学生而论。数学一门是向来视为抽象的而为女子所仰之弥高的。去年毕业生算学最好而为文理学院成绩第一是一个女生，现在全校数学最有成绩的也是一个女生，这可见说男生成绩一定优于女生，和女生不适于抽象的科目之说，无根据了。

我们再从外国的统计，也可以看出来。美国前几年出了一本美国的科学家。American Men of Science 把美国的科学家统囊括在内，共有一万三千余人。再把各科分类，请各专门家自己推选他们一门中最有贡献的是那几位，从互相推选的方法，得到美国顶有贡献的科学家一千名，其中就有女子四十九名，却占百分之五。虽是数目远不及男子，可是我们要晓得在美国学校里学科学的，男女已不平等，兼之女子出嫁以后，要继续研究科学，就有相当困难。所以这数目正可以表示女子对于科学的研究并非不适宜的。至于科目方面分配平均，动植各六位，物理、化学、数学各五位，其余医药天文等均有，惟无工程家耳。在文学方面，则著名女子作家人数更多，据 Living Authors[1] 一书的记载。里面把一九〇〇年以后文学家小说家之有声望而著有不朽之作的，

---

[1]　Living Authors，即《The living Authors of America》，译为《美国当代作家》。

由各作家及新闻纪者之选择，共认为当世文豪者共得七百名。其中女作家占了一百四十三名，即约五分之一也。近来在浙江杭州图书馆里，开了一个文献展览会，报纸上已把内容记载其大概。观览以后，我个人觉得最可注意的一点，就是到处统是男子的出品，女子的著作除了几幅图画以外，简直可说是绝无仅有。这并不是说浙江女子没有人物，我们晓得汉代的曹娥近代的秋瑾，他们的事业统可以胜似须眉，但文献成绩这样少，完全因为中国向来无女子教育的缘故。

以上所讲单是教育对于个人的影响立言。但是教育的目的，不但是在改进个人，还要是能影响于社会，英国 *Coraivel Newman* 主教①在大学教育之目的里面说，教育的第一目标是在移风易俗。诸位，移风易俗是一桩很难的事情，而同时也是中国，所最需要的一件事。中国现在有许多弊端陋俗，探其源实在由于中国人一种错误的人生观。这人生观是什么，就是享福。正月初一家家户户贴的是五福临门。宾朋相见道个托福托福。普通所崇拜的福禄寿，福字占第一位，可见福之重要，穷人生儿子预备老来可以享福。这种享福主义一天不打倒，中国人民有堕落至于不可救药的危险。无论什么生物，若使只知享受，不知服务，结果非灭绝种类不可。中国享福主义之普遍，实受了黄老的遗毒。老子道德经里面，所说的无非利害祸福之端。如"祸兮福所倚，福兮祸所伏""祸莫大于不知足""将欲取之，必固与之""知足不辱""圣人后其身而身先，外其身而身存，非以其无私邪，故能成其私"，凡此种种：皆世故太深，全以利害立论，不管是非。而其流弊则为极端受乐主义。

孔孟立教则不然。孔子说"见义不为无勇也"，又说"君子喻于义，不人喻于利"。孟子则谓"天之将降大任于斯人也，必先苦其心志，劳其筋骨，饿其体肤，空乏其身，行拂乱其所为……然后知生于忧患而死于安乐也"。中国历史上几个伟大人物如诸葛武侯鞠躬尽瘁，死而后已；范文正公先天下之忧而忧，乐天下之乐而乐。凡此均喻于义不喻于利，讲服务而不讲享福的。

不久以前，扬州中学陆庄女士做了一篇"本校女子生活教育的新实验"，她指出了目前中国女子教育最大缺点，她说目前女子教育是在造成一般背弃家庭的女子，未受教育以前，能躬操家事，受教育以后，往往鄙业家庭。因

---

① 即约翰·亨利·纽曼（John Henry Newman），任红衣主教时兼任都柏林大学校长，被认为是最有影响的高等教育理论家之一。

此学校多一受教育的女子，家庭中即少一服务人才。学校教育是在造成一般只知消费而不知生产的女子，未受教育以前，尚能刻苦耐劳，一经受教育以后，则生活费用提高，视劳作为可耻之事。此真可谓慨乎其言之矣。实际这不但是女子教育的通病，而是中国整个教育的通病。中国的家庭商店以及政府机关欢喜多用仆人，亦是贪逸恶劳的一种表示。每个家庭事事若依赖于老妈子和仆人，结果我们子弟就受老妈子的熏陶。若我们要小孩得到良好的教育，万不能假手于女仆，因为从出世到五六岁，是人生最易受熏陶的时期，一切性情习惯都在此时期养成，若假手于老妈子，则难希望有良好的脾气和习惯。但是中国人家中女仆男仆之多，为世界所少见。这也是我们中国欢喜享福的一种表征，而进溯原因还是由于迷信黄老之邪说。

贵校创办人和现在校长季玉先生，事事尽义务，这种以身作则的精神，定能引起诸位同学之钦仰模仿。使服务的精神不但遍传于一校，而且影响到江浙，影响到全国。移风易俗是一桩难事，但曾文正公曾经说过，谓移风易俗端赖一二人之诚心。以贵校创办人这种服务的精神以之办学校则学校兴，以之主政务则一省一国治。昔人谓修身齐家治国平天下，全在乎正心诚意，诸位受了振华这种服务刻苦精神，将来必能为社会造福。两个月前美国的一个顶老的大学，哈佛大学，做三百周成立纪念，各国派代表者有五百余人毕业生到者一万人。其中有的是七十年和七十五年以前毕业生，统是九十岁以上的老翁，可是九月十八那一天，天虽下雨，统排队入礼堂静听了三个钟头。我希望七十年以后，那时候振华女学已是规模大为扩充，创办人服务的精神已充满全国，在座的同学，也已经近九十之年，到那时，再来此地庆祝母校百年上寿。

文学与新闻

朱自清

1941 年 8 月初在成都文协分会演讲

朱自清(1898—1948)，原名自华，号实秋，后改名自清，字佩弦。原籍浙江绍兴，出生于江苏省东海县（今连云港市东海县）。中国现代散文家、诗人、学者、民主战士。

文献选自《国文月刊》1943 年第 19 期，11—14 页。

"文学与新闻"这题目可以说就是"文学与报纸"。在这个范围里面，我分下列三点来叙述：

第一点，我要说的是由白话纯文学到白话杂文学（本来，文学用纯和杂来分类，不大妥当，但我一时找不出另外的适当的名词来代替），换句话说，就是由创作到写作。民国八年以后，一般爱好新文艺的青年顶注意的是创作。在创作当中，顶早而且顶盛行的是诗。大概因为诗是适合于抒情写景，和青年人的气质相投，比较地易写，以及不管是不是诗，只要有一种分行的形式便可以算数的缘故。后于诗发展的是小说。小说多了起来，诗就渐渐少了下去。抗战以后，诗的创作似乎也远不及小说的蓬勃，在成绩上也是如此。再次发展的是戏剧，战前原来发展得很慢，战后才突然跃进而且普遍起来。

最后发展的是散文（这里所指的散文是狭义的，就是所谓小品文，并不包括论文）。比起前三者来，散文在抒情写景之外更接近于应用。这特色配合了当时的现实的要求，发展为一种新的文体，或叫做类型，就是所谓杂文。自然，写杂文顶出名的是鲁迅先生，因为它应用这文体在讽刺，暴露，攻击旧势力的弱点方面，是非常地有力量的。由于这种趋势，我们就可以看出纯文学发展向应用文学这一方面来的轨迹，或说是由创作到写作的路线。各位，乍看起来，"创作"和"写作"这两个名词底含义似乎相同，实际上是大有分别，这只要我们仔细一想便可以明白。

接着要谈到的是白话文的需要问题：

因为当时提倡文学革命，在"射人先射马，擒贼必擒王"的原则下面，就得先改革表达思想的文字，以便完成"籍了文学的手段以达到改良中国的政治和社会"的目的。各位都晓得，要改革社会，必先改革思想，要改革思想，又必先要改革传达思想的工具：文字和语言，而文字又是语言的记录。所以，文学革命就要先改革表达思想的文字，用白话文来代替文言。白话文比起文言文来，确实容易懂，容易学习，所以很快地就风靡一时了。

为什么纯文学成为时代的宠儿呢？我想，大概是由于当时从事白话文的青年多喜欢形象化和注意趣味，所以都偏向创作。不过，创作归创作，应用方面的主要的传达思想的工具还是以文言文居多，比如爱好新文艺的青年底家信，往往还是以"父亲大人膝下，敬禀者"来开头，就是。

不过，那已是二十多年前的事了。到了现在，当时的青年已经都成了中年了，在社会上也都各自负起了一重责任。他们对白话文的看法和态度，比起前一辈来，宽容了许多。白话文由抒情写景而趋于实际应用，这正是时候，而且这也是自然而然的发展。倘不这样，白话文的出路是不广大的。

第二点，我要谈到白话文的发展方向。首先，我们可以看看创作的成绩。本来，白话文运动参加的人很多，但成功了而为我们所晓得的，却寥寥无几。可见创作这条路并非是人人都能通得过去的。而且，也可以看到，那些通不过的，在数目上也一定不会很少。由此，我们就可以断言：创作是相当艰难的，不是每个人都能胜任愉快的。

根据这一点，我愿意诚恳地贡献给有志从事文学的青年一个意见，就是：倘若你发觉到自己对于创作这条路并不大能够行得通的话，很可以走另外一条新兴的，宽广的路——新闻。我们可以把十年前的报纸的文体拿来和现在底比较一下，很容易看到白话文的成分是日渐地加多起来，文言文的成分则日渐地减少下去。现在，不但社评，通讯，特写等都渐改为白话，就是应用文件如委员长告国民书，政府文告等，也都渐改为白话了。当然，还有些告示，公文，电稿之类没有完全脱离文言，但可断言的是，这些改变，也不过是时间的问题。

第三点，我要说的是新闻中的文学。新近我读到一本曹聚仁先生著的书大江南北。前面有一篇"新闻文艺论"，和我今天的所讲很有关系。那文中提到一个从事新闻事业的人应具备的三种修养：新闻眼，整理材料；艺术笔触。这三点有相互的关联，本应一起谈到的。不过第一点说到从事新闻事业者的眼光，观察能力，敏感……是牵涉到个人的才分，气质上的问题。第二点则说到如何处理材料，又关系到技巧的修养和经验上了；对于今天我所要讲的题目，都不及第三点来得密切。所以，今天只就"艺术笔触"这一点来说一说。

在"新闻"这一范畴之内的"艺术笔触"，并包括一般的政治家发表言论的"吐属"①"含蓄""风趣""幽默"一类新闻材料，通过了新闻眼的摄取、选择、组织、融化，再适当地表现出来的新闻记者的手笔而言。这种通过了艺术的洗练和照耀的材料，是更能增加新闻本身的力量的。

我把这种材料大致分为四类：

第一类：辞令

某些政治首脑，为了对于一种新发生的事件的保守机密，同时却又不得不给那些敏锐的"新闻眼"以适当的答复和满足，就往往采取一种"不知道"或"保留"的口气或态度来应付。这种办法，多见于外交家们对外的发言——一种巧妙的措辞或辞令。比如下面这些我们由报上所看到的例子：

1. 比如说"关于某某事件，在继续收到可靠的材料之先，未便奉告"——这句话，实在只表示："不知道。"

2. 美国务卿赫尔回答某记者关于美远东舰队是否已开抵菲律宾这回事询问说："在君询问之前，我尚未知此事。"——是说："不知道"。

3. 威尔基氏对某问题的询问底回答说："我想不起来曾有人这样说过。"——是说："不知道。"

4. 某要人回答某机要问题底询问时说："此事我在报上看到，方知。"——是说："不知道。"

5. 日本某相答复外界对于某现象活动的询问说："报上的舆论已足够表示了。"——是说："不知道。"

6. 罗邱会晤的事，美发言人称："总统游艇正沿海岸徐徐前进中。"——未说所在地，等于说："不知道。"

7. 罗斯福召见海军舰队司令后回答新闻记者称："我们在研究地

① 指谈吐。

图。"——等于说："不知道。"

8. 外界询及澳洲总理与罗斯福晤谈的内容底范围，澳洲总理答称："我等所谈广涉到古今未来，而其范围又等于绕地球一周。"——等于说："不知道。"

9. 罗斯福回答某问题时谓："此事诸君可自行判断。"——等于说："不知道。"

10. 某人要求某政治家发表对另一政治家之言论之观感，答称："对某君发表之谈话，深感兴趣。"——"兴趣"如何？等于说："不知道。"

11. 美劝南斯拉夫不加入轴心这回事，希忒拉①称："对此美之门罗主义行使至欧洲之事，颇感兴趣。"——也是说："不知道。"

12. 小罗斯福来华，新闻记者询其来华印象，他说："此行印象颇佳。"——也是说："不知道。"

13. 罗斯福代言人发表总统对希忒拉之讲演之意见，谓："希氏讲演时，总统适小寐，讲毕始醒，故对此讲演无意见表示。"——还是说："不知道。"

14. 罗斯福代言人对外发表总统对松冈讲演之意见，谓："总统无暇阅览松冈氏讲稿，故无意见发表。"——还是说："不知道。"

第二类：暗示

1. 日外相丰田贞次郎此次上台时，发表谈话，谓："三国同盟时，本人适负责海军，故较熟悉，至于近三月来，对外交情况则较为模糊，此次上台，纯为学习学习……"——暗示对日苏协定有不尊重之意。

2. 美国记者某谓："美政府不欢迎除美以外之任何国家过问新加坡。"——暗示日本不得对新加坡染指。

第三类：描写

1. 某记者报道英德争夺克里特岛之战况，描写德伞兵下降时之情形谓："……自远观之，有如落英缤纷。"——使读者在严肃的紧张中，得到一种调剂的，中和的轻松之感。

2. 当罗斯福当选为第三任总统时，记者描述其政敌威尔基氏拍贺电时之态度曰："是日晨，威氏身披睡衣，慢啜咖啡，拍发对罗总统之贺电。"——由被描述者的闲适之状，我们看到威氏之宽大的政治家的风度及其对罗总统

---

① 即希特勒。

的敬意。

3. 伦敦被炸时，某记者记述其情况曰："彼时，我适卧于地板上写稿，随时有遭到生命危险的可能。"——虽所写为身边琐事，却也可反映出当时伦敦在空袭下的严重情形。

第四类：宣传

1. 渝市四月二日被炸时，英大使馆亦遭波及，卡尔大使发言曰："余愿以中国人之精神，接受此次轰炸。"——此种描述，一方面表示卡尔大使对我国之抗战精神的同情与敬佩，一方面也表示了中英邦交的敦睦。

2. 随军记者记载官兵对日机投弹技术之评语谓："能听到炸弹声已经算是很好的了。"——这种记述，表示敌空军人员因为大量的伤亡，以至把训练尚未完成的飞行人员都调到前线上来应用这一点。

3. 英舰遭受四百公尺上空之德机追炸而未被击中，该舰司令曰："此种技术恶劣之轰炸员，实应使之饱尝铁窗风味！"——此固表示对德空军之藐视，亦足表示出英人之幽默风度。

4. 克里特岛被狂炸后，记者描述其情况曰："多数青年均下海捕死鱼。"——此足以表示该岛居民不畏空袭。

5. 希忒拉发表对英德战事的观察，谓："二者必有一崩溃，但，绝非德国！"——这简直是宣传的宣传。

6. 希忒拉作豪语曰："英如在柏林投弹八千公斤、一万公斤；德即马上在伦敦投弹十五万公斤，二十三万公斤……"云云——更是宣传的宣传了。

7. 罗斯福发表对苏德战争之观感，谓："苏抵抗力之强大，即德国军事专家亦为之惊叹。"或问军事专家是否亦包括德之最杰出之专家希忒拉在内，罗氏言："此问使余之谈话失去意义。"——这段新闻，在宣传的意义上是：希忒拉不配称为军事专家。

战时国防外交

中国的危机与国际的形势

吴耀宗

1934 年 1 月在广州青年会演讲

吴耀宗（1893—1979），广东顺德人，中国基督教三自爱国运动发起人，被称为"爱国爱教"的典范。抗日战争期间，坚决主张抗日；抗战胜利后，要求实现中国基督教的自治、自养、自传，建设"新中国下的基督教"。新中国成立后，历任政务院政法委员会委员，中国基督教三自爱国运动委员会主席等职。

文献选自《社会福音》，吴耀宗著，青年协会书局出版，1934 年第 2 期第 3 卷，26—32 页。

一

中国的危机，似乎大家都约略地晓得，但是因为感觉并不深刻，所以总引不起强烈的反应。并且，中国的所谓危机，所谓国难，自从与列强有了接触以后，已经变成家常便饭，远如鸦片战争、中日战争，近如"九一八"事变，因为层出不穷，所以大家本来已经麻木的神经，因多受刺激而益觉迟钝。因此，现在的中国，虽然已经在惊涛骇浪之中，进退失据，随时都有沉沦的危险，但是大多数的人民，甚至自命为知识阶级的，还是度着醉生梦死的生活，就是受着压迫的民众，也只知束手待毙，还没有从全局的认识中，得到深切的觉悟。

我愿意在这里举出寥寥的几件事实，来说明中国的危机。这些事实是大家所晓得的，本来用不着我来叙说，我无非利用它们来画成一幅简明的鸟瞰图，请大家可以从全体的观察，看出因果的关系，因而晓得我们对于这种危机，应当怎样应付。

173

第一个危机是农村的破产。要耕种的人不能耕种；能耕种的人，辛苦终岁而不能维持生活，荒年则饿殍载道；丰收则谷贱伤农。简单的说起来，这便是中国农村破产的现象。农村破产的第一个原因是天灾。民十七至十九年间，甘陕空前的大旱灾使数百万人饿毙。民十八年，全国灾区共一千一百廿五处，而产米区竟占五百八十二处。民二十年，长江流域的大水，被害的且达数百万户。这一年中，中国本部遭水灾的区域占十六省之多，受灾的田地达二万五千五百万亩。其他如蝗灾、虫灾、风灾、雹灾、霜灾、疫灾，更是不计其数，有时并且几种灾祸继续在一地发生。农村破产第二个原因是腐恶的政治。军阀的混战是民元以后的一种特殊现象。就四川一省而论，前后已达四百八十余次。因为军阀的割据，就有苛捐杂税的剥削。我国捐税的繁重，恐怕是全世界所无的。有时在正税如田赋之外，还加收附税，其数额达正税百分之百以上。还有的时候，是把粮税预征，四川一省有几处已经征到民国四十年以后。平时已经要剥削，内战发生则剥削更甚。热河未陷之前，农民苦于负担过重，竟有将耕地捐于教育厅，或弃家他徙的。此外还有豪绅地主用高利贷和其他方法对农民作敲骨吸髓的榨取。农村破产的第三个原因是资本主义国家的经济侵略。外国货品如布匹、肥田料、洋油等，在内地畅销，而我国农产品则因经济恐慌和外货竞争等缘故，不但销路日窄，而且我们自己还要销用外国来的农产品。民国廿一年度，我国进口的米、麦、面粉、棉花、烟叶等的价值为三四八、五九一、九四一海关两，占进口货百分之三三·七八，而那一年的进口货，竟以米居首位！有此种种情形，于是农村经济，不得不在各种势力侵袭之下而崩溃。

第二个危机是工业的衰落。我国的工业，根本就没有发展。在重工业方面，如煤矿、钢铁、造船业、电气业等，或则在外人支配之下，或则管理不良，濒于破产。轻工业如纺纱、织布、缫丝、面粉、火柴等比较发达，但因基础的薄弱，技能的缺乏，国内购买力的低减，和经济的帝国主义的压迫，也是捉襟见肘，憔悴可怜。即以丝业而论，江浙以产丝著闻，两省工厂一百八十七家，能勉强撑持门面的不过十四五家。山东四川两省丝厂一百数十家，广东二百余家，开工者不及十分之一。全国损失达四千万元。农民多已锄桑毁种，即欲设法救济，亦属大难。我国每年产丝约五十万担，输出的约占五分之一，其余则在国内销售。现在因日丝和人造丝的竞争，和国外的关税壁垒，出口已感困难，至国内的部分，因为经济衰落，和舶来品的竞争，亦已销路停滞，积存于典当、银行、钱庄、库栈者，膨胀欲死。

第三个危机是财政的窘迫。现在对外贸易逐年减少，自从东三省沦陷以后，出口方面更受巨大的影响，因为东三省的出口额几占全国三分之一。因此，一九三二年的入超竟达五五六、六〇五、二四〇海关两。从前还有华侨汇回中国的款项，可资弥补，但自从世界发生经济恐慌以后，这笔汇款，也逐渐减少。自东北被占后，不但出口减少，关税和盐税每年也损失至三千八百万海关两左右。在另一方面，政府是负着巨额的债务。除赔款与外债不计外，即内债一项，南京政府于近五年内已发行十万万六百万元。就支出而论，则财政的危机更显而易见。二十年中央政府的支出总额为六八三、〇〇〇、〇〇〇元，军费三〇四、〇〇〇、〇〇〇元，占全额百分之四四·四；债务赔款二七〇、〇〇〇、〇〇〇元，占全额百分之三九·四，计军费及债务赔款两项已占支出总额五分之四，其余五分之一，除政费之外，能用于生产建设事业的，几等于零。这就是中国现在财政的状况。

第四个危机是组织能力的缺乏，尤其是在政治运用一方面。中国的人民是习于无为与放任的，所以大众的事，没有人去管，有人去管的时候，不是争权夺利，互相倾轧，就是意见分歧，莫衷一是。当前局面的严重还不是一件可忧的事，可忧的倒在人民缺乏应付危机的能力。苏俄的革命，土耳其的复兴，德国在困苦中的奋斗，何尝不是极艰巨的事，但我们和这些民族在运用群力、运用组织的能力方面比较起来，便觉瞠乎其后。这一种缺点，已是我们所熟知，而不必多所征引来说明的。

与以上几种危机相辅而行、互为因果的就是国土的沦陷、边疆的危急、青年的彷徨、人心的麻木、统治阶级的自私自利、劳苦大众的走投无路、觉悟激进分子的铤而走险、腐恶投机分子的飞黄腾达。除了几个畸形发展如上海的大都会以外，大多数的乡村和城市，都在颠连困苦之中，挣扎度日。一切都似乎在动荡中等着未来的演变。

中国是从一个闭关自守的局面跑出来，刚要往前迈步，走到现代文明的路上去，没有想到封建残余的压力在后面拉住她，不让她走，前面还有帝国主义的豺狼，拦住去路，并且所谓现代文明者，在本质上又已发生严重的问题，使她在当前的歧路上，即使能往前走的话，也不得不有所选择。简单地说，这就是中国现在的问题，也就是中国现在的危机。

二

现在让我们再来简略地看看国际的形势。现在无论那一国的问题，都免不了受国际关系的影响，中国特别是那样，所以我们要应付中国的问题，就不得不了解国际的形势。

我们先从欧洲说起。欧洲是一个火药库，随时都有爆发的可能的。自一九一八年《凡尔赛和约》签字后，至今十四年中，欧洲的和平是在刀尖上维持着的。各国争执的焦点，自然也就是从这个和约所产生的一切事实。这和约把欧洲大陆的国家，大体上分成两种势力，一方面是以法国为盟主的，代表战胜国的势力，在这里面的有波兰、捷克、南斯拉夫、罗马尼亚、比利时等国。法国的霸权是建筑在和约之上的，所以他们当然要维持和约。另一方面是以德国为盟主的，代表战败国的势力，在这里面的有奥大利（奥地利）、匈牙利、保加利亚、土耳其等国。因为他们受着和约种种的压迫与束缚，所以主张将和约撕毁。意大利本来也是战胜国之一，但因非洲殖民地和海军平等诸问题，和法国处在对立的地位，所以她也主张修改和约，与德奥匈等站在同一战线上，并曾与她们缔结友谊的条约。苏联是一个社会主义的国家，她认为《凡尔赛和约》和它的产物——国际联盟——是列强稳定资本主义和反对苏联的一种工具，所以她当然也是反对和约的一个。至于英国，她原是一个很小的岛国，要靠着殖民地和国际贸易来生活，所以她向来是以维持国际的均势与保守世界的和平为她的职志的。她一方面既不愿看见法国独自称霸欧洲，同时也怕德国因过受压制，起而反抗，所以她也是赞成修约的。至于美国，她是一个物产丰富、自给自足的国家，对欧洲则取超然态度，对自身则抱门罗主义，但她因为战债与赔款的问题，却不能不与欧洲的国家发生关系。

这一种局面，近来又发生了许多的变化。本年春间，军缩会将决裂时，英首相麦唐纳为调解德法和法意冲突起见，到罗马去，请意国赞成其新军缩计划，于是意首相乘机提出所谓四强公约，其意即在使英法德意四国，照着非战公约精神，解决欧洲各种问题，并改订《凡尔赛和约》，在原则上承认德奥等国军备的平等，该约有效期间为十年。本来这是意国对法国拆台的一种办法。这公约是在六月间签字了，但因为法国的提案和小协约国——捷克、南斯拉夫、罗马尼亚——的反对，原来的条文，不得不修改，其主要点只限于在国联范围内施行保持和平的合作，其他足以引起纠纷的各方面，都没有提到。这是法国外交上的一个大胜利。意大利所以迁就的原因，则在乎希特勒在德国的获得政权。国社党的政策，是对法的一个大威胁，这不用说了。意国本来是扶助希特勒的，但因希特勒提倡德奥合并，于是慕沙里尼①便不得不转向法国这一方面来，因为德奥合并，在疆土上，在国防上，于意国都是不利的。结果，意国暂时放弃其修约的主张，而法意邦交，遂有亲善的趋向。至于苏俄，本是站在德国方面与法国对峙的，但自一九二六年德国加入国联以后，苏俄的外交政策，已经转变了方向，及至希特勒登台，对着德国的共产党施行残酷的压迫，于是俄法亲善，更不得不成为事实，虽然法国向来是资本主义国家联合对俄的先锋。但是这样一来，德国在欧洲，便变成一个孤立的国家，希特勒的夸大政策，也渐为人民所厌倦。本年十月，德国因为军备平等的要求没有被列强接受，于是宣言退出军缩会议和国联。最近（上年十二月）意大利宣言根本改组国联，事实上又与德国的立场接近，而反与法国疏远。因此，法国近来又从事活动，和她的与国联络，希望把德国包围起来，而欧洲的局势，因为这种变动，也愈觉紧张。

我们再来看一看远东和太平洋的情势。在这一个舞台上的主角自然是日英美俄四国，而我们中国不过是俎上的鱼肉，待人宰割。日本要实现她的大陆政策，所以侵略中国，进攻苏俄，和与美国在太平洋上争霸，是她所必有的步骤。苏俄的第一次五年计划虽已完成，但在建设方面，仍然没有到一个十分充实的地步，所以除非到了逼不得已的时候，她决不轻启战端。她所采取的是和平的外交政策。这种政策，近年已有长足的进展：本年七月签字的《伦敦条约》使苏俄和法国在中欧的全部联盟国家都交好了；自德国国社党登台后，苏俄和意法也携手了。去年十一月美俄的复交，更是苏俄外交上的一个大胜利。在日本方面，因为美俄的联合，不得不暂时表示软化，虽然只是暂时的。同时英美等国，因为日货的倾销，已实行对日经济封锁。这也使日本起了不少的恐慌。但在另一方面，欧洲的局势，日见紧张，列强无暇东顾；美国以地势而论，无论海军力量，如何雄厚，殊有鞭长莫及之感；英国对华虽然有重大的经济利益，并且对印度的自治运动不免有多少顾虑，但在事变发生的时候，易于陷入欧洲的旋涡，对于远东局面，自不能倾全力以应付。

① 慕沙里尼：墨索里尼。

从种种方面看来，日本现在虽然是孤立的，一旦战争爆发，胜负之数，却不是那样容易断定的。但无论如何，中国如果不乘时奋起，则她的吃亏，当然要成为一件不可避免的事实。所以太平洋风云紧急之日，亦即我国国运决定其存亡绝续之期。

三

我们如果把中国的危机，和国际的形势，做一个综合的分析，便可以得到以下的结论。

第一，国际的局势，虽然是千变万化，不可究诘，但是如果我们把冲突的根本原因抓住了，我们便不难在纷繁的头绪中，找出一个清楚的线索来。冲突的主要原因就是从个人的资本主义的社会制度在国内和国际间所产生的必然的矛盾。这矛盾的表现就是无计划的生产、不平均的分配、货品的过剩、劳苦大众购买力的低减和国外市场的需要。这矛盾的结果是劳资阶级的对立与冲突、帝国主义者对弱小民族土地和经济的侵略、帝国广义者相互间的军备、经济的竞争和国际战争的必然性。

第二，几年来日趋严重的经济恐慌和国际纠纷的现象，充分表明现在无政府的经济制度已走到崩溃没落的道上，决不能再维持下去。未来的社会——社会主义的社会——现在虽然只有一个国家把它拿来试验，终久必在全世界实现。一切建筑在现制度上的东西，无论它是国际联盟，《和平公约》军缩会议，或是拿来挽回劫运的法西斯的主义、权力政府、统制经济、复兴计划，都是不澈底的办法，决难有成功的希望。在这大变动的前夜，许多民众，尤其是受压迫者都已有了深刻的觉悟，所以在变动来到的时候，我们虽然不能希望马上有什么可以急速成功的变革，但是一个比较新的局面的产生，是可以预期的。

第三，说到我们中国，我们便知道，中国所有的问题决不能离开世界问题而解决的。虽然中国的社会和中国的文化背景与欧美各国很不相同，但在实质上，中国的社会，除了她传统的家族制度以外，仍然是建立在个人主义上的社会。现在西方资本主义的文化既然已在崩溃，所以中国如果要走上现代化的路上去，就必须以社会主义作她的目标——虽然用什么手段去达到这个目标是我们所亟须研究的一个问题。

第四，我们既然把目标看清楚了，我们每一个人便都有向着这个目标努力的义务。我们晓得现在有许多挂羊头卖狗肉的集团，标榜着革命，而实在是维持现状的，并且它们还在勾结国内其他的反动势力和国外侵略的国家，去维持他们的地位，以便恣意压迫民众。这些势力一日存在，则真正革命的进行，便要受到他们的阻碍。至于用什么方法去消灭旧的势力，用什么方法去创造新的势力，这是要我们每一个人去抉择试验的。

但有一点我们是很清楚的，那就是，我们决不能取放任消极的态度；我们必须以民众自身的力量去培养和促进一个站在民众立场而改造中国的政治势力。

如何建设国防

胡庶华

1935 年在湖南大学总理纪念周上演讲

胡庶华（1886—1968），湖南省攸县人。教育家，冶金学家。曾任重庆大学、同济大学、湖南大学校长。中华人民共和国成立后，任北京钢铁学院教授兼图书馆馆长，是全国政协第二至四届委员。

文献选自《湖大季刊》1936 年第 2 卷第 1 期，6—12 页。

国防就是一个国家对于领土（含有领空领海）的防御设备，完成此种防御设备，就是国防建设，但是现代国家的国防建设，不仅是建设极强的海陆空军，而最要紧是充实全国整个的力量。此种整个力量，谓之国力。举凡武力财力智力体力及组织力，都是构成国力的要素，亦即民族生存必不可少的条件。必须各种力量培养得法，与运用得当。然后国防建设方为完备。试一读去年十一月一日日本陆军省发表的国防小册，如发扬民族精神，安定国民生活，救济农村渔村，改革经济机构，均包含在内。可见国防建设范围之广。英人谓要讲国防，需先研究三个 M。第一是要有人 Men。第二是要有钱 Money。第三是要有军需品 Munition。中国人是很多，但是受过军事训练的和有能力的太少，钱更少，至若军需品那是更谈不上与外国人作战。民国二十一年天津大公报曾发表一篇初步国防工业计划大纲，大约要费十五万万六千四百六十四万元的数目。兵工厂和潜水艇制造所二万万七千七百万元。铁路建筑费三万万九千一百六十四万元。公路建筑费五千九百四十万元。制铁制钢所四万万三千二百万元。其他如机械制造化学工业等四万万〇四百六十万元。试问这笔巨款，从何而来。纵令悉索敝赋，勉强凑成，而国难如此严重，时间上是否许可我们从容建设。纵令建设完成，地点上是不是又发生问题。如东北兵工厂东北矿道网之前车可鉴。年来天灾匪祸，内忧外患，交相侵逼，我们是穷到极点。资本主义国家的国防，是富的国防（列强国防费约占总岁出三分之一），是挥霍的国防。我们不能跟着他们跑。所以个人对于国防建设，提出三个原则。

（一）穷的国防；

（二）快的国防；

（三）中心的国防。

穷的国防是以少数金钱建设国防，快的国防是以最短时间建设国防，中心的国防是不在沿海或边疆求保障，而在比较安全之地建设国防中心区。蒋委员长谓教育经济武力为现代政治之原动力，诚为不朽之言。国防为今日一切政治之总目标，即以教育经济武力为现代国防之原动力，亦无不可。谨本此意并依据上列三项原则，分别论之。

一、国防教育

国防教育是依据国防需要训练民众造就人才。孔子谓"以不教民战是谓弃之"，傅曰"明耻教战"，就是国防教育。又曰"十年教训"是言国防教育的时间。在今日则十年尤觉太久最好是三年之内，能使全国民众普遍的军事化，其要点有四。

（一）智力的训练。根据国防急切的需要，造就实用人才从事各种国防建设工作，现在大学及高级中学都应根据国防需要分别灌输以科学智识及生产技能。现在小学初中及社会教育等，都应教以科学常识及生产方法。须知有近代科学，然后有近代农工业。有近代农工业，然后有近代国防。此外如外交人才之训练，亦极重要。和平时期武力是外交的后盾，战争时期外交是武力的后盾。观于日俄战后之俄国外交，欧战时之英国外交与欧战后之德国外交，可见智力方面的外交不可忽视，而义务教育尤为今日根本之图。此项固须巨款，但如用连锁法，使每一识字者又教十人识字，似属简而易行，惠而不费。

（二）精神的训练。须打破从前笼统和空虚的观念。所谓差不多、马马虎虎、随随便便均应根本消灭，须认清科学的真假与新生活运动的真意义。凡阻碍国防建设之任何原则，如萎靡颓废的浪漫文字，及贪污欺诈畏缩敷衍因循苟且好逸恶劳等恶习，与夫不道德的行为和迷信的风俗，均应尽力铲除。宜根据国防需要灌输人民以国家观念民族意识，使人人都有坚强的自信力，勇敢的向上心，创造的毅力，和成仁取义的精神。

（三）体力的训练。去年教育部调查全国大学生的体格总人数为二万〇九百七十七人，无病者为一万三千四百二十四人，有病况者占三分之一以上。南京有一次招考宪兵，投考者有许多中学生，结果一百学生中身体完全合格者不足二十人，又闻某处有一次招考航空学生，结果一百人中难取二三人。可见非把全国国民的身体尤其是青年的身体切实锻炼，不能挽救我们民族的衰弱。故凡有益身体的训练，如体操国术劳作等均宜提倡。高中以上学校澈底实施军事训练，以求文武合一。各省市训练民众，各乡镇训练农民，以求军民合一，童子军训练，尤须简单而普遍。使人人都有铁一般的身体。钢一般的意志。

（四）组织力的训练。外国人谓中国人似一盘散沙，又谓中国人是无组织的民族。其实古人所谓众志成城，就是有组织的团结力。孟子谓人以事其父兄，出以事其长上，可使执挺以御秦楚之坚甲利兵，就是教人服从领袖，方能成为有组织力的国防。今后宜矫正过去社会缺乏秩序，机关缺乏纪律的现象，而施以绝对服从领袖服从命令之训练。然后人心不至涣散，意见不至分歧。

以上四点，均无须巨款，亦能举办。此外如习文学者之注重爱国诗歌，"文天祥之正气歌及绝命词，岳武穆之满江红词，须人人要读"。习历史者之注重民族英雄，习地理者之注重行军地理，习化学者之注重化学兵器，习医药者之注重微菌战争。使全国人民之聪明才力，均集中于国防建设，皆为国防教育应有之义。

吾国当前大患，不在外侮，而在民族自身所受的穷愚弱私散五大害。今以国防教育去其愚私弱散，再以国防经济去其穷。

二、国防经济

足食先于足兵，古有明训。国防经济不仅是钱的问题。而粮食问题，交通问题，工商业问题尤为重要。故国防经济，当注重下列六个要点。

（一）整理财政及金融。今日中国财政重在整理。如能消除浪费，裁剪骈枝机关，剔除中饱，则国家收入当然可增加不少。惟今日最大税收为关税，一至战时则关税即不可恃。救济之法，一方面采用战时征发政策，一方面集中现金发行纸币。不得已时即纸币政策亦可采用。人民为国家而受损失，各国战争史上不少成例。至于整理金融，如统一币制，禁止投机，限制汇价，防止操纵等等皆为必要。

（二）繁荣农村及组织农民。中国以农立国，目前农村凋敝，自以救济农村为第一要义。如农民借贷，农村合作事业，以及水利垦殖等问题，凡足以促进农业之改良与乡村之繁荣者皆须极力为之。农村经济复兴以后，不惟民食问题可以解决。即战时亦可实行征发政策。故农业自足之国，皆能久战，不畏敌人之经济封锁。至于组织农民尤为重要。在平时可以保障乡村秩序的安宁。战时可以加增民族自卫的力量。

（三）储积粮食及改进军粮。我国对外战争，大约以持久战及游击战较为相宜。故储积粮食，在平时宜有管理机关。用科学方法使其耐久。日本近年对于米之包装与储藏颇有进步。行军粮食，极其简单。代粮粉亦有研究。即饼干亦制成饼块，用时再调以水，简便易于行军，罐头食品便于久藏，我国均宜采用。过去国内战事给养均感困难，固由于交通不便，而军粮未能采用简便方法。究其缺点，值得研究与改进。

（四）发展交通。交通事业为工商发达的基础，而粮食的调剂，与军事的运输，亦以交通为命脉。总理实业计划关于交通，言之颇详。惟目前无此财力，自宜择要先修。如长渝线、成渝线、同成线、湘滇线、川滇线、似宜继粤汉线而次第完成，并采用一部分征工制。至于修筑公路与濬河筑堤均宜采用征工制，尽量发展之。

（五）集中公私资本建设基本工业。关于军需工业，须由国家经营。私人经营之工业有益于军事者颇多。欧战时，德国私人经营的钢铁厂之变为炮厂，机器厂之变为炮弹厂，人造丝及人造象牙厂之变为无烟火药厂，颜料厂之变为炸药厂，玩具厂钟表厂之变为信管厂，化学工厂之变为毒气厂防毒面具厂，商船厂之变为潜水艇厂，汽车厂之变为飞机场，火车头厂之变为坦克车厂，皆其显著者。近年以来，吾国内地之资本多集中于各大都市，而各大都市之金融界又无法运用此种大量的游资故政府宜乘机劝导，集中私人资本与政府合作发展各种基本工业不但有益于国防，即对于资本利用，及整个社会经济发展，亦有无穷之利。

（六）农工军队化及军队农工化。将全国农工用军法部勒之，严格组织，以求生产效率之增加。同时军队亦须农工化，于操练演习之余，从事农工劳作，增加生产。吾国古昔寓兵于农，唐明两代多使军队屯垦皆卓著成效。目前一面采用短期兵役制，实行征兵，一面使原有募兵都能生产，以厚国力。而退伍之后，亦不至于毫无职业。

（七）统制对外贸易。战时之经济统制，劳动统制，消费统制，价格统制，在平时各国均有调查与准备。而统制对外贸易，在经济落后之中国，尤宜及早实施。由中央组织最高统制机关，无论是买入或卖出，私人不得与外人直接交易，均由国营托拉斯代办之。国内市场商品之贵贱有无一视国营托拉斯所定之政策如何以为断，中央既握对外贸易之权，自可规定下列输入政策，以稳定社会，建设国防。

1. 努力增加生产机器之输入；

2. 极力减少消耗品之输入；

3. 绝对禁止奢侈品之输入。

至于输出亦当有整个计划以不妨害国民经济之发展为原则，国产商品则奖励其输出。余如农产品及粮食等一视年岁之丰歉而定其输出之数额。此外如节约运动，废物利用，废力（即空间之人力）利用，都是充实国防经济的方法，亦宜提倡。

现代国防，贵有潜伏于国民经济中之普遍力量。其中以生产力为最大，故国民经济建设，实为国防建设重要基础之一。

三、国防武力

国防武力：为一切对外力量之总力，就武力之狭义言之，包含军队及军器两种成分。而国防武力则所有全国人民之自卫力量，及全国工业之军需制造力量均包含在内。不仅军队、宪兵、警察、团队皆为国防武力，即人民义勇队以及由老弱或妇女组织之义勇队亦为国防武力。德国名将克劳则维次①首创民间动员论。当拿破仑攻俄时，曾入俄参赞戎机。以民间动员所编成的队伍为国民军，克氏谓适用于国民军的条件有五个。

（一）战争是在国境以内的；

（二）战争不是一败就完结的；

（三）战场是展开的；

---

① 即卡尔·菲利普·戈特弗里德·冯·克劳塞维茨（1780—1831 年），德国军事理论家和军事历史学家，是近代军事战略学的奠基人，普鲁士军队少将。

（四）国民性格是好战的；

（五）国土要富于切段地，有山岳森林及沼泽的间隔，不易接近的。

以上五个条件除了第四个以外都适合于我国。所以将来对外战争发生，只要唤起民众敌忾同仇之心，民间动员是可行的。不过目前所急需者，为建设健全之国军，虽属军事范围，亦有愚见三点。

（一）陆军就是现有之数整理之，淘汰之，使成救亡御侮之军队，实行短期（约六个月）征兵制，逐年使募兵退伍，其无家可归者，并授以荒地，使之耕种。

（二）海军需费过巨，费时过久，消耗太大。在本国重工业为树立以前，暂缓扩充。惟潜水艇宜购置若干，以资防守。

（三）空军应急力扩张，多置民团航空机，以备战时改装武器，政府与人民宜共同努力。人民当踊跃参加中国航空协会自动捐款购机赠予政府，政府并宜造就制造飞机专才，先从修理入手，次及自行制造。此外以劳动服务及征工制度促进军事建设，乃蒋委员长已定之计划，使国防基础建设在个个国民身上。尤望全国同胞，竭力奉行。

军需工业，为国防武力之重要元素，故各国对于军需工业总动员，平时俱有计划。法国与欧战时利用民间小工厂而制造军需品者约以万计。德国则占全国工厂百分之八十。日本近年亟亟备战，除兵工厂火药厂及海陆空军被服厂等加工制造外，陆军省复直接指定制造军需品之民营工厂达六百四十四家，间接包工者有七百七十八家，前年直接指定之工厂突增至一千五百余家，所有全国工厂生产总值五十九万万五千四百余万元中，金属工业机械工业化学工业三项占全数百分之三五. 三，金属工业如钢铁铜铅锌铝之制造，机械工业如飞机汽车船舶内燃机及其他动力机等之制造，化学工业之酸碱药品等之制造，皆为军需工业用品。苏俄的两个五年计划，就是国防建设计划，其重工业之建设完全为军需工业。盖近代战争全系机械兵器，化学兵器战争。非有大量制造的军需工业，不足以应付之。然则我国其束手待毙乎，是又不然。兹仍根据穷、快及中心三个原则，讨论我国军需工业的建设，并先提出三个问题。

（一）有无丰富的资源；

（二）有无相当的地点；

（三）有无专门的人才。

军需工业以煤铁为主要资源。吾国铁矿总储量约十万万吨，就面积及人口论可谓铁贫之国。今东北四省已失去铁矿七万万吨，其余冀察绥晋鲁豫六省约有一万三千万吨，苏浙皖赣四省约有三千万吨，湘鄂两省约有六千万吨，两广约三千万吨，四川约有四千余万吨，贵州约有一千余万吨，而鄂皖鲁三省，每年以铁砂售于日本者又不下二百万吨。至钢铁工业，除辽宁鞍山铁厂及本溪湖铁厂已被人攫去外，汉冶萍公司和兴铁厂久已停工，龙烟铁厂从未开工，现仅六河沟公司之磂家矶铁厂每月产铁二千余吨，上海炼钢厂及山西育才炼钢厂每年各产钢三四百吨，重庆电力炼钢厂尚未开工（在磁器口），加以土法所炼毛钢每年全国产铁不足三万吨。土法所炼生铁在欧战时年约二十万吨，近年已不足五万吨。而外国钢铁及机器每年进口逾六十万吨，生产与输入悬殊若此，是我国工业根本的危险可想而知。至于煤量据估计有两千万万吨之多，而开采极少。其正在开采者又三分之二系外人经营。自东北沦陷后，北部煤田已汲汲不可终日，惟湖南江西之煤储量尚多。四川煤矿虽多，而煤层不厚。较厚者，为犍为石柱南川江北数县，是煤铁资源虽不甚丰，然为自卫自立之国防计，亦未尝不可自足自给。至于煤油则有陕西之延长，甘肃之玉门，新疆之伊犁，贵州之盘县。四川之自流井罗泉并黑油沟，西康之宁静山，俱有发见。除延长外均未切实钻探，为国防计，对于资源有下列之建议。

（一）政府宜购置能钻四五千尺以上之新式钻探机，探采川黔西康三省之煤油，并调查地质，以期发现各种新矿产；

（二）铁砂钨砂，宜禁止出口；

（三）四川之煤多能炼焦，惟用土法则宝贵之副产均被散失。政府宜设大规模之炼焦厂，提取副产，除柏油轻油硫酸铔外，并得颜料药料及火药原料；

（四）煤及煤油固与铁有同等之重要，但煤之代替品尚有油及水（四川水力丰富约有两千万匹马力），而煤油之代替品亦有各种人造汽油及代汽油，惟钢铁则目前尚未闻有代替品，故钢铁厂之设立，实为国防所必需。近代新式武器，若巨炮坦克车高射炮战舰潜水艇飞机等，莫不以钢铁为主要材料。吾人不欲建设国防则已，如欲建设国防，非设立几个规模较大之钢铁厂不可。其地点则以湖南之株洲，四川之重庆附近与五通桥附近较为相宜。株洲与粤汉路与湘赣路及湘黔路之交点。水路有湘江，原料有萍乡湘潭宁乡之煤，宁乡宝庆茶陵攸县之铁，湘潭之锰，汝城宜章之钨（详见拙著株洲钢铁厂计划书）。其次则设厂于重庆附近。以綦江南川之煤铁为主要原料，以嘉陵江两岸之煤铁辅之，其交通则有嘉陵江扬子江，及将来之长渝路成渝路。第三个地点为犍为之五通桥，其交通之便利虽不如株洲重庆，然地点之安全，则远过之。本地藏煤极富，又有盐及煤气之产生，且有煤油之希望，距乐山（嘉定）甚近，可修铁路以达成都，距产生铁矿之荣经亦不远（约三百五十里），可修轻便铁道以达乐山。此三区可谓之国防中心区，亦可谓之国防生命线（最好是三处分工不得集中一点）。盖沿海各省，既无雄厚之海军与坚固之要塞为之掩护，则诱敌深入，在所难免。江浙闽鲁冀首当其冲，豫鄂皖赣次之。故国防中心区（苏俄重工业多在腹地）当在湘黔川陕之间。起自江西之萍乡株洲长沙常德辰州西阳重庆成都汉中西安以达山西之大同，即以湘赣路长渝路成渝路成同路为主干。而以成康（成都至西康）成贵（成都至贵阳）两路辅之，此资源与地点之大略也。至于技术人才问题在前三十年可云缺乏，现在无论何项专才，本国至少总有数人，不足则借才异帮，亦不至如昔日之全受人欺，倘能于三年之内先完成一个值五千万元之钢铁厂，则军需工业之制造至少可以供给一部分，即国家民族多得一部实力。

总之无军需工业，则虽有视死如归之战士，亦于事无济。托兰斯窑之所以苦战七年而终降于英，无国防经济则虽有百战百胜之武力亦不免于失败。德意志之所以苦战四年而终有瓦尔赛之辱，无国防教育则虽有坚甲利兵亦不免覆没。甲午之战，吾国军舰优于日本，日俄之战俄之舰队亦优于日本，是其明证，故国防教育国防经济国防武力互相关联，指臂相助，缺一不可。

一个能够自立的国家，一个有希望的民族，绝没有一时一刻忘记本身的生存问题，而忽视了国防大计。我们过去的国防建设，可以说是毫无准备。这种没有准备，和不能得到准备机会的错误，我们大家都应负相当的责任。因为国防是整个民族的努力，不仅是政府一方面的职责。今后对于教育或经济或武力负有责任的人，除各尽其职以外，尤须通力合作分工互助。全国人民均应各竭其力各尽所能，在一个事权集中的国防政府与一个艰苦卓绝的负责领袖指导之下，向前迈进，做到有备无患，以保我国家民族之安全与光荣。

我们如何应付第二次大战

沈体兰

1936 年在上海基督教青年会演讲

沈体兰(1897—1976)，江苏吴江人。早年毕业于东吴大学（今苏州大学前身），后赴英国留学。回国后曾任东吴大学文学院院长，燕京大学秘书长，圣约翰大学教授。长期从事教育事业，参加民主爱国运动。中华人民共和国成立后，任上海市政协副主席，民盟上海市委常委。

文献选自《上海青年》1936 年第 36 卷第 12 期，7—14 页。

诸位，记得在一年以前，就是在一九三四年的年终，也曾在青年会讲过一个相类的题目"一九三六年的中国"。时间过得真快，又是一年多了。今天在座的诸位中听过那次的演讲的一定有许多人吧。上次在"一九三六年的中国"中所讲的一些话，现在大都成了事实摆在我们眼前了。所以我还想把以前所讲的来简略地叙述一下，大概诸位不会嫌我重复吧？

今天的题目"我们如何应付第二次大战"，诸位大概可以晓得不是我自己出的，是青年会出了题目，要我来做文章的，所以讲得有不对的地方，要请诸位原谅！

今天的题目大概可以分三部来分析：我们；应付；第二次世界大战。现在可以依次来讲。

（一）我们。这个"我们"，并不是指狭义的"我们"，不是指青年会的同人，也不是指在座的诸位先生。不，应该从广义方面指全上海或全中国的民众。不，这样还不够，我们应该说这里的"我们"，是包含全世界上与"我们"处在同一地位的和同情"我们"的一切人类在内的。就是说，凡是全世界处在于"我们"同一地位的和同情"我们"的人类都可以说是"我们"。不过在这里，我们还须把中国的大众作"我们"的主体罢了。

刚才把中国的大众，以及其他世界上同情我们与我们处在同一地位的人类当作了"我们"二字的解释，并且为适应今天的题目起见，把中国的大众作了主体。那末，或许有人要问："把政府放在那里去呢?"我想，现在"我们的国家"是民国，政府就是民众的政府，所以"我们"当然连政府在内。政府对于"我们"大概也不致见外。不过，比方说，"我们"的政府的确有许多困难，不便公然与人民一起，那末，"我们"也不能勉强。所以暂时我们只好注重中国的大众了。况且"我们"名义上总算是一个民主国，所以我们今天不妨大胆地以大众作主体来解释"我们"二字。

（二）应付。用这二字来做今天的题目是不幸的。我们平时说的"应付"，是对于一件既成事实，作一种善后的处置，就是在某桩事件发生以后才跟上来"应付"，所以"应付"常是被动的。这种被动的"应付"，不是我们今天所要讨论的。还有一种"应付"的意思是消极的。对于"二次大战"没有办法，不知它趋向什么方向，要达到那种程度?没有办法，只有消极的"应付"。这也不是今天我们所要讨论的!我们今天所要讨论的是在被动的，消极的二个意义之外的"应付"。这种"应付"是主动的，积极的。

（三）第二次大战。关于"二次大战"我们先要认识三点：（A）"二次大战"的必然问题，即是不是不可避免的。从过去历史的演变，和近年来世界格局的发展，推测起来，"二次世界大战"会成必然的，不可避免的。至于它具什么性质，以什么方式来爆发，在下面我们还要讨论的。（B）"二次大战"的空间问题，既是性质和方式问题。"二次大战"在什么情形下爆发?怎样爆发?这些问题是很重要的。要知道"二次大战"的性质是怎样的?方式是怎样的?才可以决定了我们应付的态度和应付的方法，应付是随着认识而不同的。关于这点我们留待后面再说。（C）"二次大战"的时间问题，就是"二次大战"在什么时候爆发，爆发以后要延长多久?这是大家认为最有趣的问题。但是这问题离开了"二次大战"的性质和方式单独来问，是很难以回答的。还是等讨论到"二次大战"的性质与方式的时候再附带说说吧。以上（A）（B）（C）三个问题，第二个问题最重要。

现在要回头说到我在一九三四年年终所讲的"一九三六年的中国"了，因为那篇演讲局部的回答了刚才所提出的第二个问题。今天是一九三六年了，我们再来看看"一九三六年的中国"吧!

（一）在"一九三六年的中国"那篇演讲中，我先分析了世界的危机如下：

（A）"资本制度的没落"。使得资本主义的国家，不得不作（B）"帝国主义的挣扎"。这种挣扎演成了（C）"殖民地的再分割"。这就愈促进帝国主义间的矛盾，而形成了（D）"二次大战的酝酿"。像最近各国间的军备竞争，同盟外交等种种现象，都是大战的预备。大战说不定在一九三六年的那一天爆发，也许要过了一九三六年才爆发，但爆发是一定的。

（二）其次，在那篇演讲中，我又分析了世界危机对于中国的影响如下：

（1）帝国主义加对于中国的侵略，压迫，必一天天的加重，加深。这种侵略的方式可分为一个帝国主义的独占与各个帝国主义的分割两种。像某帝国主义需要独占中国，但其他的帝国主义在中国的势力也根深蒂固的，他们决不肯让某一帝国主义独占了中国。他们要在共同的对华侵占下，大家分得一部分的利益。所以就在某一帝国主义企图独占之下，分割的局势还是在不断地进行着。那末，帝国主义在中国的独占与分割到底那一种势力会占胜利呢？在目前，一九三六年，以现在的事实看来，独占将比较占得优势胜利的。

（2）帝国主义在中国底独占与分割势力的伸张，就是使整个中国更迅速地殖民地化！一九三六年是中国近代史上空前的殖民地化的一年。经济上的殖民地化使帝国主义操纵了中国经济的各部门，使中国整个的民族工业，加速地濒于完全破产，使中国整个的农村经济破产。同时中国的政治，也将到被帝国主义完全操纵的地步。中国的外交也将全成帝国主义摆布下的外交。整个中国的殖民地化，都有事实可见，毋庸多说。

（3）再次，在那篇演讲中，我又分析了中国本身的危机如下：中国的危机，是内部益形分裂。这种分裂和以前的军阀时代是不同的。以前军阀割据的分裂，是代表帝国主义所利用的封建势力。现在的分裂是代表帝国主义更露骨的残暴的势力。这种分裂是由于帝国主义的独占与分割造成的。大的，像最近的自治运动。小的，像一些汉奸的卖国勾当。这种情况都在说明帝国主义在中国底独占与分割的加深，加紧！同时中国更趋向殖民地化。这时的分裂情形，大概有两种：

（A）就是海口和内地的对立，海口是代表帝国主义势力集中的地点，所以帝国主义可以用为根据地去加紧侵略内地，同时还可以利用海口工商业对于帝国主义的依赖性去掩护它的侵略，并且镇压内地的反抗。（B）是特殊阶级与一般民众的对立。特殊阶级的人们，和帝国主义的利害是有密切关系的。

他们为了自身计，必须要与帝国主义妥协。反过来说，民众的生命财产在帝国主义的炮火下已完全失去了保障。维持现状对他们是不利的。

（4）最后，在那篇演讲中我指出了一九三六年中国的出路如下：中国的殖民地化和它的分裂，并不是证明中国就没了希望，也并不是说中国在一九三六年就要灭亡。这些论断是不对的。中国的分裂是由于封建势力为虎作伥，尤其是由于汉奸的猖獗。但中国的大众，同时觉悟的程度必更加深，反帝的斗争情绪必更强烈。因而，中国大众反对帝国主义殖民地化中国的运动必更澎湃！所以，一九三六年不是中国的危亡的开始。一九三六年将成为中国民族反帝斗争开展的一年！像最近，全国蜂起的学生运动，以及各方面的反帝反封建运动，就是开头，就是证明！

现在我已把从前的演讲简略的说了一遍，就算作"我们如何应付第二次世界大战"的引言吧。引言说完了，我们就说到正题吧。

一九三六年是世界的危机，也是中国的危机，这种危机很可能的促成二次大战。我们首先要明了二次大战底发生将具怎样的性质与方式。关于这点，约有三种不同的见解：

（1）第二次大战将是帝国主义的战争，就是帝国主义间相互的战争。在最近以前因阿比西尼亚问题而引起的英意在地中海上的冲突，很有爆发这种战争的可能。

（2）二次大战将是殖民地的战争，就是殖民地反抗帝国主义的战争。因为帝国主义要重行分割殖民地，所以积极准备二次大战，同时必须加紧对殖民地的压迫，侵略，剥削。这就要增高殖民地的反帝运动，甚至激起战争，最近意阿战争就是一个例，所以二次大战也可以成为殖民地反抗帝国主义的战争。

（3）二次大战将是反苏联的战争，就是帝国主义进攻苏联的战争。第一次大战以后，世界的局势起了根本的变化，就是在资本主义体系之外，又成立了一个社会主义体系的苏联。因这个体系的发展，使帝国主义的存在都受了威胁。因此，帝国主义开头就建起了国际反苏联战线。像以前欧洲各国的活动和最近的日德同盟，都是说明二次大战或者成为帝国主义对社会主义苏联的战争。

这三种说法，似乎都是有理的，但不能用那一种说法来代表二次大战的性质和方式。现在我们应该客观地来观察每一种的可能性。其实目前这三种趋势都在并驾齐驱的进行中，而且每一种趋势都包含着其他。所以说那一种就是二次大战的方式就太主观了，太机械式了。现在不是说三种趋势中的那一种会是二次大战的方式。现在是说，这三种趋势竞进的结果将演成什么方式。现在姑且先就第一种趋势来说。

有许多人说二次大战可能最大的还是帝国主义与帝国主义的战争。像英意为了阿比西尼亚而有剑拔弩张的作战姿态。又如最近伦敦海军会议中的英美对日的冲突。在某种情形之下，帝国主义为要维持自己的利益，终会不惜火并，但是说帝国主义战争现在就要爆发还嫌太早一点，其原因至少有三个。

（一）延宕大战时间——现在各帝国主义都在极力想把战争的爆发延宕下去。这不是说帝国主义不要战争。大家知道，帝国主义是不能避免战争，必须要用战争来维持它的没落的生命的。他们用了战争来掠夺殖民地。他们不但对外须用战争谋出路的，而且也用了战争愚弄他们本国的民众。帝国主义要不向外挑起战争，要不向外掠夺殖民地，它怎么对付国内的失业问题，国内的经济恐慌呢？说是不战争怎么样去剥削和镇压国内挣扎在饥饿线上的贫苦大众呢？不是吗？最近有一个帝国主义的英雄说："战争就是不能给你们面包，却能给你们光荣！"这话就是向他的国内的民众说的。帝国主义国内的大众，是和我们一样的，他们的受痛苦，受饥寒，也正像我们一样！帝国主义的统治者不能给他们面包却用战争来给他们"光荣"了！这"光荣"，就是维持帝国主义的统治权，压迫国内贫苦大众的法宝！所以帝国主义是不能离开这"战争"的法宝的。因为它必须要对外侵略，对内压迫求生的民众，它才能苟且生存。战争是执行这二项任务的帝国主义的唯一工具！那末，也许有人要问：帝国主义既那么需要战争，为什么又要延宕呢？这是一个矛盾律。因为战争是须要浩大的经济支出的，同时还要顾到国内的条件和国际的联络。在国内的条件和国际的联络没有完成以前，他们是不能随便开战的。最主要的，帝国主义须要顾到本国人民在战争开始后是否能听帝国主义统治者的指挥？是否能忠于维护统治者利权的战争？这些都是成问题的。同时，帝国主义者还要顾到，殖民地人民会不会乘机起来反抗？要是殖民地人民一旦起来反抗，帝国主义也就危险了。所以，我们说得好一点，帝国主义不是在延宕战争，而是在作战争的准备。帝国主义的火并照现在的情势看起来，还要延宕下去的。最好的例子，是英法两国最近想牺牲阿比西尼亚而使意大利相当满足，去延宕他们中间战争的爆发。所以说帝国主义战争马上就会爆发，那是不可能的。

（二）缩小大战空间——帝国主义即使不能延宕战争，他们也要极力想法把战争的范围缩小。帝国主义的一些代表人物们，时常在宣称：在必要时，他们是不惜战争的。但必须要把这种战争的范围缩小。就是不要把两国的战争扩大成世界的战争，而要把这种战争局部化，地方化。就是在战争不能避免的时候，要使它不致扩大，而只限于某一国与某一国中间的战争。这里也许不免有人要问，帝国主义与帝国主义间既有那么多的冲突，那末，算一次总账不好吗？但这是对于帝国主义不利的。刚才已经说过，战争爆发会引起国内与国外种种危险的。所以在可避免的时候，也只有使它局部化。最近在英意冲突中，国联好像是主持公道，实行对意制裁了。但无论如何，绝不会有军事的制裁的，像美国对制裁案屡次声明只能加以相当的声援。就是说局部化的战争是可以的，但扩大的战争是要避免的。

（三）转变大战方向——帝国主义的战争，不但要想法延宕缩小，还要去转移它的方向。他们既不敢贸然彼此战争，又害怕引起殖民地的反帝战争。他们唯一的希望是把不可避免的战争，转变为反苏联的战争。日本，德国的反苏联姿势是欧洲的某国在策动的。这就是说，在帝国主义危机日益加深的当儿，只有把战争的方向转到相反的体系方面去，才是挽救帝国主义危机的一条出路。最近某国在对中国侵略的时候，总先对世界上说，他侵占中国的土地，不是排除其他帝国主义的在华势力，而是为了作反苏联的先锋，才如此做的。它每次对中国侵略总是装着反苏的姿态而出现的。因为这样它才可以缓和帝国主义间的矛盾。帝国主义既然竭力要转移战争的方向，所以它们中间的战争马上要爆发是不可能的事。

那末，究竟那种战争最容易爆发呢？帝国主义想把战争延宕缩小，反而增加了帝国主义间的矛盾。他们在预备战争期间必须要增加军备，还要外交上的攻守同盟。所以一方是延宕缩小战争，一方倒是危机的加深。同时延宕战争也更会引起殖民地的反抗。因为在这种备战的过程中，帝国主义必须要加紧对殖民地的政治上经济上的压迫和侵略，结果使殖民地的反抗斗争亦必加强。至于他们想转变战争的方向，却反而增加了苏联和平政策的成功！苏联不惜与帝国主义国家成立种种协定，并且加入了代表帝国主义集团的国联，为了什么呢？她为了建设社会主义国家，为了维护社会主义的胜利，不得不采取和平政策，来增厚社会主义的力量，增加帝国主义间的矛盾。在帝国主义反苏联阵线还没有完成的时候，苏联的力量因了和平政策的成功已增加了。苏联自加入了国联以后，她的和平力量更增加了。像最近对英法调停意阿纠纷的议案，首先加以反对的是苏联！所以各帝国主义反苏联的企图终是徒然的。

帝国主义想延宕战争时间，缩小战争空间，转变战争方向。结果，只有增进帝国主义间的冲突矛盾，只有加强殖民地的反抗。最近世界各处殖民地的反帝斗争一天，天底扩大，并且有联成一气的趋势。所以第二次大战必然是殖民地联合战线的反帝国主义的民族解放战争！最好的例子是意阿战争。目前阿比西尼亚的反意战争，就是代表这一种战争的开始和胜利！阿国在经济，政治，文化种种方面都是落后的。在意帝国主义开始对阿侵略战争的时候，许多帝国主义者的估计，都以为在最短期内是可以把阿国压平的。但二三十万的意军在阿国战了好几个月，有些什么结果呢？并且最近阿比西尼亚把所有南部的失地都收复了。而且意大利属地素莫利兰也失于阿国了。意大利军队并且有全部总，退却的趋势。这是使我们听了何等的兴奋啊！因为，有许多人在开头以为阿国的抗意战争是有英国在背后帮忙的。但看了最近英法意对阿分割的企图，说明了阿比西尼亚不但要反抗意大利的独占，而且要反抗英法意的分割。就是说，阿国的力量不但能抵抗一个帝国主义，还能抵抗一切的帝国主义！看了阿比西尼亚的英勇的战争，很充分的保证了殖民地反帝战争的必然的伟大胜利！又如最近埃及的反英运动，这可以说是受了阿比西尼亚的反帝斗争的影响而起的。埃及的反帝运动是适应于广大的反帝运动而抬头的！所以我们可以说一九三六年是殖民地反帝战争的一年，因而，第二次世界大战的性质和方式便是殖民地反帝的战争！

在今天演讲的开头，我把"我们"两个字定了一个广义的解释，原来我是不想多谈中国，只想谈谈世界上受帝国主义压迫的民族的解放战争的情况和趋势。刚才既说到了一九三六将成为世界上殖民地反帝战争的一年，那末，我们中国似乎应该不在例外。不过最近世界上关于反帝战争有一种"等待"说流行，我想随便加以相当的批判。在座诸位先生中有主张这种"等待"说的人，务请原谅。这种"等待"说，大概有三种。

第一种等待说是主张等待着第三者来帮忙。我把阿比西尼亚来做例吧。譬如说，阿国受了意帝国主义的侵略，他不抵抗，却等待第三者（像国联，英国）来帮忙！

第二种等待说，是主张等待对方的良心发现。侵略到一个相当的程度，就适可而止。我再拿阿国做例吧。譬如说，阿比西尼亚对意国的侵略，不作英勇的反抗。只等待意帝国主义侵略的停止！

第三种等待说，那是更妙了。我再拿阿国做例吧，譬如说，阿比西尼给意帝国主义用武力掠夺了数省的土地。阿国不去抵抗，却还一心一意的安内，等待"安内"底工夫做好了再去"攘外"！

我对于这三种"等待"说都是不大敢恭维的。我现在想对这三种"等待"说贡献一点的意见，不敢说是批评！

（1）我还是用阿比西尼亚来做例吧。譬如说，阿国希望英帝国主义的帮忙，去干涉意国的对阿侵略，到现在干涉了没有呢？也许有人会说，英国在国联中不是提议了对意干涉的制裁方案了吗？那么我们要问：最近企图把阿比西尼亚分割给意帝国主义，叫阿比西尼亚屈服的又是谁的主张呢？我们要知道，同情于被侵略的殖民地国家的人是有的，可不是第三者的帝国主义！第三者的帝国主义有力量帮你忙，也有力量送掉你的！

（2）我们希望对方自行改变，我们再说阿比西尼亚吧。阿比西尼亚希望意国适可而止的停止它的侵略战争，什么时候能停止呢？我想，只有阿比西尼亚英勇的反帝大众把意帝国主义的军队打出阿比西尼亚领土的时候，意帝国主义的侵阿战争才会停止！反过来，如果说，阿比西尼亚"等待"意国的侵阿战争自动停止，那末，一定在阿比西尼亚亡于意帝国主义的时候！我们知道，意大利侵阿战争是有对内对外的二重意义的。对外方面意大利是帝国主义的患贫血症者，正像某国一样，现在成了人了，要像个人样地走到世界上来，它是不得不要找补血剂的殖民地的。所以要等待它们的自动改变是不可能的。这种"等待"，只有"等待"失去三省不够，再加一省！加了一省不够，再加五省……对内方面，意国的大众和别国一样是被法西斯的统治者压迫在饥饿，死亡线上的。他们不能给人民以面包，只有给人民以"光荣"！不然，它们没有东西给人民的时候，人民会起而代之的。所以意帝国主义是势成骑虎的。被侵略的阿比西尼亚要"等待"它适可而止，倒不如把全国的土地都去奉送了侵略的帝国主义者！

（3）先要等待内部安定，才能抵抗强敌。这是最漂亮，最巧妙，最好听的一种说法，其实是一种最不通的说法！阿比西尼亚的能够反抗帝国主义的侵略战争，是靠阿比西尼亚的英勇的反帝大众。也只有全国大众起来作英勇的反帝斗争，才能增高国内的统一力量！"安内"的结果是什么呢？"外"不能"攘"，却制造了大批的阿奸。这些阿奸是决不"攘外"的。他们在"外"来的帝国主义的指挥下，替它们尽着"以阿制阿"的任务。因之，在"安内"的前提下，完全牺牲了"攘外"！所以这三种说法都是欺骗殖民地大众的谎话！就是叫殖民地大众不要抵抗帝国主义的侵略！

最近，听说某国有三大原则叫中国接受。据一些既成的事实推测起来，那么这三大原则，连"等待"第三者干涉的梦也不许中国做了，虽然这只不过是一个可怜的梦！最后只有接受了三大原则预备做亡国奴。今天对于中国问题我不过提起了这一点，意思只是想促使大家对所谓三大原则加以注意而已，只能说是提供了研究中国问题的一种材料，不算是讨论。我也只能说到这里为止了。

现在要说到在我们面前的路了。我们刚才已经说了不少的话，大概我们已经知道，在世界上至少是有我们的路走的。当然，我们的路当然是有的。这是民族解放的反帝战争的路！可不是等待的路！战争的路是生路，等待的路是死路！在二次大战中我们采取那条路去应付呢？当然是要走生路，要走上民族解放斗争的路！因为：

（1）殖民地的反帝斗争可以加深帝国主义的矛盾。方才说过，帝国主义要延宕战争，必要加紧对殖民地的侵略。殖民地为求生存，也必要跑上斗争的道路。因此，帝国主义虽要躲避殖民地反抗战，也不可能。而我们在每次殖民地与帝国主义的战争中，必然会看到帝国主义矛盾的增加。帝国主义矛盾的增加，也是反帝斗争力量的加强！

（2）我们不但要自己走上斗争的路，也要"联合世界上以平等待我之民族共同奋斗！"这不是我的创作，这话是孙中山先生老早就讲的。惟有自己能走上真正的民族解放斗争的路，才有资格与世界上的被压迫民族联合起来作"共同"的"奋斗"！

（3）我们采取斗争的道路，不但可以使中华民族获得解放，也能以我们的斗争来促进世界上真正的和平。我们加入斗争的行列，可以增进和平的保障！惟有世界上弱小民族的解放斗争，才是促现真正和平的方法！惟有从世界上弱小民族的反帝战争所争来的和平，才是真正的和平！现在帝国主义们在叫喊着的世界和平，都是假的和平！这个和平，只有增加帝国主义向殖民地的侵略，剥削！我们现在不要这种假和平！我们现在要谋取可以消灭侵略，剥削的真正的和平！我们要得到这种和平，只管等待是等待不到我们头上来的，我们只有走入像阿比西尼亚一般的英勇的民族解放的反帝斗争的路，才能获得这种和平！

这些话都是对"我们"自己说的。可是有人也许会问："为什么对政府没有一句话呢？"现在不妨来对政府说三句话吧，只有三句，没有第四句可说。同时这三句话，完全是对为民族求生存，为人民谋福利的政府的诚恳的忠告，希望我们的政府能够采纳。是那三句话呢？

第一，请政府立即开放民众运动！因为要使中国完全离开殖民地化的道路！得到真正的独立解放，只有全中国民众的一致的力量可以达到！要全中国民众获有一致反帝的力量，只有开放民众运动！同时开放了民众运动，政府的对外交涉也给予了强大的助力。第二，对政府第二句要说的话，是实行革命外交！就是还没有送人的土地，不要再送！对方无厌的要求，加以断然的拒绝。第三，对政府第三句要说的话，请政府赶快领导我们收复失地！中国现在失去的国土，差不多快等于现存的中国领土一样大小了。我们虽然很痛心，但我们还是很想拥护一个抗敌的政府我们要拥护政府收复失地！

起初，关于目前的中国我本不想讲什么。但三句不离本行，我不知不觉地讲到"本行"的中国方面来了。而且还对我们为民族求生存为民众谋福利的府政说了三句话。其实说了几千句话的"我们如何应付二次大战"，而不说到本行的中国能吗？可以吗？所以我不得不很诚恳地向我们政府贡献了三句话。因为我们对于政府到底还是很想拥护的！同时，我想这三句话必然是为民族求生存为民众谋福利的政府所应当接受的！

我国国防问题

杨 杰

1936 年在中央广播电台演讲

杨杰（1889—1949），云南大理人。军事战略家，被誉为民国军事学泰斗。抗战胜利后，因不满蒋介石的内战独裁政策，走上了反蒋的革命道路。1948年1月，中国国民党革命委员会正式成立，杨杰当选为中央执行委员，负责西南地区的组织发展和活动等工作，并密切配合人民解放战争，积极宣传中共的政策，将西南地区的爱国人士紧密团结在一起，开展反蒋斗争，同时组织策划川、康、滇军队起义。1949年9月，杨杰秘密飞往香港，准备北上解放区参加新政协会议。9月19日，被国民党特务杀害。1982年被民政部追认为革命烈士。

文献选自《中兴周刊（武昌）》第6卷第7期，9—16页。

今日所讲的是我国国防问题。欲解释此问题，似应先将国防之意义，为诸位报告一下：地球上既不是一种民族，又不是一个国家，而民族与民族之间，国家与国家之间，自然有一个显明的界线。这个界线既不能消除，彼此当然就会发生一种感觉，如某一个民族国家，因恐受他一个民族国家侵略，足以危害其安全，就不能不有防备。同时其他的民族国家，见某一个民族国家，有了防备，也感觉到不安，因而也不能不有防备。因防备的程度不同，各民族国家之间，遂时时感觉到不安，更时时都要防备。这种为求自己安全，而以其他民族国家为对象的防备，即叫做国防，而人类集团要想得到安全，就非巩固国防不可。但此种为求生存而必须先求安全，与求安全而必须先事竞争之国防工作，非经过一番坚苦卓绝之教训以后，不能将其智慧能力磨炼出来，以应付各项困难，以达将来竞争之目的。故古今中外，凡国防设备，得稍臻完备者，无不由若干次失败和改造，始日臻于完备，这是历史上事实告诉我们的。

由以上看来，国防的建设，是国家建设上势所必至理有固然的一件事；所以，总理说："政府对于人民的职责，在保，教，养。"教就是增加他个人能力，使他能以自养，这意思是大家知道的，至保的意义，我看就是国防了。我曾记得，法国某军事家说："国防建设，是永远不生产的投资，但如吝惜这种投资，则国家社会，以至个人的生产活动，就要立刻停止，以至于断绝。"而比利时前王亚尔培，在欧战前某年度预算会议席上说："我们虽然是一个永久中立国，但无相当有力的国防，仅凭条约维持，一旦遭遇不幸事件，则全国生命财产，便要受极度的危险。"比利时是当时一个永久的中立国家，而比王之言，精警透辟，一若就看到欧战时德国破坏比利时中立之事，其国防之目光，能不令人惊叹吗！

总之时至现代，国际间的界线，已日益严明，民族的冲突，已日形浓厚，侵略的兵器，亦有空前之发达，国防的繁杂，不言而喻。在此种情况之下，我们不得不回想到德旧皇威廉第二之言论，他虽是一个失败人物，然而他对于国防之深刻的认识，是值得我们探讨的。记得在位时当整顿国防的时候，他曾经说过："国防是永久做不完善的一种怪物，因为人类征服自然的方法无止境，遂使国防的设置，改善，和增进，也同样的无止境。"我们也可以这样说："在世界各民族国家间的界线未能消除，和侵略的兵器未能毁灭以前，国防是跟着科学的进步，和人类的欲望，向前猛进而无底止的。"所以科学一天进步一天，国防也就一天复杂一天，人类欲望愈增进，国防设备也就愈残忍毒辣。在这种前进过程中，各个民族国家间，因天然资源蕴藏的厚薄，和人的技能发展程度之不同，而使国防的外廓和内容，渐次形成不平衡之现象，以致使人类所共同要求的安全，日在感受威胁之中。例如仅有陆海军而无空军之民族国家，要受陆海空军完备的民族国家威胁，或者仅有陆军而海军空军全没有，即有而力量甚形薄弱，并军备基本如国防上要求最小限度之物质，亦毫无着落，则其感受威胁，当然更甚。其前途危险，令人思之，不寒而栗，可见国防之意义和责任，简直是不仅国家强弱所关，而民族存亡所系了。

以下将从前和现在一般人对于国防观念的不同，与近代式国防大概情形说一说：在欧洲大战以前，一般人对于国防的观念，是以军备为主体，故对于国防建设，都是仅以武力战为对象，因之国防的范围，非常狭小，战争区域，亦很有限。当时战争任务，只限于直接担任战争的军队与夫后方勤务范围以内的人员，至其余的国民，似乎并无若何直接任务，仅在后方援助，间接参与国防而已。但自受过欧战苦战教训以后，大家始猛然省悟，知道一国战争，与国内之社会百般事务全有关系，其范围实异常广泛，规模实异常宏大，除武力战之外，最重要的还有外交战，经济战，思想战等等，如果要想胜利，就要将此四种力量适宜运用。或先用外交战，经济战，思想战，分头将敌人外援或内部分化控制，然后再以武力决战，一举而达其目的；或在武力战开始之后，再以外交战，经济战，思想战继其后；或者四事同时发动。无论先后程序如何，总可见得一个战争，绝不是单纯武力所能解决的，一定要和外交战，经济战，思想战三者并用，方能完成战争的使命。话说到这个地方，本人有几句话要连带的说一下：就是武力战，外交战，经济战，思想战之运用程序与协调，能完全运用得当，即欧战中亦不多见，再溯而上之，觉外交战，思想战，武力战运用程序之好，协调之整顿，当推日俄战役之明治君臣及普法战役威廉第一领导下之将相。不过日俄战役战事结束后之日本和议失败，又是以后的事情，得之东隅，失之桑榆了。

由以前历次战役及欧战种种教训，而知武力战以外尚有外交战，经济战，思想战，因此饱经忧患，知觉锐敏的各先进国家，即拼命的将国内所有直接间接有形无形一切事件，平时筹划准备，战时统制分配，作有利的使用。这种状态，就叫做国家总动员，亦就是现代战争的特征，也就是近代式国防成立之基础的条件，而为国防演进中一大阶段。

至国防构成的要素，可分为三种：

第一，人的要素；

第二，自然的要素；

第三，混合的要素。

先从人的要素讲起，仿佛记得有这么一句话，有人曾三问拿破仑以战胜之道，而拿破仑则三应之以金钱。倘有人向本人询问国防构成之最先的要素何在，则将三应之以人。我国孟子天时地利人和之说，及固国不以山溪之险，而推论到得道多助，失道寡助等等，均是以人为本位，其理至今不易。但是有一解释，圣经贤传立言大意，均侧重于在上者，其志即希望在上者如何得人心，以为国防之根本，这个意思是不错的。但于人的方面，如何各炼其技，各尽其职，各尽其道的道理，似反轻视了。这也是我们中国儒家理学相传的一大毛病，似乎在上者尽是坏人，在下者尽是好人，富者尽是坏人，贫者又尽是好人，全是责备少数者，像顾亭林天下兴亡，匹夫有责之言，平均责备，很少很少。积久相沿，成为风气，以致一家之内，一人负责，一机关之内，少数人负责，甚至一国之大，亦复如是，其余则不事事而立于批评者地位。威廉第二曾言："中华民国者，远东一片荒地而已。"其言虽刻，不能说他的话说错了，如此则国将不国，尚能谈到国防吗？所以国防要素所需的人要：

"一个人要能算一个人，一个人无论从事何项职业，要对其职业，总得一人之用，并有其职业应需之技能。"

如是则筹划总动员，而总动员成立，建设国防，而国防完成。德意志民族所以无敌于天下，即此之故。蒋委员长整军经武，而先谋民族之复兴，亦即此意。但是国防构成的要素最先所需的人之条件，其对于个人所要求者，如上所述。然则将听其自修自励吗？是又不然，果如是则无异听其自生自灭，故须由国家方面，于凡百庶政，注意下之三点。

1. 锻炼国民担任一切之体力。人之要件，厥为精力与体力，健全之事业，必赖有健全之精神，实即赖有健全之身体。我国虽不必学德国优生政策，设为若干限制，然婚姻太早以及恶疾完姻之限制，与夫以县为单位之卫生行政，均不可不认为与国脉攸关政事之一。国民体力健全，夫然后方能谈到各尽其职。若如今日现状，机关中则请假病者每日甚多，学校中学生身体检查之结果，令人吃惊，其事表面似若与国防无涉，然有心人则认为国防的致命伤。此应为吾人所注意者一。

2. 养成国民对于公共秩序，国家事业，必要不可少之分际观念。此条要求，世界中人民最富于此项观念者，为英吉利国民，故能足迹遍全球，而宰制若干殖民地。我国人聪明智慧，如分析至各个人，以与他国人相较，未必不相及，然至二人以上，则立刻相形见绌，即一则立刻成了有秩序有组织之团体，一则立刻相倾相轧以至两败俱伤，照此一看，不必两国炮火相见，即已见胜负。对症下药，只有明是非，办公私，严赏罚；凡以私害公，以公济私，与夫懒惰不事事，或故意妨碍一切者，均严其惩罚。至守法的人，做事的人，尤其任怨的人，必予以维护，给予宽恕，方可谈到公共秩序，国家事业，以至于国防事业。此为吾人自一命之士以上至当国者所应注意者二。

3. 安定国人一切环境。国难至此，吾忽云安定国人一切环境，闻者必以为谈何容易，其实吾之所谓环境，自有形言，乃劳苦群众生活保障之设计，农村渔业救济办法，金融运输及工商企业之能以国家力量分别统制与维持，官吏铨叙之能循轨道等等。自无形言，则即如前条所述对症下药之明是非，办公私，严赏罚。此亦为吾人自一命之士以上至当国者所应注意者三。

以上将国防构成的人的要素说明，因为人的要素，其关系重要尤胜于物的要素，所以特予详细的说明，确定我国国防上构成要素所需要的人之标准，并推及于欲养成此项需要的人所需要注意之三点。质而言之，欲做国防的事，必先养成国防的人。以下讲述国防构成的要素中之自然的要素：

自然要素中之领土，其中为土地之广狭，国境形势之状态，海岸线之长短，地质之良窳，以及殖民地之多寡位置，均与国防有密切关系。如再为分析，则如下述。

1. 因领土内及殖民地之地理位置形状不同，而国防上陆海空军之建设比例，亦自不同。

2. 如前条所述地理位置形状不同，则国防上陆海空军之配置，工业区域尤其重工业区域之配置，以及要塞位置，兵工厂位置，首都位置，飞机场位置，在均因地理位置形状，而上述之配置，位置，遂影响至于国防。并因现在飞机威力半径及长射程炮射程之加大，各国发现上述配置及其位置之缺点，实即国防上之缺点，而从事整理。

以上不过略为说个大概，若要详细研究，则军事学中单有兵要地理一门研究此道，此处不能详说了。其次说明自然的要素中之资源。说到资源，当然数到天然的蕴藏，但国防命脉之重工业，究竟对于天然蕴藏与那几种有关系？并中国对于这几种究竟如何？以及有了这几样东西，而我国机械人才能否办得了？暨我国应有之注意。本人将于此逐一分析，以为国人报告。觉悲观派与夸大狂，皆非折中之论。以下略举国防命脉的重工业所关于天然的蕴藏比较重要的几种。

1. 铁。我们的铁的蕴量，据清末确定的调查，称为世界第二位。最近调查，又列于世界第九位。与世界各产铁国比，不惟不足以望铁矿最富的美国，就是较之法国，英国，德国，俄国，瑞典，西班牙，亦有逊色。但依本人所知，有谓全国铁之蕴藏，不及一万万吨，有谓超过三十万万吨，所说不同，姑且不论。单从现在采掘已著成效的湖北，安徽，江西，河北……等省有名铁矿的实际出产数量，很可以供给我国国防与工业的大量要求，无须仰给于外国。但是不从建设重工业入手，缺乏炼制的工具，使全国矿砂生铁，不断的流出，同时使英，美，日本等国熟铁以及各种钢与种种合金属材料，大批输入。而我国原有之各铁矿，或因外交上关系而丧失其采掘权，或因外资束缚而至停办如汉冶萍，则此项解决办法，又非军事一方面所能办到，希望我们举国上下，要同心同德，共同担负责任。德国前总统兴登堡劝告国人共同努力工业，筹还赔款的时候，他很沉痛的说："希望全国农工，一致努力，一致忍耐，饮此最后一滴苦药。"本人不敏，窃愿师其意而向国人郑重致辞，即"希望国人对于国防，欲树立基础，须先立重工业，而打破本段所述之钢铁及以下煤炭汽油与特种金属等等第一难关"。

他如与国防有直接关系的特种金属，如铅，镁，铜，锡，锑，钨，锌，镍，锰之类，在各省开采次第发现者，连年不绝。新的矿产，受外力拘缚，如前所述，或因外交关系而丧失采掘权，或因外资束缚而至停办之事尚少，这还是我们国防上与工业上一种新希望与新生命。

2. 煤。燃料一端，三十年来已渐由固体燃料而倾向于液体燃料。但是煤的地位，因需要地方的太多，仍不失其重要的地位。至于煤在我国的蕴量，迭据德，美，英，日本等国，及我国地质学家的探测，举出数目，与世界各产煤国比较，认为居世界第一位，一说居美国之次。但全国煤之蕴量虽如此之富，而全国开采的各煤坑，竟有百分之七十以上，属于英日两国，约略统计，国内著名大煤矿，日占其七，英占其六，国人自营者仅五矿。国人自营煤矿已如此之少，而其中如山东中兴公司，山西保晋公司，江苏贾汪公司，安徽烈山公司及江西萍乡煤矿，或因环境日恶，或因交通限制，或因历史上即遭损害，以致产量则日减，销路则日滞，几于不能立足。而彼在外人手中之抚顺开采各煤矿，反得乘我之危，扼我之吭，这不是很危险的一件事吗？我们必须有远大的眼光，澈底的办法以处理之。

百年以来，有一名言，即"决定任何一个国家民族的强弱存亡，不在金银而在煤铁"。如上所述，中国铁矿，开采不多，煤矿开采多而大半在外人之手。本人愧非专家，对此煤铁两大问题之解决办法，不敢提出具体的意见，大概国家方面须充分解除其环境或历史上之困难，劳资方面须各有所牺牲，一般国民及官署厂所，须决心尽管价高物劣而非用国货不可。此种仅凭理智之言论，不知于事实上如何？然以军事上眼光观之，敢谓一日煤铁不能自给，一日无国防可言。

3. 火油①。我国自飞机汽车输入使用以后，国人感于火油关系之重大，自意大利制裁问题发现以后，国人始惊觉即火油一样东西，就可以使人打不起仗来，则国防与火油问题关系太重太大了。火油产地，在世界上并不普遍，大概美国、俄国、英国、荷兰、墨西哥、加拿大较多。至于我国，从前陕西延长煤油矿，很为著名，但实际上民国二三年间，经美孚公司实地探测，认为蕴量并不甚多，我国亦未澈底考察，遂以耳代目，人云亦云，弃置不顾，现在仅凭土人用旧法掘取，每年产额，约七八十万斤，以采提不得法之故，而油质亦不良，仅能供给近地民用。其次则新疆省塔里木河迤北各地油矿的发现，依地质学家的侦断，谓新疆油矿的脉苗，与苏联的弗克诺尔大油田相接，极为有望。然如不从交通入手，不用近代新式机械开采，不辅以国家与财界的大力，绝对不能收效。至占全国油矿百分之六十的满蒙油矿，依满铁理事赤羽的估计，可供日本全国五百年之用。其余我国如四川、山西、河北、河南等省，亦次第发现煤油矿。以上我国油矿情形，其蕴藏数量，如能照数用新法开采，未始不可自给。但因外患、交通、技术、财力等等限制，遂致已有资源而不能取用。故今后我国国防建设，如无火油来源，则飞机、汽车、唐克车、兵舰及其他应需火油之新兵器，必等于虚设。而欲谋火油之自给，非从外交、交通、技术、财力下手不可。

他如电力设置的水泉，与制造硝酸、硫酸、苛性苏达……等关系化学战的主要原料，我国各地，更是应有尽有。如能举办这几种事业，所得的利益很大，即我们不谈国防，就国家经济，工业农业根本方策，社会或个人的生活着想，我们国内的企业家也要共同出来努力吧！

以下讲述国防构成的要素中之混合的要素：

1. 经济。经济为一切事业之母，而国防尤为浩大而表面上似为不能生产之一种大投资，若无此种大投资，则一切生产，均非我有，印度可为前车之鉴。尤其为国防骨干之国家总动员之经济动员之准备，关系非常重要。其项目大致可分为财政上之准备，交通上之准备，工业上之准备，农业上之准备。如再分析：则财政上之准备，可再分为大宗现金之储蓄，国家财政之调剂，交易之决算，国外私产之转移，战时之筹款，而战时之筹款，更分钞票、战争公债、私人之外国产业等。交通上之准备，可再分为铁道、船舶、航空、

———————
① 即石油。

汽车、邮电各项。工业上之准备，可再分为军需品之统计，已有军需品工业之确查，他种合制军需品工业之改组，特种工业之创设，原料之准备，工人之准备。农业上之准备，可再分为谷类、畜类、肥料、农具、人员。而根本之根本，尤在金融命脉不能握在他国人手里，国际贸易之消长，我们得以自主，是经济动员之准备之先决条件，于我国现状关系更切。本人非经济专家，恐有言之不当之处，但以国防眼光，近代战争理智看来，觉国家经济建设之程序，如不从上述经济动员的准备之先决条件及其项目，逐一解决，则所谓国防建设，譬比一间大厦，完全建筑于沙堆之上一样。

2. 技术。技术从科学而来，若再将范围推广的说一下，凡学问事业含有科学化性质，均可谓之技术。德国前宰相俾斯麦有几句名言就是："国防的根干，是深植在工业繁荣的沃土中。工业的基砥又是放置在科学家的近于神秘的头脑上。"一九一四年起世界第一次大战，许多由技术而成，即由科学而来之飞机、唐克车、毒瓦斯、长射程炮等出现，或仅出现而未底于完全。现在第二次大战，尚未到临，而上述各种武器，已有长足进步，甚至死光，以无线电操纵之飞机，透视山地之测视镜等种种近于神话之未来新武器，又哄传一时。本人敢武断的说一句，将来如再有一九一四年方式之大战，敢信有闻所未闻见所未见之新兵器出现。但新兵器一经使用，经过敌人想出防御或破坏方法，马上就会变成旧兵器，必须再由富于创造力之科学家，亦即技术者，发挥其最高技术，重新发明更新兵器，周而复始，互为循环，无科学即无技术脑筋之民族，必被征服于有科学即有技术脑筋之民族。我国科学落伍，技术浅薄，这是人所共知的。本人愧非科学专家，不敢深论，惟提倡鼓励，窃愿有所贡献。其一即奖励发明，办理科学资金借贷，以资试验或建设，此事于美国见之。其二即科学教育，简言之，即技术教育之方针国防化，今日不能为具体之说明，姑以本人游俄时所闻所见说出，以供国人参考。

列宁对于苏俄教育会，曾有一道手令说："科学的用途，大而且广，但我们在帝国主义环视之下，建设新国，只能选择适宜于民众生活与安全部门，加紧研究，使他在物质建设方面，表现出来，至于不适实用的各部门，仅可从缓。"及本人在莫斯科，给予我很深的印象，就是他们工厂与学校的（尤其是工科专门学校）距离很近，其用意是要求学生与工人，随时可以沟通。换言之，就是要使"理解与实验，相互交流"。实践"工厂即学校，学校即工厂"办法。这倒是我们一个好模范呢！

至于国防构成的要素中之混合的要素之武力，谁都知道是陆海空军，但除了陆海空军之外，还有要塞和防空，此两项于国境尤有关系，简直言之，即国防第一线之工具。这是盼望大家先知其地位，至其详细，绝非此短少时间所能说完。

还有情报，宣传，是国防构成的要素中混合要素之两项要件。但本人为诸位报告，这两件事，各国军事最高学府，列为专科研究，其深刻巧妙，实为一种技术，并非尽人能做，随便一谈的。

归纳起来，我国国防，当然以军事为重，但专靠军事，绝不能担当了国防，只算是牺牲一部人罢了。故今日本人将国防必不可少之条件，原原本本，报告诸位，请诸位知道国防尚有这些复杂情形，不至于相信大刀可以救国，百年大计而可以一哄了之，更非因"九一八""一·二八"事变而始谈国防的。

绥远前线情形与国防化学之关系

曾昭抡

1936 年 12 月 24 日在国立北平大学演讲

曾昭抡（1899—1967），湖南湘乡人，化学家、教育家和社会活动家，中国科学院院士。1944 年加入中国民主同盟，任中央执行委员。新中国成立后，先后出任北京大学教务长兼化学系主任，教育部、高等教育部副部长等职。

文献选自《新苗》1937 年第 13 册，39—41 页。

诸位同学，兄弟今天有机会来和诸位谈谈，觉得非常荣幸。今天所定的题目是"绥远前线情形与国防化学之关系"。在未讲本题以前，先将兄弟这次在绥远所拍的照片，请诸位传观一下。

要讲前线的情形，就应先知道该处的地势，这次军事行动，是在绥远的东北。敌人是由察哈尔省进来的。与军事有密切关系的，就是平绥路，这条路是以北平为起点，包头为终点，中间有绥远的几处城市，就是归绥，平地泉，和丰镇。绥远可分为东西北三部，绥东不及绥西富饶，绥北最为荒凉。所以这次蒙伪军的目标，最后是在绥西。敌人预定的军事计划，是要从察哈尔往西进展。在这里有三个军事行动最重要的城市，一为平地泉，一为丰镇，一为属于山西省的大同。在战事发生以前，察北六县早已失去，百灵庙也在敌人的手中，我方所守的地点，是武川，固阳，乌兰花，平地泉和红格尔图。敌人的军事计划，最初是想攻下绥东，由那里窜进绥西。此计未能得逞，且又受了相当的损失，所以后来才以百灵庙做根据地，实行进攻。不料又被我方用迅雷不及掩耳的手段，把百灵庙克复。敌人受此两次挫折，就以大庙做根据地，不料又遭惨败。伪匪经此数度剿袭，似已消失战斗能力，大约最近不至于再来侵犯了。

这次到前方去的人很多，因为交通的不方便，所以等了好几天，才找着一辆军用汽车，沿途经过武川，到了百灵庙，此地真是塞外的景象，人烟稀少，商店零落，喇嘛庙中的喇嘛，也都已逃完。我们的军队开到前方后，因为该地交通闭塞，运输不便，所以马上就下攻击令，战事是从头一天晚上发起，到第二天的早九点止，就完全解决了。这里我带来许多百灵庙的遗迹以及敌人留下来的组织特务机关章则等，请诸位观看一下。

绥远共驻有八万军队，中央军与本地军约各占一半，这次克复百灵庙完全是本地军队，绥东方面所驻扎的也是本地军队，现在只有平地泉附近一带，是由中央军把守。这是因为中央军武装齐整，且料定敌人不致再窜绥北，所以把中央军置于平地泉附近，比较容易对付。由平地泉往北一百八十里，就是红格尔图。这一线大部分是用骑兵防守。绥东比绥北热闹，人口也比较的多。此地的人民，差不多都是天主教徒，平常对于自卫，就有相当的训练，所以这次参加御敌的功劳不小。

据报所载，敌人所用之军器如何厉害。其实他们主要的武器，只是三八式的大枪，这枪是明治三十八年所制造的，距今已隔有两个朝代，当然是已落伍的了。此外尚有少数的炮队，但也没有新式的炮弹，现在把我所拾敌人已用过的炮壳一个带来，请诸君参观。敌人所用的飞机，也只有十余架，曾有一次在红格尔图扔弹，因我方士兵，未加防备，所以死伤四五十人。以后所扔之弹，都没有大功效。由此可见他们的技术不良。至于坦克车，根本没有用。

讲到毒气，在敌方反攻百灵庙时，我方曾经找到一两种敌人所用的新式武器。一是烟幕弹，一是催泪气，都是每个士兵带一个的。在烟幕弹上，印有日文指导书。敌人当时虽已发给每人一罐，但事实上并未用过。至于将来敌人是不是要使用毒气？此点固然不敢断定。不过我觉得要讲这个问题，我们就应看一看这次绥远战事的背景。这次战争，当然是某国人在后面勾结，要知这种勾结，并不是彼国政府的政策，只是少数浪人的捣乱，所谓特务机关长，差不多都是浪人，正式军队，并没有参加。因此他们所用的武器，都非新式。我方即使趁此机会，把察北六县收回，也是易如反掌。现在因有其他顾虑，一时恐怕办不到。由以上各点看来，敌人目前想不会使用毒气。但将来与其正式军队接触时，这种可能性一定是有的。不过使用毒气，要合下列几个条件，方能发生效力：

1. 一切毒气，使用时浓度要大，时间要长。反之，就会减少效能。

2. 温度高度，同它的蒸气压力，是有密切的关系。假若温度低，蒸气压力则小，那么效能就会减少。现在绥远的天气，在零下三四十度，所以使用毒气的效能比较很少。

3. 风速与风向也有关系。如果于大风时放射毒气，就容易被其吹散。利于放毒气的风，是要每秒钟一点五到五公尺的速度。至于风向，当然以顺风为宜，逆风反害自己。但在无风时放射，亦不能收到很大的效果。我们这次在绥远住了十多天，有风的时候甚少。

4. 地形之关系。我军在前方所占之地形，差不多都是很平坦的地方。并且几乎完全没有树木。若在这种地方放射毒气，也是要减少效力的。

根据以上四点，以绥远的情形看来，使用毒气，大致并无若大的妨害，所以我们在该地曾经做过几次讲演，好使当地的军民放心。

毒气战争，在绥远目前虽然不成问题。但我们对于防御工作，仍须积极的进行。在绥远有一部分军士，已有了防毒面具，但它的来源，多半是意大利制造的，面部纯用橡胶制成，这种面具在绥远的低温度下，易被冻裂，反不如本国用橡皮布所制的，来得合适。因为数量不够，现在我们还须设法做出价廉而完全合于该处应用的防毒面具，以供前方需用。前方还希望我们编出各种防毒小册子，散于军民阅读，而增加他们的防毒常识。必要时，或者要在绥远设班训练。此外还有一点，就是制造标准的测毒器，来测毒气之有无及其浓度，以便随时报告该地军民，好使他们预防。

服务军人运动

刘良模

1938 年 1 月 2 日在长沙市广播电台演讲

刘良模(1909—1988)，浙江镇海（今宁波）人，著名的社会活动家、指挥家、宗教界爱国民主人士。"九一八"事变后，积极领导民众传唱国歌凝聚国魂，推动宣传中国人民英勇抗日的事迹，在社会上产生积极的影响，逐渐成为我国基督教界和抗日救国战线的知名人物。1949 年在中国人民政治协商会议会上和几位委员提议以《义勇军进行曲》为代国歌的建议，获得通过。新中国成立后曾任第四至六届全国政协常委，民盟中央委员，中国基督教三自爱国运动委员会副主席等职。

文献选自《抗战三日刊》1938 年第 37 期，9 页。

要得到抗战最后的胜利，我们必须先做到军民真正的联合，服务军人，乃是联合军民的一个最好方法。

服务军人是一件极愉快的事情，同时也是一件对于抗战有极大帮助的工作。我们青年会在长城抗战和绥远抗战的时候，就已经负起服务军人的责任；在这一次全面抗战以后，我们更分派所有的干事到东战场、北战场和西战场去服务。我是被派到苏州，担任京沪线服务工作的一个人。三个月服务军人的经历，我感觉得士兵和伤兵，需要民众的同情和帮助，正像大旱祈雨；如果有人去给他们服务，他们对他真像自己亲兄弟、亲爷娘一样的亲切。同时我更感觉到这个工作实在做得太不够了。现在战区已经扩大到好几省，在后方的伤兵，几乎散布到全国，他们处处需要民众的服务；然而担任这工作的青年会军人服务部却最多只能动员二百个干事，财力物力更是小得可怜。因此，为增加抗战力量起见，为促进军民联合起见，我们愿意发起一个全国民众的服务军人运动。

有人说，军人真可怕，更可恨。他们随便在街上打人骂人，买东西不给钱，看戏不买票，有时还要抢人家的东西，我们实在不愿意服务他们。其实这个能怪士兵吗？如果有一只猫，有三天不吃饭，恐怕它也会变得像老虎一样凶，何况是一个刚从前线下来的战士？他们在前线为保卫我们流了血，受了伤，三四天没有东西吃，跑到后方来却到处受白眼，要吃没有吃，要住没有住，甚至连一点水都喝不到，老百姓看见他们好像见了鬼一样的逃走，怎不使他们把爱国热忱冷下来呢？再加上看见后方一般人歌舞升平，淫靡舒服的生活，他们怎不气得暴跳如雷呢？我们老百姓太对不起这辈抗战的勇士了。

如果我们愿意服务这辈军人（伤兵，过路军队和驻军），可怕可恨的丘八，便会马上变成可敬可爱的勇士。这是我们几个月工作得来的经验，一点没有假话。他们天真得像小孩，他们的友谊真诚挚，他们对于服务他们的民众，表示十二分的敬意，他们觉得为这样可爱的民众而死，死也甘心。我们服务他们以后，他们更知道怎样自治，他们就不再骚扰老百姓，所以在这中间实在包含着不少的力量。

你也许会说，我们很愿意做服务军人的工作，但是我们没有人，也没有钱，那怎么办呢？其实办军人服务工作，是一件很容易的事情。我们在苏州办了十五个伤兵俱乐部，一个军官俱乐部，工作人员有八十多人，然而在最初的时候，全国青年会只派了两个人到苏州去，其余的工作人员，都是当地民众（尤其是青年）自动来参加的。应用的娱乐品和其他材料，也都是当地民众捐的。这只是三个月的工作，就有这样的成绩，可见民众中间，也正包含着无穷的力量。

民众中间有很多的力量，然而如果我们自己不知道用，恐怕反会被敌人用了去。士兵中间有很多的力量，如果大家不管他们，反而会变成骚扰民间的破坏力量。我们现在要用全民服务军人运动的方式，来把民众和军人的力量胶合在一起，以争取抗战的最后胜利。

服务军人有四个方法：①如果我们自己不能参加实际服务军人工作，我们可以把自己家里的娱乐用品如留声机、唱片、画报、棋子、箫笛、胡琴等物，或是金钱，捐给服务军人的团体应用；②随时随地看到军人需要我们帮助的时候，我们都应该服务他们；③参加一个服务军人的集团；④由我们自由集合几个同志，组织一个服务军人的团体。

服务我们忠勇抗日的军人，乃是一件人人能做的工作，也是一件人人应做的工作。愿全国四万万同胞，大家都来参加服务军人运动，以增加我们抗战的力量。

抗战以来国际的形势及日本的危机

黄琪翔

1938 年 3 月 7 日在武昌将校研究班演讲

黄琪翔(1898—1970)，广东梅县人。著名爱国将领，政治活动家，中国农工民主党创始人和领导者之一。新中国成立后，历任中央政法委员会委员、国防委员会委员、中南军政委员会委员兼司法部部长、国家体委副主任，全国政协常务委员会委员、中国农工民主党中央委员会副主席和秘书长等职，曾当选为第一届全国人民代表大会代表。

文献选自《黄花岗旬刊》1938 年第 1 卷第 5 期，194—200 页。

一、抗战以来国际的形势

自我国全面抗战发动以来，东亚大陆的暴风雨强烈地震荡着国际局势，国际政治上每一个脉搏和呼吸，无不直接间接受远东战争的影响，这个战争是八个月以来国际政治变动的中心因素。所以，我们要说明及分析抗战以来的国际形势，从客观的方法上，我们应以中日战争为中心，去进行分析；从我们检讨这个问题的目的上，当然也应该以中日战争为中心，去进行分析。

以中日战争为中心而进行整个国际形势的分析，从七七卢沟桥事变起直到现在，可以分成两个阶段来说：第一个阶段，是从卢沟桥事变到白鲁塞①九国会议的终结；第二阶段是从九国会议以后直到现在。但是在未说明这两个阶段以前，必须先把卢沟桥事变前及事变当时的国际形势，提示出来。

日本帝国主义在怎样的国际形势之下，来挑起对华新的战争而发动卢沟桥事变的呢？

---

① 布鲁塞尔。

当时，日本强盗的两个盟友——希特勒，慕索里尼的德意轴心是建立了，它们的魔手伸展到意卑利亚半岛①，正干得十分得手。慕索里尼在地中海，红海，北非洲，竖起了无数的炮垒，威胁着英国到苏伊士运河的交通线，同时它自命为回教徒的保护者，在埃及，巴勒斯坦，阿拉伯等地，煽动回教徒反英，企图摧毁英国在近东的统治地位。希特勒收回殖民地的要求正在狂叫着，企图向中东欧积极活动，可怕的阴谋正在威胁着英、法、苏联等维持集体安全的国家，英、法、苏联都被牵制住了。而且苏联在当时正从事于清党肃军，更不能在东方有所行动。

日本帝国主义者这时正采取着远交近攻的政策，佐藤外交的亲英活动，石井特使及经济考察团之出发伦敦，随着英皇加冕礼举行之后，伦敦即开始英日会议，唐宁街的绅士们对远东问题正在"吾人华北，不列颠华中华南"的瓜分条件下，做着好梦。美国的孤立派，中立主义者正当抬头的时候，甚至于还有一派人，高唱放弃菲律宾，退出远东，以免卷入战争的漩涡，罗斯福总统在这样的氛围中，对远东政策绝不能超过史汀生不承认主义②以上。

这样的国际客观形势，正是给予东方侵略者一个绝好的机会，因此，日本帝国主义者就在这样环境之下，在卢沟桥开刀，以进行它的征服全中国的计划了。

卢案发生后，第一阶段的国际形势是怎样呢？

美国是首先表示态度的一个，国务卿赫尔在事变后几天发出声明："华盛顿海约虽然已经结束，然而美国政府以为和它同时缔结的九国公约，仍然有效。"接着，美国主张调解中日冲突，据当时电訉③，调解方案是：第一步，由关系各国劝告中日两方采取妥协办法；第二步，由九国公约签字国家相互咨询来定应付办法；第三步，由中国向国联会提出申诉，同时，美国国内的孤立派就积极要求实施中立法。但同情我国的人士则认为实行中立法，于日本无大影响，而于中国为不利，两派互相斗争者，中立法至今尚未实行。

法国政府对中国表示很同情的关心，她希望英、美、法三国共同出来调解。苏联对于中国的抗战，表示热烈的同情，它严厉斥责日本的侵略行为，

---

① 即伊比利亚半岛。

② 史汀生主义，也被称为"不承认主义"，即美国政府既不承认日本侵华行径及其后果的合法性，又不采取果断有效的措施从根本上制止侵略。史汀生主义是美国中立政策的具体体现。

③ 訉（fén），意为多言。

并指出中国抗战胜利的前途。不久，就和中国缔结不侵犯条约，以物质援助我国，中苏关系在战争开始后获得长足的进展。

英国在初还保持暧昧的态度，后来因为日本在华北的行动扩大了，艾登表示："日本对中国过分的行动，实为英国所不愿。"接着就申明停止英日谈判的进行，但它同时主张开国际会议调解中日争端。

对于日本新的进攻，几个主要国家——英、美、法，都走到调解的路上来了。

为什么各国要采取调解的态度呢？这里先须说一说各国的基本态度与国际间的相互关系。第一，英国的基本态度，是一贯的想同日本在远东谋取妥协的，他虽反对日本在中国的独占，但对中华民族的自由解放，也深具戒心。因此，他希望日本在华的行动适可而止，他尽量觅取调解的折中方案，以期解决争端。

美国是徘徊在孤立与联合行动的矛盾中，他绝对要避免战争，他在"九一八"时遭到英国不合作的教训，引为殷监。因此，他除表示维持国际条约的尊严外，他只有同意英国的调解主张。

法国的外交政策是时时要保持与英国步调一致的，因而也不能离开英国的调解主张。

苏联的态度虽然很为积极，主张采取国际制裁手段的；然而没有英美法的共同行动，国际制裁终于不可能。

于是归纳起来，国际方面只有出于调解一途了。

当沪战发生后一个月，我代表于九月十二日向国联提出申诉，国联处理远东纠纷，提出调解方案遭日本拒绝。国联想取得美国合作，乃恢复一九三三年曾由美国参加的咨询委员会，由该会拟就报告请国联大会敦促九国公约签字国举行会议。召集此会的动机，仍不放弃对中日事件调解的企图。

九国公约会议在北京举行时，各国的基本态度没有什么变化，倒是日本的盟友慕索里尼态度显明起来了，意代表公然同情日本的侵略中国，公然在会议席上拥护日本的立场。九国会议终因意代表之破坏以及英国的模棱态度，遂于十一月二十四日宣告无期延会。国联对中日事件调解的失败和九国公约会议的休会，国联运用和平机构以抑制日本的企图至此已归于停顿了。

谈到抗战后国际形势的第二阶段或现阶段，我们虽不能作详尽的检讨，但可指出以下几种事实：

（一）日德意轴心的强化。日德意三国以"防共"而建立侵略集团，诚如李维诺夫所说："防共者乃地质学上名词，其目的在抢夺土地上的矿产与资源。"德意的反共，乃反英反法，给日本在东方的侵略行动以精神上的援助，日本反共，实为灭华，给德意在西方侵略以助力。意大利在日军占领南京以后即承认伪满，继复于去年十一月六日正式加入日德的防共协定。德国复于最近将其国内政潮压平之后，又公然承认"满洲国"。这都助长了日本的侵略气焰。可是侵略集团各为本身利益打算，目前是在互相利用，互相支持的局面下，勉强合作，这个轴心能否不受摇动，还是问题。比如最近希特勒兼并奥国，慕索里尼虽表示"与其反对而无效，毋宁加以赞同"；但在勃利纳山隘，意复增驻军四师，这即足以表示对德国不无戒惧。意大利的目的在地中海，不在远东，它之所以援日，不过是牵制英国的一种作用。德国虽然疯狂地向中东欧迈进，但它并不能忘情于旧日殖民地，在收回殖民地的运动中，其于远东的旧属地——青岛及委任统治加虽林群岛①，自亦不能例外。由此可见德意日的侵略轴心很有濒于松弛的可能。

（二）爱和平的国家密切合作。自最近德国问鼎中欧，英外相艾登辞职，英国外交政策改弦易辙以来，很多人都认为集体安全制度是破坏了，国际和平势力是一蹶不振了，但我认为爱和平国家的觅取合作，目前正在加倍的努力。比如英美在对日本的海军竞争上，正在力求接近。不久以前，英美法联合致牒日本要求宣布造舰程序，类似哀的美敦书。此项通牒遭其拒绝后，英美即准备废止伦敦海约的限制条款，大量增舰。英国要建造四万六千吨军舰二艘或三艘，大炮口径大至十六时，本年度海军预算达一万二千万镑，比去年增加二千万磅。美国不理会日方取消战斗舰及航空母舰的拟议，下院海军委员会已通过扩充海军百分之二十的计划，并声明维持五、五、三比率，永远不变。此外，复在阿拉斯加的西崔增筑海空军的根据地，宣布南太平洋中凤凰岛的主权属于美国，无一不是给予假想敌的日本以威胁。以财枯力竭的日本，与英美两大国家竞赛，当然要瞠乎其后了。

其次，为英法的继续合作及法国表示继续遵守法苏协定，在英内阁改组，张伯伦开始进行英德，英意的谈判时，仍旧声明与法国继续合作，可见英国并未投入侵略集团的怀抱。在这时法国旭丹内阁鉴于中欧的形势岌岌，除赓

---

① 即加罗林群岛。

续与英国进行合作外，一面并表示忠实遵守法苏协定。迨至国社党兵不血刃占领了全奥的领土之后，法国以勃鲁姆为首人民阵线内阁顺利产生，法国外交政策当更向法苏，法捷两协定的精神迈进。同时，英国企图与德意妥协的谈判，遭受失败，张伯伦的内阁将见倾圮，今后英国在欧洲的行动，当只有复返于集体安全制了。

（三）世界反侵略运动的勃起。日寇在华的野蛮行为，深为全世界爱好和平，拥护正义的人士所不齿。因此，世界反侵略大会在伦敦曾专为制裁日本侵略，抵制日货而召集一次大会，到会代表八百余人，共代表三十一个国家。委员会通过八项制裁日本的决议案，并动员全世界一万二千万会员不买日货。他如英美澳各国劳工阶级不运日货，宁坐牢罚薪，不肯运送日本军火以屠杀中国人民之举，层出不穷，各国对日本的杯葛运动，已风起云涌了。国际反侵略运动的高涨，不但可以更促进我们的抗战的决心，甚至可以推动各国政府在实际上更能援助我们的抗战。

以上所述，可见国际形势的演变，对我已展开有利的条件。只要我们能坚持抗战，必更能争取国际形势的好转。

现在再回顾一下日本国内的情形是怎样？

二、抗战以来日本的危机

我们知道，日本并不是一个真正的强国，它并不具备一个强大国家的基本条件。它自发动对华战争以来，虽然因为军事准备比我们充实，军事技术比我们优越，而取得若干胜利。然而在作战的基本条件上，在这短短的八个月中，它已暴露了很多的危机。

第一，财政的危机。日对华作战前已动员正规军二十一师团，预备军八个半师团，现因战事失利，驻华日军纷纷请援，将来日军还须动员十师团或八师团来华。据欧战时的经验，每兵每日战费十五马克，合十三日圆，依目前情形估计，它每天需要战费九百万圆，每月约需三万万圆。去年日本增拨对华军费二十五万九千二百万元，到本年三月底即将告罄。本年度除二十八万万余元经常预算外，对华特别预算则增加至四十八万五千万圆，超过上年度百分之三十以上。这种庞大的支出，有怎样的来源呢？根本上，日本全国民的收入，据苏联作家塔宁在当日本作战的时候一书中的估计，仅达八十九亿圆左右，这样单是战费一项就占百分之六十了。欧战时，战费占全国民收入最多的是奥国，它也仅占百分之四十五，即已疲敝不堪再战。

第二，征集战费的方法，主要的是发行公债。此次特别预算中，就有四十五万万元，全靠发行公债来弥补，截至去年十二月底止，日本公债额已达一百十八万九千三百万元，再加上本年度的公债，将超过一百六十万万以上。从前高桥是清曾以百万万元公债为日本消化最大限度，逾期则有通货膨胀危险之言。乡诚之助亦说："日本必须有销售公债的把握，然后始可发行公债；否则，有通货膨胀，货币跌价的危险。"日本公债市场没有消化力，结果只有存到金库作为发券准备金。这种情势必然使恶性通货膨胀，不可避免，战后德国马克的崩溃，是它的前途。

其次是增加税额，本年度拟增税三万万元，已引起财阀的反响，同时贫苦大众更不胜负担之苦。一九三七——三八年，日本国家赋税，已由七三五百万元增至一、二五〇百万元。

外汇在目前状态之下，虽然相当稳定，但因贸易入超过钜（去年入超额达六万三千六百万元），输入减少，国际收支无法平衡，去年输出现金约达六万三千万元之巨。日银的准备金，现只腾五万二千万元。虽然日政府履行统制外汇政策，限制民间购买外汇已由三万元降至百元；然而现金如此枯竭，倘使本年度借不到外债，那末，日本要购买军火，原料，燃料等，将要感到极端的困难了。

第三，国民经济的危机。日本因先天不足，军需原料发生困难（例如棉花、镍、橡皮等全靠外国供给；铁砂、铅、锰、钨、煤油等，差不多全部倚赖输入），现煤油缺乏，日本平时消费量每年为三百五十万吨，对华战争需要增至四五百万吨，本年仅生产三十三万吨，仅足供战时消费量百分之五至十。日军部及煤油商之存贮，仅足供半年或八个月之用，现已感受恐慌了。

其次，日本对于铜铁同样感到短少，它正从菲岛收买生铁，并已购铜三万吨，使世界铜价为之上涨。因为缺乏钢和五金，已使机械制造等工业增加二倍生产的计划，宣告破产了。

输出业受排货影响，纺织业纷纷停业或减缩生产，如新潟县有二百余人造丝厂停工，盐釜地方有许多纱厂已宣告破产。

进口限制施及于棉花，羊毛，木料等物，使大众生活品感受恐慌，以致百业停顿。

滥发公债对于游资吸收，使一般企业都感到资金缺乏而陷于紧缩状态之中。

第四，社会的危机。物价的高涨，工农大众生活的恶化，致使劳资纠纷的事件突然增加，反战运动日益高涨，人民逃避兵役的事日有所闻，而新潟，横滨等地的工人曾举行罢工。末次内相登台，因革命运动的威胁，乃履行镇压政策，自去年十二月中旬至现在，已拘捕人民阵线分子七千五百人，其中有无产党主席加藤堪什，书记长铃木茂三郎，众议员农民组合代表黑田寿男，劳农派理论家山川均等。随后无产党，劳农党及全国劳动组合评议会亦遭解散。

最近神户码头上新兵和家属的反战暴动，曾与军警发生武装冲突。

在前线，到处有反战传单发出，南京日军法庭曾枪决旅团长共党藤岛一名，日本青年同盟干部自动投向中国军队，而日本预备兵复多数同情于我国。这证明日本被压迫的大众醒觉了，在长期战争之后，一个大革命的爆发是必然的。

第五，政治的危机。近卫内阁罗致军部，财阀、政党、官僚各派代表设立内阁参议官制，表面似是举国一致，其实内部摩擦随战事而增长。（一）急进法西斯咄咄逼人——海军派急进法西斯疯狂者末次大将登台，将有取近卫而代之的消息。大日本青年党领袖桥本大佐出任芜湖前线的指挥，造成轰炸巴纳号事件。黑龙会领袖老牌法西斯头山满联合山本英辅大将，一修实孝公爵等发表宣言，主张解散现成各政党，组织全国一致之国家党。（二）阁员意见的对立——海军派末次主张对华宣战，主张反英；温和派中岛铁相则主张暂时观望。近卫采取折中办法，广田一再更正末次的谈话，这都表示各阁员意见的分歧。（三）捣毁政民两党部案——日本琦玉县防共护国团员三百名捣毁东京政友会，民政党两党部，同时社大党魁安部磁雄复遭受法西斯暴徒的欧辱。事件发生后，国会议员表示极端愤激，曾一度停止议事，经内和末次郑重道歉，始归平息。随着战争时间的延长与战争范围的扩大，不仅促使敌人国内反战的情绪继长增高，同时使日寇统治阶级阵营内各个集团的矛盾，也超于尖锐化了。

第六，殖民地统治的危机。因为日帝国主义者在其殖民地继续不断地抽调壮丁和高度剥削的结果，掀起了台鲜各地民众反战反帝的怒潮。去年底朝鲜总督曾发生炸弹案，炸毙机要秘书青山三郎和政治部主任玉田吉八郎等。现时朝鲜各革命团体，如朝鲜民族革命党，朝鲜民族解放运动同盟及朝鲜革命者联盟等，已结成一条紧密的民族战线同盟，潜伏在朝鲜地下革命的势力，已逐渐抬头而起了。在台湾方面，不久以前，数千矿工友对被抽调赴华作战，当领到武器时，一齐发难，击毙日军千余名，将台湾火药库及可供六年用之煤油，全部焚毁。失败后仍有五千余人退入阿里山地。同时华社一郎亦于去年十二月在雾社聚集番民万余人，高树反日旗帜。从敌人严密封锁下泄露出这一点消息看来，可见革命的怒火正到处燃烧，敌人在殖民地统治的基础已开始动摇了。

三、结　语

依据以上的分析，可见日本帝国主义者在其国内政治经济社会总危机的日益加深的形势下，来发动对华侵略战争以缓和国内的矛盾这一企图，不但不寻得到预期的计划，相反的，正因为速战速决的冒险行动转变为长期战争的局势下，敌人国内的各种矛盾更趋于尖锐化，潜伏着各种危机将一齐迸发出来，而至不可收拾之境了！

最近帝国总动员法案随即对华特别战费四十八万五千万的预算案，通过于众议院，但敌议会各政党对总动员案修正之后，尚加以各种保留。这一法案不仅违反日本的宪法，而且资源征发与资本统制，实侵犯到私有财产的神圣，将来实施这一法案时，必然还要引起各种摩擦。

目前因为英国保守党内阁对侵略集团让步妥协的结束，德意法西斯在意卑利亚半岛，在中南欧正干得起劲的时候，更刺激了日本帝国主义对东亚侵略的气焰，日寇将益无忌惮地倾其最后的赌注，以作孤注之一掷了。但是不论侵略集团在这时如何的向外冒试，世界爱和平的国家现在正采取以退为进的政策，整个抑制侵略的力量并未根本削弱。第二次世界大战必然因侵略集团的挑衅而提早爆发，环伺在日本左右到强邻，都是日帝国主义者严重的敌人，日寇在中国愈深入，愈消耗，将愈益迫近最后总崩溃的道路。

经过九个月来的抗战，在第一期的消耗战，我们已得到预期的目的，目前在第二期抗战的阶段中，我们又粉碎了敌人预定的战略和政略。谁都知道，此次敌我死与活的武装决斗中，决定最后胜利的主要条件，除武力、经济及国际形势外，还要归结到敌我两国的政治状况和战斗情绪。在斗争中，我们最大的优点之一，就是我国的内部，不分党派，不分阶层，不分上下，都在中央政府和最高统帅领导之下，结成了一条民族统一的战线。而敌人的内部正四分五裂，士无斗志，随着斗争的延长，敌人内部的矛盾将愈益的加深。

明了敌我对比的真实情况以后，我们更应该坚定"抗战到底"的国策而持久抗战下去，只有持久抗战，才更能争取国际形势的好转，争取最后胜利的到来。

训练新兵应该注意什么

冯玉祥

1939 年 1 月 4 日对训练新兵官长军士训话

冯玉祥(1882—1948)，原籍安徽省巢县（今安徽省巢湖市），民国时期军事家、爱国将领，爱国民主人士。抗战时期任国民政府军事委员会副委员长，第三、第六战区司令长官，1948 年 1 月中国国民党革命委员会成立后当选为常务委员和政治委员会主席。同年 7 月回国参加新政协会议筹备工作，9月 1 日因轮船失火遇难。

文献选自《冯副委员长抗战言论集》生活书店 1940 年发行，1—6 页。

各位同志，各位官长班长：

今天在开始检阅之前，有几句话先要给各位官长班长说的：大家有带笔记本的，要把我的话仔细记下来。

现在前边有几百万军队作战，就是靠我们在后边好好地把新兵训练起来源源补充，所以诸位的职务是很神圣的，责任是很重大的。我们的最高统帅，蒋委员长把这些国家的活宝贝交给各位，各位要好好地对待他们，训续他们，才对得起委员长的嘱托。

训练新兵有几件事情要注意。第一，就是要注重政治教育，也就是精神教育。一个军队有很好的枪械，作起战来，老是打败仗，为什么，就是精神不充分的缘故。枪械无论有多好，总要人来使用，人若缺乏了战斗精神，有好枪械不过是"留以资敌"而已。一个军队的精神又有表面的精神和内在的精神。表面的精神是衣服穿得干净，队伍站得整齐，这在平时也要紧，可是到了战时，内在的精神却加倍地重要了。什么是内在的精神呢，就是肯和日本人拼命，肯为民族牺牲的精神。现在各部队都有政治部，实施政治教育，可是方法不尽完善。譬如课程里面，有什么国际情势，说话里面说什么"积极""消极"。要知道原是在家里种田做工出身的新兵们，决不会懂得这些名词的。应该简单扼要地告诉他们，我们打日本人，一是为保护我们祖宗的坟墓。不然，日本鬼子来了，连祖宗的坟墓都被他们铲平了；二是我们打日本人，是为我们子子孙孙不当亡国奴；三是我们打日本人是为我们自己活在世上像个人样子的活着。把这些简单通俗的话告诉弟兄们，再让他们自己说，自己讲。只要弟兄们懂得这些道理，他们一定会愤怒起来和日本人拼个你死我活。盼望各位多选择这些通俗扼要的材料，和前线上可歌可泣的故事及敌人对我同胞的种种残暴，随时随地给弟兄们讲，久而久之，自会提高他们的战斗情绪的。

第二，要官兵一体。就是说，官长班长和弟兄们，要如同一个人一样，不分你我，不分彼此，这是打跑日本鬼子的要诀。新兵离开了父母、兄弟、家乡到军队里来，对军队的生活不习惯，许多人不认识，全仗着各级官长如同爱自己兄弟一样地爱护他们，照顾他们，注意他们的饮食起居。他们病了，要如同伺候兄弟一样地伺候他们。甚至于替他们剪手指甲脚指甲，要他们洗手洗脚，至小至微的事，各级官长都要惦念到，嘱咐到，这样，官兵之间自然会发生一种浓厚的感情，自然能够上下一体，兵自然能够敬爱官长，官长指挥弟兄也自然可以如"身之使臂，臂之使指"一样了。

第四，先贤待兵有三礼二要的教条。三礼是："夏不挥扇，冬不服裘，雨不张盖。"一个官长买不起一把扇子么？不是的，有一个兵没有扇子，官长有扇子也不能用。冬天不穿皮袍，下雨不打伞的道理也是一样。二要是"兵饮未熟将不敢食；兵未入室将不敢入舍"。这是说兵的饭没有熟，官长的饭熟了也不吃；兵没有找到房子，官长的房子找到了也不去休息。官和兵必须平常能够共甘苦，在战场上才能共死生。

有的官长很真诚，打仗很奋勇，可是性情急躁，兵不懂，打他一拳，踢他一脚。自然，哥哥有时也打弟弟，但这个法子总是不好，不如用嘴把兵们说服的力量大。盼望官长班长很忍耐很热诚地来照顾离开家乡，到这里来的新弟兄们，火热起良心，如兄弟般地爱兵，这样，一定能打胜仗。

有些营长连长，打仗退下来，五百人的变成了七百人，一百五十人的变成了三百人，就是因为他们平时爱护兵，一同吃，一同喝，一同睡，一同住，并且能够好好地教育兵的缘故。所以官长到那里，弟兄们一定跟到那里。平常待兵不好的官长，一退下来就变成光杆了。

要作到官兵一体，还有两件要紧的事。就是要兵会的，官长先会；要兵遵守的，官长先遵守。中国要打走日本鬼子，变成独立自由的国家，就仗着有热血有良心的同胞不断地加入军队里来，也就是靠有知识的官长教育他们，爱护他们，"循循善诱"，不断地说，不断地告诉才好。

第三件事，就是要军民一致，就是要爱百姓。曾文正公说："百姓帮忙功自成。"爱百姓，就等于把炮弹打到了日本鬼子的脖子上；不爱百姓，就等于日本鬼子用炮弹打到了我们的脖子上。委员长在武昌一个六七千人毕业的会上，他说："我们军人要实行作老百姓的儿子，要实行作老百姓的仆人。"可见爱民是第一件大事。我们养一条狗是为的看家，养一只猫为的捕鼠，养一只鸡，为的打鸣、生蛋。我们身上穿的军服，每天吃的饭，是那里来的。都是老百姓供给我们的。他们养我们干什么？是叫我们打日本鬼子，为民族国家争自由独立，为全体人民争生存，保护大家的生命财产。

我这里有一本军人救国问答，很简单的，一共只有二十八问，要叫弟兄们天天问答，使人人个个把爱百姓的事刻骨铭心地记在脑筋里，现在我读一读，大家听着：

第一问：我们的父母是什么人？

答：是老百姓。

第二问：我们的兄弟是什么人？

答：是老百姓。

第三问：我们的邻居是什么人？

答：是老百姓。

第四问：我们的亲戚是什么人？

答：是老百姓。

第五问：我们的朋友是什么人？

答：是老百姓。

第六问：我们自己没出来当兵的时候是什么人？

答：是老百姓。

第七问：我们不当兵了回去作什么人？

答：还是当老百姓。

曾文正公说："爱民之道必须日日三令五申，视为性命根本之事。"我们盖房子不能先从屋顶盖起，要先在下面打根基。树有根，水有源，我们军队的根，我们军队的源，就是爱老百姓。"铁杆不开花"，我们一切都是老百姓供给的，我们要对他们客客气气。问路的时候，我们要说："老大爷，老伯父，到张庄怎么走？"或者"老大娘，老伯母，到东门怎么走？"决不能粗声大气地说："老头儿，告诉我到张庄的路！"现在军队里面大多数纪律很好，也有少数纪律不好的，借人锅做饭不还，打破了不赔人家，一师人之中有一连人这样做就不得了。

军人救国问答第八问以下，就是说的这个道理。说我们吃的，是老百姓完粮纳税给我们的，他们吃得很坏，把大米白面给我们吃。我们穿的，也是老百姓完粮纳税来的，老百姓穿的是补了又补的破衣服，却省出好的来给我们穿。所以我们对于百姓，要恭敬他们，保护他们，拼命去打日本鬼子。这二十八问，每天早晨起来，由官长问，士兵答；慢慢地班长问，慢慢地弟兄们便可以自问自答了。盼望诸位注意这件事，切实努力，要连一个伙夫都懂得爱百姓，实行爱百姓才好。

最后，要打走日本鬼子，要注重战斗教练。"军之宗旨在战斗，凡百动作要合乎战斗"。

第一，要注重战斗动作，就是官长班长要懂得典范令，熟读典范令，要手不释卷，笔不停挥，汗不停留。读完了一章书，要把当中的要点写下来，就到操场上野地里带着弟兄们去实作。譬如左臂受伤，我们右胳膊要继续装子弹，继续射击。两只胳膊打伤之后，要用腿踢敌人，用口咬敌人，一口咬在日本鬼子脖子上，就可以把鬼子咬死。这些动作要天天练习，到战场上才能不慌乱。还要练习的，就是营长阵亡了怎么办，连长阵亡了怎么办，排长班长副班长阵亡了怎么办。要紧的是破除迷信，不要怕说受伤，不要说什么贴金，挂彩，反要天天练习受伤，天天练习阵亡，才能够打胜仗。社会上迷信的恶习惯，到军队里面非洗刷掉不可。譬如扶乩、算卦、相面、批八字，都是军队里不能有的事情。假如有个兵去算卦，算卦的说："你向东去不吉利，向西去好。"那不糟糕了吗？我们的民族敌人日本鬼子是在东方的呀！所以看见兵士们去扶乩算卦等等，就要赶紧把他们叫回来，细心地开导他们，纠正他们的错误。军队里面只有长官的命令，除此以外，别的什么都不许有。一连里面只有连长的命令，一师里面只听师长的命令，我们全国军队都只有听最高统帅的命令。如果命令以外，还要去算算卦，排排八字，那还成军队么？

第二，就是要练习利用地物。行进间的利用地物，要使得我们能看见敌人，敌人看不见我们。停止间的利用地物，又要练习得我们打得着敌人，敌人打不着我们。

第三，射击军纪也是要紧的。只顾把子弹放出去就算完事，那是不行的，敌人把头低下去，我们就要停止射击。要做到瞄不准不放，放一颗子弹就打死一个敌人的功夫。千万不能喝日本鬼子的毒药水，只注重制式教练。因为把立正，看齐，开步走，阅兵式，分列式这一套作得再好，一二一，一二一，喊得再响，上了战场，却没有用处。这些于打日本人无关的教练，要趁早暂时把它丢开。尤其是诸位时间太匆忙，有的弟兄们刚换上军服就带走了，有的还等不及换军服。诸位官长班长的责任，特别重大。要选那些最有用最必需的知识和技能，教给弟兄们才好。

抗战正在最艰苦的时候，希望诸位为国家努力。完了。

目前的抗战与国际形势

胡愈之

1939 年 2 月在香港女青年会学术演讲

胡愈之（1896—1986），浙江上虞人。1933 年 9 月在上海加入中国共产党，1935 年后参加上海文化界救亡运动，为救国会发起人之一。抗战胜利后，在海外宣传党的方针政策。新中国成立后，历任《光明日报》总编辑、文化部副部长、中华全国世界语协会理事长、全国人大常委会副委员长、全国政协副主席、民盟中央代主席等职。

文献选自《星焰旬刊》1939 年第 5 期，11—12 页。

自广州武汉失守后，抗战已转入第二阶段，关于第二期抗战之军事及政治计划，是值得研究的。

一、军事方面

①战略——二期抗战是要全面的，要取得主动地位，同时发动游击战，蒋委员长提出游击战胜于正规军，衡山会议的决定，军队计分三部，一部在前方，一部在后方，一部须深入敌人的后方；②地势——敌人的陆军已到我之中原西南西北，对于高山，空军便失其效率，海军必依赖海洋始有进展，使能接济机械化之部队，现今之形势，敌人已失去其海陆空军之配合；③人力——发动全民以增加抗战之力，敌人在军队上动员过一百万，现在补充力量是非常困难；④抗战第一期，我之军备远不如敌人，但在第二期却不如此，敌方之海军，现已失去其作用，空军亦失其效率，同时中国空军有极大之进步，日后之作战乃移向内地山地，故决战的是陆军而非空军，在年余的抗战中，我国的空军无大损失，机械化部队约有廿师，其最精锐者尚未动员。广州汉口失陷后，敌人在战事方面无大进展，只在沿海一带及交通便利处骚扰

而已，此证明敌人主力进攻不可能，所以近卫之宣言中所提出之条件，已不如过去者之苛，此可见敌人希望战事能早日结束。

二、政治方面

①军人力量普及到前后方的老百姓，使之精神动员，使民众知抗战之意义，政府已有计划于短期间的训练五万人，然后发送各村庄，以加紧抗战智识及提高作战力量，年余之抗战，已使民众相信中国抗战之必胜，敌人之速战速决口号，对于其国内之民众已失却效用，故反战情绪日高一日；②物质——敌人之金融受很大影响，其银币及证券等，价格大跌落，而我国之法币在近一年内尚能维持其价值，最近借款成功，足证明中国之经济情形远胜于日本。沿海各地之失陷，使资财尽向内地发展，建设新工业；③内部团结——自汪精卫被开除党籍后，使中国抗战之力更趋一致，以前汪有意主和，此亦抗战中之一障碍，今障碍已除，各党各派与国民党之合作则更进一步，敌人之军事失利，激起民众之反战情绪，其内阁改组，意见分歧不能一致；④国际情势——凡和平之国家尽与中国表同情，过去多有空口同情，而实际援助者尚少，武汉之失，中国对于抗战，仍坚持不懈，国际已证明中国抗战之坚决，故除以精神援助外，更加以物质之援助。英美之借款，即一证明，同时亦证明彼等为我国患难之友，同时要顾到本国之外交，对于友好之国要联络以应付侵略者，则世界之和平将日近一日，因侵略国之要求常超过和平国所能接受。现世界之大战随时有爆发之可能。如果世界大战爆发，则反侵略之力量扩大，如或幸免，则我国将以始终之观念，予侵略者以打击，日本在国际上已陷于孤立之地位，即其同盟之德国，亦不愿其如此侵略中国，因德在中国之市场受极大影响，其所以希望敌人侵略中国者，不过藉此牵制苏联而已。

苏德互不侵犯协定与中国抗战

许德瑗

1939 年 10 月 22 日在吉安青年会演讲

许德瑗（1900—1972），江西九江人。1946 年参加中国民主同盟。中华人民共和国成立后，历任江西省教育厅厅长，民盟第一、二届中央委员和江西省委主任委员，江西省第一届政协副主席。

文献选自《政治情报》1939 年第 50 期，2—7 页。

一、苏德协定前的国际形势

在苏德协定前的国际形势上，有所谓和平阵线与侵略阵线的两大阵营，德意日的侵略是以"反共"这名词为口实而实行对外侵略的，而和平阵线则是包括着世界上大多数的弱小民族，与各帝国主义国家内部反侵略的人民以及实行社会主义的苏联。这两条阵线的形成，我们不能机械的去了解，以为这两条阵线是永远不变的死物，它不能随意为人们所摆弄，它们是随着这两条阵线中各个力量的消长而变化的。

我们知道：德意日的法西统治者是实行经济上的"金融寡头统治"与政治上的"独裁专制"来维持其政治生命的，为了挽救其经济上的高度危机与镇压国内人民高涨的革命情绪，不得不用军事行动，对外侵略来缓和其国内的矛盾。因此，向外侵略已成为法西斯立国的基本政策，但全世界的殖民地已在第一次世界大战中分割完毕，在这种情势下，得意日就不得不用一种巧妙的侵略手法，用"反共"这名词，做为烟幕弹去迎合其他帝国主义政治家的心理，而侵占吞并弱小民族。如意吞阿比西里亚，阿尔巴里亚，德并奥大利（奥地利），捷克，波兰，德意侵略西班牙，日本侵略中国等。

英法对德意日侵略势焰的高涨，虽表面上有着反抗的趋势，但英法帝国主义者都在做着反苏的迷梦。如果德意日的侵略行动不直接危害英法帝国主义的利益的时候，则可利用"和平"这名词，企图以牺牲弱小民族国家，而转移德意日的侵略目标去进攻苏联，但法西斯侵略者认识苏联力量之强大以后，却不这样做，所谓张伯伦达拉第的妥协政策与反苏阴谋，实际上是牺牲了许多弱小民族的国家。

英法真的是为世界和平吗？我们看，苏联前外交委员长李维诺夫曾在国联提出和平政策，要求各国实行军缩，制止战争，但这种真正的和平政策却被英法所摒弃，而代替之的则为一面与法西斯侵略妥协，一面积极扩军的假和平。实际上英法无非欲借"和平"二字来减轻他们自身帝国主义之间的矛盾，来达到"反苏"阴谋。

具体地说，张伯伦一贯的外交政策，企图造成国际上的三角形势，就是对德意日用妥协政策以反苏，对苏则用和平政策以制德意日，使法西斯国家与苏联火并，而其从中坐收渔人之利，张伯伦这种手段，只有骗傻瓜，却骗不了希特勒与苏联。事实很明显的告诉我们，希特勒虽打着攻苏的大势，却始终没有飞过波兰而去攻乌克兰，倒霉的倒是奥捷等小国。自斯特莱柴会议[①]后，张伯伦就一贯的利用这种方法，来达到他的目的。反苏运动与和平运动也就因之而闹遍了世界。

苏联洞烛其奸，看出英法利用"和平"来牺牲弱小国家，进行反苏的阴谋，而德意日则借"反苏"来侵略，彼此互相欺骗，而被牺牲的则是许多弱小国家。苏联在这种情势下，既知英法的阴谋，更知德意日反苏的真意，所以苏联对于在"疟性"状态下进行四五个月之久还未有结果的英法苏和平谈判绝望之余，为了揭破英法这种假和平的幌子，为了不再使弱小国家被强寇蹂躏，苏联只有从外交上打开出路，战胜对手，苏德协定就在这种意义下成立了。

二、苏德协定成立的意义

苏德协定，是一件惊人之举，他根本改变了国际原有形式，而创造出一

---

① 即斯特莱沙会议。一译"斯特莱萨会议"或"斯特莱扎会议"。英国、法国、意大利三国为讨论德国破坏《凡尔赛和约》问题而召开的国际会议。1935 年 4 月 11 日至 14 日举行于意大利北部城市斯特莱莎，故名。

种新的形势,其意义可分如下各点:

(一)苏联这一行动整个粉碎了"反共"轴心,使之无所借口,打醒了张伯伦的反共迷梦。

(二)粉碎法西斯主义者政治宣传的阴谋,揭发他们的"民族自决"与"东亚新秩序"等等的法西斯的呓语。

(三)促成帝国主义之间相互火并,削弱其自身力量,使其无余力再去侵略弱小民族。

(四)过去帝国主义国家对苏是造成一个"反苏"的包围形式,苏联外交是处在被动地位;但协定后,局势完全相反,解散了帝国主义对苏的包围,使苏联取得外交上的主动地位,实行各个击破,观乎近来欧洲各国外交家仆仆在莫斯科道上就可明白这种局势的发展了。

(五)协定成立使苏联减轻西顾之忧,而移全力对付远东的侵略者日寇。

(六)使苏联西陲从波罗的海到巴尔干半岛以至黑海各国,或与苏联成立协定,或成立中立集团,使东欧各国改变对苏态度,保障东欧的安全。

(七)避免遭受帝国主义的联合进攻,且可避免卷入分赃火并之战争旋涡。

三、欧战爆发的起因于苏联对欧战的态度

欧战爆发的真正原因是由于德占但泽自由市而起。在第一次世界大战前,但泽原属德国,为德国波罗的海的海军根据地,一个极重要的出口,它可控制波罗的海与斯堪的纳维亚半岛。自德在欧战失败后,即将但泽波兰走廊划归波兰,关为自由市,归国联共管,但国联系英法御用机关。事实上,但泽自由市是操纵在英国掌握下,英国可借此将波罗的海与斯堪的纳维亚各国的农产品输入本国,而将本国的工业品输入各国。但泽如果一旦为德占领,就是断送了英法在这方面的利益。所以,当德国占但泽继续进兵波兰,英法就好像很慷慨的出兵援助波兰,实际上,英法为的只是但泽而已。

在德国,也决不愿完全占领波兰,而使德国领土直接与苏土相连,造成苏德直接对立形势,但德国为了要占领但泽,不得不用亡波反苏的口实来进行。实际上,德国必须占领但泽,因为只有占领但泽,德国在波罗的海的海军才有出路,故不惜用战争来亡波兰而实现其占领但泽的企图。

但泽对于英法德的利害关系太大了。"肥肉在口",自不甘让人,于是帝

国主义自相火并的战争终于暴发了。而张伯伦的妥协政策也从此宣告寿终正寝。

因德侵略波兰而暴发的欧洲大战，因为有下面的关系与事实：①帝国主义的英法卷入了战争旋涡；②苏联的乌克兰与波兰紧邻相接；③波兰的华沙以东系旧俄领土；④白俄罗斯民族与乌克兰民族居住在波兰很多，使苏联在这欧洲动乱中不得不决定她的态度。关于苏联进兵波兰，是与德有着同样的侵略性质呢？还是有其特殊原因在？我们要从下面所述的各点去了解：

第一，德国如果整个吞并波兰，土地直接与乌克兰相接，使苏联西陲增加严重的威胁，苏联为了先发制人，趁希特勒还未攻占华沙前，迅速增兵四百万，占领华沙以东地带，使希特勒无法完全吞占波兰。

第二，华沙以东土地既然原属旧俄领土，系世界第一次大战中分割给波兰者，现在，与其亡给德国，沦于法西血手，当然还是收回来的好。

第三，希特勒的圣经，《我的奋斗》中曾计划进攻乌克兰，如果波兰完全被德占领，乌克兰则直接被德控制着，随时有受侵袭的危险，苏联为了巩固西陲，阻德军侵入苏境，必须建立德苏间的缓冲地带。

第四，苏联在华沙以东的占领地内，举行公民投票，让乌克兰民族与白俄罗斯民族建立它自己的独立国家，并没有违背"民族自决"原则。

苏联进兵的意义既如上述。现在再说到它如何巩固其中立政策：

苏联自进占华沙以东地带，完成上述四点任务外，绝不再继续进兵，且严守中立政策，①与波罗的海的各国，如立陶苑，芬兰等成立协定；②促成巴尔干各国成立中立集团；③与英法进行商务协定，用经济政策来保持对欧战的中立性。

苏联现在是把东欧，从波罗的海，巴尔干到黑海，造成一个中立的和平圈，巩固东欧和平，保障西陲安全。过去，这些地带是被帝国主义们利用为"反苏"的，现在，苏联对东欧这样的布局，使苏联减轻了西顾之扰，而移全力对付她的远东敌人日本帝国主义者。

四、远东形势与我国抗战

远东形势自苏日成立停战协定以来，有些人怀疑苏联与日寇妥协，中国将成波兰第二。其实苏日所成立的蒙诺坎协定，只是停战性质的一种契约。原来，"满"蒙冲突，伪满要想停止敌对行为，但外蒙是在苏联的庇护下，而

"满洲国"更是日本一手造成的傀儡政府，故伪满与蒙古要成立协定，必须由苏日来代理，因此，蒙"满"协定就成为苏日协定了。这种协定毫无价值可言，不过是彼此双方互相欺瞒的幌子而已。在苏联当时是有事于西方，要去集中兵力对付德国，进占波兰，无暇东顾，而日本亦欲借此稍舒一口气而已。据最近报纸所载，"苏日两军又在边境冲突"，所谓协定已成废纸，就可看出这种协定的真实意义来了。

减少了西顾之忧的苏联，在远东方面，以后尽可以全力来打击日寇，用更多的实力来援助我国的抗战，因为我国的抗战是革命的行动，是世界上一种进步的反侵略战争，它不仅可以挽救自己，解放自己，反抗残暴的法西侵略者，且可用这种革命的火炬去燃起全世界弱小民族反帝国主义的革命烈焰。这种带有世界性的民族解放战争，对于世界的真正和平，对于苏联的扶助弱小民族的政策，都有着极大的意义。这种革命行动，苏联如果不去迎应，不去援助，那苏联何能成为一个革命国家，又何能不违反其立国之主义？因此，苏联援助我国，打击日寇，这是毫无疑问的事。现在问题就在于苏联用什么方式来援助我国。武装援助吗？实力援助吗？

过去，曾有急性病的人责备苏联为什么不出兵，如果出兵，我们的胜利不是可以快点吗？这种人头脑太简单，真叫做知其然不知其所以然。

我们知道，国际关系是千变万化，扑朔迷离，决不如我们所想象那样简单。试想，民族解放战争对于帝国主义的殖民政策是一个最大的威胁。过去英法对我抗战的态度，乃以我抗战胜败为转移，而现则倾向于对日妥协。英法为什么要这样？就是英法本身帝国主义性质与殖民政策使得它不愿也不能让中华民族真正的自求解放。帝国主义国家最怕的是中国真正的胜利。因为中国是占有全世界人口四分之一的最大国家，是帝国主义经济侵略与政治侵略最好的一个对象。如果中国与占有世界土地六分之一的苏联联合起来，共同去打击侵略者，那简直是摧毁整个帝国主义的壁垒，苏联如果出兵，中国很快就可战胜，但这一定会引起以下情势：①逼使帝国主义国家联合进兵共同攻打中苏两国；②中国本身如因别人帮助而战胜，而非本身从艰难困苦中奋斗出来的，则力量不坚强，基础不牢固，容易再度受其他帝国主义的侵袭；③中国在政治上因为不是经过长期的斗争，团结不巩固，真正的民主政治也不容易建立。这样，不仅对我抗战无益，且有莫大之害。所以我们不希望苏联"武装援助"，而只希望"实力援助"，用更大的实力援助我国以争取抗战的胜利。事实上，苏联在现在国际情状下也不可能武装援助，而只能"实力"来援助我们。

现在，再说到美苏日在太平洋的关系。

美国是一个经济最发达的国家，在欧美投资已经发达到饱和点，如果它再要投资，只有从远东寻出路。中国，一个经济落后的国家，正是美国最好的投资地，"太平洋成为美国的生命线"，所以美国对欧战采取中立而特别重视远东局势就是这个原因。但日本的"大陆政策"就给予美国一个最大的打击，"九一八"时，日本占领满洲，美国当时坚决主张制裁日本，就是因为满洲是美国的投资对象，后来由于英法对日妥协，制裁也就无声无息的埋没了。

美国对中国并没有领土的野心，只希望在经济上大量投资，开发远东市场，但日本正在侵略中国，阻止美国这一愿望的实现。因此，美国在远东需要一个有军火有武力而没有领土野心的国家的帮助来遏止侵略气焰的嚣张。英国的对日妥协态度，使美国对英失望，惟有苏联对远东的态度可能成为美国的友国，我们预估美苏在远东前途上是有合作的可能的。

美国在远东，一方面寻找与国，一方面对日本的态度亦表示相当的强硬。最近，美国派来太平洋上战舰四十五艘赴夏威夷岛演习，另一消息，又派战舰一百艘，集中珍珠港；美航空母舰"事业"号已载飞机八十架到珍珠港，此后美国更增派飞机一百九十四架增防，并继续调遣航行大西洋商轮一百多艘开赴太平洋备作战时运输之用，而派美海军战略家"安得卢"赴夏威夷指挥。

美国的夏威夷岛距离日本最近，是美日两国在太平洋上战争的战略据点，如果一旦美日开战，美国的战舰可以直赴日本领海，封锁日本海岸，而航空母舰中所载飞机亦可直飞东京轰炸，则日本太平洋的海军力量完全处在美海军控制下。反之，如果夏威夷岛被日本占领，则美国海军必处在失利地位。所以，美国派舰赴夏威夷岛并实行演习，这些行动，在军事上与政治上都有它重要意义。

此外，美驻日大使格鲁竟公开作反日言论，这更是表明美国注视远东局势的发展。

苏联由于德苏协定对欧所取态度进而增强其对远东的力量，美国由于对欧战采中立而注视远东局势的发展，这是苏美最近在远东发展的新形势。

五、我们应有的努力

（一）把握"自力更生"的原则。我们这次抗战，是求民族的生存解放，这种艰巨的任务是依靠我们全国的人力物力来完成，决不能存着任何依赖外援的心理，因为我们的外援必须在自身的坚强与进步中才能增加。所以只有"自力更生"才是我们争取胜利的唯一出路。

（二）目前我们要坚持抗战，要增强抗战的力量，必须消灭汉奸，扩大肃奸运动。公开的汉奸是很容易防止的，现在最难妨的就是躲在抗战旗帜下来进行阴谋活动的汉奸，还有就是有意曲解三民主义，或不遵守三民主义的最高原则，有意制造摩擦，分化团结，对抗战悲观等现象，都是跻近于汉奸行动，而在客观上削弱了抗战力量，帮助了敌人，我们对于这些无形的汉奸，应该特别防止。

（三）单说争取外援方面，我们应该尽力增进苏联的谊睦，使苏美与我国结成远东反侵略阵线，开展国民外交工作，来争取更多更大的援助。

战时苏联之外交与内政

邵力子

1942 年 10 月从苏联回国后在中苏文化协会演讲

邵力子(1882—1967)，浙江会稽（今绍兴）人，中国近代著名政治家、教育家，社会活动家，民主人士。曾任国民党中宣部部长，1949 年国民党政府拒绝签订和平协定后，脱离国民党政府。中华人民共和国成立后曾任全国人大常委会委员、全国政协常委，民革常委，中央社会主义学院副院长。

文献选自《中苏文化季刊》1943 年第 1 期，2—12 页。

孙会长，各位先生，各位同仁：

我这次回到祖国来，非常兴奋。今天承孙会长及各位同仁在这里举行欢迎会，我一方面感觉到很惭愧，一方面十分的感谢，趁着这个机会可以会晤到很多老朋友，并且可以做一个综合的报告。同时对于各位老朋友和同仁请求原谅，我回国后还不到一个星期，因为被种种琐事情纠缠，没有时间去拜访各位，就是各位会来看望我的，我也没有去回拜，今天必须趁这个机会表示我的歉意。

本会——中苏文化协会，在孙会长贤明领导之下，加以各位的勤奋努力，一切工作比我在祖国时更为进步，更有良好的成绩表现出来。这是我看到后非常高兴，而且非常钦佩孙会长及各位同仁的。

我今天要向各位讲的话很多，但首先要说明的：本月十日我回到陪都的那天，在飞机场有一个书面谈话交中央社发表，想各位在十一日报纸上都已看到。我要请求各位的是：我那个谈话稿子里所说的话，请各位不要看做这是一个做外交官的通常外交辞令，或者是我从外国来必须经过谈话的程序，而随便用几句冠冕堂皇的话来塞责，我实在是把心中的重要意思，很直率的，忠实的，用文字表露出来，而且今天还要把那次谈话稿子的内容先向各位提一提。

一、同盟国必定胜利

我在谈话稿子里说明我从出国时候起到回国时候止，抱持着三个信念：

第一个信念，是我出国的时候，国际环境虽然很于我们不利，可是我相信一定有很良好的时候到来，国际侵略盗匪越是猖狂恣肆，越可以促进反侵略的力量联合起来，对侵略的法西斯强盗作殊死的奋斗。虽然我到苏联的时候，苏德早已缔结互不侵犯条约，但我相信苏联绝对不能与法西斯强盗长久妥协的。

第二个信念，是同盟国家不仅在抵抗法西斯强盗的战争期中一定能够合作互助，就是将来把法西斯强盗的武力摧毁以后，也一定要彼此精诚团结，密切联系，共谋世界永久的和平。我有这个信念，所以对于一切离间同盟国的谣言，我希望大家不要相信，而关于如何可以加强同盟国彼此间的了解，我希望大家要共同努力。

第三个信念，是由我在苏联看到红军与苏联人民英勇抗战的精神与事实所得的结果。这个信念包括两点：①苏联一定具有消灭法西斯德国的力量；②苏联一定有消灭其他一切侵略暴力的准备，关于这个信念的第一点，现在斯大林格勒的战况，已给予了初步的证明，我以下还要作详细的解释。关于第二点所说"苏联一定有消灭其他一切侵略暴力的准备"，大家想必明白我的意念，是指着那个已被我们打了五年多，把它的脚陷于泥沼中不能自拔的敌人。我这个信念，并非只根据我对苏联的期望，而是以客观的事实做出发点的。

现在我再一次向各位说，希望各位相信我那谈话稿子所说的一切，都是诚实的话，没有一点随便敷衍新闻记者的意思。记得我在出国以前，承朋友们厚爱，有很多次的欢送会，我在某一次欢送会上，曾经说过，我没有办外交的学识和经验，我只有以言忠信行笃敬这两句话做我服务外交的信条。我在苏联两年多，没有一天敢忘记这两句话，在总裁亲自兼任外交部长到部训话的时候，也特别提到这言忠信行笃敬的两句话，我自然更要拳拳服膺。所以我一向就不敢相信"外交辞令"可以多少含有一点不诚实的意思，何况我今天是对着许多老朋友，好同志讲话。我今天所说，因为没有时间来作充分的准备，或者零乱散漫，没有系统，但我自信每一句都是很诚实的，希望各位也相信我这一点。

二、中苏两国精神共同

孙会长在开会致辞中，要我多说一点话，我到底应该从那里说起呢？孙会长说到我在新疆迪化参加了苏联十月革命廿五周年庆祝纪念，那我就将我那天参加庆祝的情况，向各位作个简单的报告。本来我那一天有一点失望，因为我不能赶到重庆来参加本会所举办的庆祝苏联十月革命廿五周年纪念大会，但能在迪化参加，我也感觉到高兴，特别是听到普斯金先生的演讲。他是苏联驻迪化的总领事，他说苏联现在全国军民抗战的壮烈是与"伊凡苏撒宁"的精神一样，伊凡苏撒宁是俄国一个老农民，当波兰军队进攻莫斯科时，他被抓去强迫当向导，指引去偷袭莫斯科的道路，他不领导波兰军队去莫斯科的真正道路，他却把波兰军队领导到一个广大的森林里面，绕那着强大的森林走来走去，走到黎明，没有走出这个森林，波兰军队知道受了他的欺骗，就把他绑起来百般拷打，并举火把他烧死。当伊凡苏撒宁带领波兰军队进森林去的时候，另有人赶去报告莫斯科守军，结果把波兰军队击溃，把莫斯科守住了。这一个故事，苏联人民没有一个不知道的，苏联今日所以能够抵抗强大的敌人，可说是得了伊凡苏撒宁舍身救国的精神所感召，而苏联现在是有着无数的伊凡苏撒宁。普斯金先生演讲以后，我也起立致辞，我说我们中国对日抗战已经五年多了，在军事工业方面我国还未能与苏联相比，讲到爱国的精神，我国比苏联实无不及。于是也举了一个例子，八一三之役，上海有一个汽车夫名叫张阿毛的，驾驶着一辆汽车，被日寇强迫，装载敌兵与军火向虹口开去，到了黄浦江边，他开足马力一直向江里冲去，将敌兵与军火连同自己的性命，一同葬入鱼腹。五年多抗战中像张阿毛这样不惜牺牲性命为国杀敌的人，不知有多少，他们的精神与伊凡苏撒宁的精神一样的。我讲完这个故事的时候，参加庆祝的中华朋友们，一致热烈鼓掌。

从普斯金先生和我所说的话，可以证明中国苏联两伟大民族抵抗侵略的战争中，都能得到全世界惊异的战绩，绝对不是偶然的事。在祖国需要保卫的时候，挺身而起，誓死不屈，这种忠勇、爱国的精神，两大民族是完全相同的，凭着这种精神，我们两国一定可以摧毁侵略的暴力，得到最后的胜利。

三、政治家的判断

我这次回国，朋友们首先要问我而且希望我充分说明的，就是苏联红军保卫斯大林格勒的经过，希特勒进攻斯城迄今已有数月之久，尚未攻下。大家都问斯城大概没有问题了吗？当然，斯城现在是毫无问题，一定可以守得住的，但是我可以告诉大家，我并不是到现在才相信斯城可以守住，我老早就有这样的信念。我在九月十九日写信给何总长敬之[①]先生，因为敬之先生先有一个电报给我索阅真理报所载"前线"剧本，我把这剧本寄给何先生，乘便提及苏军英勇作战的情况。我说我相信斯城可与列宁格勒，莫斯科鼎足而三，不会被德军攻陷的。这是我在两个月以前说的话，在那个时候，许多人看到希特勒决心要把斯城占领、不惜任何重大的代价，尽量的把新的师团送上前线，飞机坦克大炮，更是拼命的增加上去，所以都认为苏联军队虽然很〇强抵抗，决心保卫斯城，但斯城终久要被德国军队夺去，斯城的陷落已只是时间问题。就是最同情苏联的人，也只说斯城即使被德军占领了，但苏军仍旧不会丧失战斗力，对于整个战局并不十分重要。至于悲观的人就认为德国占领了斯城对于希特勒就有极大的帮助。但是我当时绝对相信，无论德国军队如何猛攻，苏军一定可以守住斯城。

我对斯城为什么能有这个坚强的信念呢？我写信给何敬之先生的时候，把我对于斯城的估计，讲给内子傅学文，她虽然赞同我的意见，但劝我不要这样写。她说，军事常有变化不测，这封信寄到中国需要若干时间，万一这信还未到达，而斯城已突被德国军队攻陷，岂不是信里的话要变成极大笑柄吗？但我没有接受她的劝告，我自信不会看错，至于我何以能有这样的信念，其实也没有什么特殊的情报和资料，我只是根据一种平凡的判断：德国军队去年围攻列宁格勒的时候，列城已十分危急，但是苏军决心要守住列城就把它守住了。德军进攻莫斯科的时候，也是同样。经过了将近一年的时间，从种种方面都可以看到苏联的实力，只有加强，决不减退。所以我相信苏联当局和军队既以保卫列宁格勒和莫斯科的决心来保卫斯城，就一定能如列宁格勒和莫斯科一样，不会让敌人攻陷的。

苏联军队保卫斯城的战争，不是这一个城市攻那一个城市，而是这一条街打那一条街，这一所房子打那一所房子，这一层楼打那一层楼，这一个地窖打那一个地窖。在这种情形之下，统帅不容易见到军官，军官不容易见到士兵，上面有飞机不断的轰炸，下面有坦克车不断的袭击，如果每一个士兵

---

① 即何应钦。

没有伊凡苏撒宁那样的精神，是不能维持这个保卫战的。这一点，希望大家最要了解。

我再可以报告各位，在去年六月苏德战事初起的时候，有一位潘同志要从莫斯科到重庆来，我当时托他带几封信给朋友们，其中有一封信是写给本会一位同志的，我在那封信里曾对苏德战争作一个预测，我说这次战事一定异常剧烈，但苏联最后是要战胜的。这位同志今天在此，大概可以想起我信里所说的话。我记得当希特勒突然攻击苏联的时候，德国宣称在两个月或六个星期之内就可以把苏联击溃，许多人也相信这话。但是对苏联有相当认识的人，对于苏联抵抗力量多以为极有希望，认为苏联一定能够抗战到底，但或者须要退到伏尔加河及乌拉尔以东。我当时最同情于南斯拉夫驻苏公使加佛里罗惟契氏的意见，他反对用专家的眼光来观察苏德的战争。所谓专家，就是指军事专家说，因为军事专家对于苏德战事的看法都是根据数字和统计图表来估计两国的实力，推断战局的前途。如果要用专家这种看法，则苏德此次战争，苏联是否真能抵抗德国，实在是一件令我们担心的事。至于像南斯拉夫那样的小国，当然更没有抵抗德国的可能，但在苏德战争没有发生以前，南斯拉夫抵抗德国那种英勇精神的表现，很博得全世界爱好自由者的钦佩。南斯拉夫公使不主张以专家眼光而以政治家眼光来观察苏德战争，他所谓政治家的眼光，实在就是革命的眼光。譬如我国对日抗战，在军事专家看来绝无胜利的可能，但我们的领袖早认我国对日抗战是国民革命必经的途程，换句话说，即是我国以革命的力量打击日本，就一定可以得到胜利。同是反抗侵略，我们既可以用革命观点观察中日的战争，自然也可以用革命的观点来观察苏德的战争，而相信胜利一定是属于苏联的了。

四、抵抗侵略早有准备

我老早就相信苏联绝对不能与法西斯强盗妥协到底，这到底是什么原因呢？当一九三九年苏联与德国签订互不侵犯条约的时候，有很多人怀疑，这莫非苏联政策的大错误？但是明眼人早看清楚，这并不是苏联真正与法西斯妥协，而是在不得已的情况下，为适合当前环境的需要。我们从各方面都可以看出来，苏联当时尽力避免与德国作战，但也尽力准备与德国作战。当德国军队已击溃波兰的时候，苏联就遣派军队向波兰东部前进，苏联并不是和德国瓜分波兰的土地，而是为保护波兰国内白俄罗斯和乌克兰民族，并阻止德国军队进到苏联的边境。至于苏联后来对芬兰，对波兰的海三小国，对罗马尼亚的比萨拉比亚种种作法，也都可以看出苏联对于德国的戒备，竭尽心力，不但不畏怯与德国作战，而且加紧准备与德作战。

在一九四〇年六月下旬，全苏联职工联合会就自动决议延长工作时间，以期增加生产。以前工人每六日休息一日，即每月休息五天，现在改为每星期休息一日，即每个月休息四日；以前每天只做七小时工作，现在改为八小时。工会这个举动，是看到了自己的祖国到了危险关头，应即在生产上作充分的准备。同年九月，苏联党政当局对于教育制度又有重要的改革，各都市创办工厂和铁路训练学校，招收大批青年学生。从前苏联的学校都不收学费，现在大学生和高班的中学生，分别征收学费，但进工厂铁路训练学校的都不收学费，且能得到特别的优待，所以一般青年都踊跃参加，而此项训练出来的人员分布到各工厂各铁路服务，完全为准备战时的需要，抗战以后，此种学生对于生产和运输方面的帮助，非常重大。

关于苏联在外交方面的动态，我想从一九四〇年德意日三国成立军事同盟讲起。在三国同盟条款中，订明了这个盟约与苏联无关，同时又声明这个盟约成立以前已经通知苏联，这都是想说明三国军事同盟并不威胁苏联。但我当时认为苏联对于德意日三国军事同盟的观感，一定能看到苏联将从东西两面受到轴心国家的威胁。苏联在这种情势之下，应付很不容易，当时国际间纷纷传说，德意日三国要压迫苏联加入他们的轴心，后来证明这种传说确有根据，但是苏联拒绝加入三国军事同盟。同时又盛传德日压迫苏联与日本订立互不侵犯条约，很多人相信苏日订立此种条约已是必然的，至多是时间问题。同时德国和日本又要求苏联允许他们运输军火和原料从苏联国境经过。事实上，苏联与日本直到第二年的四月间，才订立一个中立条约，还不是互不侵犯条约，而此种中立条约的签订，在苏联显然迫于环境的需要，至于中立约的影响与效用，实在是极为轻微，这是我们都知道的。德国与苏联虽然订立了互不侵犯协定，日本与苏联纵然也订立了中立条约，但是德日要求苏联允许他们运输军火及原料，从苏联国境经过，苏联始终没有答应。直到希特勒攻击苏联的时候，德国和日本的军火原料，一点也没有通过苏联国境。

总之，无论什么地方，我们都可以看出苏联并不怎样畏怯与德国作战。在德国加紧攻击其他弱小国家的时候，苏联知道侵略者的野心决不会终止，只有日益扩大的；自己的准备也就日益积极。只要侵略者的凶锋逼到自己的国境，就毫不迟疑，奋起予以迎头痛击。

我对苏联这种看法，也并不完全是用革命的眼光来看，苏联一定不会与法西斯强盗妥协，并不是专靠革命的精神，还有其他的特别因素，作为我这种观察的根据。很简要的说，苏联实施了三个五年经济计划，一切与国防有关的各种重要工业，都已奠定基础，集体农场的成功，粮食已有充分的准备；加以实行贤明的民族政策，使各民族都精神团结起来，拥有庞大人口的苏联对于兵员补充已毫无问题。苏联有了这种种雄厚的力量，还会畏怯与德国作战么！我绝对相信苏联有抵抗法西斯侵略者的能力，而且必将获得最后胜利。

德国人对于苏联的估计，时常错误。他们对于苏联的看法，恰恰和我们相反。例如苏联在检讨自己缺点的时候，常常抱着很大的勇气，把本身工作上所有的缺点，都明白说出来。在希特勒攻击苏联以前的四个月，即一九四一年二月里，苏联举行全国党务大会，马林可夫的报告，指出工业和运输方面的缺点，非常详尽，列举事例，指斥负责人员，毫不客气。这种坦白严正自我检讨的态度，实在是苏联的长处。苏联在把缺点检讨出来以后，就实行彻底的改造。但是德国人看见苏联自己检讨出来的缺点，反认为苏联什么都不行，特别是工业和运输那么多的弱点，在作战的时候一定更没有办法。却不知苏联因有改进一切事业的决心，所以能有暴露自己缺点的勇气。德国人更以为苏联集体农场的组织出于强制，农民都不满意，又苏联民族非常复杂，缺乏团结力量，只要德国军队得到胜利，苏联的农民和各民族就有起来反叛政府归附德国的可能。然而事实并不如德国人的所料，苏联的集体农场组织，实在是农民所乐意的。苏联政府不但保障集体农场公有的土地和财产，且允许各农户有一定的私有园地，对于农民的生活确有美满的改善。德国人虽然在开始进占苏联土地的时候，想欺骗苏联的农民，宣称把农场的土地分配给他们，可是苏联的农民并没有受德国的欺骗，起来反抗自己的政府。至于苏联的民族政策，更是成功。全苏联一切民族团结一致，保卫本国抵御侵略，已是全世界人共见的事实。

五、准备打击任何侵略者

我说苏联具有摧毁其他一切暴力的准备，我先要讲一件事实。在一九四〇年十一月十五日，苏联塔斯社奉命更正美国合众社所传外交界消息，说日本已与苏联协商同意，决定在远东的势力范围，并且日本约定苏联停止援助中国。国际间向来很多谣言极不正确的消息，是辨不胜辨的，苏联对于合众社所说，本可置之不理，但是塔斯社特别奉命更正。这是极可注意的，既可证明苏联并不受轴心国军事同盟的牵制，尤可看出苏联决不会与日本作真正的妥协，同时决不会停止对于我们中国的援助。至于苏联究竟怎样援助我们中国，我因职务关系，不能说明，要求各位原谅。后来苏联为避免东西两方面同时受攻，不得已和日本缔结中立条约，但是苏联并没有因此松懈对日本的准备。列宁先生在一九一八年曾说：帝国主义者自西方自东方攻击苏联，是历史上无可避免的。列宁先生所说西面的敌人是指德国，东面的敌人当然就是日本。本年苏联杂志时常引用这话来唤起全国人民的警觉；同时对于日本的和平攻势，完全采取冷静态度。现在日本驻苏联的大使佐藤尚武，是一个老外交家，做过好几任大使公使，又曾出席过国际联盟。日本在本年三月初，派他到苏联去做大使，显然是有特别用途的。他到苏联以后，所做的工作，可说完全是和平攻势，但他始终不敢向苏联表示。他知道如果向苏联表示，一定要碰钉子，他只常常对中立国使馆，表示他一向反对战争，主张和平。他说苏联是一个大国，不是希特勒所能征服的，希特勒进攻苏联实在是重大错误。他又说日本不能征服中国。日本进攻中国也是错误。同时并对蒋委员长表示非常钦佩。但他最后却说，德国虽然不能征服苏联，可是苏联也没有办法打败德国。他的用意至此就很明显，他是说苏联与德国还是讲和的好，如果苏联真正愿意讲和，日本就可以担任从中调停的使命。他这种作风，在莫洛托夫与英国订立二十年同盟条约，证明了苏联绝没有与德国讲和的可能以后，还是一点没有改变，弄得外交官都莫名其妙。但不论他怎样狡诈，他既不敢向苏联有什么表示，苏联也就乐得置若罔闻，日本对苏联的和平攻势可说是完全失败。本年四月十三日苏日中立条约周年纪念，苏联真理报的刊文全篇都含有警告日本的意思，可见苏联在那时已不怎样害怕日本，到现在就更用不着害怕日本了。我相信苏联今天当然还是专心致意的打击德国，但同时对于任何侵略都已准备打击。

六、第二战场必须开辟

关于第二战场的问题我认为确有开辟的必要。同盟国家的力量充足与否，这是次要的问题，我们知道力量是根据决心而来的。有了决心，力量自然可以增加；没有决心，就是有力量也不会发生效力，还可以使原有的力量逐渐减少。同时，第二战场的开辟，对于我们中国也有益处，只有开辟第二战场，始能迅速击溃希特勒，而同盟国家能联合加紧打击轴心，对于日本也必是严重的打击。我这种看法，有很多朋友是同意的。不过国际间有一部分人尚认为第二战场很难开辟，同盟国中间，除了公开的声明以外，或者还有密约谅解。其实，这是错误的推测。当苏联与德国订立互不侵犯条约，及与日本订立中立约的时候，也有人认为苏德苏日之间还有其他密约存在。经过了这许多时间，事实告诉我们，苏德苏日之间都没有什么密约。我相信关于第二战场的问题，同盟国中间公开的声明，例如莫洛托夫到伦敦华盛顿以后，英苏美苏间所发表的公报，都是真实可靠的，我不相信像英美苏这样大的国家会说自欺欺人的话。本年八月间，丘吉尔首相到莫斯科，对于开辟第二战场问题，没有具体的讲述，于是又有人推测邱氏此次来到苏联，是因为本年不能开辟第二战场，要求斯大林的谅解。我也不相信此种推测是完全准确的。我此次由古比雪夫动身回国以前，和使馆同人谈话，我认为在今年最后两个月内，第二战场或许仍有开辟的希望。

在一个多月以前，苏联真理报刊载一幅漫画，颇引起外交界的注意。这幅漫画的标题是"专门家的会议"，下面注明"第二战场问题"。漫画前面，站着两个青年将官，一个名"勇气"，一个名"决心"，后面坐着五个胖胖的老军官，一个名"值得冒险吗"？另一个名"还是等着吧"？又一个名"他们来打我们怎样办"？……当时有人批评，说苏联不应该这样讥刺同盟国家；但我认为这画虽然含有讥刺的意味，却不是讥刺同盟国的全体，而只是讥刺其中一部分人。并且讥刺的动机，并不是出于一种刻意的恶意，而是出于一种真诚的期望。还有可注意的，苏联报纸在本年九月以前，只登载英美人民团体催促开辟第二战场的消息，在九月以后，始有苏联对于第二战场各种急切的表示。据我的猜想，因为在本年九月以后，苏联战局已相当的稳定，苏联在此时催促开辟第二战场，不是表示苏联已十分撑持不住，而是希望同盟国自己赶快完成其把希特勒击溃的义务。

七、节约消费增加生产

最后，我想讲一点苏联人民节约消费增加生产的情形。

一国的社会环境和生活习惯，与别国多不相同。有些事情，在苏联容易做，到中国就不容易做，但如果我们觉得应当那样做，我们似乎应当尽力去做。举例来说：我这次回到祖国来，有很多朋友，从远在几十里或百余里路的地方来看我，这种情形在苏联是不会有的。我们中国人对于朋友间的情感，常是热烈，这当然很好。可是在这抗战的时候，特别是在交通工具缺乏的地方，如果远道访友，不是因为公务或什么重要的事情，那就是一种无意义的消费。远在几十里路以外的朋友专诚前来看我，情谊固然可感，如果他们不来看我，则已经很拥挤的汽车轮船，不至于更加拥挤，而他们也多少可以省一笔用费。倘能养成风气，凡是不必要的旅行都自动限制，则在公众的利益上可以节省不少汽油轮胎。至于宴会馈赠等等，当然更应停止。在苏联，这些事情，平时就很节约，战时更是严格的限制。

这几天，常有朋友问，我在苏联的生活情形是否觉得有些苦？我的答复是：苏联的生活习惯当然和我们中国很多不同，苏联食品不及我们的复杂，营养虽好而口味不大适合于中国人，尤其是一般都吃面包，要吃米饭很不容易。我个人本来可以享受特别待遇，可是我自己愿意和馆员们一样，不讲吃不惯面包的话，也可以说这种生活有点苦，不过我这次回国来，朋友们都说我比以前还要瘦一些，这可以证明我对于这种苦还是受得了。又有人问，苏联人民的生活苦不苦？我的看法也是如此，他们的生活虽然苦，可是受得了，而且他们都愿意受。我们更要知道苏联人民的忍苦耐苦，并不是这个时候开始的，从列宁先生领导革命起，直到三个五年经济建设计划，苏联人民一向非常刻苦，把全部力量贡献给国家。现在更是"一切为前线"，在后方的人，所有消费品都受政府严密的统制，而且他们自己也都情愿节衣缩食，对于政府的法令，都能严格遵守。

还有一个大家最关心的问题，就是苏联的物价问题，很多朋友问我，现在苏联的物价高涨没有？有黑市没有？关于这个问题，比较难作简单的答复。苏联的物价一向很高，战事发生以来，有些也更高涨，不过民食必需品，如面包，如食盐，平时定价甚廉，战时也未涨价，并且一切物品都是定量分配，限制很严，物价高涨的影响并不怎样严重。苏联有一种出卖食物或杂货的市场，卖价多比国家商店高出几倍或十几倍，这种市场也可以说是"黑市"，但实质上并不如一般的黑市相同。黑市是政府所禁止的，苏联这种市场是政府所许可的，苏联市场上出卖物品的人，都是那物品的生产者或所有者，没有转卖的人，当然更没有囤积居奇的人。集体农场的农户在他们已缴清公家定购的生产品以后，可以把剩余的生产品拿到市场，高价出卖。一切用品的所有人或生产者，也可以拿他所有的或制成的东西，到市场出卖，如果有人愿出高价，政府并不干涉。所以苏联这些市场的价格，虽然比国家商店和合作社商店的价格高得很多，似乎也是一种黑市，但与一般黑市实在有不同的地方。苏联政府所以容许这种市场和这种卖价，大概因为物品不敷分配，藉此调剂消费人的需要，同时也含有奖励生产的意思。

苏联人民在战时努力增加生产的情形，非常值得敬佩。在工厂，在农场，经常不断的用竞赛的方法，来增加生产。红军保卫某一个地方英勇作战，或者击破德军克复某一个地方，工厂农场马上发起增加生产的运动，用以激励将士，迎接胜利。一个工厂发起，别的工厂响应，很快的推行到全国。每个工人都努力工作，提高自己的生产成绩，农场也是如此。新设立的工厂，新开垦的农场，也非常之多。苏联人民努力增加生产的结果，足够弥补被德军占领地区的损失，供给前方的需要，保证军事最后的胜利。

我说的话已经不少，或者不辜负孙会长的盛意，但自知错误难免，尚望各位先生不吝指教。

战时社会建设

农村社会与农村教育

陶行知

1932 年 12 月在上海沪江大学演讲

陶行知（1891—1946）安徽歙县人，我国现代伟大的人民教育家、思想家、大众诗人、革命战士。中国人民救国会和中国民主同盟的主要领导人之一。

文献选自《沪大周刊》1932 年第 20 卷第 8 期，5—9 页。

一、农村社会

农村社会之分析，很少研究，此刻的几个研究，极不完备，缺点很多。如中国共产党进行的，皆根据俄国对中国乡村之分析，究竟他们的分析对不对，要我们社会学家去回答和研究。由我们年来在乡村工作的分析，农村社会无富农。要有富农，就不是农。一个人有几百亩地，租给人用，或雇人用（村庄内有钱的人是有的，但不是农）。这种不能称他为农，他是地主。当然我们不能称地主为农。将地主除去，在那地方只有自耕农，贫农，佃农三种。这三种的比例研究一下，穷一点的为多。自耕农有百分之四十，雇农有百分之二十，贫农有百分之四十，贫农比较多。再将农人别的方面报告一下，他们的特性是什么？

（一）农人有一种脾气，就是无政府。不是无政府主义者，乃自由主义者。"日出而作，日入而息，凿井而饮，耕田而食，帝力何有于我哉"。不管政治，政府不压迫，不会反抗。所以农人完全为个人主义者。

（二）无知识——普通教育没有受，普通学校之外的知识，如关于乡村的常识是有的，其他国家世界的知识没有。迷信非常深，为了迷信可以牺牲一切。家中无饭吃，可以抽一点钱上九华山去。修路不肯，若庙中作佛请酒，为菩萨生日到肯出钱，若有人不出，不能在乡中立足。迷信的事情，可以举几个例：乡村二三里路有一个土地庙，却没有学堂，土地庙是一村的，人民皆为土地菩萨管辖，若是那一个人得罪了土地菩萨，就问他这一村的生命财产，能否担保。蝗虫为天上放来的神虫，不能打的。因为不打倒可飞去，否则要吃尽稻豆。同时的神虫能分别出那一家的豆麦，不会乱吃的。

（三）农人生孩子太多，无法叫他们不要生。生第一个有红蛋吃，生第二个，成双，生第三时，于未生时已愁眉，因为太多不够吃。朋友说他福气好，多不要紧。接连又是第四，甚至五个六个，生得多，死的也多。第二个生了第一个死了，第三个未生，第二个又死了。但也有不死的。有的三四个，五六个，十三四个，十七八个十九个也有。十三四个是顶少得例子。留的只有三四个，其余生一人死一个，拿这件事来分析一分，生一个孩子要多少钱？很穷的人家，预备等费，要五块钱，费的时间要三天，二天就作事（上海人家生一个孩子要一百元，一月二月不作事）。家里若有人照应，可有一星期休息。平常人家十天。死一个小孩子，比生一个小孩子的费用要多，因为一件棺材要钱。若是生下地就死了，那到少一点钱，小孩总是半年或一年就死了。

中国一年要生两千万小孩子，费一千八百多万元。死去一千二百多万小孩。农村生的人多，死的人也多。在这种经济情形之下，为什么不少生几个，多活几个呢？

农村生产过渡的结果是，农村破产，生儿子也可以破产，生女儿到不破产。为什么生儿子破产呢？若是自耕农有三十亩地，有两个儿子，至少受一些初等教育，儿子长大，两房媳妇一讨，生四个儿子。于是四口之家，变成十口之家。老头子死了，兄弟分家，每人十五亩。儿孙子不能受教育，否则挨饿，但勉强有吃有穿。再下一代，小孩子长大四房媳妇一讨，每家再生两个，即成为八个家庭。八家分三十亩地一家只有三亩多地。那么，没有办法，自己为人家作雇农。故第一代为自耕农，第二代为穷农，第三代为雇农。农村就发生天然的破产。现在有帝国侵入，所以农村破产后的农人，只有往城里作工，或往城里做生意，或在乡下作手艺。但手艺有限，要亲戚朋友介绍。同时城里面的工厂不要工人，于是拉东洋车，无车可拉，就去当兵。中国兵之多，一方面由于中国农村人口过剩，农村不能安居，军阀之跋扈，农村人口过剩是大原因。"好铁不打钉，好男不当兵"，两句话阻止农人当兵。中国正式兵有两百多万，非正式的军队土匪一共有几百万，都是农村人口过剩的缘故。

乡村人民多病。我们以为乡下人身体好，其实不然。不是这样病，就是那样病，病得最多的是疟疾及寄生虫。这两种病顶利害，差不多个个人年年生。南京的乡下如此，上海的乡下也是如此。各种寄生虫的病使他们黄皮枯瘦。

乡下人无钱者向人借钱，出的利钱很高。十块钱只有九块，三分利照十块算。九折三分，还要有担保。以麦担保，明年还我麦，要照顶便宜的价。别人五元债主三元或四元，所以对折四折都要。乡村高利是很苦的，晓庄被封后，此种情形复出现了。

江南乡村免不了土匪，村庄有土匪。未办自卫团以前，我们的主张是以为土匪极贫，所以他们来时，请他们吃茶，吃饼干吃饭，有什么，就让他们吃什。以后就发现附近有发现一个土匪窝放枪，有一次土匪绑票，将一个小孩子绑去，要八百块钱赎，农人卖家荡产，四方八面助成四百元向土匪赎小孩。钱被土匪取去，而小孩早被土匪弄死。当老人问他要时，他说："你到地下去拿吧"！老人看见自己的孩子已死放声大哭。

二、农村教育

在这种社会，办教育，应该怎样办法。"应当"很难说。不过将自己办教育的情形报告一下。

农人很穷，我们也很穷。我们办学校只有一千块钱，什么也不能做，大家说，只有一千块钱，作一千块钱的事。不能造房子，作四个布篷开学。有客人来，在农人家里租一个客堂。第一天住农人家，第二天开学，六个人打地铺。还有一条牛，江问渔先生也去了，牛就做招待员。露天开学，乡下人问："开学没有学堂？"我们说："天是天花板，地球是地板，四时八节是围墙，农夫农妇小孩，是先生，也是学生，花草树木是教材。"

无政府的脾气是很大的敌人，非用团体生活以纠正，不可以打破此种脾气，此种脾气，乃一年后所发现，也是自卫团所作成。大家都有小孩，大家都要来组成自卫团，老枪不够，于是大家买枪保卫自己的小孩，和亲戚，一共买了二十九支枪。无子弹不行，大家只有几十粒子弹，于是赞成买枪买子弹，即刻买来。当时政府对于我（陶行知）很信任，于是向卫戍司令部商量，告诉他们关于土匪种种焦头烂额的事情，于是司令部送三十支枪，三千粒子弹。大家操练，有伍长，十长，排长，大家组织起来。若不会用枪，被土匪抢去又怎么办呢？于是请冯玉祥的六个军官当晚训练人民，若当晚有事，请六个军官抵御，教人民怎样用枪，子弹，当晚将要塞占住，小孩女人皆高枕而卧，他们胆子极大，无政府的脾气，也就打掉了。

还有和平门的井，大家喝了水，就会太平的。（故事很长从略）这井开头是人人争先恐后的去抢水。于是招集乡村人民会议，每家须派代表一名，不管男女老少皆可。会长为一小孩，告诉他们怎样作主席和会场应有的规则。开会后，大家发表关于井的意见，其中老太婆说话最多，因为他们每日煮饭是要水的，同时他们都能遵守会场秩序。末了他们议决几条：①要给井有睡觉的时候；②在五点钟以前，十点钟以后不准挑水；③挑水不准争先恐后，照着秩序；先来先挑，后来后挑；④推举监察员监视；⑤若有犯法者罚一元，作为修井之用。

打破迷信是用科学的方法，如红水变白，白水变红，乡下人以为有神，由于呼神唤鬼所致，要他晓得并不稀奇。再有无线电播音，他们很稀奇。于是解释给他们听。要他们自己去试，如农夫农妇在播音机前说话，在另一个地方可以听见。用这种方法，间接的破除迷信，土地菩萨并没有直接的要他们废除，所以城里人说晓庄不行。为什么将土地菩萨留住，以为别有作用。有一个青年，将土地菩萨的头打掉。乡下人将他修好，但城里的客人络绎不绝的来，看见土地菩萨又有了，他们又将他们打坏多次如此。农人也不愿再修，于是作一块牌位，作土地公，土地婆。城里客人又来了，在土地菩萨上面写男茅厕，女茅厕。有一次，在茶馆与八个村庄代表谈心喝茶，讲土地菩萨的事。问他们有谁真正相信土地菩萨的站起来。再问他们为什么信？他们说："母亲信，我也信。"又有一个说："见了信土地菩萨的说信，见了不信土地菩萨的说不信。"还有一个人说："从前信，现在不信，因为将土地菩萨毁坏的人，土地神应该捉住他们，但是没有。"因此知道相信的人少。于是对他们说："把土地放在路旁边，太不敬重。"他还是作一个土地庙，要作坏事的人送至土地庙，要他自省几个钟头，如犯法，吸毒等，他们都很赞成，问他们为什么赞成？因为到公安局，非出十块钱不能出来。若在土地庙站几个钟头，倒不要出钱。

乡下人害病，最需要医道医药。乡下人生小孩极惨，小孩不能生下，用剪刀剪。牛顿为科学泰斗，爱因斯坦，对他不能怀疑，牛顿生下来的时候，只有三磅重，若在农村，必不能活。如高桥接生的很好，有济良所，医所治病的人很多，重病可以送到城市去。在乡村作事，不能像天主教一年两年的等，一定要用方法。留声机阿司匹林，金鸡纳丸，涂头上的药，都要预备。乡下人的病多，他们的经济问题，也很难解决。但不是全无办法。最易干的是组织农人，以其信用组织合作社（合作社之人与非合作社之人有别。在前者可以借钱，后者不可借）。米店的人反对在门口写共产党，但农人的势力大，与自卫团差不多，有武力，所以他们不能过分的干。谈到乡村经济，不能不谈到城里的经济。年成好，米不能卖出的原因是有钱的人往城内跑，白银子也带到城内去，怕土匪抢。平常有，今年更甚，为什么呢。因为去年水灾，到美国购麦，谷麦相比，谷价要落，美麦若来，中国的农人要没得命。

教育不是关起门来办，教育与社会须打成一片，若各自为谋，那是办不了的。

三、研究的方法

中国的教育社会是洋八股，使他不变成洋八股而成为真正的学问，就是要实验。自然科学实验，社会教育学科也得实验。所以要"动"的研究方法，行动即合于科学的研究法，那就是实验。顶少要有一个实验区。如果坐在家里发一点问题，征求答案，就算事实。根据事实下断语，说这是教育学，社会学，对于帮助未尝没有，但仍须从实验着手。在活的事实中发现新的原理。

如何复兴农村？——提倡农村手工业

马寅初

1933年9月3日在山东邹平乡村建设研究院演讲

马寅初(1882—1982)，浙江嵊县（今嵊州市）人，中国著名经济学家、教育学家、人口学家。新中国成立后历任中央财经委员会副主任、华东军政委员会副主任、重庆大学商学院院长兼教授、南京大学教授、北京交通大学教授、北京大学校长、浙江大学校长等职。

文献选自《乡村建设》1933年第3卷第6期，1—4页。

诸位先生：兄弟到邹平来，不是来研究的，也不是来考查的，只算是走马看灯。因为邹平可看的事太多了，实在没有多余的时间详细的来看。

兄弟来的时候，曾受浙江地方自治筹备委员会的委托，到贵院来学点办法，故回去的时候或者要做一篇报告。

今天梁漱溟先生让我来讲演，兄弟预备拿"乡村工业"这个题目，贡献点意见：

近年的经济恐慌，是以世界为单位的，无论那一个国家的恐慌，都可影响到全世界。譬如墨索里尼在意大利，是实行的统制经济，但美国一恐慌，他也随之恐慌。俄国是用新的经济政策，但也受他国经济恐慌的影响。再就近说：中国虽然是农业国，也受这影响很大，最显而易见的，丝，茶，花生等产品不能输出。

世界经济恐慌，是有三个原因。

一、赔　款

列强所以取消德国赔款，是因为德国是个能制造（工业）的国家，你逼他赔款，他只好用制造品来赔。美国和英国虽然想提高关税来限制德国，但德国实行倾销，以致全世界物价都低落，列强没办法，只好不让他赔。这是事实逼成的，并不是列强的慈善。法国之影响不大，是因为法国不是大工业国，法国所出的东西，多半是手工业制造的。因此，法国仍要德国赔款。他拿了德国赔款，才可付给美国的战债。德国不拿给他，他也不拿给美国。但条约上并没定着德国不还别国，别国就不还美国啊！但美国虽明知欧洲拿不出，他还要抓住这一点以控制各国。对日本也是这样。

二、放弃金本位

各国想增加出口量，乃取消金本位。譬如我国有一包茶，在美国值一块金元，在中国值二块银元，如此则一金元等于二银元。但现在我们把银价放低一半，如此便可卖他两块金元，即为我们四块银元，则我们等于回来时多了两块银元。在国内工资开支没有增加，而银子反高出这么多，出口自然增加了。

这是一个定理——银子贱则出口增加，银子贵则进口增加。

放弃金本位，是譬如一张钞票，能到银行兑换一金元，一放弃便是不兑现了，如此他的价目自会减下去成为七折五折。如我在北大教书时，中交钞票不兑现，每月薪金二百八十元，但拿得一元钞票，只值五角钱，于是每月只算得一百四十元了。在英国放弃金本位后，出口因之加多，日本见到这里，他也放弃了，美国最后也放弃了，只有法国还没有放弃，但恐怕也快放弃了，因为列强，非如此不能争得市场。

中国是最好的市场，中国人如能增加百分之一二的购买力，则他们的出口货即可增加十万万两，所以他们非常注意中国。

中国此时要和他们竞争，是不可能的。中国现在工业不发达，交通不便，内部复杂，政治不上轨道，极难和外国竞争。

三、倾 销

此外还有一着比放弃金本位还厉害的，就是倾销。倾销的意思，有好坏两种，譬如日本因中国抵货而倾销，在他是好意，在我就认为他是坏的，怎样是好意的呢？

譬如美国有一种货物，因大量生产，而没法销出，如果他在国内减价一半是不行的，譬如烟两个铜子一包，因生产过剩，而卖一个铜子一包，而吸烟的不因他减价一半便多吸一倍，所以他在国内仍旧是不落价，而到中国来卖贱价，以争市场，宁自己用贵东西，而让别人得便宜，这便是国家经济与个人经济之不同，如系国家经济，则便宜东西，宁可卖给自己。

再则国内产品，今年因过剩而落价，但明年不过剩时，再涨价便很难了，所以不如卖给外国。

因大量之生产而倾销，影响极大，中国想自己生产来抵制他，是不可能的，补救的办法，有人就主张提高关税。

倾销是暂时的，而税率是含永久性的，以关税来抵制倾销，是极难的，中国又因外交关系不能实行，况外国的倾销，除政府的奖励外，他们公司还可暗减运费，让你没法考查，从此再分三点来看：

（一）关税提高好不好？中国先前是关税不自主，有租界，有领事裁判权，现在关税自主了，可以把关税提高，挡住他进口，但他有租界，他可在内地设工厂，你没法挡他。列强之所以允许中国关税自主，便因他还有这条路，故于其让他在内地设工厂，还不如关税不提高而让他进口，政府还可以收点钱。也不无小补，总之租界不收回，外货仍是挡不住。

（二）关税要不要提高？关税提高，只能造成大资本家，譬如中国用以制绸子造饼干用的版纸，有五个工厂来造，一个单位卖四十九两。而日本的便较便宜，卖四十七两，因此造纸者，便要求政府增加关税，譬如加十两税，则日本纸须五十七两，而中国商人也趁机提高五十六两五，这岂不是让资本家攒钱？而间接仍取给予穿绸子吃饼干的人，所谓节制资本，是不让造成资本家，这样岂不是造资本家？

（三）保护关税，有点地方行不通。譬如粮食每年有二万万海关两进口，有人便主张加税，使洋米不进口以保护农人。有位陈伯庄先生专门研究米，他根据统计，说中国进口的粮，只合中国粮的三十五分之一，只要中国的米能流通，外米自然不来，中国的米为苛捐杂税，盗劫，偷窃，运输，种种原因，不能流通。增高关税，只能增高米价，则对消费者影响极大，尤以广东需要西贡米，别处的米，既运不了去，又吃不惯，一加关税，只能使广东人吃亏。

中国保护关税是不可能的，不要再蹈此覆辙。

这上面是兄弟提出中国的经济问题，让诸位先生想想如何解决？

兄弟主张在这种事态下，只有提倡小工业。

我们复兴农村，民族自救，单靠农业是不行的，此外还须加上"工"，单有农而没有工，则农人生活不会提高，农人单增加生产是没用的，我们须要把农人的生产品变化它一下。米是让我们吃饭，但米太多了，便不能都吃了它，此时可把它造成酒，糕，经此变化，米的用处，就开展了，此变化即是"工"。

"工"只能变化而不能生产，然工的发达，须靠农人购买力的增加，彼此相辅，才可成功。此所谓工业不是大工业。

提倡农村工业，有下列的理由：

1. 中国公司不发达，股票没信用，大公司组不成，只有以小公司到乡间去。

2. 普通农人一年有半年的闲空，农忙变做农，农闲便到都市中去做工，小工业到乡间去，则于农人更便利。

3. 有些工作，妇女做最好，但中国家庭观念深，不愿让妇女远出，故在乡间较合适。

4. 乡村工资便宜。

5. 乡村地租便宜。

6. 外国工厂多在煤铁区近处，中国没有这样的条件；我们只可用水电，可通到几十里几百里，此则不须集中。

7. 中国现有的钱庄制度最为普遍，最宜乡村工业。

8. 中国用银，恐不易改变，基于以下三理由：

（1）中国没有金子；

（2）外国不卖给金子；

（3）卖时受两层损失，又不能行虚金本位，只好用银。但银子集中都市，如能散出去，利用银价的变化，最宜小工业。

9. 办大工业须集中都市，愈形成都市重要，不平等条约愈难取消，小工业分散乡村，自可分散都市的力量。

10. 乡村劳资问题的解决。

11. 大工业失败影响大，小工业失败影响小。

12. 大工业形成人为机械支配，而不是机械为人使用。所谓科学管理，便成人跟机械走，失去了人生的意义。小工业没有这种现象，小工业的工人，他可以明白他自己的工作和地位，这是很大的教育作用。

13. 人类的进化，是趋向于"美"，手工业有美，而机械则千篇一律。

14. 以先例看来：法国为小工业国，丝业发达，丝厂迁就女工到乡下去，成绩很好。

以上各项都是小工业移到乡村去的好处。凡大的工厂，如煤铁等，要政府来做，凡小的工厂，我们提倡由私人经营，到乡间去做。政府可以运用一种减税奖励的办法，我们提倡小工业，在条约上抽税，是须与外人工厂相同的，这时我们一方面仍可由财政部抽与外人相同的税，而一方面由实业部用奖励金的办法，将税款一半奖励给小工业，如此外人没法反对，因外人也有奖励的规定。

如此则大资本家没了，农村才可复兴。（略）

乡村运动与合作

章元善

1935 年在北平演讲

章元善（1892—1987），江苏苏州人。1911 年就读于美国康乃尔大学文理学院，专攻化学，1915 年回国。曾任中国华洋义赈救灾总会总干事。1924 年参与创办欧美同学会，任事务长。1942 年任中国国际救济委员会常委。1945 年参与筹建民主建国会，任常务理事。1949 年 9 月，出席中国人民政治协商会议第一届全体会议。中华人民共和国成立后，任国务院参事，欧美同学会副会长、会长。是第二至六届全国政协委员、民建中央常委。

文献选自《老实话》1935 年第 63 期，3—5 页。

今天的题目是"乡村运动与合作"，一般人提到合作两字，不外有两种观念：一种是重视合作的，另外一种是轻视合作的。重视合作的，把合作事业看做了仙丹神药，以为一切今日的种种严重问题，吃了这仙丹之后，马上就可以起死回生。轻视合作事业的，以为中国这样阔大，问题这样繁碎，合作事业，无疑是隔靴搔痒，关于这两种观念，我们先搁起不谈。等述完合作事业以后，再作真确的批评。

谈到乡村建设，已经有十几年的历史了。近五六年间，从事社会教育和关心国家政治的人，各人本着自己的力量，自己的环境，去办乡村建设。这些人，各人有各人的主张，各人有各人的办法。如同医生看病一样的。据最近调查，站在社会立场，从事于乡村建设的机关，有一千多个。其中落落大者有山东邹平的乡村研究院，定县的平教促进会，在南方有江苏教育学院，在眼前有张逊民在涿州举办的乡村运动，往远一点，云南贵州各省都有乡村运动机关。三年以前，这些乡村运动机关都不互通声气，各人埋头苦干自己的事业，有的以县为单位，有的以村为单位。近三年来，大家都感觉到有找一个地方商量商量的必要，因为几年来办乡村运动的人，到处碰壁，"从那里来"大家倒是明白的，只有"到那里去"的问题，如同在大雾中走路一样，眼前几步是认得的，后来愈走愈不清，愈走愈模糊，因此大家不约而同的，有这样感想，前年在邹平，去年在定县，都有一度的集会。在集会以后，大家的观念比较统一了一些，因此在结论方面，便也有了相当的头绪。

打开历史来看，一百年以来，一篇一篇都是触目伤心的国耻史，自从门户开放和西方文化接触以后，便放进了三位怪客：一位是物质文化，一位是资本主义，再一位是帝国主义。这三位怪客进门以后，捐客关门也来不及了，打倒它吧，也办不到，并且俨然还有反客为主的趋势。妥协吧又不愿意，于是只有第四条路子可走，第四条路子是追踪学习，于是，你有机器，我也有机器；你有大炮，我也有大炮；你有海军，我也有海军。学来学去，永远赶不上人家，反而弄得民穷财尽，焦头烂额。这种直线式的捷径走不通了，于是大家返回头来走曲线，从有关大多数人民生活的社会根本作起，这便是乡村运动。办乡村运动最终的目标，在将旧文化的中国，改变为新文化的中国。

乡村运动的步骤，首先在求农村的调整，务必使原料加增，购买力强大，然后才谈得到工业，否则，纵使工业化到上海，天津，汉口，也只是几个都市的局部繁荣。农村如果破产，都市的工业，也要倒闭，这是必然的事实。关于调整农村的问题，一千多个社会团体，各个都有偏见，有的说一切病态根源于人民的愚昧，所以要有教育；有的说，一切病态根源于穷，所以要设法增加生产；各人都有诊单，有的说此，有的说彼。定县平教会的诊单，比较完备，他说一切病源，是贫，愚，不讲卫生，自私散漫四种，考察起来，还可归纳为两大类，一种是社会的，一种是经济的，现在下药，最理想的病方，是双方兼顾，既可治疗经济病，又可治疗社会病的最为相宜。

现在大家心中，都有一个共同的认识，这个共同认识的治病工具，就是合作。以教育为出发点的，他办合作，自卫自治的社会机关，以乡村自治为出发点，也办合作，主张政教合一的村治机关，也办合作，全国办乡村运动者的方法不同，出发点不同，但共同认合作事业为乡运的一服主剂，则系相同的。为什么呢？因为合作事业一方面有社会的效用，一方面有经济的效用。

诸位对于经济学都是有研究的，合作事业对于经济效用是很显然的，比如实行信用合作，金融便可活动，合作事业，办的得法，利润就可增多，成本也可减少，但是社会效用都不甚明显，社会效用是什么呢？第一，合作社吸收乡村的中坚分子做社员后，他的权利义务是相当的，享受权利大的，所尽的义务也大，享受权利小的，他所尽的义务也小。第二，合作社训练他们团体行为取决于大多数的习惯，这种事情，在我们看来，是很简单的，但在农村中，则系闻所未闻的事。在乡村里稍为识几个字的人，就可做领袖，有几亩地的，就有说话的资格，这种人如何能懂得权利义务呢？农民进合作社后，天天训练，天天练习，务必从无秩序到有秩序，从无组织到有组织的程度，在实际上社会效用，比经济效用还要重要，不过许多人都忽略了这一点。政府办合作极容易，认为只有救济性质，日本所办的合作事业，也是偏重于经济效用方面，德国合作者雷发异氏曾说："办合作如果忽略了精神陶冶，就等于忘记了合作的任务。"经济效用，老百姓是一看就明白的，惟有社会效用是潜藏的，久而久之，必须过了相当年月，始可渐渐的明显出来，这是展开新文化的中国的最好钥匙。为什么在中国现在需要合作呢？一是大多数人民，已经了解了合作事业在经济上的效用，不怕是在冰天雪地，只要一召即至，要他们组织，他们立即很踊跃的参加，坏人进来，都不捣乱，他们大多数需要合作事业；二是训练社员，使他成为好国民，好公民，合作事业是民主政体的基础，现在德谟克拉西的认识，只限于智识阶级，必须将他普遍化了，然后才谈得到民主政治。

在我国土地就是资本，大多数资本都投在土地上，在北方自耕农尚多，在南方长江流域，尤其是很肥沃的地方，如无锡等县，土地大都在地主手中。合作社提倡储蓄，要造出第二套资本来，在使佃农都变为独立的自耕农，远到耕者有其地的目的而使地主的资本投在都市。总之，合作可以使人民富足，使人民有组织，有团结，这是合作事业的任务。

我们不是农业社会的人，我们对于农民的合作事业，是站在领导的地位，因为他们不能动，不会动，然后我们才推动他。有许多人，认错题目，以为办合作的人，自己便是主人，这实在是错误的。从事于乡运的人应当是越做事情越少，引导人民自动，这自动力愈大，领导的需要愈小。好像小孩子一样，他不会站立的时候，我们要抱着他，扶着他，等他自己会站会走了，便由他去走，预防他走错了途径，或者摔了跟头，我们便扶起他来，再让他走。敝会（华洋义赈会）十数年来的事业就是如此，范围是愈作愈小，事情也愈作愈少，而运动的力量却一天一天的进展。所以办合作的人首先要认清合作的主体，是老百姓，并非是我们自己。

合作事业，可以启发智能，是教育的起点，没有合作社，一切的智识技能良法美意便不得其门而入。合作社像一个漏斗一样，将许多智识，都从这漏斗灌输入农民群中，事实上告诉我们，有合作社的地方，农民像小孩子一样地不断的来问，有的问这，有的问那，一切困难问题，解决不了的事情，合作社都要向外界探求解决的办法。他们有问题肯问，这就是教育的机会。他们不问，想办教育是很困难的，将很多很多的农民常识，印成小册子，散在乡村，收效实在甚小，就是这个缘故。农民对于这种册子，有如教堂散发圣经一样，人民对之一点也没有兴趣，由小孩子们撕弄玩耍，完全失去了传播"福音"的本意。

并且合作社可以增进产业，因为他有集社的教育，科学农业的简单方法，都可藉此传到民间，如杀虫、灭蝗、开渠……等等，品质改良了，收获的农产当然可以增加。诸位！老百姓是最富于依赖性的，从前希望圣明天子，过太平之世，迷信鬼神，乞灵于泥像木偶。天旱了，不开渠而却拜的是龙王，蝗虫起了，不想法子灭蝗，而却祷告蝗神。近几年来，皇帝也知道没有了，鬼神也不灵了，于是永远在苦境下挣扎着，感觉着前途的失望黑暗。办乡运的人下乡说："你们以前靠人求天，但是为什么不靠自己呢？"好！这一句话，不知道唤醒了多少农民。办乡运的人又说："一个人的力量有限，我们为什么不大家合在一块呢？相信多数力量，不比一个人更好吗？"这样，合作事业在农民心中，便种下了不可消灭的印象。在我国现在有许多地方的农民，甘心扔了地出去逃荒，或者把契交给政府，不纳租税，他们的生活是苦极了，一点生机都没有，合作事业，给予这种呼天抢地的农民一线希望，这是合作事业，在这非常时机的一点效用。

此外，更有一点值得注意的，就是金融界对于农村投资的踊跃。前三年，乡运机关如果要向银行借款的话，那是绝对办不到的，现在可不然了，各银行争先恐后的向农村投资。因此有人说三年前农村患的是贫血病，现在患的是高血压。在西方资本主义的国家，金融资本和合作事业完全是两个。但在我国，金融界却能和乡村运动者打在一起，这是最好的现象。不过，在这种阶段上，有两种危机潜伏在乡运当中，一种是合作事业的"新政化"，就是说从事乡运的人，只说不做，像官僚机关一样，每天只在统计我们有多少合作社，有多少自治机关，做门面前的事。再一种是合作事业的"寄生化"，就是说合作社单纯成了银行放款的机关，变做商业组织的附庸，或银行的尾闾。

如果要得到这样结果，乡村运动就算是中途夭亡了，所以现在从事于乡运，或者将来有志于乡运的人，必须格外小心，别由他走入歧途。

我很盼望合作运动，能早早发挥它自身的能力，合作是乡运的重心，是好人有能力的人的团结，是乡村建设的起点。它可以使民富，使民有组织，有能力，合作运动是国富民强的良剂，富与强是一切的先决条件。重视合作的人，希望它立刻生效能建惊天动地之功。那是有点希望过奢，超出了现实的估计。轻视合作的是没有了解乡运的意义，及合作在乡运中所占的地位及其使命。

农村建设与救亡图存

江问渔

1935 年 9 月在上海大厦大学演讲

江问渔（1885—1961），名恒源，字问渔，江苏灌云人，我国著名职业教育家。1939 年与黄炎培等组织发起统一建国同志会。1941 年 10 月，当选中国民主政团同盟中央执行委员。

文献选自《大夏周报》1935 年第 12 卷第 1 期，6—8 页。

诸位同学：救亡图存这句话，在人人脑筋中皆有很深刻的影响，因为国难这样的严重，国家处在这样的危急状况中，救亡图存是个个人应负的责任。但救亡图存是要在行动上实际表现出来，不是空口说白话的，亦就是说要拿什么方法去救亡图存？今天的讲题是把农村建设与救亡图存建在一处，不用说农村建设就是救亡图存的一种方法了。然而农村建设是国家里各种建设中的一种。单讲农村建设来救亡图存是否嫌太偏重了点？在我国人的意思，农村建设的确是救亡图存的各种方法中最主要的最根本的一个方法。为什么呢？现在有五点理由。第一点，中国国家全部是农村组织，不要看上海、北平、南京、汉口，几个是很大的都市，这究竟是占很少数，其余那一个不是保留着农村社会的状态或是靠农村来维持的？因此可断定中国全部是农村组织，因此亦可断定要挽救中国的危亡非从建设农村着手不可。第二点，中国全部人口有多少，有人说是四万万，有人说是五万万，也有人说是四万万五千万，但可断定其中百分之八十以上皆是农民。一个国家的强盛，首在有健全的国民，所以要挽救中国，要把这百分之八十以上的农民变为健全的国民，能不先从农村建设着手么？第三点，中国目前所遭遇的问题，归纳起来不外两种：一种是外来的帝国主义的侵略，无论是白色赤色都是侵略我国的敌人；一种是内部的，就是报纸上常常看到的口头上常讲的农村崩溃，农村衰落。这两者间是有连带关系的，假使我们把农村建设起来，外来恶势力就可排除。反过来说，内部的农村崩溃，也是受外来的压迫太多的缘故。我们现在要救亡图存，当然先要把外来的压迫解除才行。要解除外来的压迫，首要的当然是力，尤其是民众充分的力量。然而我国现在的力量是很薄弱，不足以拿来解除压迫，所以我们就非要先把内部健全起来不可。内部健全了也是一样可以解除压迫的。要健全内部就要先来建设农村，如果不从农村方面想办法，外来的压迫永无解除之日。也就是说中国在没有力量的今日，要解决当前困难，只有从农村建设着手的一条路。第四点，大家都感觉中国现在生产落后，工业落后，要知道中国现在的工业全是手工业多，原料等等都是由农业来的，因为农业的不振，才有这种现象。譬如我们现在吃的米多半是暹罗米，麦也是外国的。这为什么？因为第一不够，各地农村崩溃，大家皆弃地而走，致产量减少；第二是不通，交通不便，运输困难，关卡重重，成本加重，不及由外国一直运到的简便。此外还有种籽，成色不同种种关系。假使能把农村建设起来，何患生产不能发展？工业不能振兴？所以我们要以农业来发展工业，不能以工业来发展农业；要以农村来繁荣都市，不能以都市来培植农村。如果农村不建设起来，农业不发达起来，工业都市好像无源之水，无本之木，其竭也其枯也必矣。第五点，国防问题，我们如要与外国打仗，最紧要的有三种东西。第一就是科学设备，这一点不用说中国是落后的，买外国的飞机大炮来与外国对敌，未必能得到胜利，要靠自己制造，现在更谈不到，只好慢慢的来。第二就是壮丁，这个只有出之于农村，中国的士君子是不能当兵的，农村建设就是培植壮丁的工作。第三就是巩固后防，如交通的开发，秩序的维持，人民的救济等等，在作战上也占很重要的地位，这当然要靠农村的人民负起责任来了。但是农民不加训练如何能负起这种责任呢？所以农村建设对于国防上讲也是迫不及待的工作。根据以上五个理由，我们可以下一个全称肯定的说农村建设是救亡图存中最主要最根本的方法。这是说明建设农村为救亡图存的理由，是我所讲的第一段。

第二段我要讲农村要怎样去建设？建设的途径是什么？中华职业教育社以及其他团体对于建设农村的工作，都不外三种：一种是文化的建设，一种是经济的建设，一种是政治的建设。文化的建设不仅是提高教育程度，举凡迷信的破除，卫生的注重，风俗的改良，婚姻的改良等等皆包括在内，所以不仅是读书识字而已，是从广泛的做起来的。其次经济的建设，如改良手工业，办理合作社，举行农村贷款使金融流通，改良农具与耕种方法等等。至于政治的建设，如训练农民的集团生活，区设定区公所，镇设镇公所，办理保甲，使农民能得到政治的常识，受到政治的训练，达到真真的自治的目的。抑且这文化，经济，政治三大目标是连锁的，如文化方面的识字运动里可以包含经济的政治的常识，经济方面的合作社，需要写账等等事情，要能写账就要读书识字，并且合作社也是训练集团的生活组织。此外政治方面的格外处处是与文化方面经济方面有关系的。所以我们今后要建设农村，也不外从文化、经济、政治三方面建设去。

第三段我要农村要拿什么方法去建设？我们办理什么事都要选择一种好的手段才能得到好的效果，建设农村要选择一种什么手段呢？经我们研究的结果，就是要以教育的手段才行。建设有真的，有假的，有精神的，有形式的，有系统的，有无系统的种种区别。如以教育的手段去，就是真的、精神的、系统的建设。举例来说，一个县长令人民筑路，做得很有成绩，及至县长离开此地，工作又停顿起来，大有人存政举、人亡政息样子，这是什么缘故？都是因为人民是被动的，根本未能明白筑路的意义和重要，这是一种假的建设，不是真建设，结果毫无效果。要能真真地建设起来，首先要人民了解建设的意义与重要自动的去建设才行。又看省政府今天下了个命令要做什么，明天下个命令要做什么，省政府命令至县，县命令至区，区命令至镇，于是一时紧张起来，章程也者订得头头是道，标语也者贴得满壁满墙，会议也者开的连续不绝，口号也者喊得震天价响。然而实际的效果呢，只做到订章程贴标语开会议喊口号而已，这些都不是精神的建设而是形式上的建设。又如有时举行什么一种运动系卫生运动，派许多人带些臭药水跑到乡下去，农民见许多人来不知何事，皆惊慌起来，大家奔走逃避，来的人把臭药水洒了一阵而走，农民回来只闻到一阵阵臭味而已。这样的运动对于农民如同暴风雨下了一场，毫无影响，这就是偏重形式的建设，结果徒然费钱，这些钱都是人民血汗的钱，而做的事对于他们毫无益处，岂非可惜？我这次到外埠去考察看到一个农民教育馆花八十块钱画了一张油画挂在那里，这油画画的是什么呢？又是美国枕白克儿子被绑的图。有一个朋友问我这与农民教育有多大的关系？我也想不出有多大的关系。像这八十块钱在乡间里不知可做若干的事情，然而花费在一张图画上，这就是太重形式的缘故。至于无系统的建设，譬如县长今天命人挑这条河，明天又命人挑那条河，结果徒劳无功，成绩毫无。所以我们建设农村，一定要采取教育的方法，要根据三个原则。就是第一要求真，不是假的，要看重农民的需要的切实做去，不一定所做的事在表面上要使人看得出来，不一定要有什么馆，就是两间破庙也可以。譬如农民好打官司，常至倾家荡产，我们要感化他们，替他们排难解纷，这样的工作，虽表面上看不出来，然而农民所受的利益实在不浅。第二，要培养他们的自动，辅导他们的自动。第三，要有系统的，如调查农民经济状况如何，土地状况如何，然后决定几年的计划，明年做到什么地步，后年做到什么地步，才能收事半功倍之效。

第四段我要讲点关于农村建设的具体方法。农村建设是从什么时候谈起来的呢？从前只有农业的教育，设立许多农业学校，来培植农业专门人才，然而这些人才对于农村方面有何影响呢？无疑的这种农业教育是失败了。所以到民国十二年感觉到这种教育的失败，于是才有分区设教的方法产生，中华职业教育社办理的徐公桥就是由此发起的。今后我们对于农村的建设也是用分区的办法，以户口多寡作标准。第一，村的农村建设是由一百户至三百户。第二，区的农村建设是由五百户至二千户。第三，县的农村建设以县为范围。像徐公桥由乡而区的农村建设，梁漱溟先生在邹平县所办的是县的农村建设。抑且无论村区县都是广义的农村教育，要使行政与教育打成一片，作县长的一方面是一县的行政首领，一方面又是教育的首领。孔子说："作之君，作之师。"这个君字就是行政首领的意思。所以做县长的一方面作之君，一方面作之师，作君的带有强迫性很大，然而没有感化性，因此行政的效率不高。县长要有两只手，一只是作之君，有强迫性，一只是作之师，有感化性；这样，全县的农村教育，有系统的发展起来，就是县长走了，全县的人民皆可自立，可以不受影响。其次现在谈建设，人才也是很要紧，所以我们急切的要培植人才，要养成第一号人才若干，第二号人才若干，至少要使全县的百分之八十以上的人都能读书识字，使其家给人足，要百分之二十能做领袖的才行。最后，还有几句比较要紧的话，就是从前的人都是头与手分开的，用头脑的人都是不动手的，而动手的人都是不用头脑的，所以才会造成今日国势危亡的现象。我们要救亡图存，要建设农村，最切要的第一步工作就是要使头与手接近起来。希望智识份子都能到乡下去，与农民切实携手，灌输他们的智识，这样，对内的革命——扫除文盲，建设农村既可成功，而对外的革命——打倒帝国主义，解除压迫也可成功，中国才能有救。

青年的出路

卢作孚

1935 年 10 月 13 日对南宁市中等以上学校教职员学生演讲

卢作孚（1893—1952），重庆合川人，著名爱国实业家、教育家、社会活动家；民生公司创始人、中国航运业先驱，被毛泽东同志誉为"不能忘记的四个实业家"之一。

文献选自《宇宙旬刊》1935 年第 3 卷第 8 期，28—31 页。

承白副总司令介绍，感觉得非常惭愧！因为介绍的话，超过了事实的内容。今天要同各位说的话，可分为三点：

一

若干年来，因为自己在社会上做了些事，于是许多人说是我仿佛想在社会上做多少的事业，可是在我，觉得不是。

我以为凡是我们今天所做的事业，都不是最后的成功，而且终会有一天失败！在哪天失败，目前亦不易卜。那末我们在这每件都免不了失败，而且不知道什么时候失败的事业上，仍然拼命的努力。它的意义，就不仅限于事业，而还有超乎事业之上的意义在。因此我又想到：今天所做的事业，不过是取得一种机会，并不是一种目的。然而我们又把它当作什么机会呢？即是觉得中华民族，缺乏人才。过去一切的事情，办理不好，一切的问题，解决不了，那才是因为缺乏人，根本缺乏一批有办法可以解决问题的人！所以我们把所做的事业，当作一种机会，一种培养人的机会。故常常同朋友谈到，过去我们做事，与其说是做事，毋宁说是造人。但是想培养什么人？我们可以说，除了不得已用了些年纪长大的人之外，培养的都是青年。常常在一件事业中，举行多次的考试，这就是要搜求青年，来培养他。故我想今天我们所做的事业，其意义不是在事业上，而是在事业中的人，在培养事业中的人。可是这里又很容易引起一种很错误的观念，仿佛说"这些事业不是事业，其目的仅在培养人，在培养我"。这是很错误的！因为有这错误观念的发生，于是又使我们想到"究竟培养人的目的，又为什么？"就是说，今天我们所做的事业，目的不在事业，而在培养事业中人，也许不把事业当作事业看，而把它当作学校。然而培养人的目的，又在什么地方？

培养人的目的，在什么地方呢？反转来说，培养人的目的，既在事业上，而事业的目的，是在社会上。那末培养人之目的，即在社会上，而不是为谁的本身。所以我有两点意思：一点是培养人的目的，不是为这被培养的人，而是为所努力的事业；还有一点，就是事业的目的，是要为社会。归结来说，就是我们把自己本身，放在事业上，而事业却放在社会上。我做过一篇"前进的两段论"，意思就是说：我们需要前进，第一段自己要向事业上前进，第二段要提着事业向社会前进。

故我们所做的事业，是在培养青年，然而不是培养各个青年的本身，而是培养社会需要的青年。这是平日自己感觉做事业的意思，须得介绍出来，给各位知道的。

我要引一段故事：民国十二年的时候，在四川重庆，有一个省立第二师范学校，他们举行讨论会，讨论一个问题，这问题是："中等学生，应不应该参加社会运动？"请我去当评判。讨论的结果，许多学生发表的意见，都认为学生在读书的时候，应该尽量的读书，绝对不应在读书之外参加社会活动，为的是恐怕妨害读书。后来学校里面的教师评判，更沉痛地认为学生应该读书成功之后，才参加社会运动。最后请到我去评判，我说："对不住得很，假如你要我来评判的话，免不了要把你们的结论，完全推翻！现在我先请问：读书是为什么？而读书又到那个时候，才算是成功？'成功'？是什么东西？读书之后，个人得了功名，家庭收入很丰，这是你成功了？除此之外，没有成功可言。中国就是因为每个人都想自己成功，因此国家的事、社会的事、什么都失败！如果长此以往，中国的一切，也就永远失败！故关于中等学生要不要参加社会运动，这是很容易了解的。我们如今在学校做的是什么？就是社会运动。因为当前没有好的环境，如家庭、社会、政治、教育……都不好，在这不好的环境中，就不能产生好的人。因此要想产生好的人，必须改变环境——家庭、社会及天天接触的政治乃至学校，都应当把它改变，这些种种的改变，是什么呢？就是社会运动。学校所教的课程也就应如此。

本来每个人的行动，有两条路：一条是有权利把环境改造；一条是跟着现时的环境走。我们既不幸生在不好的环境中，只有把环境改造；然后给后一辈的青年，跟着环境走。而且我们要认识，环境是活动的、时时改变的，这种改变，就是社会运动。所以学校的课程，脱不了社会运动。"

由这段故事的引申，就是说学校之培育人才，不是培养他个人成功，而是培养他做社会运动使社会成功。

要说到本题：也有一段故事。就是我在四川的时候，有一次四川青年举行学生集会，集合了许多青年，要我讲"青年的出路"。这问题很使我诧异。我想"怎么会有青年的出路"？今天我讲这问题，正式取消这问题，当时我就对那些青年人说：我不讨论这问题，虽然这问题在报纸上，天天有人讨论。中国没有出路，社会没有出路，你们青年，又那里有出路呢？每一个青年为自己出路而努力，这是根本的错误！

中国的社会，原来只有两重窄隘的范围：一重是家庭，一重是亲戚邻里朋友。一个家庭里面，只要有一个人成功，就是这家庭成功；一群亲友之中，有一个人成功，这一群人也就成功。于是这种社会，专门培养成个人。大家只求个人的出路，不想到国家民族。所以一直到现在，虽然成功了若干人，社会乃至于国家却被这些人毁坏了。因此今天我们要绝对的取消"青年出路"这问题。

可是青年没有出路，我们岂不是失望了吗？还努力作甚？有的，出路还是有的，不过是在社会上，而不是每个青年的本身。每个青年想到自己的出路的时候，总脱不了想使我在未来成为一个教育家或政治家，也许要成为一个经济事业上的经理，或做其他旁的事业。所谓出路，不过如是。但是大家要晓得，这些通通没有自己的出路。如果只准备取得这些地位，那是根本的错误！比如假定你在未来成为一个教育家，办一个学校吧，那你应该想，你要去办的那个学校，要怎样才办得好，成为你理想中的学校。又假定你准备做一个政治家，去办理一县的政治吧，那你应该就那一县的事情，想想怎样办理？如几十万的民众，应如何使之行动一致？纵横几百里的土地，应如何使之变为很好的园地？如果在此地着想，就有出路。出路就是在你要办的事业上，根本不有想到你自己。因为一个学校或一县就是社会。故没有自己的出路，只有社会的出路。

今日尚想如过去那种在学校混混多少时候，得文凭后，就有出路，这是错误的，纵使有，是你自己的出路，不是社会的出路。如果只求个人好，恐怕中国永远不会好。要想盼望中国好，只有从我们做起，从我们当前的事做起，我们办什么事，就求什么事的出路。

所以青年人应该晓得我们自己没有出路，只有社会出路。在敝县教育界的朋友，常有这种错误的观念：就是我们在外面读书，得一纸大学毕业的文凭之后，就认为我有资格，该当校长了，而社会每年应以一两千元的薪金报酬我，不是为我办学校，而是因为我过去读书，有了大学毕业的资格。这种观念，真是大错特错！要知道社会培育你，你应该报酬社会，为什么反要社会报酬？故我们应该明白：我们是为社会而读书，是为社会找出路，绝对不要为自己找出路。说到此，使我连想到广西的学生，幸运太好了，得这样好的环境，培养能力。培养什么能力？就地方上说，就是培养把广西一省弄好的能力，而广西怎样才得弄好，又已有了"广西建设纲领"。各位在学校，以这建设纲领为课程之一，大家想怎样才能从这课程中，把九十九县建设好？这就是在好的环境，培养自己为社会做事的能力。将来到一乡村就把一乡村弄好；到一县就把一县弄好；一省也把一省弄好。扩而大之，中华民国也弄好了，那是很有把握的。这把握就是在青年人的手上。

故我常常想：中国前途的希望，只有在一般青年，然而青年在过去没有正确的目的，好似大家都为青年的本身而努力，这是很危险的。如今我们应该知道了，青年不是为谋自己的出路，而是替社会谋出路。如果每个青年都能够如此，中国在三五年后，就可变好，这是可以断言的。

所以各位要认清楚：我们得在这好的环境中，培养能力，社会盼望我们能力成功，去改变社会。而广西已有改变社会的办法，我们应当以这办法为课本，怎样去学会能力？等到改变社会的能力成功之后，将来走到那个地方，就改变那个地方，当前一县一省可以改变，整个中华民国，也就可以改变。这是每个人应该有这种自信力的。

民国十一年，我在川南参加"五九"国耻纪念的时候，对各校学生，曾有过一篇沉痛的话。我说："我们今天举行这个国耻纪念，每个人都晓得痛骂曹汝霖、陆宗兴、章宗祥的卖国，可是我们要晓得，他们几个人做学生的时候，是最优秀的份子，当时他们只求自己的成功，因此读书之后，只顾自己的出路，不惜卖国！假如今天各位还不认清楚，而专求自己的成功，那将来为害，怕比这三个卖国贼，更甚!"

故每个青年中学生，都应该认清学校培养人才，是盼望社会成功，而不是盼望个人成功;盼望为社会谋出路，不是为自己谋出路。而且在目前的社会之下，我们自己无出路可言，我们的出路，是建筑在社会的出路上。

今天没有别的贡献，仅仅是这点意思。虽然理由不十分充分，但意思是非常诚恳，如果有错误的地方，盼望各位指教!

中国农村经济现状与中国的农民出路

孙晓村

1936 年 1 月 28 日在南京中国社会问题研究会演讲

孙晓村(1906—1991),浙江余杭人,著名的马克思主义经济学家。1935
年后投身抗日民主运动,1936 年参与发起成立全国各界救国联合会,任常务
理事。1945 年参加中国民主同盟,1949 年参加民主建国会。

文献选自《中国社会》1936 年第 3 卷第 1 期,59—66 页。

今天要谈的题目是中国农村经济现状与农民的出路,这个题目在五年前
也许很时髦,到今天也许不时髦,因为杂志报章上说的太多,已经说疲了。
但是我们想做文章是故意要这样做呢?还是事实迫着来的呢?我想这是事实
的问题,所以在杂志报章上面到处看到关于这个题目的材料,我们还要再来,
不过不用枯燥的统计,关于资料的来源,我可以告诉大家:在南京有资源委
员会,农村复兴委员会,金陵大学农学院,土地委员会,在外省的有各省的
建设厅,经济委员会,诸位可以自己去找。

今天要讲的可以分三个段落:一是对中国农村经济认识的方法,提出几
个适当的意见;二是对最近之农村状况,为事实的罗列;三是出路的研究,
现在先说第一段。

一

中国的国情很不简单,印度中亚各地都没有中国的国情复杂,所以要认
识中国的全部面目,非注意方法不可。对于中国农村的分解,我认为有五个
方法或原则须得顾到。

第一,要全盘观察。对中国的农村问题不能只限于农村,这样是不够的,
如果把整个的中国忽略,把中国今日在世界上的地位忽略,结论是不会正确

的，例如政府对于丝的统制，江浙省政府设有蚕丝统制委员会，蚕桑改良会，但这能解决问题吗？不能，就因为只限于局部，只在蚕丝的本身上想办法，原来世界的经济恐慌可以支配国民的经济生活。在过去中国丝业之所以发展，是因为在美国有市场，但后来美国市场有了日本的竞争。故丝业大受打击，由六七十元一担的骤跌到二十几元，所以研究中国的农村应当全盘观察，明了世界的经济情形同中国国民经济的地位——殖民地的地位，才行。

第二，把握各种矛盾的原则。中国设立了许多农业学校，又有许多专门人才同许多农事试验场，他们天天在那里办理农事，推广农事，但是现在我们的农业反转比以前退步，这是什么缘故呢？他们没有本领吗？不是的，他们不曾努力吗？也不是的。原来农村有各种各样的矛盾互相冲突，互相存在，我们不把握着这些矛盾的原则，是无法解决问题的，譬如说，为什么很好的技术用不到农村中去？就是因为中国农村土地的所有与使用有矛盾存在：有田的人不耕田；耕田的人却没有田。他耕别人的田，当然不愿多下肥料，多用钱来替人家的田改良，或到远处去引水；而有田的也不愿替耕田的人加肥料，所以蛮好的田就因为种田与有田的分离而变坏了。这好比我们自己张嘴，而要别人喂饭一样，当然是不行的，所以有了这种矛盾，致使投资增高受到限制，而改良方法亦无从说起。又譬如：农业生产退步，依常态说，农产品的价值应当增高，但表示真正的价值增高，对资本主义是唯一的恐慌，因为在中国的农村社会受到封建势力的摧残，使生产品减少，而又因为帝国主义的经济势力要独占市场，而使价值不能增高，农产品没有出路，所以在中国有封建势力同帝国主义势力的冲突，使两种恐慌同时发现，我们应当把握住矛盾的原则，去观察现象。

第三，从变化过程中来观察农村的诸般现象。譬如说：米价高了，有人说农民有好处，这是错误的，他没有从变化的过程上来观察，我为米跑了很多的地方，米从农民手里来到都市，我也从农民那里跑到都市，才了解这个过程变化的原则，一担米在都市卖十块钱，可算很贵，但对农民有好处否？却很成问题，实际上，农民两担稻子合一担米，只值两块钱，因为米由生产品到我们口里的路，其长不可以道里计，农民的米要经过小贩，行家，船家，大行家……出口商，然后才到我们。在安徽我们看见米的上船，下船，背，肩抬……无一不要钱，真是一笔糊涂账！一担米由安徽内部到芜湖——米的出口地，有八十几处都要钱，所以都市尽管拿了十元钱，而农民所得不过两元而已，这不从过程的变化上观察，如何能够了解农民的痛苦。

第四，分清形式与内容或现象与本质不能光看表面犯了这个原则的例非常之多。如像过去有一位经济学家，他以轮船进出口吨数的多少，来判断中国工业的发达同经济的发展，而决定中国是否资本主义的社会，但轮船进出口多，装载的是鸦片，这怎能说明中国是资本主义或封建社会？他没有分清形式与内容，所以完全错误，又如泾渭渠，民生渠在水利上很好，但是对农民并不有利，在渠未成之先，农民很痛苦，等到贱价把农民的田买了，造成很多大地主的时候，渠开了，田固然比以前好，但农民还是无办法，又如华北农民养羊，一个胎羊卖四元，与大羊卖十元，一胎有三四个小羊可以赚钱，于是有人说中国的商品经济发展，因为飞机上要用胎羊皮，但是这样地把羊杀死了，以后就没有羊，这算商品化吗？又如有人说中国垦殖公司是大规模的经营，好像苏俄的大农经营一样，实际上垦殖公司把大田切为小田，租与经纪人，经纪人又把田切为更小的田，租与租田者，是一种残酷的榨取，那里是大农经营，又如有人说货币地主是进步地主，但中国的地主包有农民，他们的地租与欧美的地租不同。所以从上面的例子可以说明单看表面而不察实质，是不会得着正确的结论的。

第五，注意到对立的统一。一般现象中包有特殊现象，而特殊现象又存有一般现象，他们是互相包舍时，例如中国五种重要农产——米、麦、棉、丝、茶是商品化，农民不是为自己而是为卖与他人生产，这是一般的；但是米与棉，绵与丝，茶的生产情形不同，这是特殊的，又如我们的经济发展受人家的打击是一般的；但是米麦是在国内市场受帝国主义洋米洋麦的影响，而丝茶则在各地受人打击，这又是特殊的，又如两种农业恐慌，一种是真正的恐慌，生产不足，一种是社会造成的生产过剩，这两者是特殊的对立的；但却都统一于帝国主义的摧残，则他们又是一般的了。

所以，我们必须把握着上面的五个原则或方法，才能了解中国农村社会的真相，必用了这五个方法，看文章，听演说，读报纸，才不会上当。

二

说到中国农村的现状，我很抱歉，我没有好的消息，我只有坏的消息报告给大家。

第一，土地问题继续严重。大家都知道中国的土地问题在农村经济中占顶重要的地位，有人写文章说中国的土地问题在一九二五到一九二七年的时候早已过去了，这是他没有到农村去观察过的缘故。现在有百分之六十的小农是急迫的需要土地。中国的本部可以分为水田区域同旱田区域，水田产稻，旱田产麦，水田区域的江浙佃农多在百分之七十左右。很多的土地在不耕田的地主手中，生产者大多无田，就是在经济比较发达的地方也有大地主，江南的嘉定、无锡、苏州算是洋化的地方，但要找一万五以上的大地主很为普遍，上海也有大地主，内地当然更多。至于江北水田，除了私人有大田地外，还有族产、庙产、在萧县有一个庙子的土地是二十万，就在杭州的庙宇如像灵音寺也有万把亩的田地，所以地权都集中在地主，庙寺的手里，农民很少有土地，在浙江有一个佃农村，没有一个农人有田，生了儿子都希望长大成人能有点田地。水田区的情形如此，旱田区呢？黄土区域较好，自耕农较发达，但所谓自耕农，据中央研究院保定一带的调查结果，是穷得不可言的小田，虽略好于江南，但不能自给自足，所以华北自耕农的穷苦还是与江南一样。有人说从前俄国土地不公平的分配，一千万的农民有七千万的土地，反之二百八十万的地主却有六千八百万的土地，差二百万便与农民所有的相等。但是现在的中国呢？据合理的推算，中国农民约达三万万，但所有田地不到全国可耕田的半数，而两百万的地主所有土地则超过半数。但有人说错了，认为地主也可怜，诚然地主可怜，我就有点田，租收不起，但是我们应当有两种认识：①地主租收不起的地方固然有，但是也有人买地，例如在灾荒区域，农民死伤流离，出卖子女，在陕西凤翔，武功就有人大批收买土地，水灾后的田地，田土肥沃，必定丰收，民国二十年长江大水灾后大丰收，有田的人当然好，所以灾荒区域造成许多大地主，又如在水利建设区域也造成许多大地主，前面已经讲过。又如日本需要棉花来制火药，棉织物，中国种棉区的田地要涨价，也造成地权集中，农民困苦的情形。②就是地主可怜，农民也比他更可怜，虽然有些区域地主收不起租，但有些区域大地主依然存在。我们应当深切的认识，土地问题仍还是中国农民的问题，中国的"富"字下面从"田"，这就是说要有田才有办法，农村合作社尽管在贷款，但也要有田的地主同农民才能借钱，贫无立锥之地的人他向那里去借？所以说：中国农村的土地问题依然严重。

第二，帝国主义对中国农村支配日益加强。这件事说起很痛心，中国现在有许多银行投资到农村中去修筑公路对农民是否有利这很成问题的，实际上公路修起了，农产品并运不出。反之，外国的商品反浩浩荡荡的输到农村中去，这好比患肺痨病的人要来运动三天，结果是会呜呼哀哉的。还有，银行投资尚有外力的关系，上海的银行对棉花投资——一种主要投资，其背景即因外国，特别是日本，需要棉花，所以银行投资棉花是有上海市场在幕后拉线。因此中国交通与银行事业的发展，反而加强帝国主义侵入农村的势力，在东四省，朝鲜大批农民移入，大批低价收买土地，（义勇军即因此而起）这是帝国主义支配农村的一区。在另外一区的华北，日本外务省曾决定了一百万元的计划费，计划如何使日本帝国主义的力量深入农村，计划如何使中国农村完全迁就日本工业的发展，因为日本需要棉花，需要羊毛，而华北是有名的棉田同羊毛区。在一两年当中，华北的农村被日本支配过去，是可预料的。从前埃及为了英国的需要而大种棉花，结果农民没有粮食而饿死了四分之一。现在日本要华北的农民从事棉花同羊毛，还要来得利害，可以使中国的农民永不翻身，在两广也是这种情形，两广的果业是受香港的支配，所以我们说：中国的农村被外力支配愈加利害了。

第三，农民负担未减轻。去年中央开财政会议，我也参加，想法废除苛杂，财政部乃设委员会，现在一年半来废除苛捐五千种，减轻四千九百万元的负担，但是还不能根本解决问题，财政制度根本还有毛病。据我的观察，财政在地方政府没有办法。地方政府的财政应当：①你有两千钱，我拿一个钱；②我说拿一个钱，就只拿一个钱，不拿两个钱；③我有一个钱，不用两个钱；④我拿你一千钱，我为你用一个钱。而现在的地方政府呢！他是：①你有两个钱，我拿两个钱；②我说拿一个钱，而拿的是两个钱（中饱了）；③我有一个钱，而用的是两个钱（不量入为出）；④我拿你一个钱，我为我用一个钱。所以苛杂就根本无法，一条牛进城要贴印花，以前江苏有国会议员选举费，现在有田的人变为"累"字，有了田反被田累死了，华北山东就有人不要田，把红契贴在门上走了。现在农民的负担有五个问题，就是租、税、价、息、币，租是土地的问题，税是财政的问题，前面已约略说过。现在把农民对价、息、币损失的负担说一说：①价，城市与农村不对立，农产品的价格与城市的工业品的价格不相等，与外国的更不等，因为两者的生产资本不相等，农业所耗费的资本劳力较大，但是现在农村离不了外国货、洋油、洋肥皂、洋布、洋火柴都是外国的，特别是洋布同洋油，需要更多，但农业品与工业品是不等价的，所以农民的交换要受价的损失。②息，在杂志上，各种统计上，关于息的情形有借一还一，借一还二的不定，但主要的，各银行对农村的放款还未脱高利贷的剥削。合作社虽不像银行的黑心，但也不行的。因中国欠外国钱，同治三年到现在六十几年都用的人家的钱，财政上欠有外债，所以外国对中国要高利的剥削，经过银行、钱庄、富翁到农民身上来榨取，所以农民好像大庙子前面的石乌龟，被他们高利贷的石碑紧压住，如果中外的这种关系不解除，无法可使利息减低的。上海虽有银行以五千万救济农民，但五千万对全国农民不啻杯水车薪，那能解决问题。③币，如果有人从东三省来，就可知道当时奉票的如何害人，当农民有收获时，政府收回奉票，于是奉票涨价，农民产物自然卖不起钱。等农民把产物都复成奉票时，政府可把奉票一放，于是奉票大跌。现在固然没有这类事件，但江西安徽的辅币，银行在发，钱庄在发，商会也在发，徐州的辅币可以把纸票对扯一半来用。这些辅币到农民手里，突然钱店关门了，商会取消了，便分文不值，这就是农民所受币的剥削，以上五种农民所受的损失除租外，现在一点也没有解决。至于大兵所过，或发生战争，农民所有的负担更不消说了。

第四，灾荒扩大。中国以前是黄河为灾，而近年则长江泛滥成害，江河对中国作车轮战，到现在则江河一齐来了。水利工程不讲，政府应当负责任。中国历史上治水向来都是政府的职务，翻开历史教科书第一篇就是大禹（顾颉刚先生说大禹是个虫，此处且不管）治水，这是人人都知道的，足见中国社会对于水利的需要是很有原因的。凡是好的君主好的朝代都以治水出名的。唐朝同元朝比较，唐朝是中国最好的朝代，元朝是最坏的朝代，就因为唐朝讲求水利，三百多年黄河泛滥只有几十次，而元朝仅仅九十年，黄河成灾却有九百八十几次之多，所以要比较唐元之好坏只消看他们的水利如何就行了。从清朝到现在水利工程完全破坏。中国文明发源于黄河，而黄河成灾，中国人民托命于长江，而长江泛滥，中国人民到那里去呢？现在中央政府力量不够，地方政府应负责任。可是现在山东，河南，河北，把一条黄河分做几段来治，治水工程应有牺牲，多出点钱，但大家都不肯，像这样腰斩黄河，怎样能够把水利治好呢？结果大水一来，人民同田地一齐都完了，而灾荒无法防止。

第五，农民生产减退。由于刚才所说的种种原因：土地问题的未得解决，帝国主义的加紧压迫，农民的繁重负担，灾荒的普遍流行，造成了农民生产减低的严重现象，今年虽较好一点，但绝难乐观。①绝对数值的减少，东三省的大豆完了，黄土区的最好省份掉了，这是好大一个损失！②农民穷困，维持生活尚且不易，那能拿钱来买点好的肥料同好的工具。在此情形之下，生产状态是不会扩大的，只有一天天愈来愈少。③灾荒当然影响生产。④国内市场为外人把持。中国产米产麦本不算坏，但现在充斥外国的洋米洋麦，国内的市场尚没有力量来保护，扩大生产从何处说起？许昌的英美烟公司从前收买香城，叶县的烟叶，附近十九县都因此种烟。后来革命时被冯玉祥把他烧掉，但不久又即复活。垄断河南那十几县的烟叶，由一百斤一块两三毛钱跌去百分之二十左右，农民到这时种烟也不好，不种也不好，生产力当然受很大的摧残。在此种外力侵逼之下，生产断无向上增加之理。

所以，上面五点：土地问题的严重，帝国主义势力的压迫，农民负担的繁重，灾荒的流行，生产力的退减，就是目前中国农村经济的现状，我很抱歉，没有好的消息来博得大家的欢心，事实的真相只是一幅悲惨的图画！

三

刚才所说的五点，以一二两点即土地问题同帝国主义的压迫，为基本原因，后面三点只要这两个问题解决了，都可以改善农民，负担可以减轻，灾荒可以防止，生产力也可增加。只有前两点是根本条件，对内不改良土地制度，不实行耕者有其田；对外不改善殖民地的地位，农民是没有出路的。其实国民革命就有耕者有其田的原则，经政府承认但没有办到，仅规定在党纲上而已。在浙江只来了一个二五减租，于是山西阎百川①先生"土地村公有"来补充这个办法。关于"土地村公有"讨论的人很多，不过我们要把握着各种研究的原则，所有的矛盾才可解决。我们问：地权集中少数地主之手，有什么办法来解决呢，"土地村公有"就是为这个问题提出来的。固然有许多人批评他。不过我以为"土地村公有"原则是对的。但有许多人说这样一来怕农民不愿要土地，这是错误的，我们批评"土地村公有"不能只在都市说话，不能离开农民，说农民不愿要，并没有事实作根据的。可是"土地村公有"在办法上我以为还得商量："土地村公有"是否以村为单位？用发公债或抽税的办法来收买土地？是否土地村有不落于贪官污吏土豪劣绅之手？土地村有能否改为大农经营或合作农场？这些问题都值得研究的。所以对于"土地村

---

① 即阎锡山。

公有"我主张：原则保留，变法考虑。土地如何改善，使农民不再受人之气？大部生产品不再受人之气？"土地村公有"对这方面是有相当价值的。我们可以说他的方案可以成立，原则方面有一出路，但现在限于时间，不能详说了。

土地问题就承认"土地村公有"的原则，至第二个问题，"如何使帝国主义的势力肃清于农村"是整个国民经济的问题，是整个民族解放的问题，与土地问题也有密切关系的。因为中国是农村社会，百分之八十五的人口都是农民，帝国主义的目的在榨取农民。所以要求农民的出路不单是农业技术的问题，而是整个民族解放的问题。但要求民族解放，无论事实上与理论上，都是以三万万的农民为主力军。现在中国的军备力量，军需的供给，国防线的配备，能敌过日本或其他的国家吗？不能的，人家有雄厚的武力，我们弱小。可是我们军备、财政，虽比不上人家，虽要失败，但有胜利的可能，但制胜的要素在那里？在三万万的农民身上！三万万的农民！他不要政府一个钱，他可以一个人起来奋斗，他的散布于广大土地的性质，使敌人飞机没有用处。意大利攻下阿比西尼亚的阿杜瓦，就无法使用飞机，虽换主将，也没有办法。这其中可以认识农民真正的力量。但不把农民的痛苦消去，不把这基本力量的束缚解除，农民伟大的力量又从那里来呢？所以土地问题与民族解放这两个事件是联系的，正如我今天讲话时（今天是一月二十八日）是与一·二八光荣抗日纪念有联系的地方一样。我们应当从土地上想法，使农民得过人的生活，使他感到土地之可爱。现在农民只知道官的压迫，土豪的压迫，他要田地来做什么？我们为什么不把田地给农民？使他多一草多开一条沟都是自己的？农民把田地当作自己的，正如看见夏天的泉水一样，那活泼的清泉就可看作解他口渴之用。必定他有田，他才爱田，他才舍不得这个地方，他才舍不得这个民族，他才肯为民族的解放而奋斗。所以土地问题与帝国主义是一件事的两面，但同时，也是双重压迫的压迫。

总括起来说：中国目前的农村状况很是悲观，但在这悲观中也发现了出路，就是一方面要求民族的解放，一方面要解决土地问题。而土地问题又是先决的问题，解决了他就是解放了三万万的主力军，这三万万的基本力量，我担保，可以解放中国民族！

国难期间青年最低限度的努力

陈衡哲

1936 年 3 月 23 日在四川大学演讲

陈衡哲(1890—1976)，祖籍湖南衡山，江苏武进人。1920 年被聘为北京
大学教授，讲授西洋史，后任职于商务印书馆、国立东南大学、四川大学。
著有短篇小说集《小雨点》《衡哲散文集》《文艺复兴史》《西洋史》《一个
中国女人的自传》等。中华人民共和国成立后任上海市政协委员。

文献选自《川大周刊》1946 年第 4 卷第 27 期，2—4 页。

诸位先生，诸位同学：

我到成都以后，任校长，各院长与同学，尤其是历史系的同学，要我来
做一次学术上的演讲。为着此地的气候，与个人的健康不甚相宜，所以至今
未能应命，十分抱歉。

今天我要讲的，范围比较小，并不带有学术的性质。凡是有志气的青年，
在这国家危难的时候，心里总觉得难受，就是我们中年人，也很难过。然而
我们要用什么方法，才能救中国呢？中国从前有割股疗疾之说，现在我们就
是把生命牺牲，只要能救国，谁都愿意。近月来有许多教育家社会学家到四
川来，常和诸位讲话，关于许多问题，想早经谈到，也用不着我来说。同时
诸位每天上课，教授先生们想也和诸位讲的很多，也不是我在这短时间内所
可讲完。我今天所要讲就是：中国的病在那里？青年在这个时期中，应该用
什么方法来救国？

中国弄得这样糟，我们不应该恨日本，也用不着恨英国，以至于其他列
强。归根到底，只能怨自家不争气。假如我们自家能争气，谁也不能把我们
怎么样！中国从前有两句话："物必自腐而后虫生之""国必自伐而后人伐
之"。现在先看看我们自己：土肥原住在天津，中国人为他上条陈的，竟那样

多。为什么汉奸这样多呢？国家闹到这个份儿，白面顾客为什么还是那么多呢？中国有这么多的土地，物产和富源，为什么一般人民还是这样穷呢？自愧之不暇，还有什么脸面来骂别人？我觉得所以造成以上种种的原因，不外两点。

一、生活力的破产。举目都是些"瓜秋头"（按：江浙间的秋瓜是又小又弱的东西，以喻不成材之人或物）。在物质方面：自蔬菜果木家畜以至于人，莫不羸瘦孱弱，远不及其他国家的肥壮强盛。盖人既窘于衣食，于物亦无力饲养培植，以致愈趋愈下。我常见历代帝王像，其开国创业的皇帝，大都是强大的，后来渐渐就是文弱的，只能守成。再渐渐下来就是"瓜秋头"，只有亡国败业的能耐了。如清朝光绪宣统之流就是"瓜秋头"。中国向有"不孝有三无后为大"的说法，而对于所生的子女，又无力教育抚养，让他自生自灭，这样下去，国家如何能有办法呢？民族如何能富强呢？其次我们再看看精神方面：如弦歌曲调，莫不萎靡有小家子气，没有激荡壮越之音。精神物质都是这样，不设法振兴，实无法说到救亡图存。

二、生活方程破产。所谓生活方程，即是人生观。一个人没有一个正当的人生观，那生活就很少意义。中国人向来马马虎虎，过一天算一天，这种心理，四川人尤甚。一桩事但求"差不多"，不求彻底，还说什么改革振作呢？

以上两点，若不加以彻底的纠正与改良，即使内无匪患，外无强邻，国家民族仍不免于灭亡，何况现在内忧外患交迫如此呢？这破产的理因有两个：其一是属于社会的与经济的，不在青年学子所能努力的范围之内。其二是属于个人的，即是我所要讲的。所以我今天不谈你们能力范围以外的社会改革，我专谈一谈一个人应该有怎样的人生观？

在我幼年的时候，有一个老前辈向我说，一个人对于自己的环境，不外三种看法：一是安命，就是穷通困达"不怨天，不尤人"，自己却安命以待时。二是怨命，自己虽对环境表示不满，而不力图改革进益，反说："时也，命也，运也"，这类的话。三是造命，虽遭遇艰难，而能发奋自图的。这几句话，在我脑筋中，直到现在还存留着。中国人大部分是安命，其次是怨命，能造命的却如凤毛麟角。在美国的 China Town 中藏满着中国的恶习，吃酒，赌钱，无所不为。这就是不能造命。外国的警察贪图渔利，也不加禁止，所以愈弄愈糟。我们看外人在中国的居住村，是多么的清洁整齐，他们就是能造命，能征服不良的环境。

我希望青年个个都能造命，不独为自己造命，还要为社会国家造命。如何始可云造命？可分三方面来说。

第一，独善其身，把自己先雕琢完美。

第二，推己及人，要谋社会环境之改良。

第三，将自己最好的贡献给国家与民族。

一、关于改善自己，即是为自己造命。英哲学家卡莱尔说过："我将我的躯壳放在火里让他烧焚，把所有一切污秽烧去，所余留下的是黄金，是高尚的人格。"即是所谓：火洗礼后的"永远的是"。现在中国的国难，等于烈火，我们也得让他烧一烧，看烧过后，有没有剩下的黄金。什么是经过烈火烧炼后的黄金呢？我以为有四种：第一是高尚坚贞的人格，第二是健康的身体，第三是广博的智识，第四是卓越的见解。

1. 坚贞的人格。好的人格，并不是仅仅做一点好的事就算得，至少要做到孟子所谓"富贵不能淫，贫贱不能移，威武不能屈"的工夫，才能算得。不怕死，不重利，不以利害权势而动其操守，这是很不易的事。关于修养方面，古今中外，也很有些伟人的言行足资效法。庄子曾说："鹪鹩巢于深林，不过一枝；偃鼠饮于河，不过满腹。"虽然是消极无为的主张，但同时也未尝不是一个坚贞人格的重要基础。

2. 健强的身体。我不愿诸位个个去做甘地，学他的不吃饭！我们对于身体的营养，应该特别注意。但是要训练得能吃苦耐劳，不怕风雨的侵凌，不怕烈日的煎熬。要身体为我所用，不要我为身体所累。

3. 广博的智识。知识不充，无以应世，无以格物，所以必须时时刻刻在学习，在求知。但是还要具有科学的精神与方法，才能运用你的知识与学问。否则虽满腹经纶，书读万卷，所谓"食而不化"，岂不成为一个 Walking Library，于己何补？于人何用？

4. 卓越的见解。这与智识是不一样的，大半要靠天才。尽管你智识丰富，然而遇事未必就能有果决判断，即有，亦未必能免于乖舛。要做这部分的工夫，不是顶容易的。得多关心时事，凡做事应物，亦须经心体验，观乎往而鉴诸来，方能获得。因为一部分是靠着经验的。

上述四者，互为因果，互相信赖，四者备始可谓烬余之金，始能起颓废为振作，始能自糊涂生活变为有意义之生活。始能自怨命安命，变为造命。

青年时代能如此，到了立身社会的时候，便能任重道远，耐苦负重，再去为社会造命，为国家民族造命。倘若四者缺一，便有毛病。倘若只有坚贞的人格，健强的身体，而没有识见，单做好人也没有用处。无坚贞的人格，单有智识，也适足以增加作伪与作恶的力量。所以上述四者，乃一个基础，只有在青年时代来培植的。

二、关于改善社会。得先把自己弄好，以后才能说改良社会。否则等于一个强盗，大声疾呼的宣传廉洁操守，一样的自欺欺人而已。能力大，识见高，所改造环境的范围也愈大，如烛照暗室，愈高愈亮。前人云："桃李不言，下自成蹊。"也是证明一个自己先有了健全的人格的人，感化力是很大的。

三、关于改造国家民族，应努力把自己所能做得到的，做得更好一点。虽然在此国难期间，也还得各尽其责，"庖人虽不治庖，尸祝不越尊俎而代之"。如医生医病医得好，应仍本其力以尽其责，不能因为国难而去做工程师。管教务的不必去理事务，司事务的亦不必因为国难而去教书。事虽有权宜，总要估计自己的能力是否适当。但是，单单各尽其责，就能发生效力吗？不能，还得要做几种工夫。

1. 对于国家病症，应谋深切之了解，如愚，穷，多子等等错谬观念，要予以纠正和救济。

2. 对于国际情形，如文化，政治，社会，经济，军事，外交等，应谋切实之了解而加以研究。

3. 自己虽尽其责；然而所走的是否向着救国的途径？如没有，就是错了。

4. "各尽其责"，本是为的殊途同归。故对于不同行的工作者。应该互相鼓励，同情，了解，团结。所以应自己检查一下，对于这些，是否做到？如没有，应该赶快向这些上做。

但青年最大的责任，仍在把自己先造好，如一块璞玉，非经雕琢，不能成器。若能雕琢好了，则青年对于救国工作，可说已立下了一个很坚固的基础，也算是尽了学生时代应尽的责任了。这是我今天对于诸位的希望。

中国社会构造问题

梁漱溟

1936 年夏在山东省立十二校师范女生乡村服务处演讲

梁漱溟(1893—1988)，祖籍广西桂林，出生于北京。中国著名的思想家、哲学家、教育家、社会活动家、国学大师、爱国民主人士，中国民主同盟主要创始人之一。主要研究人生问题和社会问题，现代新儒家的早期代表人物之一，有"中国最后一位大儒家"之称。

文献选自《乡村建设半月刊》1936 年第 6 卷第 3 期，1—18 页。原编者按：本文未经梁先生阅正，其中若有遗误，当由本人负责——侯子温。

现在我想要给大家讲的是社会构造问题，要紧的意思可分两点：

一、先使大家明白社会构造的重要；

二、更进一层使大家认识中国旧社会构造的特殊。

总之，是让大家知道此刻中国最大的问题，为旧社会构造的崩溃与新社会构造的如何建立。

我可以从考察日本说起：我在日本参观共三个礼拜，参观的地方也不多，可是他那经济上、政治上最重要的地方，大略也都看过了。看过之后的感想是什么呢？在我心里只有叹息的话："日本真是进步啊！日本真是进步啊！"随时随地都可以有这种叹息。

日本自明治维新以后，五六十年来，顺着资本主义工商业的路而发展，到现在是真进步了。在这进步的过程中，先由产业的开发，经济的进步，而连带着其他种种的事情也都随着进步了。因为一切事情都是容易随着经济的进步而进步的，经济进步，则政治、教育、文化等也都跟着进步。五六十年来，日本的进步，是真快，真是令人赞叹不止。

最令我们赞叹的就是他经济的进步，例如我们看到日本乡村的富力，比我们中国乡村的富力要大几倍或十几倍。在日本一个四五百户人家的乡村，其合作社的存款，能到四十多万。有的乡村小学的建筑费，要化到十几万（我们山东乡村建设研究院的建筑还没有用到这些钱哩），而这么大的一项款，又都是乡村自己负担。由此便可见出日本的乡村是如何的富足了。再如日本一个较好的县份（如福冈县），在其行政系统的等级上，相当于我国的省，而论其地面和人口，也不过等于我们山东的五六县；可是他每年的支出预算竟到二千八百万，比我们山东全省的岁出预算还要多。诸如此类的事情，说之不尽。

我们再来看看他的教育：在日本，义务教育的期限是六年，他们的国民至少都受到六年的教育，所以不识字的人数很少。现在他们又要把受教育的期限提高，而有所谓青年教育。青年教育就是比六年义务教育又高一级的一种教育，受了六年义务教育之后，再来受这种青年教育。他这种青年教育，虽然不是强迫每一个青年都要入学，但在大的都市里面，十分之八的青年都会受过这种教育了（其中女性较少，男性占大多数）。换句话说，他这种高于义务教育的青年教育，也快要普及了。因此平均每一个日本人的知识能力，实在是比中国人高得多，他的教育，实在是比中国进步。

以上说了许多话，无非是说日本的进步，令人赞叹！那么，赞叹之余，跟着使我们想起来的就是中国的不进步，种种的不行！种种的可怜！再跟着想起来的：日本为什么进步？中国为什么不进步？这是什么原因呢？这里面含着一个什么问题呢？

关于这个问题有的人回答说："中国所以如此糟糕，是因为受了帝国主义的侵略的缘故。"这话是错误的，因为我们要知道日本与中国在从前同样的是受西洋列强压迫的，从前我们与日本同样是东方的各自关门过日子的国家，后来同样的被西洋人撞开了门，同样的受西洋影响，又同样的去学西洋。换句话说，我们与日本同样的是因为受了新环境（东西交通后日本与中国都为新环境所包围）的刺激，而又同样的各有变法维新革命等运动。同样的去学西洋以求应付西洋，而结果日本学成功，走上西洋人的路，国家一天天的进步了，中国却老不能进步，这到底是什么缘故呢？若单归咎于外面的力量，恐怕是不对吧?！不正确吧?！中国不进步的原因，若单说是外力的侵略，恐怕是不够吧?！

还有的人说："中国最大的问题为贫、愚、弱、私。"岂不知"贫""愚"

"弱""私"乃不进步的结果，不进步的现象，并非不进步的原因。这种说法，更回答不了问题。

那么，日本进步，中国不进步的原因到底是什么呢？照我的解释，这完全是一个社会构造问题，完全是因为日本社会构造与中国社会构造不同的缘故。

所谓社会构造，即指一个社会里面：这个人与那个人的关系，这部分人与那部分人的关系，这方面与那方面的关系，方方面面种种的关系而言。或者说一个社会里面政治的、经济的、教育的各种制度，即叫社会构造。再换句话说，社会构造就是一个社会的秩序（一个社会里面的人过生活，都要有他的秩序，都要有条有理，社会生活才能进行顺利。譬如我们这个训练处，大家也要有一个生活时序），一个社会的机构。所谓"社会构造""社会制度""社会秩序""社会机构"等等，名词虽不同，实在是一回事。

那么，我们中国的社会构造与日本的社会构造有什么不同呢？其不同就是：日本自明治维新以后，他的社会构造虽有变化，但是没有根本改变。他一面维新，一面又尊王复古，所以让他的社会构造得到一个转变改良，而没有中断。社会构造没有中断，社会能有秩序，这是让他所以能进步的根本原因。我们中国呢？中国虽然也有维新革命等运动，可是我们的维新革命运动，不但没有让我们的社会构造得到一个转变改良，反让它日渐崩溃破坏了。社会构造破坏，社会没有秩序，整个大社会日渐向下沉沦，那里还能有进步呢?! 在中国，我们看见的只有农工商业的渐趋衰落，让中国的富力一天天的降低下来。尤其是最近几年来，经济破坏的情形更加严重，照我看来，这都是因为社会构造崩溃，社会没有秩序的缘故。

我们要知道经济的发展进步，原来是很自然的现象。因为每一个人都是活的，都要吃饭穿衣住房子的，并且一切生活，都希望能更安适些，更舒服些。那么，因为希望生活的安适舒服，就得努力向前去干，在努力向前干的时候，就得用心思。由此用心思，向前干，就进步了（这个用心思，向前干，向前求进步，是不用人勉强，是很自然的事情）。但是我们中国为什么不进步呢？莫非中国人都睡着了？都不动了吗？不是的，我们中国人也都是要动的，要求进步的。例如我国的工商业者，也都是想着发达。但是结果不但不能发达，反都赔本倒闭了，这是什么缘故呢？这就是因为社会没有秩序。我们要知道，每一个人的生活，是离不开社会的，大家是互相不能离开的。但是大家生活在社会中，必须社会有秩序，有条理，大家的生活才能进行顺利。如果没有秩序，没有条理，社会秩序乱了，则大家互相冲突，互相妨碍，谁也不能求进步，大社会也就不能有进步了。

社会构造好像一架大的机器，一架大机器的各个机件如果配合好了，向前转动起来才能进行顺利，如果配合不得当，则马上动转不得。硬要动转它，会把全盘机器弄坏的。简单的机器还好办，越是复杂巧妙的机器越难办，其中有一个小螺旋钉配合不好，全盘大机器便不能动。大家明白了这个譬喻，也就可以明白社会构造的重要了。现在我们中国社会，就好像一架没有配合好的机器。中国的每一个人虽然都是活的，都是要动的，都是要求进步的，但这只是许多好的零件，没有配合好，成一盘大的机器，所以谁也动转不得。虽然每一个人都想动，都想好，都想进步，但被社会牵掣着。大家互相牵掣，互相妨碍，社会日渐向下沉沦，那里还会有进步呢?!

大概中国最大的问题，就是内战内乱，因为内战内乱，社会上一切事业都停止了。商人不能安生做买卖，工厂都已关了门，农民也不能好好的种地。而政府里还要加捐派税，拉夫抓车。再加军队的骚扰，炮火的轰炸，让大家受了无数的损失与祸害。这还都是些直接的祸害，更因社会没有秩序，一切止常事业不能继续进行，而有的人作冒险的事，也就是做不正当的非法的事，反倒可以发财。因此让许多人不安于本分，社会秩序更加紊乱。这虽不是内战直接的祸害，而亦是间接的受内战影响而有的（内战直接间接为害的例子很多，一时说之不尽，大家可参看漱溟卅前文录中吾曹不出如苍生何一文）。总之，因为社会没有秩序，一切事情都不能进行，这是让中国近几十年来经济上所以失败的最有力的原因。

因为内战所以让社会没有秩序，而所以有内战，也可以说正是由于社会没有秩序而来的——内战是社会没有秩序的因，也是社会没有秩序的果。社会没有秩序，没有条理，大家没有轨辙可循，结果必要自乱。可是因为连年内战，社会没有秩序，社会就不能进步了。试看人家日本，近几十年来，政局是安定的，社会是有秩序的。好像一架好的机器，各个齿轮都按部就班的各自循序渐进，一天天的在那里转动，转动了五六十年，那能会没有成绩呢?当然是要进步的。而我们中国因为社会没有秩序，大家互相牵掣，都动转不得，强要动转，便是彼此冲突，互相毁伤。如历次的南北战争，现在的剿共战争等，死了多少人?! 花了多少钱?! 这不都是中国人自己互相毁伤吗!? 如果把那些人和钱，都用在社会的改良进步上，将要有如何的成绩？！可惜中国不但不能如此，反把那些人力和财力都用到自己互相毁伤上了！的确，中国近几十年来，不但不能进步，反倒是自己毁坏自己，完全是在那里自毁。

以上是说因为内战内乱影响到社会构造的崩溃，是让社会没有秩序的原因，而从内战内乱，也正可以看出社会的没有秩序，正能够看出社会内部的矛盾冲突。其实，中国社会内部的矛盾冲突，就是没有内战内乱，也可以看得出来。例如中国家庭制度的破坏，家庭里面人与人的关系，现在都渐渐的被破坏了（现在家庭里面父母子女如何相处都无准辙可循）。本来破坏并不要紧，最怕的是旧的被破坏了，而新的又未能建立；旧制度被废弃了，而新办法又不合适；在此新旧交替，青黄不接的过渡时期，社会就乱了（社会制度崩溃，社会没有秩序，社会必乱。因为在这个时候，人人都感觉着手足无措，无一定的准辙可循，彼此最容易起冲突，彼此冲突，社会就乱了）。中国近几十年来，所以扰攘不宁，大家的生活不得安宁，就完全是因为这个缘故。那么社会制度崩溃，社会没有秩序，大家的生活都不得顺利进行，社会那里还会有进步？！

以下我们再来分析分析社会构造或曰社会秩序靠什么力量来维持？照我们的分析，维持社会秩序的力量大概有两种：

一、强硬性的力量——就是武力的强制。而代表武力的是国家。从来的国家，其维持秩序的办法，都是用武力强制。因为武力强制最有效。不过社会进步，文化程度高的国家，其武力多半是隐藏在背后，不大十分显明。

二、软性的力量——就是观念的心理的维系力（如果我们叫那一面为强硬性的力量，这一面便可以叫做软性的力量）。所谓观念的心理的维系力，就是说：大家在互相了解之下，共同信仰之下，来信从一个秩序。如由于教育、宗教或礼俗，都能够使大家信从一个秩序。其中最有力量的，要算是宗教。尤其是在初民社会的时代，人民的知识浅薄，民不畏死，虽用武力，他也不怕，强硬性的力量，便无大效用，在那个时候，必须利用宗教的迷信心，才可以让他信从一个秩序，才可以让他就范。所以在那个时代，社会秩序的维持，多半是靠宗教的力量。就是西洋近二三百年来的进步，也很多是靠着宗教的力量。再说日本的进步，靠宗教力量的帮助也很大。我这次到日本参观，发现了宗教对日本社会的关系很大，日本人的宗教气味很重，宗教信仰很深。在他们所最信仰崇拜的就是开天辟地的那个大神，而他们认为他们的天皇就是那个大神的后裔，大神的化身，他们的天皇，一半是人，一半是神，所以他们都极信仰崇拜他们的天皇。而天皇是万世一系，代代相传，所以每一代的天皇，都成了他们崇拜的对象。此外他们还信仰佛教，佛教在日本的势力也很大，并且曾被尊为国教，不过不如神教的势力大。我们在日本参观，到处都看见有神社或神庙，修盖得都非常好，来往行人，过此者都要行礼致敬。在公共机关里，如村役场（等于我国的村公所——述者注），乡村小学中，也都设有神龛，供有神像，每逢开会，都要向他行礼。再如一个开汽车的车夫，他的座位对面，也挂着一个神牌位。由此种种，我们便可见出日本人信仰宗教的气味是如何重，信仰宗教的精神是如何大了。那么，这个样子信仰宗教有什么好处呢？大家要知道，这个关系很大，因为日本人信仰宗教的精神与力量，对于他们社会的好处很大。他们所信仰的神只有一个，在同一的信仰之下，大家的思想统一，按着一个方向去努力，社会便可以有了秩序，便可以安定。社会安定有秩序，每一个人的生活才得安定，人人安心生活，安心从事他各人的工作，努力向前求进步，因而大社会也就随着进步了。所以我们说日本社会秩序之能够维持，社会能够进步，与他们国民的信仰宗教有很大的关系。反观我们中国，中国人的头脑比较复杂些，聪明些，理性比较开通些，已不受宗教迷信的束缚，可是，因此社会也就不易有秩序了。不能有一个由宗教迷信来维持的社会秩序了。

维持社会秩序的软性的力量，除了宗教以外，其他如教育、礼俗等，也都是很要紧的东西。不过这里不能多说了。

照我们的分析，维持社会秩序的力量，就是上述两种：强硬性的力量，软性的力量。那么，现在我们再来比较比较这两种力量，那个的效力大？那个要紧呢？本来这话很难说，不过如果我们比较来说的时候，还是第二种力量的效力大（观念的心理的维系力大）。虽然有许多事情用武力强制，可以有直接影响、效验，可以马上生效。但是我们要知道，人类到底是用头脑的动物，用智慧的动物，换句话说，人类究竟是用心眼的，你如果能操纵控制了人心，则不用武力也可以，不能操纵控制人心，单用武力也没有用。我们也可以这样说，人类到底是要靠文化过生活的，而人创造了文化，又都要陶铸在文化中（这里所用文化二字含义很宽，社会上一切文物制度法治礼俗等，都包括在内）。文物制度，法制礼俗，是人想出来的（其中就要靠观念作用），而人又都要遵从它。所以这种文物制度法制礼俗（亦即社会秩序）的维持，要以观念的心理的维系力为大，为对的。

如果我们明白了社会秩序的维持，是以第二种力量的效力为大——观念的心理的维系力为大。那么，我们也就可以知道中国社会构造的崩溃，社会秩序的紊乱，也多半是由于观念心理的不统一而来的。现在我们就讲一讲中国社会构造崩溃，社会秩序紊乱的原因。这可分两点来说。

一、武力的分裂——中国因为武力分裂，政局常常变动不安，武力横行，法律无效，结果便让社会秩序紊乱了（因内战使社会秩序更加紊乱之意前边已说过）。

二、观念心理的不统一——此刻中国人的思想、信仰太分歧，社会上的风俗、习惯、道德、观念太不一致，头绪太多了。因此，非让社会紊乱不可。

中国社会构造的崩溃，社会秩序的紊乱，多半是从第二种力量的失效来的，多半是从观念心理的不统一，态度行为的不一致而来。更明白一点说，自从西洋文化过来后，遂引起我们对固有文化的怀疑批评，这便是固有文化动摇的开始，也就是社会构造崩溃的开头。中国文化为什么受了西洋文化的影响，便开始动摇破坏了呢？这又是因为中西文化不同的缘故。

中国文化与西洋文化有什么不同？其不同处很多：先说西洋近代的个人主义，与中国的伦理道理是冲突的。若单是这两面冲突，还不大要紧，还好办。而现在更困难的是：不但这两面冲突，最近又进来了第三个——西洋现代的社会主义（也就是反个人主义的团体主义），这样一来，头绪就更乱了，冲突的地方就更多了。以下我们试将个人主义社会主义说其大概。

一、个人主义——大家如果读过西洋史，就可以知道，在西洋历史上有所谓中世纪与近代之分。所谓中世纪，就是指着他那封建社会，宗教势力最盛的时代说。在那个时期，团体干涉个人太厉害，团体干涉个人的力量太大，太强，所以到了近代，便对那种团体过强的干涉起了一个反动，反对封建，反对宗教，反对团体过强的干涉，而要求团体尊重个人，结果就抬高了个人，所谓个人主义，就是从这里来的。个人主义的内容、意义，就是说：现在西洋人已经改变了从前想升天堂的念头，而要在现世求幸福；改变了从前的偏僻思想，而要求思想解放；改变了从前宗教上盲目的信仰，而要有一种批评的精神；改变了从前团体对个人的过强干涉，而要求团体尊重个人自由；改变了从前少数人做主，多数人做奴隶的制度，而要求多数人可以做主。这许多的改变，都是个人主义要有的意义。我们要知道，一部西洋近代史，就是一部个人主义的发达史。所谓资本主义，也就是从这里来的。何为资本主义？资本主义就是指经济上的个人主义说，在经济上个人可以自由竞争，形成资本集中，成功资本家，这便叫作个人资本主义。所谓近代国家也是从这里来的。何谓近代国家？近代国家就是指政治上的民主制度说，而民主政治与个人主义是不相离的。再说资本主义的近代国家与向外侵略也是不相离的。尤其是经济上的侵略，是由资本主义而来，走资本主义工商业的路，为求得原料与市场，非向外侵略不可，所以我们可以说经济侵略是工商业发达后必然的结果，一定的道理。关于个人主义的意义及其影响，就是如此，不再多说了。

二、社会主义——因为个人主义走到极端，发生了流弊。个人主义发达的结果，妨碍了社会，所以大家都感觉不合适，都认为不满意，因此便又发生了一个反动，产生社会主义。社会主义的重要意义就是反对个人本位，反对自由竞争的。在社会内不许个人自由竞争，主张绝对统制，一个社会里面，大家必须合作，由整个的社会有计划的来谋大家生活的幸福。在这里，最有力量的一派，要算是共产主义，共产主义是在个人主义以后而起来的一个最有力量的潮流。这个潮流，在欧战以前，尚隐藏着没有显露，待欧战将终，便从俄国暴发出来，直到现在，已盛行全世界了。与共产主义同时产生的，还有法西斯主义。普通说共产主义为左倾，法西斯主义为右倾，本来是不同的。可是，我们要知道，他也有相同之点，就是：他们同是主张团体要大过个人，抬高团体，抑压个人。他们都是主张绝对干涉统制，反对自由放任。所以在反对个人主义这一点上，他们是相同的。换句话说，他们同是个人主义的一个反动。共产主义与法西斯主义，也都很有他们的道理，可是这个道理与以前的个人主义恰好是相反的，恰好是一反一正，前后是冲突矛盾的。

现在再来看看我们中国这一面呢？他既不是个人主义，也不是社会主义，他所有的就是伦理。在以伦理为重的中国社会中，与个人主义或社会主义的西洋社会最不同的一点，就是缺乏团体。（社会主义固然是看重团体，抬高团体，是有团体的，即个人主义也是有团体的。所谓个人主义是团体里面的个人主义，并非绝对的个人独立，并非离开团体的个人，所以个人主义仍然是有团体，只有中国才真的是缺乏团体）既没有团体，也就反映不出个人。（因为个人与团体是互相反映的，好比左与右，没有左即不能有右，有左才能有右，两面是互相对应的）那么，中国既没有团体，又没有个人，所有的是什么呢？仅有的就是家庭。中国人既没有团体观念，也没有个人观念，最重的就是家庭观念。本来说到家庭，就是指男女两性的结合，指父母兄弟夫妇子女的关系而言，这是西洋人与中国人相同的，似乎不应单提出来说中国人有家庭，不过中国因为缺乏团体与个人，家庭便特别显露出来，而西洋是两极端显露（团体特别显露与个人特别显露），家庭便被掩盖着，所以说到家庭，便几乎成了中国人所独有的了。换句话说，我们说西洋有团体与个人而无家庭，说中国有家庭而无团体与个人，这并非绝对的话，只是比较言之而已，若认真的说，是不能那样说法的。认真的说，西洋是因为团体与个人太发达了，家庭便被掩盖着；而中国因为团体与个人不发达，家庭便显露出来。其比较若以图示之则如左：

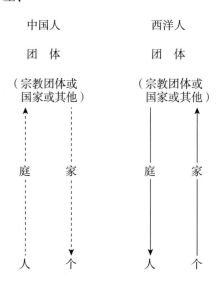

此图示西洋人团体力强大，反映出个人而淹没家庭关系，中国人缺乏团体，亦见不出个人，唯家庭关系显得特重。

中国人缺乏团体的原因，多半是因为没有宗教。中国是世界上最有名的没有宗教的国家，宗教在中国最不占地位，无论那一种宗教在中国总不能占得一个地位。而西洋的团体多半是由于宗教来的，中国没有宗教，所以也就不容易有团体了。中国所以缺乏团体，除了没有宗教的原因外，恐怕与农业生活也很有关系。因为农业生活是不宜于为集团的，而中国是个农业社会，所以就不能有集团生活了。本来人类初期的社会生活，多半是集团的，而中国因为农业开发的特别早，很早就过着农业生活，所以很早就让中国不易有团体了。中国没有集团生活，所有的是家庭生活，而家庭制度对于农业的经营是最合适的。所以从这一点，也就促成了中国的家庭制度。

家庭生活与集团生活最不同的是：在集团生活里面是重秩序的。因为有秩序，有纪律，大家的生活才能进行顺利。那么，为维持秩序，就得用法律，不能讲人情。而在家庭生活里面是重感情的，是好讲人情的（家庭生活比较可以随便些，用不着所谓纪律，所以也比较容易讲人情）。在集团生活里面就不行了，集团生活人数多，范围大，要想维持秩序，就不能讲人情，不能让人随便，不得不对个人加以干涉，加以制裁。尤其是在初民社会的时代，对个人更要加以严厉的干涉。可是因此就又发生中国人与西洋人对自由要求的不同。西洋因为团体干涉个人太厉害，团体干涉个人的力量太强，所以等到社会进步，人民的知识程度增高以后，对于团体过强的干涉，便很容易起反抗，对于那无道理的拘束、压迫，便不愿意再接受了。西洋到了近代就有所谓个人主义，拒绝团体过强的干涉，要求团体尊重个人自由，他这种个人自由的要求，完全是由对团体过强干涉的反动而来的（此意前边已说过）。而我们中国则根本缺乏团体，个人并没有受过团体的过强干涉，所以他对于个人自由也就不感觉需要，对于自由的要求十分冷淡，他听了"个人自由"这句话，实在有点不大懂，并且表示惊讶！他仿佛在说："人人都要自由，那还了得吗?! 社会不要乱了吗?!"对于自由，中国人与西洋人所以有此不同，这完全是因为中国与西洋一般情形不同的缘故。西洋因为有团体过强的干涉，所以反逼出个人自由的要求，中国则根本没有团体，更无所谓团体过强的干涉，所以也就没有个人自由的要求了。

中国既没有团体，也反映不出个人，所有的就是家庭，而从家庭生活在社会上位置的重要，便产生中国的伦理。什么叫伦理？伦理的意思就是说：人生下来便与人发生了关系（至少有父母，再许有兄弟姊妹），一辈子都有与他相关系的人，一辈子都在与人相关系中生活。在相关系中便发生了情，由情便有了义，有情有义，便是伦理。伦理的意思就是指一个情谊义务的关系，就是要彼此互相尊重，互相照顾，互相负有义务。极而言之，伦理的意思，是要牺牲自己去为对方。例如：什么是最好的父母呢？能牺牲自己，尽心尽力的去为子女着想的，便是最好的父母。什么是最好的子女呢？能牺牲自己，尽心尽力的去孝顺父母的，便是最好的子女。推而言之，最好的兄弟，最好的姊妹，乃至夫妇、朋友、社会上一切相关系的人，彼此都要有牺牲自己，为对方去着想的精神，都要互以对方为重。中国人就是处处以对方为重，西洋人则处处是以个人为本，以自己为中心。这种不同，大家如果留心去体验，随处都可见到。例如请客，在中国是让客人上坐，主人旁坐相陪，而在西洋则是以主人为中心，客人反倒要坐在主人的两旁。这种例子很多，这里不必多举，大家可以留心去体验。

在尊重对方，以对方为重的里面，含着一种"让"的精神，而西洋的个人本位，以自己为中心，则是一种"争"的精神。"让"与"争"，也是中国与西洋的一个大不同。中国人尚让，西洋人尚争，这也是自然演成的。因为在中国要紧的是家庭生活，而家庭是由天伦骨肉关系来的，在家庭骨肉之间特别重情感，而人在感情盛的时候，常常是只看见对方而忘了自己，所以他能尊重对方，以对方为重，处处是一种让的精神。西洋人的生活，要紧的是靠团体，而团体是由欲望来的（团体就是为的要满足大家的欲望），欲望生活对外是要讲争的。例如团体间的斗争，就是为了要满足大家的大欲望，欲望生活的结果，对外必要竞争。西洋人近二三百年来，所过的就是欲望生活，所以养成他尚竞争，好侵略的精神。中国人几千年来所过的都是伦理生活，所以养成他讲礼让，尚和平的精神。

在中国，从家庭生活的重要而产生了伦理，伦理本来是指家庭骨肉关系说的。可是中国的伦理关系，则不单限于家庭，他是把社会上一切关系都伦理化，把骨肉之情，推而及于社会上一切有关系的人。例如称县长为父母官，称民为子民，称老师为师父，称学生为徒弟……乃至朋友的关系，东伙的关系，一切关系都把它伦理化。这就是想把与自己有关系的人，都拉得更近一些，这就是重情义，讲亲爱的意思。换句话说，中国是想化社会为家庭，化国家为家庭，把各方面的关系都家庭化，这便是中国的风气。这样各方面的关系都家庭化，用伦理的关系连锁了众人，那么，彼此就更不能不讲伦理，不能不以对方为重，不能不照顾对方了。所以伦理的关系，就是从情义的关系，而更发生了义务的关系。我既对你有情谊，便应对你负义务；你既对我有情谊，亦应对我负义务；互相有情谊，互相负义务，这便是伦理。因此每一个中国人，对于凡与他有关系的任何一个人都要负有义务，仿佛四面八方的责任都放在他身上。他对四面八方负义务，同时四面八方对他也负义务。大家都在这种情谊的义务的相互负责的关系之下连锁起来，这样一来，每一个中国人的生活，便都有了保障，便不容易饿死了。这与西洋社会的情形，又恰好相反。西洋人是走个人本位，自由竞争的路，彼此之间，不讲情谊，不讲义务，在财产上是父子异财，夫妇异财，各人是各人的一份，谁也不得分享。换句话说，在西洋财产是个人的，而中国的财产，则是家庭的，一家的财产，并不是单属于某一个人，所有全家的人都能享用。并且他那个家的范围，讲得又非常宽，凡与他有伦理关系的人，都可以算是他家里的人。亲戚朋友，乡党邻里对于他的财产，仿佛都隐然也有一份。虽然是他的财产，而凡与他有伦理关系的人，都可以去享用。在中国的风气就是如此，认为这是应当的。如其不然，我有力量了，而对于各方面不去照顾，不负责任，那是要受人指责的，是不成的。中国有句俗话："富的有三家穷亲戚便不富；穷的有三家富亲戚便不穷。"由此便可见出中国人在经济生活上，是有很大的连锁性。在中国财产共有，经济生活互相保障，这有好处，也有不好处；有优点，也有弊病。其最大的弊病，就是容易养成人的依赖性。而其优点是：人与人之间的竞争可以免除，人类的惨剧可以减少，资本主义的祸害可以不发生于中国。在中国，因为财产共有，经济生活的互相保障，便是不能产生资本主义的最重要的原因。我们说过，资本主义就是经济上的个人主义，从个人本位，自由竞争，才能成功资本主义。而中国既然是经济生活互相保障，财产为大家所共有，那么，财产便不易集中，财产不能集中，怎会成功资本主义呢？中国既不是资本主义，也不是共产主义。不过，很带有共产的意思而已。（略）

青年的修养

冯友兰

1936 年在北平成达师范学校①演讲

冯友兰(1895—1990)，字芝生，河南省南阳市唐河县人。现代著名哲学家、教育家、新理学体系的创立者。1915 年，进入北京大学哲学系，1924 年，获得美国哥伦比亚大学博士学位。归国后，先后任清华大学教授、哲学系主任、文学院院长，西南联合大学教授、文学院院长等职。他的《中国哲学史》是继胡适《中国哲学史大纲》之后又一部有广泛影响力的中国哲学史著作，代表了 20 世纪 30 年代中国哲学史研究的最高水平。中华人民共和国成立后历任第二至第四届全国政协委员，第六、七届全国政协常委，第四届全国人大代表。

文献选自《成师校刊》1936 年第 3 卷第 46、47 期，197—199 页。

诸位先生，诸位朋友：

在两三个月前蒙唐校长马阿衡之邀，来贵校看了这后，觉得诸位先生努力苦干的精神，令人非常钦佩！今日又蒙来贵校讲演，更是兄弟所愿欲的一件事。

今天兄弟所要讲的题目，为"青年的修养"，在国难严重的现在，来讲这个，似乎有些迂阔，其实不然！因为国家的前途，全系于青年的身上，如果青年们都知有国，国家才能强盛，否则国家虽能暂时马虎过去，将来也是很危险的！所以这个题目，我觉得很是重要。

关于青年修养的问题，可从几方面分述于后。

---

① 成达师范学校是 1925 年由唐柯三、马松亭、法静轩、穆华亭等在济南西关杆石桥穆家车门清真寺内创办，取"成德达才"之意而为校名，是我国近代史上穆斯林在宗教教育和新式民办教育的实践者，北京市回民学校前身。

一、感责任。所谓感责任，就是我们青年个个都应该知道担负着一种责任，关于责任，我国古时有对家、对国两种说法，也就是忠孝二字。一个人若未将忠孝二事作到，则必被斥为社会不良分子。从前一人做官，三代家族便可受福；一人犯罪，亲族同时株连。乃因对家责任重的关系。现代社会制度改变，一切异于往昔，一人的形为，一人负完全责任，与家并无多大关系。

从前的人是家人，比方家有客来，夫若不在，妇便以"没有人"应之，就是表明惟有家人的意思。现时不然，妇女也是社会人，人人对于家庭的责任，比起对国来要轻得多了。所以我们便明瞭，社会越进步，则一切越社会化；越社会化，则越不能离开社会；也就是越尽责于社会。昔时一家务农，便能自足自给，现时近如北平，生活起居如面粉、饮水，皆须依靠面粉及自来水公司来供给，否则便难存在社会，所以我们应当感责任，尽责于社会。

二、立志向。古人常勉青年立志，所谓立志，就是立志做大人物，大事业，并非做委员、主席之谓，而在能将事业做到善美的地步。如演剧一样，并非因梅兰芳所演的"角色"极好而便能声遍全球，乃是因其"演唱"之极好所致。在历史上，每事皆有主角，但必因做下了有益于社会的善事，才能流芳千古。昔时有所谓三不朽者，即立德，立言，立功三事。立言立功并非人人都要做到，更非人人都能做到，立德确是人人所应该做到的。德者，就是将一件事向极善处去作的意思。所以先要立德，其次才谈到立言立功。有人要问：究竟何事是应当作的？这是青年常疑问的话，关于此点，与"重兴趣"有莫大关系。换言之，也就是说循着你的兴趣去做事。

但是要想做到特别好的地步，必须才学具备。才发于与生俱来，故曰天才，学是后天加以训练而成，所以二者合而为之，必能达到成功的目的。无才，只可做到普通人的地步；有才无学，也是不能成功。故是凡文学家科学家都是因为才学具备而致成。才也有一定的质量，神童能作极好的诗句文章，但将来亦不过如此耳！说到这里，无才者听了，便有些失望，以为将来没有多大希望，其实才有不同，虽不能像李白，杜甫那样伟大的诗人，但也有其他的天才可持。

同时生在今日，总比往前好得多，因为昔时教育只限八股文章，现代教育则随着社会的复杂，而有许多适合社会需求的学科，尽量可以发展个性天才，所以人人都有成功大事的希望，用不着灰心菲薄！诸位将来办教育，尤应注意及此，决不能因为儿童念书不佳而断其将来无望也。或问：不知天才属于那方面？这也用不着自己去追究，兴趣自能指示出来，这好像猫捕鼠一样的用不着人教，青年若能本着兴趣干去，自能成功。

从前教人成为一种人才，认为看小说为无益事，现在则认为看小说戏剧乃是一种个性天才，又极尽鼓励之能事。那末，看电影是一种兴趣，我们可天天看电影岂不好吗？这样来想，便错误了，因为看电影是一身的享受，并非有益于社会，与吃饭同一道理。那末作电影与看电影，就显有不同了，因为作电影可以供给社会人人享受。社会事业很多，对于政治有兴趣的，不妨尽管努力去做，但最不应有虚荣心，明明兴趣在教育，而偏从事政治，藉出风头，则与猫之做官显荣是一样的无意义。

三、忘成败。就是无论作什么事不必把成败看在眼中，如学生踢足球，因只顾输赢，致常起冲突，其无意义。所以吾人做任何事业，不一定能成功，尤其新事业，性在创举，失败性质极大。进一步来说，也并不算失败，失败只是从个人身上来看，若从社会来看，尚有继为成功的人。比方发明飞机，经过了多次的失败才能完成。所以我们认为可干的，就应努力去干，不必计较成败。中国人常说"命"，就是运气之意。古人所说知命则乐，同是一样道理。同时既然都知注意兴趣，还有什么成败可说呢?! 还应了解的，就是越希望事业成功，越不易成功，这好像写字一样。汉朝时贾谊，见了汉文帝便想做宰相，结果大失所望，消极下去。

最后锻炼体格也是重要之事，我国人体格太弱，到了五六十岁能够做事的就很少见。所以体格不好，影响极大。社会上需要领袖极切，领袖须①才；②学；③大家承认其为领袖，三方面具备，才能为领袖。在这三方面若修养训练起来，总得三五十年的工夫，赶到大家的殷望渐渐成熟了的时候，忽然间不幸来个半途夭折而去，大失所望，这样迭次的递演下去，实在与国家社会有莫大的影响！这全是因为体格不良的事实，与外国人五六十岁尚能健壮而为领袖比较起来，实在相差太远。不过在贵校似不应费词，因为我国五族中惟回族同胞体格健强，这是因为回族同胞没有坏嗜好的关系，如此说来，我国将来赖于回族同胞者，实在匪浅！总之，必有文明人的知识，再加上野蛮人的体格，才能完成伟大的事业！我想我们青年一定也能肯这样的去努力。

帝国主义与中国劳工

朱学范

1937 年在第 23 届国际劳工大会上演讲

朱学范（1905—1996），浙江嘉善枫泾（今上海金山枫泾）人，中华人民共和国全国人民代表大会第五、六、七届常务委员会副委员长，中国国民党革命委员会中央名誉主席，中国共产党的亲密战友、杰出的爱国民主战士和政治活动家，中国工会著名领导人。1937 年 6 月，国际劳工组织在日内瓦召开第二十三届国际劳工大会，朱学范作为中国劳方代表出席，并在会上被选为国际劳工组织理事会候补理事。

文献选自《中华邮工月刊》1937 年第 3 卷第 4 期，47—49 页。

主席，诸位女士，诸位先生，余以中国劳工代表之资格，得此机会，以有关数百万中国劳工之重要事实陈示于诸君之前，殊觉欣幸！同时对于国际劳工局长伯特勒先生所撰精确无比之报告书，尤深钦佩焉。余亟欲代表中国有组织之劳工奉告诸君，中国劳工对于促进世界和平及社会公道诸事，如本大会所全力以赴者，始终不敢后于他人。同时，余亟欲奉告诸君，中国工人运动现已走上轨道，与世界多数民主国家之工人运动初无二致，此项运动之目的，乃不仅在于增进工人福利，亦且为争取国际公道谋也。顾其重要与困难则鲜为世人所洞悉，爰乘此机会，将今日中国劳工所遭遇之经济及社会问题，为诸君详陈之。中国拥有世界上最多数之劳工，此为国际共知之事实，且征诸国际劳工局之报告，中国劳工现正处于最恶劣之工作状况下，支取最低微之工资，甚至较诸东方其他任何国家为低微，然则中国劳动状况何以在世界各国中最为恶劣乎？本人亦为劳工一分子，且曾身历苦境，甚愿以中国劳工状况所以恶劣不堪之最大原因促请诸君注意焉。中国在过去百年，久受帝国主义之蹂躏，至今仍在其铁蹄之下，凡公正不阿之历史家胥能道之，同时公正不阿之世人亦均承认之，余所以提及帝国主义者，以其社会及经济诸方面实为造成中国劳动状况之原因，此为阻碍中国劳动状况改善之根本障碍也。中国劳工法及中国政府批准之国际公约所以不能在中国实施者，其最大原因实为帝国主义之副产物即所谓治外法权者从中阻梗也。此语并非臆测，国际劳工局固早已知之。

一、希望消除治外法权

回溯一九二九年中国工厂法规定八小时工作，组织工厂会议，以解决劳资纠纷，并奖励集体契约，但因在华外国工厂以治外法权为护符，不受中国劳工法之拘束，致使改善中国劳工状况俾与各国一致之努力，完全失败，盖欲强迫华商工厂实行八小时制，而与其对立之外国工厂则采行十一小时工作制，为绝对不可能之事，同时欲强迫中国工厂遵守卫生及安全规则，而外国工厂独得漠然不顾，并拒绝中国工厂检查员之检查，亦为绝对不可能之事，此其因果关系固甚了了也。诸位女士，诸位先生，中国劳工状况之所以恶劣不堪难于改善者，实由于此种不公平事存在于中国也。余敢以中国数百万劳工代表之资格，昭告于世人曰，今日中国劳工所期望者，其惟中国劳工法之普遍实施于中国耳，对于此种不公平而不必要之治外法权之行使，中国劳工切望国际劳工组织采取一种措置，以消除此种足以阻碍中国劳工状况之改善之畸形现象，盖此项问题对于中国劳工影响至巨，意义至为重大也！国际劳工组织之目的，为基于平等原则调整世界各国之劳工状况，以免有不公平之竞争，如犹有藉不合时代之治外法权之存在，享受特殊权利而逍遥法外者，我知其必不能得有任何结果。苟中国数百万劳工犹在此不公平之状态下每日工作十一小时，欲使各国一律采行每周四十或四十八小时工作制，其可得乎？此其理由显而易见，盖由于资本与商品之流动性，外国资本可以源源流入中国，获取优厚之利润，以治外法权为护符，在中国设立工厂，剥削中国劳工，以贱价货物充塞世界市场，凡此种种，不过时间问题耳。是故中国劳工受害已久之中国现状对于全世界，尤其对于企图实施四十小时制，同时欲在世界市场觅取公正竞争之工业国家，实为一种警诫也，本年四月在华盛顿举行之世界纺织会议，曾明白指陈在国际市场中，惟有公正之竞争，乃为正当可取，苟有自私自利之国家，采用帝国主义政策，享受不正当之特权，则公正之竞争，殆为绝对不可能之事。除治外法权外，尚有一事足证帝国主义不独有害于中国，且亦影响及于全世界者。

二、走私猖獗破坏公法

诸位女士，诸位先生，现正进行于华北之有组织之武装走私事件，已尽人皆知之事，此项有计划之走私，由一外国机关发纵指使，始于一九三五年，至今犹复猖獗。走私之数量至为巨大，约占中国平时全年输入量之三分之一，实际上已将欧美货物排挤于中国市场以外矣。此种非法行为，乃藉帝国主义所造成的特殊形势，以及破坏国际公法之卑劣方法，而得公然进行，其影响所及，始则将其他国货物排挤于中国市场之外，终于将尚在幼稚时期而须待扶掖之中国工业摧毁其大半，余忝为中国劳工代表，深知此项走私事件，足以摧毁中国工业，造成无数失业工人，且至中国及其他输入国家之劳动群众之莫大灾祸也。

三、国外侨工待遇不平

因此，余敢请诸位女士诸位先生，对于中国之情形予以公正不偏之注意，以其自各方面观之，皆具有国际关系也。夫中国现状之造成，其原因为帝国主义，其直接结果为不公正之行为与竞争，甚至为非法行动，而其最后结果，且足以妨碍世界各国改善劳动群众之生活状况，故余谓今日中国劳动者恶劣不堪之情况，帝国主义及其所生之结果，不能辞其咎也。中国劳工状况之恶劣，不仅在国内为然，在国外之中国侨工亦遭受不公平之待遇，当第二十届国际劳工会议时，余曾唤起各国代表之注意，促请国际劳工组织设法消灭此种不公平之待遇，但至今仍无若何措置，余曾欲重申前言，此问题与其他中国劳工问题同属重要也。故余希望在座诸位代表，以公正之态度考虑此事，协助敝国促请国际劳工局取适当之措置！最后请重申我说，中国劳工所期望者，其惟实施工厂法，消除非法行动，在国际享受平等待遇，以及达到一切文明国民所冀求之目的，即觅取国际及社会公道是也。再者，余拟请求国际劳工局长伯特勒先生至远东一行，俾中国与国际劳工组织之关系益加密切焉。今者各代表远道而来，聚首一堂，藉国际合作以促进国际公道。余得此机会将中国劳工问题之真相宣示诸君，深觉感幸！同时中国数百万之劳苦大众，其合理之期望，苟得诸君加以注意，则对于诸君之协助当不胜感激矣！

改善妇女生活

李德全

1938 年 5 月 20 日在庐山妇女谈话会演讲

李德全（1896—1972），北京通县人，中国妇女运动领导人，冯玉祥夫人。民革成立后当选民革中央执行委员。1949 年，参加中国人民政治协商会议第一届全体会议，被选为政协全国委员会委员，同年 10 月被任命为中央人民政府政务院文化教育委员会委员、中央人民政府卫生部部长。

文献选自《妇女谈话会工作报告》1939 年版，11—16 页。

主席，各位：

诸位都是妇女界的先知先觉者，是今日妇女解放运动的领导者，从各处赶来，聚会在一堂，互相认识，交换意见，不但是一个很难得的机会，而且，在这民族解放的斗争过程当中，更是一个十分宝贵的机会。我能够参加这个盛会，真感觉到十分的荣幸。

我今天所要讲的，是如何改善妇女生活一问题。我认为，这是一个很切要很严重的问题。我现在就我所知道的说出来，这无非是抛砖引玉的意思。希望大家能够因此而说出非常高明宝贵的意见，甚至制出一个缜密切要的计划，贡献于党政军当局。将来民族解放工作，妇女解放工作，收获的效果，但是今日大家跋涉的成绩和功劳。

这个问题，为什么是个很切要很严重的问题呢？这正如大家所知道的，今日的抗战，是全民解放的战争。占全民半数的妇女，不但为着民族国家的生存，须要参加抗战工作；就是为着自身的解放，也得参加抗战工作。抗战不得到最后胜利，妇女解放是无从谈起的。

但是，抗战已经十个月了，妇女动员的成绩怎么样呢？我们不必讳言，那是很难使人满意的，简单的说，真是太不够了，除了一部分知识妇女，稍有组织地参加了少许抗战工作外，大部分工农妇女，家庭妇女，并没有动员起来。二万万妇女的伟大力量，真正用到抗战上的，恐怕还不到万分之一。大多数在后方的妇女，不是生活在混沌无知之中，便是仍陷于困苦颠连之境。在失陷区域的妇女，被敌人蹂躏而牺牲的，不知凡几！余下那些还没有被害死的，天天忍受着敌人蹂躏，过着吞声饮泪的日子。抗战的巨浪，虽然打醒妇女大众混沌的状态，但是，他们醒了，又怎么样呢？他们没有行动的时间，没有组织的能力，甚至于没有把握住坚强而正确的意志。虽然醒了，还是依旧静静地，不能立刻奋起，发展他们蕴蓄的能力。为什么他们没有时间，没有组织，甚至于没有把握住坚强而正确的意志呢？探讨其症结所在，不外生活的压迫，家庭的牵累，使他们忙得喘不过气来。那有时间来思索，来组织，来反抗敌人呢？所以，改善他们的生活，解除他们的牵累，使他们有余暇的工夫，有奋发的心情，再加上，有人去教育他们，组织他们，等到他们那天发展出自己的力量来的时候。她们一定会惊讶的喜悦的说："呀！原来我们有这么大的力量，来做救国工作呀！咳！过去的生活压迫，几乎把我们的力量都埋没了！使我们自己不能认识自己的能力！"所以，改善妇女生活，是动员妇女参加抗战工作的重要前提。

中国的妇女，大多数散在农村。而另方面人数虽然较少，可是意识比较先进，力量比较容易发挥的，还是工厂妇女，其次便是城市中的家庭妇女，职业妇女，女学生，他们的生活范围，与上述的两种妇女不同，知识，能力也不一样，关于他们的问题，自然不能与工农妇女同样讨论。另外便是那种一大批，脱离了工厂，农村和大批无家可归的难民妇女。这是一个当前严重的问题，我们不可不注意到的。

首先，我们来讨论怎样改善农村妇女的生活。农村妇女的经济，是不独立的。改善农村妇女生活，和改善整个农村生活是息息相关的。整个农村经济不能改良，妇女经济也没有法子解决。"水涨船高"，正是这个道理。至于改善整个的农村生活，这个问题，范围既广，内容也复杂，要经多少专家研究，写若干专册，尚未必说得详尽切实。我如今所说的，不过是千虑一得中，略举大纲而已。

据一九三一年国民政府的调查，中国从事于农业的人口，约五千八百五十万户，共三万万二千二百万人，其中完全无地的占百分之五十五，有地十亩以内的小农占百分之二十，十亩到三十亩的中农占百分之十二。富农，占百分之七，小地主和大地主只占百分之四和二。而且所谓富农，也不过据有三十亩地到五十亩的田地，因苛捐杂税的重负，也不见得就真正富。大体说来，三万二千万的农民中，有二万八千万人的生活是急待改善的，这二万八千万农民生活的改善，便关系着一万万以上的妇女生活的前途。

这里，我们首先要指出的，便是这百分之五十五无地农民，据我所知，他们平日只是替中农以上的农户作长工，或者，农忙时候，替小农中农做短工，不足以维持一家的生活。于是不得不全家出动，设想方法，力作哀求，还是不能求得一温饱，成日里在饥寒交迫中煎熬着。这二万万八千万的农民生活如此，不但妇女无法动员，她们赖以为生的男子们，也无法动员了。但是，如何办呢？最好是给他们以够耕种的土地，是提高长工短工的待遇。然则，给他们的土地从何而来呢？为着解决农村问题，为着增强抗战力量，为着增加战时生产，为着建立国民经济，我可以采用下面几个方法补救一二。

（一）大量的有计划的移民到可耕地带去，如西北湘贵川康一带。

（二）在内地耕种区域内，务使地尽其利，免除荒地，改良种子，施肥，防除害虫，水利，防旱等工作（在建国纲领第十八条上也这样说着）。

（三）没收贪官污吏的土地，分配给当地的无地贫农（建国纲领第十六条云：严惩贪官，并没收其财产）。

（四）没收汉奸的土地，分配给当地的无地农户。

这种土地的分配，应该尽先给人口众多的农户，一则他们负担重，需地急，二则他们人口多，劳动力多。至于还没有分配到土地的农业雇工呢？他们仍只得暂做长工短工。同时改善富农中农小农对长工短工的待遇。但如彻底改善农业雇工的待遇，便非先改善一般农村经济不可。如何改善一般的农村经济，我愿意列举几条出来。

（一）战区田赋已经明令取消，但是须严禁地方的贪官污吏以及土豪劣绅等等假借名义的剥削行为。

（二）非战区的田赋固不必取消，然田赋正税须照旧额征收，不得任意加。

（三）无论战区非战区，所有一切田赋附加，摊派，及一切苛捐杂税须明令取消，严禁地方政府以及土劣从中作梗舞弊。

（四）关于征收田赋，须将田赋征收额以及征收方法明令周知，严禁经手人员浮收预征等等弊端（据翁祖善先生在无锡的调查，竟有胥吏舞弊，浮收取税八倍以上的——参考抗战与民生二十七页）。

（五）普通佃农对地主缴纳的地租，常在百分之五十以上，应该劝地主改收。

（六）地主对于佃农，除征收地租以外，还有其他一切的剥削，如义务劳动，年礼，节礼等等，都可劝地主自动放弃。

（七）严禁高利贷，由国家机关多设农村合作社，贷款与农民，条件不宜太复杂，利息最高不得过月利一分。

（八）奖励农民消费合作，使他们自动联合起来筹办运销事宜，不受奸商的剥削欺凌。

（九）疏通水利，改良技术，增加生产，由政府机关切实执行。

（十）提倡农村副业，如蚕桑，纺布，养鸡鸭，喂猪等等。尤其对于农妇纺织土布，须广泛的提倡。趁洋货入口不便的期间，建立国民经济的基础。

若能切切实实做到上说十点，使农夫农妇对于他们的生活前途，燃起热烈的希望，于是趁机教育之，组织之，动员农村，自然容易了。

至于被征入伍的农民家属的生活如何维持，须中央政府有切实的规定，地方保甲有切实的执行，服务农村工作人员有正确的认识，上下打成一片，对农民实际发出热烈的敬意，爱护和帮助的精神。

第二，我们来讨论女工生活如何改善一问题。我先分两面来谈，一方面，是现在失业的女工，应该如何救济。一方面，是在业女工的待遇太坏，应该如何改善。对于前一个问题，我提出如下几条来。

（一）妇女劳动范围，不应该只限于纺织业，橡胶厂，香烟厂，丝厂几个部门，其他如印刷，造纸，制糖，制茶等等轻工业部门，应该扩大女工的容额。

（二）在新兴工厂中，应该规定，除掉重工业部门内，女工体力不能胜任者外，也要尽量容纳女工。务使做到男子赴前线，女子代替男子生产的原则。

（三）开设女工技术训练班，训练女熟练工人，以提高女工的生产率。

扩大妇女的劳动范围，有几方面的益处：

（一）使男子无家室之累，去做前线工作。譬如作战，修道建筑工事，运输，电讯等等工作，这是女子所不能的事。

（二）吸收农村妇女到工厂，可以减轻农村的负担，改善农村的经济，增加抗战的力量。

（三）吸引农村妇女到工厂，便使这些妇女眼界扩大，认识清楚，意识容易进步，对于妇女解放和民族解放工作是有大益的。妇女在工厂中和在农村中，几乎是两种不同的教育环境，这道理，大家熟知，无须多说。

若是说到女工待遇的改良，我愿意提出下列几条主张：

（一）增加工资。据一般的调查，现在的女工工资，比起"一·二八"沪战爆发以前，差不多减低了百分之二十至五十。但是，自抗战开始以后，物价一天天地激剧的增加，平均在百分之三十以上。综合说来，女工实际工资，是降减百分之五十了。在过去百分之百的收入的时候，工人生活已经不算宽裕，现在，减少她们生活费之一半，叫她们如何过活呢？所以增加工资，是一件不得已的提议。

（二）同工同酬，即或做不到这一点，男女工人工资的差额也不当太大，理由有二。①男女工人的工作成绩，据各种调查和试验，只要是同一部门同一熟练的工人，是不会有很大的差别的。因此，男女工人工作效果既一样，当然，报酬应当是一样的。②女工关于衣食住行的消耗，不会比男工少。就是说，在女工劳动力的再生产过程中，所需要的营养和消费，是不比男工少的。不能说男子必须吃饱了去上工，而女子只能吃个半饱。那么，男女工人，既然需要同样多的生活费，为什么不给他们同样多的工资呢？而且女工作服的比男工还要多，因为他们不能像男工一样，赤着胳膊去上工呀。

（三）在女工怀孕当生产前后，至少应该有一个月的休假，在休假期中，应该有不折不扣的工资。从人道上，固应如此。从国家民族的利益上说，保护母性和婴儿的健康，实为强国之本。

（四）工作时间，范围，和工作强度，宜有规定。女工体力负担限度以外的工作，无论从时间上说，或从工作的范围和强度上说，都须严禁。譬如一连十二小时的工作时间，或者一人同时做两三人的工作，或是特殊损害妇女健康的工作，都足以戕害其身心，促短其寿命的。

（五）女人不宜于夜工，尤其孕妇和乳妇，以及发育未完全的少女，都应该不给她们熬夜。

（六）病假，宜准其请一定时间的短期病假，可领全薪或半薪。在某一较长期的病假，可以领薪留职，使病体痊愈后，仍可回到工厂里去。因此，可使她安心养病，不致扶病强作而促短生命。

（七）女工须有读书自修机会，增强其爱国思想。

（八）女工因从事救国工作而短期请假时，得支全薪或半薪。

（九）在工厂附近设立托儿所，义务小学，以减少女工的家庭劳动。提高工人子弟的教育。

（十）切实执行工厂法规，由政府及工人代表共同监督。

（十一）工厂的资方劳方和政府合作，切实实行社会保险。

（十二）每个工厂应允其成立工会，一方面保障他们自己的利益，一方面为民族革命利益而奋斗。

（十三）组织女子突击队，提高生产率，奖励工作成绩特出者。

（十四）组织工人消费合作社，使一般生活费减少。

工人若在抗战时期，生活方面给以相当的改善，则工人对民族解放的供给是非常伟大。何况现在有许多生产部，被烧于敌人炮火之下。现有的工厂作坊，无不是加紧生产，供不应求。在这个时期，相当改善工人待遇，增加工人数额，并不是复杂的事。而我国商业同胞们，在这次抗战中，各方输将，爱国何尝后人。只希望从事这方面事业的同胞们，赶快对这件事情，做个通盘的计划，即速实行起来，国家民族受惠实多，亦必我工商界同胞所乐为者。

第三，我们再来讨论难妇怎样安插问题，我以为：

（一）建国大纲第十九条云："树立重工业的基础，鼓励轻工业的经营。"实行这两件事，必有许多新的工厂出现。难妇中有不少熟练女工人，固然可以尽量容纳，即以前没有入过工厂的，只要她身体健强，都可以收容到工厂去。

（二）大量地移民，集团化地开垦，或者在陕甘宁一带从事畜牧事业，就可以将有家庭难户全体移过去。

（三）已有的儿童保育会收容所还须扩大，尽量地收容难民儿童。譬如难民的一家，男的被征入伍，女的进工厂去了，小孩便送入保育会，一家人各得其所。

第四，谈到各种职业妇女及知识妇女，我以为应该：

（一）扩大妇女职业范围，各机关各学校各公司各商店，凡是可以容纳妇女的，便应该尽先予妇女以工作机会。要做到这一点，一方面固然要靠政府及各方面的帮助，另方面也要靠妇女自身的努力，尽量地表现出自己的能力来，使一般人敢任用妇女而无"怕不能胜任"之忧。

（二）因为知识妇女是妇女界的先进，便应该坚强地统一地组织起来，来领导妇女界从事民族解放和妇女解放的工作。一方面，力行纠正自己的一切不良习惯，以身作则；一方面，尽量充实自己的生活，把所有可用的时间，用到解放工作上去。

第五，我来谈谈城市中的家庭妇女了。城市中的家庭妇女，分子非常复杂，一如城市中的住户一般。有官史军人，地主豪绅的家属，有商店店主和店员的妻女，还有手工业工人以及码头车站人力车等等工人的妻女，他们的经济生活有一些人是急待改良的，有一些人是因战时繁荣而好起来的。因为时间的限制，我不能详细地分别述说，只笼统的说几条原则如下。

（一）生活急待改良的，我们得设法改良他们的生活。譬如增加工资减低租价等等。

（二）多设托儿所，奖励私人主办的托儿所并监督之，使各家庭的孩子都能进去，减轻他们家庭的牵累。

（三）将各种家庭妇女，设法组织起来，一方面改善她们的不良生活习惯，一方面利用她们的余暇，做些有益的事情，而充实她们的救国生活。

至于伤亡将士家属的生活，政府有多少次明令，并有抚恤优待等等办法，可以说给了她们生活以相当的保障了。我们可以做的，有下列几项。

（一）激动社会人士对伤亡将士家属予以光荣的尊敬，提高他们的社会地位。

（二）激动社会人士对伤亡将士家属予以热烈的帮助，使她们有较宽裕的生活。

（三）鼓励他们，使他们能够献力于救国事业。

总而言之，关于改善妇女生活一题，本来可以分为物质生活与精神生活两方面。但是，不从改善他们物质的生活着手，是难得改善精神生活的效果的。孔二先生为政，先要使百姓富庶起来，然后施以教育。天下没有饿着肚皮而能讲究精神食粮的人。所以，我上面所说的，还是以改善物质生活为主。物质生活改善后，然后教育之，组织之，领导之，则个个自然可以成为民族解放的斗士！

论青年生活态度

孙起孟

1943 年对十四个青年学生演讲

孙起孟（1911—2010），安徽休宁县人，中国著名的教育家和社会活动家。中华职教社负责人之一。1945 年发起组织民建。1948 年代表民建赴解放区，参加筹备新政治协商会议，任筹备委员会副秘书长，并出席中国人民政治协商会议第一届全体会议。历任中国民主建国会常务理事，民建中央委员会主席等职。

文献选自《国讯旬刊》1943 年第 333 期，3—5 页。

你们要我谈一谈青年生活态度，而且开列了三个具体的问题，我是应该贡献一些意见的。但首先我要发问：你们为什么一致地要谈这个问题呢？是为着一时的好奇心么？是学时髦谈玄说理，随便拈来的话题么？我想不是的，你们要谈这个问题，主要是为着身受到一种疑难，一种痛苦，就如行舟大海一样，突然来了一阵狂风暴雨，使你泫然不知怎样调节才对，这里说明一点，就是生活态度问题的发生，主要的是由于客观环境的变化，其方式与程度已达到了不是原有那一种生活态度所能顺应的境地，这样客观的变化不明白，说是要有准确的生活态度，那简直是笑话！这就是说抉择生活态度必须弄清楚它所适应的客观对象的真相。把它看作单纯的内省功夫，只凭自己苦心潜修，一仿前夕理学家乃至宗教家之所为，这是无由获得准确生活态度的。

你们第一要我指出那些才是青年不准确的生活态度，我想这不能没有一个范围，如上所指陈，生活的客观环境时时变化，则所谓准确与不准确自也不能没有时空的限制。就你们今天发问的一些青年朋友的类型说，我以为生活态度上有三种主要的不准确的倾向。第一是现实主义的短视。现实主义原来没有什么错，我们不从现实打算，难道靠幻想生活才好么？当然不是这样，事实上，除掉精神失常者，"白日梦"（Day Dreaming）似的生活着的人毕竟只占极少数。可是，现在不是死的现实，它是在不断的变化中，而且按照一定的规律在变化。譬如，我国对日抗战，截至此时为止还没有胜利这是现实。但这一现实必得发展下去变化下去到日本帝国主义崩溃为另一现实的阶段。目前的牺牲痛苦必然变化为胜利，所以暂时的现实倒是不"真实"的，"真实"则在眼前还不是"现实"。我们也可以主张现实主义，但它必须在"真实"中被辨认，实践，也就是说，我们应该把握现实变化发展的规律去处理事物。眩于一时的客观事物的刺激，一部分青年们可不是这样想，也不是这样做。他们只知道鉴别目前的小利小害，只顾眼前，不问前途，处理任何事物，都是得过且过。这样的现实主义自然是做人做事的一种象征，这也可以叫作生活的短视病。此病不除，一个青年只会停顿在小商人，小稗贩式的生活型上，实在是非常可忧的。第二是意志力的衰退。抗战初期，青年们有一种共同的优点，就是意志力的旺盛，大家看准了一个目标，不辞劳瘁，不计私利的埋头奔赴，学习，工作都是如此。由于整个环境的变化，一部分青年打熬不住，丧失了战斗的意志。我碰到不少的青年，给他们钱学习，工作，生活的问题，一开始，他们说"随便怎样都行"，事情进行不成功，他们的决策是"算了吧！""随便论"和"算了论"真是思想上可怕的毒菌。第三是虚伪的个人本位观。在青年的学习工作环境中，集体主义的真精神逐渐在衰减，留下的只是虚伪的躯壳。加上实际生活的刺激，一些青年们幻觉个人才是最可靠的实体，在生活的目标和方法上都是如此想，如此作。个人主义的思想和生活方式在目前是大大地抬头。凡上三种生活态度，因为都与真理乖违，于公于私，终于都是偾事有害的。

你们第二要我试作准确生活态度的说明。

记得前几回座谈会上，关于这个问题，你们也曾发表了好多意见，有人介绍了好多德目，如"诚实""勤俭""知足"……我不想对于这些作个别的批评，只是要你们注意，确切认识这些德目的具体意义，有好些德目是只有在特殊的条件之下才有其"好"的意义，譬如大家统一致认为没有问题的"诚实"吧，对友人用得着，对敌人则用不着，对狡奸的敌人只有用"不诚实"来应付，"诚实"在这一种场合简直是罪行，可见无条件无原则地接受这些德目是不准确的。你们中又有人受着说教家的影响，提出了一些非常琐碎的意见，如会人入室必先叩门，不得随意吐痰之类。这些意见自然也没有错，但做人是整个地做人，要抓住紧要的关键，要抓住大体，要在有了这些才成为好人，没有这些就不成为好人的地方看得清，做得彻。我们所要研究的生活态度是足以影响一般行动，渗透在一般想法的东西，有了这样的态度，升学，就业，待人接物都要受它的支配。如你们所提出的德目，则只是一层道理管住一个行动，不会普遍地渗透它的影响。就这样的观点观察，我想提出四点意见。

（一）生活态度是用来应付我们的生活解决我们生活问题的，那末，我们就得先把生活和生活问题的意义弄清楚。生活和生活问题自然是属于我们个人的，换句话说，是属于主观的。因为这样，我们很容易幻觉到我们的生活，生活问题完全是我们主观思维行动的产物，顶显著的例子是宗教家，他们主张"境由心造"，明明看见旗子在旗杆上飘动，却说"非风动，非幡动，是仁者心动耳"，于是只要自己内心上用功夫，苦事可以变为乐事，有问题可以变为无问题。这样的基本看法是谬误的，生活和生活问题固然表现为主观的东西，但它们的后面却是客观的现实，主观好比是客观的影子。例如我们今天谈了好多的生活问题，很奇怪的都是大同小异，为什么是这样呢？主要是为了你我的生活问题都受着同一客观现实的支配。张谈失学苦，李谈没有进修的机会，主体上的问题只是客观教育制度不合理的反映。总上，我们可以知道生活和生活问题乃是主客观统一的东西，基本上则是客观的。所以，我们要求准确的生活态度，不能单靠"内省""观照"，而是要把目光注意到足以影响我们生活的客观事物上去，求得它们的变化和规律，要达成这样的目的，我们必须切实辨认客观的真理，要时时刻刻我们生活问题中离开吾们主观思维，本来存在的真谛，把握着真理处理生活，自然有条有理，古人所谓"诚则明"，就是这个意思。为着便于你们记忆，吾们上文的话缩短为两个字——"认真"，"认真"是青年第一应具的生活态度。

（二）吾们的生活和生活问题虽然是客观的存在，可是吾们也得同时确认主观思维的行为对于客观的影响和作用。在吾们生活中，没有离开客观的主观，也没有不受主观影响的客观，吾们认识了客观的真理，便得依据这种认识去实践力行。有人说世间本来并没有路，人走过便是路，这句话说出了一半的真理，如果客观上根本没有路的地方是再用力走也走不通的，可是有路的地方如果不是着力迈步过去，那一辈子还只是荒径蔓草，无路可通，所以，吾们不应等待，不应空空地幻想前途，而是一时一刻也不要忘忽了用自己最大的力量从事生活问题的解决。有不少的青年虽然看得到，但是没有用他们最大的力量去攻克生活的障碍，这样，生活问题自然不会消除，由于自己努力的不够，转使生活上的问题痼疾化，从而变成怀疑前途，悲观失望，这其实是自己一手造成的悲剧。缩短起来说，就是吾们对生活的处理，必须用最大的努力。"努力"是青年必具的第二生活态度。

（三）吾们的生活和生活问题是不是一成不变，今天如此，以后还是如此呢？不是的，它们是在不断的变化之中。客观生活环境是在不断变化着，主观上也是这样。例如，我国的抗战就为吾们的生活客观环境划分了阶段，假定你原来家有良田千顷，敌人来了，你就变成贫无立锥之地，从前你是慢哉游哉，乐天的，满足的，现在可不能不改变你的生活态度，你也许变得很消沉，同时又得为悲惨的生活奋斗挣扎。又如，你现在是处于失学的状态中，你因为听着朋友的鼓励，或者看到什么使人积极的书籍，于是你主观变得坚强起来，自己设法进修，结果失学的限制给你完全打破，由浅识变为饱学。生活是变化的，一般地说，是怎样变化的呢？是依照进化的规律变化的。世界和社会总是进步的。人类从与自然作最粗朴最残酷的斗争开始，一直演变到今天用电的世界，自然其中经历不知多少的痛苦，总起来说，是进步的。吾们的生活也是如此，所以，吾们一刻也不能让自己停滞，必须奋发进取。一个青年，各种学识生活经验都在很幼稚的时期，尤其应该力求上进。常言道"后生可畏"，那是说青年在不断猛烈的前进，如果一个青年自甘汨没，故步自封，那也就"不足观也矣"。"进取"是青年必具的第三个生活态度。

（四）就广度观察，吾们的生活又是怎样变化的呢？有一点我们必须把握到，便是，一切生活和生活问题都是有关地联系地变化着。你们当中有一位最近失了业，感到很大的困恼，他服务的一个运输行关闭掉了，这个运输行曾经一度大发其财的，现在为什么要收歇呢？那是因为腊戍弃守以后，滇缅路一切货运都停止了，它再开着就只有认蚀本。滇缅路又怎样会中断的呢？这也许是英伦丘吉尔内阁失策的结果。这样看来，你的生活上由有业变为失业，不是一个孤立的事实，联系到滇缅路的变化，联系到缅甸人民心理的向背，联系丘吉尔一批人的主观思维。上面吾们又曾说起一点，吾们的生活问题是大同小异，质言之，就是相关地联系地变化着。根据这样的观察，吾们处理个人的生活，必须从整个有关的角度去努力，孤单奋斗，做个自了汉，是必然失败的。同时吾们也得投身于大群之中，用最诚恳最亲密的态度同人家联系团结，作集体的努力。信任集体，抛弃个人主义的渣滓，这是青年应有的第三个生活态度。如其你们也希望得两个字，那就叫作"从群"吧。

你们最后提出的问题是：怎样才能培成以上的生活态度呢？第一，我以为你们应该加深准确的认识，具体的方法是看书交好朋友，听人家的意见，用种种方法使自己对于生活和生活问题有清澈的瞭解。谈到准确的认识，如大空一样的无边无垠，深广都不可测，所以不要心急，不要希望一蹴而就，日积月累，确会到"一旦豁然贯通"的境地。第二，吾们有了准确的认识，还不是把它当作装饰品，或者高谈玄学，而是要果敢地切实地运用到实际生活里去。譬如，我们看到一本好书，上面告诉吾们要把握事物的发展规律，那么吾们必须切实地这样做，小至起居作息，大至救国服务，都必须实践所得的准确认识。只有这样，生活的认识和生活的实践才能配合起来，理论才有真正指导生活的作用，才会变成有血有肉的东西。能这样鞭辟入里生活的，必然会获得进境。第三是执行严格的自我检查。处理生活中任何问题，根据什么认识，执行什么方法，都得随时检查，找出它的毛病，接受以往的教训，这样自然会"日日新"，不断地上进，很准确很美满地生活下去。

以上所谈的仅仅是些原则，假如你们认为尚无大谬的话，希望你们以后随时提出具体的问题来研究。在吾们真实生活里，遭遇的都是具体的事物，具体的问题，具体的生活问题不能处决，那是花费多大研习讨论的功夫也是白耗的！

后　记

　　《抗战时期爱国民主人士演讲集》（以下简称《演讲集》）终于在建党百年之际脱稿，掩卷沉思，无限感慨！这卷文字，从一个侧面记录了那场让中华民族"苦难深重、濒于危亡"而又"凤凰涅槃、浴火重生"的战争。"困难""坚持""勤勉""苦干""胜利"，这些在《演讲集》中反复出现的词语揭示了日本侵略者的异常凶残，及中华民族面对沉重苦难时始终不言放弃的努力。

　　习近平总书记深刻指出，抗战研究要深入，就要更多通过档案、资料、事实、当事人证词等各种人证、物证来说话。收集和整理抗战时期演讲稿件及相关文献，是贯彻习近平总书记"让历史说话，用史实发言"重要指示的一项举措，对于推进抗战研究走深走细、加强与抗战有关的国内外舆论宣传、弘扬伟大的抗战精神的作用不言而喻。

　　抗战时期，演讲在中国社会各个层面都异常活跃，涌现了不少演讲名家。这本《演讲集》把目光聚焦于爱国民主人士身上，首先源于我的工作。大约六年前，在重庆地方史和抗战史研究专家王志昆先生的指点下，《演讲集》编撰工作正式启动。那时我对文献整理还相当陌生，一切都要在干中学，在学中干。志昆先生告诉我，学问是"坐出来"的，初闻甚为不解。2020 年年初新冠疫情突如其来，在防控疫情期间，我开始"夜以继日"地整理演讲辞，庞大的文献体量掺杂着模糊不清的文稿、生僻另类的繁体字以及频繁的考据查典让我经常"焊"在了椅子上，就这样在近两年时间里整理了近 100 万字的演讲辞，又从中精选出 50 多万字文稿，分为了两册：其一是整理了爱国民主人士在 14 年抗战时间里，在全国各地所做的演讲，汇编成《抗战时期爱国民主人士演讲集》，约 25 万字；其二是整理了全面抗战爆发后到抗战胜利，爱国民主人士在重庆开展的演讲，汇编成《重庆抗战时期爱国民主人士演讲选集》，约 30 万字。《演讲集》真的就这样在七百多个日夜中"坐出来"了。

　　《演讲集》把目光聚焦于爱国民主人士身上，其次来自一个后人对先贤的敬仰。爱国民主人士是一个颇具"年代感"的词语，是中国共产党在革命时期对中共以外的、坚持爱国主义与追求民主人士的统称。他们多是中国各领域的代表人物，尽管来自不同的阶级和社会阶层，但大部分人是知识分子，是世人所敬仰的"先生"。"先生"两字，于他们而言，意义实在重大！那是镌刻在骨子里的家国情怀，是重任在肩的担当，更是九死不悔的执着！抗战时期，众多爱国民主人士自觉充当起抗日救亡运动的先锋和喉舌，他们用撰文、演讲等方式投身于宣传抗战、唤起民众的伟大事业，为挽救中华民族命运奔走呼号，为维护抗日民族统一战线竭尽全力，为战时中国各方面建设贡献心智，为民族解放战争提供着源源不断的精神食粮！他们崇高的民族气节和对国家富强的热切追求，感动和启发了同一时代的许多人，虽身处暗夜仍发出耀眼光芒，直至黎明到来。

　　编撰《演讲集》无疑耗去我大量精力，文献整理作为一项基础性工作，费时耗力，在很多人追求"短平快"、讲究学术效益的时代，显得迂腐而又笨拙，但我仍甘之如饴。一代人有一代人的使命，家国危难之际，若没有无数中华儿女挺身而出，誓与国家共存亡，便没有抗日战争所取得的伟大胜利，也无法开辟中华民族伟大复兴的光明前景。在实现中华民族伟大复兴的征程上，正是因为在中国共产党坚强领导下，一代又一代勇担历史使命的有识之士凝心聚力、迎难而上，中华民族才迎来了从站起来、富起来到强起来的伟大飞跃。这盛世，当如为之奋斗、为之拼搏的爱国民主人士所愿！我们生逢盛世，也绝不能辜负这盛世！作为一名年轻的历史研究人员，我无须浴血奋战于沙场，只要做好自己的本职工作就可以。尽本分，有的时候确实意味着"坐冷板凳"，意味着去面对研究领域的"无人区"和"高寒区"。但我想，当一个学者既有"仰望星空"的格局与胸襟，也有"坐冷板凳"的气魄与定力，勇担使命，他的精气神就出来了。而这样的精气神，在我整理的演讲辞中可谓"俯拾皆是"。当我一遍遍读起这些精妙绝伦、洞察深刻而又饱含真情的演讲辞，仿佛伴随着这些话语穿越回烽火岁月，亲身感受那一代人为维护民族独立、传承中华文明、建立民主国家所做出的巨大努力，真切感悟中华民族伟大复兴不可逆转的底气。我坚定认为它们不应"沉睡"于故纸堆，而应该被更多的人阅读，这便是我的使命。

　　最后，我要对给予《演讲集》支持的人表示感谢和敬意。首先，感谢重庆市委统战部对这项工作给予的高度重视，重庆市委常委、统战部部长李静，常务副部长王庆等部领导亲自挂帅编委会，为高标准、高质量完成演讲集编撰工作保驾护航；其次，感谢学院夏晓华书记和何晓栋副院长等院领导对《演讲集》提出的宝贵修改意见以及对出版工作给予的大力支持；再次，感谢群言出版社的孙平平主任和宋盈锡老师，孙主任给予了我莫大的鼓励，使我颇有"拿出手"的信心，而盈锡老师修正了文稿中许多极细微的错漏，保证了本书的质量；最后，感谢学院科研处的肖红处长和《演讲集》编辑组的所有同仁们，这本书是团队合作的结晶。一本演讲集能够汇集这么多的力量和关爱，让我铭感在心，也必将激励我坚守岗位职责，继续脚踏实地做好统战历史文化的研究和宣传工作。

　　由于专业水平的限制，我对抗战演讲的研究尚属肤浅，《演讲集》在编撰过程中难免存在不妥之处，敬请广大读者不吝赐教。

周巧生

2021 年 7 月 23 日